님께

드림

炫石 徐仁杓 作 / 추산심곡(秋山深谷) / 35×68cm / 화선지에 수묵담채

현석 서인표 炫石 徐仁杓

- 세계 서화대상전 대상
- 국제서화회원전 최우수상
- 한국서화예술협회 초대작가
- 세계서화대상전 초대작가
- 금천서예가협회 초대작가
- 국제서화회원전 초대작가
- 금천문화예술협회 회장 역임
- 금천서예가협회 심사위원장 역임
- 아향회전 (8회, 9회, 11회 출품)
- 현) 서울동양문화연구회 금천지회 회장
- 현) 금천서예가협회 고문

徐仁杓 八旬紀念 雜草같은 삶

내 인생 暴風을 헤치며

글·서화 서인표

㈜이화문화출판사

물망초

고독한 푸른섬에
피어있는 가냘픈
꽃송이
할말은 많아도
이제나 저제나 오직 한마디
나를 잊지마셔요

작가의 말

정신(精神)은 가물가물 희미하고 손에 들고 있는것도 찾는 이때 내가 걸어온 발자취를 더듬어 나간다.

또 그것을 글로써 책으로써 남기고 싶어서 기록(記錄)을 한다.

참 꿈도 야무지지…. 허나 나는 할 수 있다. 내 나이 80이 다 되었지만 정신만큼은 가끔은 내 허락도 없이 출장(出張)갔다 소리없이 돌아 올때도 있지만 그래도 아직은 살아 있으니까.

그리고 중간중간 틈틈이 조금씩 글로써 흔적(痕迹)을 드문드문 마치 점(點) 찍듯이 남겨놓은 것을 토대(土臺)로하여 다는 생각지도 못하지만 백분의 일, 아니 천분의 일이라도 기억을 되살리어 써보고자 한다.

많이 배운 사람은 글을 써도 조리 있게 잘쓰겠지만 나는 못배웠으니까 못배운데로 그냥 나만큼 더도 덜도 아닌 서인표만큼만 기록을 남긴면 되는것이다. 있는 그대로 겪어온 그대로 그 누가 욕해도 좋다. 이것은 칭찬(稱讚)을 받기 위한 것이 아니고 내가 걸어온 발자취를 그대로 남기고 싶은 것이니 부족한 부분이 많이 있을지라도 모든 분들이 이해(理解)해 주길 바랄뿐이다.

2024.10 만추에

서재에서 서 인 표

20사단 올빼미 부대 入隊

軍에 入隊前 복실리 친구 김영로와 함께

20사단 올빼미 부대에서 같은 同僚들과 함께

1971년 6월 19일 결혼식을 마치고 북악산 택시드라이브중 기념사진

첫째 4살, 둘째 1살 때

아내와 삼남매~ 이쁘고 귀엽지요~

아들, 며느리 손자와 함께~ 기쁜 마음이 한 가득~

가들들과 나들이~

제13회 진달래전에서 축사~

내글씨 내솜씨 彫刻앞에서

금천구서예가협회 진댈래서화공모대전 기념

천용근, 김종희 문화원장 내외분과 김수남老翁, 안희찬 스님과 행사 테이프 커팅식

한양대학교 고위정책학과 금천구
第三期 卒業紀念

현석 서인표
(전) 서울금천문화예술인협회 협회장
금천서예가협회 고문

배우고 가르치며 성장하는 우리

'배움에는 끝이 없다'라는 말처럼 우리는 살아가는 동안 끊임없이 배우며 지식을 넓혀가고 있습니다. 배우는 것을 넘어 내가 배운 지식을 다른 사람에게 나누고 가르치며 성장해 밝은 미래를 만들어 나갑니다.

學不厭激物致知(학불염격물치지)
誨不捲樹德遺知(회불권수덕유지)

배우기를 싫어하지 말며
사물의 이치를 궁극해 지식을 넓히고,
가르치기를 게을리 하지 말며
큰 덕을 심어 그 뜻을 후세에 남긴다.

사랑하는 내 아내~ 이쁘지요~

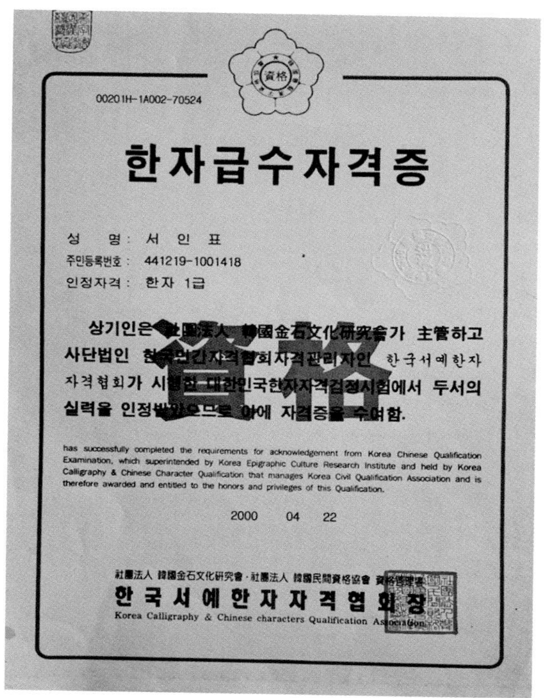

00201H-1A002-70524

한자급수자격증

성　　명 : 서 인 표
주민등록번호 : 441219-1001418
인정자격 : 한자 1급

상기인은 社團法人 韓國金石文化研究會가 主管하고 사단법인 한국민간자격협회자격관리자인 한국서예한자자격협회가 시행한 대한민국한자자격검정시험에서 두서의 실력을 인정받았으므로 이에 자격증을 수여함.

has successfully completed the requirements for acknowledgement from Korea Chinese Qualification Examination, which superintended by Korea Epigraphic Culture Research Institute and held by Korea Calligraphy & Chinese Character Qualification that manages Korea Civil Qualification Association and is therefore awarded and entitled to the honors and privileges of this Qualification.

2000　04　22

社團法人 韓國金石文化研究會 · 社團法人 韓國民間資格協會 資格管理者
한 국 서 예 한 자 자 격 협 회 장
Korea Calligraphy & Chinese characters Qualification Association

한자 1급 한자급수자격증 (2000. 4.22)

서 인 표

반야심경 35 x 675

나는 전북 순창군 유등면 유촌리 111번지 그때 당시 하늘과 땅만 보이는 200여 가구 되는 아주 첩첩산골 농촌에서 태어나 초등학교 5학년 때 어머님과 사별하고 유등초등학교(제30회)를 졸업하자마자 전주시 고사동에서 남의 집 일을 하며 야간중학교 몇 개월 다닌 것이 나의 전부의 학력이다.

매화 65 x 135

雪裏春風月上天 [설리춘풍월상천]
開花忍久二三連 [개화인구이삼연]
生涯수學매香覺 [생애수학매향각]
怠客新年立剛堅 [태객신년입강]
歲寒忍苦人生事 [세한인고인생사]

해설
눈 속에 봄바람이니 달은 하늘높이 밝고, 오랜 시련 끝에 두세개 피었구나
인생사 배울 점은 추위를 이기고 향기를 내뿜는 매화를 보고 깨달고서,
개으름뱅이 새해에는 새로운 마음으로 굳세지려하니
세한의 혹한을 견디며 부지런 떠는 매화꽃은 인생사와 비교되네.

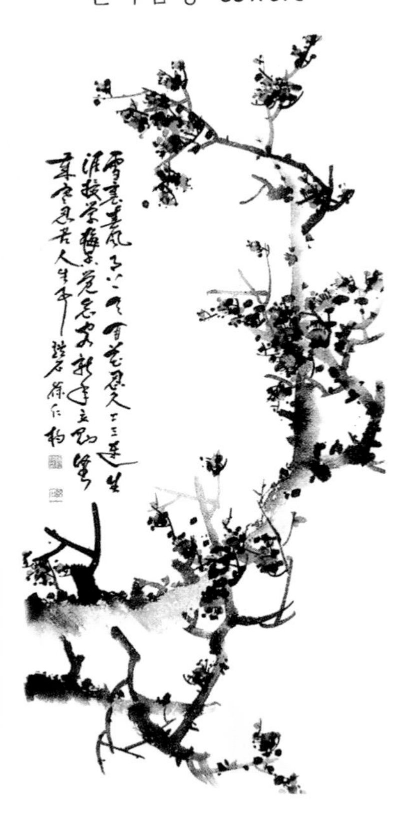

年計在春日計必晨
幼而不學老無所知
春不耕種秋無所望
不顧父母子亦不孝
親族疏遠難事必孤
脩身仁義保家勤儉
人交禮信爲政德讓
過勞身疲過慾損福
積善有慶積惡必禍
百忍堂中必有泰和
家庭教育十訓

家庭教育 十訓 [가정교육십훈] 35 x 67.5

1. 家庭教育 十訓 35 x 67.5 [가정교육십훈]
2. 年計在春 日計必晨 [년계재춘 일계필신]
3. 春不耕種 秋無所望 [춘불경종 추무소망]
4. 不顧父母 子역不孝 [불고부모 자역불효]
5. 親族疏遠 難事必孤 [친족소원 란사필고]
6. 脩身仁義 保家勤儉 [수신언의 보가근검]
7. 人交禮信 爲政德讓 [인교예신 위정덕양]
8. 過勞身피 過慾損福 [과로신피 과욕손복]
9. 積善有慶 積惡必禍 [적선유경 적악필화]
10. 百忍堂中 必有泰和 [백인당중 필유태화]

1.일년 계획은 봄에 있고 하루계획은 새벽에 있으며
2.어렸을 때 배워두지 아니하면 나이 들어 아는바가 없고
3.봄에 밭갈고 씨뿌리지 않으면 가을되어 바라는 바가 없고(거두어 들일 것이 없고)
4. 부모를 정성껏 봉양하지 않으면 그 자식 또한 불효할 것이요
5. 친척끼리 멀어지면 어려운 일이 있을 때 반듯이 외롭고
6. 몸을 닦고 어질고 의리있고 가정을 보전 하는데는 근면하고 검소해야 한다.
7. 사람을 사귐에는 예의 믿음으로 하고 정사를(맡은바 책임있는일)덕과 겸양으로 하라
8. 과로하면 몸이 피곤하고 지나치게 욕심이 많으면 손해를 부른다.
9. 착함을 행하면 경사스러운 일이 있을것이 악이 쌓이면 반듯이 재앙이 따른다.
10. 언제나 참는 집안에는 반듯이 큰 화목이 있다.

炫石 徐仁杓 作 / 산길을 따라 / 70×100cm / 화선지에 수묵담채

炫石 徐仁杓 作 / 겨울서정 / 70×50cm / 화선지에 수묵담채

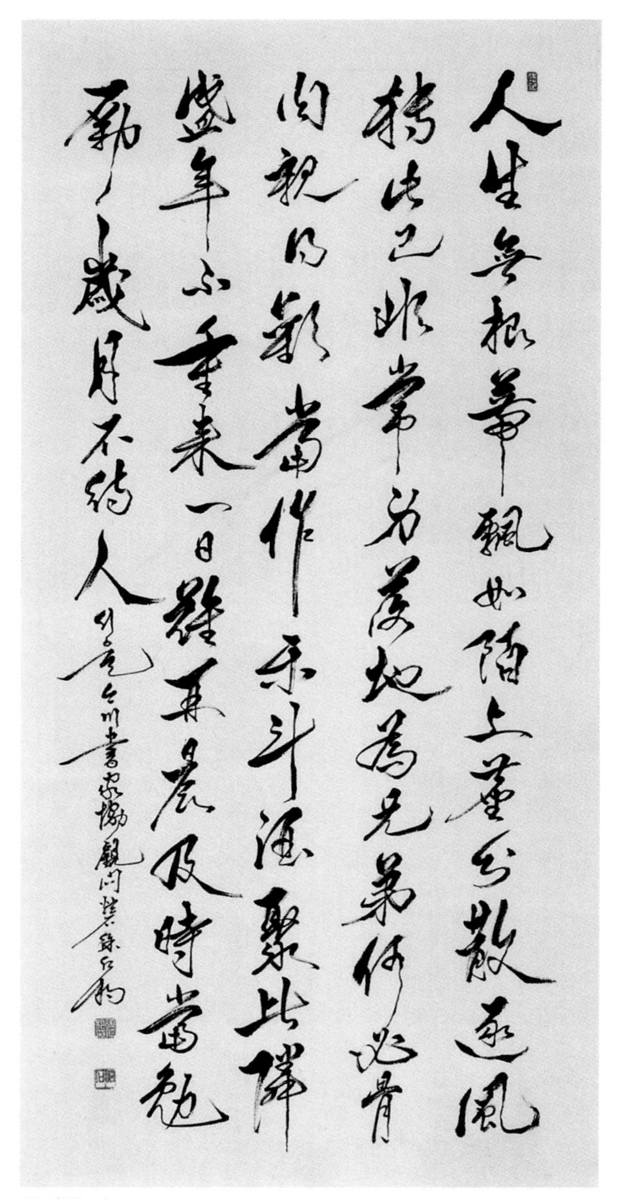

도연명 시 _ 70×135cm

人生無根帶 飄如陌上塵
分散逐風轉 此已非常身
落地爲兄弟 何必骨肉親
得歡當作樂 斗酒聚比隣
盛年不重來 一日難再晨
及時當勉勵 歲月不待人

인생에는 뚜렷한 근본이 없고
밭 두룩의 표표히 휘날리는 티끌과도 같다
분산되어 바람따라 흩어져 버리면
이 몸은 죽음이 몸에 닥쳐온다
실로 덧없는 것이다
도대체 이 땅에 태어나서
형제의 정을 맺는 것은
어찌하여 반드시 골육인 친척에만
한정되어 있는 것은 아니다
기쁜 일이 있으면 당연히 즐겨야 하고
한 말 물이 있으면 이웃을 모아
함께 마시고 즐겨야 한다
젊은 시절은 두 번 다시 오지 않고
하루의 새벽은 두 번 맞이하기 어려우나니
마땅히 때를 놓치지 말고 힘써 노력해야 한다
세월은 그대를 기다려 주지 아니한다

현석 **서 인 표** Seo In Pyo

- 세계 불교서화대상전 서예부문 대상 및 초대작가
- 한국서화예술협회 초대작가
- 국제 서화회원전 최우수상 및 초대작가
- 서울 금천문화예술협회 회장 역임
- 금천구서예가협회 초대작가 및 심사위원장 역임
- 그 외 다수

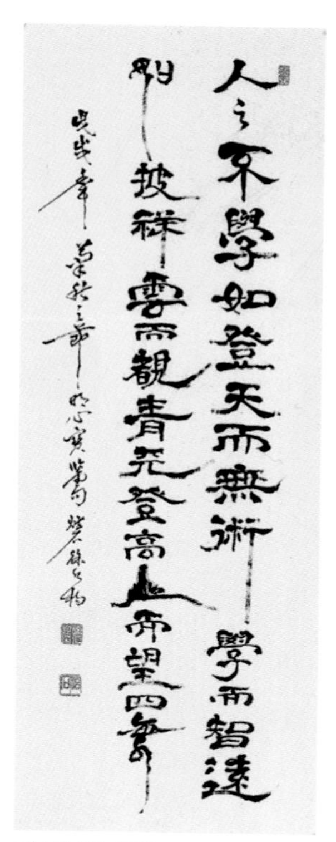

명심보감 구절 _ 35×93㎝

人之不學은 如登天而無術하고
學而智遠이면 如披祥雲而睹靑天하고
登高山而望四海니라

사람이 배우지 아니하면 재주가 없이
하늘에 오르려는 것과 같고
많이 배워서 지혜가 깊어지면
상서로운 구름을 헤치고 푸른 하늘을 보는 것과 같고
높은 산에 올라 사해를 바라보는 것과 같다

현석 **서 인 표** Seo In Pyo

- 세계 불교서화대상전 서예부문 대상 및 초대작가
- 한국서화예술협회 초대작가
- 국제 서화회원전 최우수상 및 초대작가
- 서울 금천문화예술협회 회장 역임
- 금천 서예가협회 초대작가 및 심사위원장
- 그 외 다수

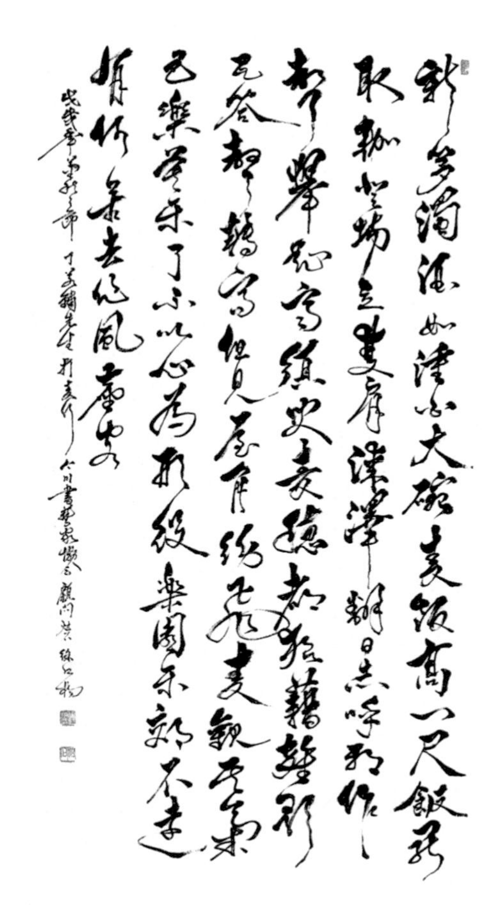

정약용선생의 打麥行 _ 70×137㎝

新芻濁酒如湩白　大碗麥飯高一尺
飯罷取枷登場立　雙肩漆澤翻日赤
呼邪作聲擧趾齊　須臾麥穗都狼藉
雜歌互答聲轉高　但見屋角紛飛麥
觀其氣色樂莫樂　了不以心爲形役
樂園樂郊不遠有　何苦去作風塵客

새로 걸른 막걸리 빛깔은 젖같이 흰데
큰 사발에 보리밥 높이가 한자로구나
밥 숟가락 떼자마자 도리께 잡고 마당에 서니
햇빛에 검게 탄 두 어깨 햇빛 받아 번득인다
옹해야 노랫소리 발맞추어 두드리면
순식간에 보리 낟알 온 마당에 가득하다
주고받는 노래가락 소리 높아가는 속에
다만 지붕 위를 보니 분분히 휘날리는
보리 꺼시락(티끌) 뿐이로다
그 기색 살펴보니 즐겁기가 짝이 없어
마음이 몸의 노예가 되지 아니한다
낙원이란 먼 곳에 있는 것이 아닌데
어찌하여 평생토록 수고롭게 벼슬 길에 헤매는고

炫石 徐仁杓 作 / 산곡유희 / 100×50cm / 화선지에 수묵담채

炫石 徐仁杓 作 / 여름여행 / 70×45cm / 화선지에 수묵담채

2003년 세계불교서화 대상전에서 서예부문 대상을 받은 서인표 고문

서인표

1. 2000년 한자급수자격 1급 취득
2. 2003년 세계불교서화 대상전 서예부문 대상
3. 한국서가협회 입선 및 특선 상
4. 그 외 최우수, 삼체상, 입. 특선 등 20여회
5. 전)서울금천문화 예술인협회장
6. 현)서울금천 예술문화 총연합회 고문

시흥본동에서 20여년 동안 살면서 방위협의회. 선거관리부위원장을 역임하였고 2003년부터 2008년까지 6년 동안 예술인협회 총무간사(지금의 사무국장) 2009년부터 2011년 3월까지 예술인협회 회장직을 역임하였다. 총무간사를 하면서 예술인협회에 주인정신을 가지고 내일을 제쳐두고 뛰었었다. 지금 생각해보면 이해하지 못할 만큼 미련했던 것 같다.

그러나 보람은 있었다. 해마다 조금씩 발전해가는 예술인협회 모습을 볼 때 더욱 큰 보람을 느낀다. * 금천예총

徐仁杓 八旬 紀念 雜草 같은 삶

내 인생의 暴風을 헤치며….

炫石 徐仁杓 作 / 주기도문 / 38×73cm

아버지의 새로운 도전!!

눈에 눈물이 없으면 그 영혼에는 무지개가 없다는 말이 있습니다.

저에게는 어릴때부터 '울보'라는 별명이 있었습니다. 저는 누굴 닮아 그렇게 울보였을까요? 아무렴요. 제 아버지를 닮았답니다.

아버지는 저로서는 혀를 내두를만큼 참으로 강하고 엄하신 분이시지만, 저녁에 약주 한잔 하시고 '불효자는 웁니다'를 부르실 때나 '미워도 다시 한번' 같은 영화를 보실 때에는 휴지로는 부족해서 수건으로 닦아야할 정도로 울보시랍니다.

무쇠처럼 강한 아버지가 우실 때면 저도 울보라 후두둑 떨어지는 눈물을 참을 수가 없었습니다. 부녀가 같이 수건 하나씩 손에 쥐고 울고 있노라면 아버지만큼 강하신 어머니가 혀를 쯧쯧 차시곤 하던 기억이 떠오릅니다. 지금 생각해도 괜시리 눈에서는 눈물이 찔끔나지만 웬일인지 입에서는 미소가 지어집니다.

강하지만 울보인 아버지의 영혼에는 찬란한 무지개가 빛나고 있었던것 같습니다. 일찌감치 부모님을 여의시고 홀홀단신 맨손으로 상경하시어 지금의 보금자리와 가족을 이루시기까지 겪어오신 그 눈물어린 설움과 상상하기 힘든 숱한 역경들을 저희가 어찌 감히 헤아릴 수 있을까요.

아버지는 어떠한 고난의 상황 한가운데서도 넘어지고 엎어지고 나동그라져도 일어나고 일어나고 또 일어나기를 절대로 포기하지 않으셨습니다.

아버지의 자서전 출간을 축하하며….

뿐만 아니라 현재에 안주하지 않으시고 하나를 이루면 또 다음 하나를 이루고자 끊임없는 도전을 계속 해오셨습니다.

이 자서전 또한 그러한 도전의 또 다른 결과물입니다. 누군가는 완전히 새로운 도전 앞에서 이미 부정적인 결과를 예단하고 두려움으로 시도조차 하지 못하는 경우도 있습니다. 도전에는 상당한 용기가 필요하기 때문입니다.

진정으로 강한 자는 자신의 나약함을 알고 내면의 두려움을 간절함과 용기로 바꿀 수 있는 사람이라고 합니다. 제 아버지는 진정으로 강하신 분이십니다.

전문가의 손길을 전혀 거치지 않은 채 아버지가 직접 쓰신 이 자서전이 비록 거칠고 세련되지 않아도 날 것 그대로 드러내길 원하셨으니까요. '나 못 배운 사람이니까 못 배운 티 나도 괜찮아' 라는 말씀을 들었을 때 사실 전 마음이 너무 아프기도 했지만 한 편으로는 그럴 수 있는 아버지의 용기에 내심 놀라기도 했습니다.

제 아버지는 수천번의 망치질과 담금질로 만들어진 장인의 검처럼 강하고 멋지십니다. 자, 그럼 이제 아버지의 이야기 속으로 들어가보실까요?
판단이라는 잣대를 잠시 내려놓으시고 편하게 읽어주시면 진심으로 감사하겠습니다.

삼남매 대표 장녀 올림

01 내가 태어남과 어린시절의 글 28
02 어머님께서 극락정토(極樂淨土) 입문하시던 날 40
03 국민학교 졸업을 마치고 곧바로 전주시로 46
04 누님이 심어 준 식당, 다시 누님 손에 강제로 끌려 나와 한 칸의 셋방에서 네 식구!! 52
05 미싱대리점에서 제과점, 군대입대, 제대, 벽돌공장까지 65
06 사업의 시작.. 서울식품 대리점..판매원 전국 1등 79
07 아버님의 임종(臨終) 92
08 결혼(結婚), 평생 반려자를 맞이하다 96
09 첫 공주를 출산하다. 107
10 둘째 왕자 출산과 아내의 장사… 115
11 판매원 교육과 공주 이야기 127
12 서울식품공업주식회사 아현대리점을 경영(經營) 132
13 제2의 인생 시작.. 서주우유 시흥대리점 인수 136
14 오토바이 교통사고!! 142

내 인생
폭풍을 헤치며

15 부부가 된지 53년째~ 내 아내
정말 감사합니다, 고맙습니다. 163
16 단 한번도 토로(吐露)하지 않았던
착한건지 바보인지 모를 내 아내~ 169
17 사랑하는 둘째 왕자와 있었던 일들 181
18 지하 1층 지상 4층 하여 5층 건물 완공!!
제3의 인생서막~ 190
19 오직 나 자신 못난 하나의 가장의 잘못이지
그 누구의 잘못이겠는가? 196
20 학이시습불역열호(學而時習不亦說呼)
때때로 배움을 익혀두면 또한 즐겁지 아니한가 206
21 어버이날의 꽃을 바라보면서~ 215
22 이 아빠의 과거사(過去事) 222
23 사람으로써의 본분(本分) 237
24 현모양처의 아내와 끈끈한 정의 3남매~
나는 복받은 사람!! 247

01

내가 태어남과 어린시절의 글

필자(筆者)는 전북 순창군 유등면 유촌리 일일일(일백십일)번지 하늘과 땅이 맞닿은 첩첩(疊疊) 산골에서 서자, 만자, 년자(徐萬年) 아버지와 황자, 복자, 니자(黃복니) 어머니의 늦둥이 귀한 아들로 태어났다.

내가 사는 동네는 동네를 1구 2구로 나누어 가운데를 가로 질러 냇물이 흐르고 여름에는 멱을 감으며 (목욕) 붕어등 피라미도 잡고 새우, 대사리(다슬기)도 잡고 물속에서 멱을 감으며 친구들과 물 장구도 치고 손 바닥을 이용하여 물을쳐서 물 싸움도 했던 기억이 뚜렷하다.

그 냇물을 중심으로하여 양지(陽地)쪽은 1구, 음지(陰地)쪽은 2구로 나뉘었다.
우리 마을에서 유등면 소재지쪽으로 약 500m 내려 가면 섬진강을 건널 수 있는 뱃사공 겸 주막집이 있었는데 지금은 다리를 놓아 편하게 건널수 있지만 그때는 강을 건널 수 있는 수단(手段)으로 양쪽에 쇠 줄을 메어 나룻배를 이용하여 건널 수 있었고 순창군 소재지에서는 5일 단위로 장이섰는데(장날) 우리 동네에서 순창군까지는 약 15리 6km정도인데 배만 나룻배는 버들과 책바위(유촌과 책암부락)의 유일한 교통 수단이었다.

그런데 섬진강 물은 어찌나 맑고 깨끗한지 물속에서 아무리 뛰어 놀아도 구정물이 조금도 일지 않았다. 강밑은 온통 알자갈과 모래였기 때문에 더러운 물이 일어날 일이 없었다. 멱도 감고 물 먹고 싶으면 흐르는 물 꿀꺽꿀꺽 마시면 식용수요 낙시터이고….
어떤 사람은 투망(投網)을 던져 많은 고기를 잡기도 했다. 동네 가운데 흐르는 샛강에서는 족대(고기잡는魚網)라는 것이 있는데 이 기구는 물가의 덤불을 족대를 넓게 펴고 족대 끝으로 툭툭 건드려 물고기를 몰아서 잡는 기구(機構)인데 한번 건지면 붕어 피라미 새우 미꾸라지 등이 오물오물 많이도 잡혔다,

섬진강 여울 부분을 동네 분들이 힘을 모아 물이 넘쳐 흐르도록 쌓아 놓은곳이 있는데 이곳은 년중(年中) 가장 뜨거운 여름 날씨에 물고기 은어(銀魚)를 잡기위한 수단으로(手段) 공(功)을 들여 설치(設置)해 놓은 곳인데 가장 뜨거운 여름날씨 은어는 더위에 약하여 뒤집히여 배를 하늘로 하고 떠내려가다 여울에 내려왔을 때 그것을 노려 지켜보고 있던 사람이 건져 내는 특이한 방법도 있었다.

배만 주막집 밑에는 몇아름되는 평나무가 있었는데 평이 많이도 열어 그 열매는 누구나 다 따먹기도 하고 또 바닥에 떨어진것도 많이 주워 먹었었다.

여름에는 무성한 풀밭에서 삐비도 한줌 씩 뽑아 먹곤했다. 한 여름 장마철에 나는 학교를 갔다 오다 물에 떠 내려가서 죽을 고비를 넘긴 일이 있었는데, 유등국민학교를 갈려면 우리 부락에서(部落) 약 2.5km 정도 되는데 배만 섬진강을 나룻배로 건너 중간정도 가면 그 때는 그 샛강을 댕강물이라 불렀는데 평소(平素)에는 징검다리를 놓아 건널 수 있는 아주 얕은 물인데 여름에 폭우(暴雨)가 쏟아지면 어린 아이들은 건널 수 없는 샛강이었는데 그날 하교길에 비가 많이 내려 그랬던 것 같다.

국민학교 2학년까지는 우리 부락 유촌분교(分校)에서 다니고 3학년 되는 해부터는 유등국민학교로 다녔으니 내가 3학년 때 여름이었다. 한참 떠내려 가는 나를 우리 집안간 6학년 선배(先輩)인 서영재 형이 구했다고 했다.

정신이 없어 누가 구해 준지도 모르고 그때는 고맙단말도 못하고 정신을 차렸을땐 내 손에는 책은 물에 다 떠내려가고 빈 보자기만 들려 있었다. 그리고 겁(怯)이 벌컥났다 떠내려 가면서 물을 많이 들이켜 배는 남산만큼 빵빵한데 구역질은 나오는데도 책을 다 잃어버렸다고 어머님은 놀라서 어쩔줄을 모르시겠지만 아버지한테 분명 매 맞을 생각을하니 오직 두려움이 앞을 섰다.

그때는 부유한 집 자손 아니고는 책을 사서 공부를 한 것도 아니고, 대부분 선배들한테 물려받아 책이 닳고 달토록 물려 주고 또 물려 주고 하면서 공부를 했을 때이니, 책을 구하는 것도 몹시 힘든 때였다.

한 동안 책도 없이 옆자리 짝궁의 책을 같이 보며 공부를 했고 어머님께서 백방으로 수소문하여 책을 구해 주시어 공부를 할 수 있었다. 어쨋든 어렸을 적엔 몰랐지만 지금와서 생각하면 산 좋고 물 좋고 인정이 넘치는 그런 고장에서 태어난 건 부인할 수가 없다.

다만 캄캄한 새벽부터 밤 늦게까지 몸이 부서져라 집안일부터 산으로 들로 이리뛰고 저리뛰고 일만하시는 어머님 그 고된 일을 하고 밤 늦게는 호롱불 밑에서 옷 깁고 양말 깁고 잠잘 사이도 없으셨던 어머님!! 그와 반대로 일년 365일 매일 술에 취해 집에 들어와 많지도 않은 식구들을 아무런 이유(理由)없이 두들겨 패고 발로 밟고 차며 술이 다 깨도록 괴롭히는 아버님!!

어머님과 나는 일년 열두달 온 몸에 피멍 등 멍자국이 가실 날이 없었다.
맞기 싫으면 도망 가는 수밖에 다른 방법은 없었다. 한번 잠들면 온 동네가 떠나갈듯 코를 골며 한번도 깨지 않고 아침까지 주무시고 난 뒤에는 술이 깬 뒤에는 어떤 말씀도 없고 언제 그랬냐는듯 평온(平穩)한 아침이 된다.

우리 집은 낮에는 조용한 집이요 저녁늦게는 마치 시장(市場)이나 전쟁터를 방불케하는 200여가구되는 우리 부락에서 가장 시끄러운 집이었다. 요즘 같으면 동네 사람들이 날 잠자는 시간 때에 매일같이 소란(騷亂)을피우면 가만히 두었겠는가? 허나 그시절(時節)에는 그 어느 누가 말 한마디 한 사람이 없었다.

나는 이와 같이 불우한 집안에서 태어나 자랐다. 내 위로 다섯살 위인 누님 한분이 계셨으니 우리 식구는 네 식구인데 누님은 내가 9살이나 10살때 집을 도망쳐 나가 버렸다. 계속(繼續) 소식조차 없다 집을 나간지 2~3년 되면서부터는 손잡이가 있는 속대로 엮어 만든 사과(그때는 능금 작은것) 12개짜리를 들고 추석과 설 명절 때는 인사차 내려왔다 가곤 했다.

아버지의 이유없는 폭행(暴行)

우리집 살림 생활정도(生活程度)를 묻는다면 부지런만하면 우리 동네에서 제일 가는 부자(富者)집도 부럽지 않은 만큼 재산(財産)을 가지고 있는 집이었다.

그런 재산을 가지고도 하루 세끼 밥을 먹지 못하고 굶주린 까닥은 과연 무엇이었을까? 그것은 오직 아버지 한 분 때문이다. 나는 얼굴도 모르는 조부모님께서 살아 계실 때는 우리동네에서 또는 우리가문(家門)에서는 살 만큼 산 큰 집이었고 가장 위엄(威嚴)을 갖춘 집이었으며 할아버지 할머니 두 분 모두 힘도 장사였고 엄한 분이셨다고 내가 어린 시절 집안 간 어른들이나 동네 어른들에게 여러번 들은바 있다.

내가 클때까지 우리집 대들보 위에 즐비하니 늘여 놓은 그릇, 뒷 마당에 덮어 놓은 그릇은 우리 동네 대소사(大小事)에는 우리집 그릇(사기그릇)을 빌리지 않고는 잔치를 치룰 수 없다는 말을 들을 정도였다.

동네의 혼례식(婚禮式)이나 상(喪)을 치를 때는 여지 없이 그릇을 빌려가고 했었던 기억(記憶)이 뚜렸하다.

모두가 다 사기그릇이니 빌려가면 온전할리 없고 빌려갈 때도 그릇 개수를 세지도 않고 마음대로 담아 짊어지고 가고 가져 올 때도 맞춰보지도 않고 두고 가곤한 참말로 인심도 좋았던것 같다.

할아버지 할머니는 힘만 장사가 아니라 위엄도 동네의 호랑이라고 부를 정도(程度)로 정도(正道)를 걸어오신 분들로 알고 있다.

할아버지와 할머니는 택호(宅號)는 남춘이며 그러니까 남춘 할아버지 할머니였다. 지금은 시대를 따라 이름을 많이 부르지만 그리고 내가 순창 고향을 떠난지가 60해를 훌쩍 넘었으니 시골 돌아가는 사정을 알 수없지만 1950년~60년까지는 혼인(婚姻)을 하면 여자측(신부측) 동네 이름을 따서 용동떡 이밤떡이라 불렀으며 남자측은 자동으로 용동양반 이밤양반 남자는 택호 뒤에 양반자를 붙였고 여자분은 떡자를 붙였다. 예(例)를 들어 우리 어머니의 택호가 지산떡이니 아버지는 지산양반이라고 부르고 사실은 끝자가 떡이 아니고 댁(宅)인데 우리 시골에서는 댁이라 부른 사람은 한 사람도 없고 모두가 다 떡이라 불렀다. 심지어는 장가들고 시집가면 이름 자체를 사용하지 않았고 용동새댁 이밤 새댁하고 시집와 애를 낳기전에는 새댁이라 불렀다.

그래도 남자들은 이름도 부르고 호도 불렀지만 여자분은 아예 아름 자체를 잃고 살아갔던 것으로 알고 있다,

사실 나 자신도 어머님의 존함(尊銜)을 몰랐었는데 임종(臨終)때 어머님께서 돌아가신 날 알게 되었다.

내가 태어나기전 조부모님께서는 두 분다 돌아가셨으며 그저 동네 어른들께 엄하고 위엄을 갖춘 분이란 것을 알았을뿐인데, 아쉬운 건 그런 엄한 조부모님중 한 분만이라도 내가 국민학교 졸업할때 까지만이라도 살아계셨더라면 얼마나 좋았을까 하는 생각을 많이도 했었다.

그렇게 튼튼한 집안이 무너지기 시작한 것은 두분 조부모님께서 돌아가신 이후부터 시작되었다고 한다.

예로부터 엄한부모 슬하(膝下)에서 자란 자식은 부모의 본을 받아 나쁜 길로 들어서지 않는다고 했는데 그것도 다 맞는 말은 아닌것 같다.

우리 아버님은 엄한 부모가 돌아가시니 아버님의 새 시대가 열린것 같이 생각하셨는지 모르지만 그 때부터는 우리의 네 식구중 아버지는 가정에 가장(家長)이 아닌 광기(狂氣) 어린 폭군(暴君)으로 변했고 일은 안 하고 매일 주막(酒幕)집에 술과 고기로 배를 채우고 밖에 나가서는 더할나위 없는 호인호객(好人豪客)이요 집에 들어오면 하루종일 일에 시달리고 지쳐있는 어머니를 어떻게 생각하면 늦둥이 남매 금쪽같은 아들, 딸이건만 이유없는 폭행이 시작되고 술에 취하면 집에와서 주무시는 것이 아니고 술이 다 깰때까지

잠들기전까지는 모든 식구들을 괴롭혀야만 잠을 자는 습관적 폭행은 지속적으로 반복되었다.

시계 하나도 없는 시대

매일 술에 취해 들어오시니 언제 들어오실지 모르기 때문에 항상 마음을 졸이며 긴장(緊張)속에서 기다려야만 했다.

만약(萬若) 들어 오실 때 졸거나 앉아서 깜빡 잠이 들면 그날은 어른이 들어오지 않았는데 어떻게 졸거나 잠을 잠을 잘 수 있느냐하고 한바탕 소란을 겪어야했으며 발로 밟고 차고 맞기 싫으면 언제나처럼 도망 나오는 수밖에 없었다. 도망을 나온다해도 매일 반복되는 일이니 딱히 갈 곳도없고 그래도 날씨가 춥기전에는 괜찮은편이나 추운겨울에는 정말 힘든일이었으니 만만한 것이 방문앞 마루 밑에 어머니와 같이 기어들어가 아버지 코고는 소리만 기다리고 있는데 철없던 나는 마루밑 속에서도 가만이 있지 못하고 어떻게하다 머리로 쿵하고 마루를 들이 받으면 어머님은 가슴을 졸이시며 이놈아 아빠 듣는다 조심해야지 하고 나를 다독였다.

그때는 시계 하나도 없었고 시골에서는 닭 우는 소리로 시간을 짐작(斟酌)했었는데 닭이 한번, 두번, 세번째 울면 새벽 먼동이 트는 시간대였는데, 아버지는 때에 따라선 한번 울때 들어 오실 때도 있고, 두 번 울 때 들어 오실 때도 있었는데 우리집 대문안에 들어오실 때는 언제나처럼 어험하고 헛기침을 하고 들어오셨는데 앉아서 졸다가도 기침소리가 나면 혼비백산(魂飛魄散)하여 언제 졸았냐는듯 뛰쳐나가서 “아버지 이제 들어오십니까?”하고 인사를 하곤 했다.

새벽인지 밤중인지 구분도 없이 집에만 들어오시면 광기(狂氣) 어린 광견(狂犬)으로 변(變)하는 우리집의 가장(家長) 아버님!! 글을 쓰고 있는 그 분에게는 하나뿐이 없는 자식인 나 자신도 꼭 이렇게 모두 아니 모두는 다 밝힐 수 없다하더라도 아주 조금일지라도 이렇게 밝혀 쓰고 있는 내 자신에게도 묻고 또 물으면서 부끄러움을 감추지 못한다.

다른 사람은 몰라도 내 자식 삼남매 만큼은 저희 아빠가 어떻게 이 세상의 모진 풍파(風波)를 인내(忍耐)하며 헤쳐 나왔는지 꼭 알리고 싶은 마음에서 눈물을 머금고 이 비서(悲書)를 쓴다.

어머니와 나의 몸뚱이는 일년 열두달 피멍이 가신 날이 없었고, 한번은 요강(尿鋼)을 어머님에게 던져 어머님 면상에 정통으로 맞았는데 어머님은 피가 낭자하여 그 자리에서 혼절하시고 코뼈가 부러지고 얼마 동안에나 지난 뒤에 깨어나셨던 기억이 뚜렷하고 그때 죽지 않고 살아 깨어나시어 수 많은 날을 고생하신 일도 있었다.

훌륭하신 훈장(訓長) 어른, 잉기 아저씨

나는 어머님과 수 많은 날을 아버지의 폭력을 피해 도망쳐 마루 밑에도 많이 숨어 있었지만 날씨가 추워지면 차가운 마루밑 땅바닥에 엎드려 있으면 찬기운이 올라와 어머님께서는 나를 데리고 훈장 어른댁 (서석종 할아버지)으로 가장 많이 갔었다. 그 훈장 어른댁을 가면 훈장 어른 며느리가 새벽과 밤중을 가리지 않고 언제나 반갑게 맞아 주었으며 깊은 잠을 깨웠는데도 조금도 싫은 기색은 찾아볼 수도 없었고 배고픈줄 알고 묻지도 않고 밥부터 챙겨주시고 언제라도 좋으니 조금도 미안해 할것 없고 매일 저녁이라도 좋으니 밖에서 떨지 말고 곧장 자기집으로 와서 밥도 먹고 따뜻이 잠도 자고 편안한 마음으로 오라고 언제나처럼 빼놓지 않고 말씀하시곤 했다.

그 훈장 며느리님은 학렬로는 어머니에게는 조카며느리 나로써는 형수님이 되지만 나이 춘추는 어머님과 동갑내기였다.

그리고 그래도 가끔은 회기당숙네 집으로도 갔었는데 당숙네는 형편이 곤란한 집이였기 때문에 우리가 가면 고구마 한개라도 축(縮)을 내야 되기 때문에 어머님께서 자주 못 가신것 같았다.

훈장님댁은 동네에서 몇째 안가는 부자집이었으며 우리 집안에서는 제일 부자집이 덕산당숙네 집이였었는데 우리와 가깝기로 따진다면 덕산 당숙네 집을 자주 갔어야 옳은 일이었으나 단 한번도 가지않은 것은 덕산 당숙모가 마음속으로 좀 어렵게 느껴졌었던 것 같다.

그런데 훈장 잉기 아저씨는 운명(殞命)하시기 전 식구들이 있는 자리에서 우리에 대한 유언(遺言)까지 남기셨다는 얘기다. 인표와 인표 어머니가 오면 언제라도 자기집 식구 같이 대해줄 것이며 따뜻한 밥이라도 먹이고 따뜻히 대해줄 것을 유언으로 명하셨다는 말씀을 전해 듣고 철도 모르는 나였지만 왜 그렇게 겉잡을 수 없는 눈물이 나왔는지 어머니와 나는 한참 동안이나 주체할 수 없이 울었던 기억이 80이다된 지금, 이 시점에서도 또렷이 기억이 되살아난다. 잉기아저씨 고맙습니다. 고맙습니다. 이 세상에 훈장님 같이 고마운 분이 또어디에 있겠습니까?

내가 12살때 오징어채를 먹으려다….

내가 12살 되던 해 설날 덕산 당숙네집에 세배하러 갔었는데 하필이면 모두 음식을 먹고 있을 때 마주쳐서 당숙모님께서 앉아서 같이 먹으라고 하여 떡,유과 등이 있었고 오징어채를 가져다 입에 대려는 순간 당숙모의 노기(怒氣)어린 호통이 떨어졌다. 왜 그랬을까 그때의 오징어채는 하나를 집으면 엉겨붙어 지르르 따라오는 성질이 있는데 손으로 떼어내고 가져 왔으면 되는 것을 내가 철도 없고 눈치도 없이 따라오는 그대로 가져왔던 모양이다. 그것을 덕산 당숙모님께서 보시고 조금씩 먹지 않고 버릇이 없다하시면서 어찌나 노(怒)하시는지 결국은 떡 한개를 먹고 오징어채는 먹지도 못하고 그대로 문밖으로 뛰쳐나와 얼마를 울었는지 모른다. 그 뒤로는 덕산 당숙부모님 댁은 설날 세배(歲拜)를 가서도 인사만 드리고 단 한개의 음식도 먹어 본적이 없다.

나무를 해다 주고 밥을 먹은 적은 있어도 공짜 밥은 먹어본 적이 없다. 당산 회기당숙네는 가까운 우리 집안간 중에서 재산이 제일 없는 집이라 할 수 있지만 당숙, 당숙모 형수님까지 식구 모두가 힘을 합쳐 쉬지 않고 열심히 노력하는 집안이라 그래도 풀대죽에 고구마라도 먹고 지낼만 했었던 것으로 알고 있다. 하지만 끼니 때 고구마도 먹고 싶은데로 먹지 못하고 제 각각 작은 것 두 개 정도로 끼니를 때웠던 것이 고작이었던 것으로 알고 있다. 하지만 밤중인지 새벽인지 분간도 하기 어려울 때 어머니와 내가 가면 쫄쫄이 굶고 오는줄 알고 저희들을 불쌍히 여기시고 고구마도 주시고 잠도 재워주셨으니 이 얼마나 고마운 분들인가. 눈물이 나도록 고마움을 느낀다.

우리집은 아버지가 술값으로 주막집에 모두 퍼다 주고 아버지는 일이라곤 하지를 않으시여 보리고개엔 굶기를 거듭하였다.

우리집 재산 목록~

나는 철없던 어린 나이었으나 하나도 빼 놓지 않고 다 알고 있다. 논은 구름 고개너머 675평뿐이고, 밭은 방하들에 600평, 배맡 섬진강가에 고구마 또는 밀밭 400평, 상정물밭400평, 삼밭(무우밭)60평이 있었으니 아버지만 술만 적당히 드시고 일을 하신다면 매년 먹고 남는 것으로 전답(田畓)을 늘릴 수 있는 부자소리를 들을만한데 혼자서 술과 고기로 배를 채우고 남한테는 후하게 베풀어가면서 집에 와서는 집식구들을 괴롭히는 것으로 일과가 정확하게 짜여 있었다. 요즘 같으면 이웃 분이나 동네분 들이 쫒아오고 관리사무소에 신고하고 공공기관에 신고하고, 동네에서 추방(追放)해도 마땅한 우리집이었다. 그런데 매일 저녁 그 큰 소란(騷亂)이 나도 말 한 마디 한 사람이 없었다.

요즘 같으면 아파트 윗층에서 밤에 미세(微細)한 소리만나도 가끔은 칼부림까지 나는 현 시대와는 달리 너무나도 말 한 마디 없는 것이 이상할 정도였다. 없이는 살아도 요즘 같이 각박(刻薄)하고 몰인정(沒人情)한 현 시대와는 서로 이해하고 보듬어 주고 어디를 가나 훈훈(薰薰)한 인정(人情)이 넘쳤던 그 시대를 어찌 비교(比較)할 수 있겠는가. 배는 등거죽에 붙고 헐벗고 굶주리며 살았어도 사람 사는 맛을 느낄 수 있는 그런 시대였다. 사람이 사람 무리속에서 더불어 살아가는 사람다운 참(참)삶이었다.

여덟살 되던 해부터 어깨엔 꼴망태, 손에는 낫을 들려 주어….

나는 초등학교를 9살에 입학하여 15살 되던 해, 6학년을 졸업하였다. 유등국민학교 제 30회의 빛나는 졸업장을 받았다. 그 때는 국민학교 입학을 8살 9살 10살 나이와 아무런 제한(制限)이 없었다. 학년의 점수가 미달 되면 낙제생(落第生)도 있었고 심지어는 국민학교 5~6학년때 결혼(結婚) 장가를 간 사람도 있었다. 또는 초근목피(草根木皮)로도 끼니를 때우고 굶주린 때였기에 국민학교도 가지 못한 사람이 많았다.

그렇지만 우리집은 앞에서 말씀드린바와 같이 아버님만 정신(精神)이 깨어 있으면 부자집인데 아버지는 그깟 공부는 해 무었을 하느냐고 학교를 보내지 않을 생각으로 8살 되던 해부터 어린아들 전용(專用)으로 꼴 망태를 만들어 주고 손에 낫을 들려 주어 풀과 나무를 해오라고 명하셨다. 그 일로 어머님은 학교를 보내야 된다, 아버지는 보내지 않겠다는 것으로 두 분께서 많이 다투었으며, 아버님은 어머님을 어른의 말을 듣지 않는다고 발로 차고 매질을 하셧던 것을 여러번 목격했던 기억이 뚜렸하다.

그렇게 매 타작을 당하시면서도 끝끝내 나를 학교 보내는것을 포기(抛棄)하지 않으시고 내가 9살 되던 해 유등국민학교 유촌분교에 입학하게 되었다. 나는 학교를 갔다 오자마자 꼴망태를 메고 나무든 풀이든 할것 없이 무엇이라도 해 왔으며, 때에 따라선 해가 넘어 간줄도 모르고 일을 하다가 어두워지면 무서워서 울며 울며 허겁지겁 집에 오다가 넘어져 피를 흘릴 때도 많았다. 그래도 학교 수업만큼은 빠지지 않고 꼬박 꼬박 1학년때부터 개근상도 타고 정근상도 탓다.

지금은 책 명칭도 달라지고 종류도 많을줄로 알지만 그때는 국어, 셈본, 사회생활, 도덕이 네가지를 각 반의 담임(擔任)선생 한 분이 지도(指導)하였다. 등교하여 첫번째로 아침 운동으로 도수체조(徒手體操)부터하고 50분 교실에서 공부하고 10분 운동장에 나와 신나게 뛰어놀고, 그 때는 교무실(敎務室) 앞에 손으로 칠 수 있는 끈이 달린 조그마한 방울달린 쇠종이 있었는데 종이 세번 울리면 수업시간을 알리는 들어가~들어가 교실로 들어가란 소리고, 종이 두번 울리면 휴식시간을 알리는 나와 나와하면 쉬는 시간에도 공부를 하는 학생도 있었지만 거의가 다 모두들 운동장으로 뛰쳐 나왔다.

점심시간에는 점심 밥을 못 싸가지고 온 학생들도 많았으며 나 역시도 어머님 자신은 굶을지라도 점심 변또(도시락)만큼은 잘 챙겨주셨는데 일주일에 여섯번 등교중 토요일은 오전 수업만한다하여 반공일 일요일은 온공일이라 하였으니 반공일과 온공일을 빼면 일주일에 다섯번 점심 시간대인데 그 5일중 세번은 싸가지고 다녔다. 변또(도시락) 반찬은 기름 소금 아니면 된장인데 그 밥맛은 말로써 표현(表現)할수 없을 정도로 맛이 있었다.

그리고 물은 운동장 한 켠에 몇 질이나된 긴 끈으로 되어 있는 두레박으로 길어 올려 먹곤 했었는데 종이 두번 울린 뒤에는 학생들이 우물가로 우루루 몰려와 너도 나도 할것 없이 소란스러웠고 그러다 종이 세번 울리면 혼이 빠져라하고 교실로 뜀박질을 했었다.

조금 늦으면 반장이 교실문을 지키고 있다가 자리에 앉지 못하게 하고 선생님께 지휘봉으로 손바닥을 두 세번 맞고 자리에 앉아 공부를 할 수 있었다. 아침 등교시간에도 매한가지였다. 단, 아침 등교 때는 주번 선생님과 선배 주번이 교문을 지키고 있는것만 다를뿐이었다.

책, 보자기와 노트

지금은 좋은 가방과 좋은 노트를 사용하지만 그 때는 줄이 쳐지고 권(卷)으로 되어 있는 노트는 귀한 것이었으며 가끔 부자집 아이들이나 사용하는 노트였다. 대부분은 노란 옛 편지(便紙)봉투 종이, 그것도 노란 빛이 나는 것은 비쌌었고 약간 거무튀튀한 빛이 나는 종이는 값이 좀 쌌는데(저렴) 그 종이를 많이 썼고 백노지, 지금 서예인 또는 화가들이 쓰고 화선지 전지(全紙)크기만한데 이것을 다섯번 접어 지르면 32장이 되는데 이것을 송곳으로 뚫어 실끈으로 메면 훌륭한 노트가 되었으며 횟가루 종이, 지금의 시멘트 푸대종이라고 해야 맞을 것 같다.

어쨌든 종이의 질(質)의 좋고 나쁨을 떠나 종이라고 생긴 것이면 모두가 다 공책으로써 둔갑(遁甲) 시킬 수 있었다. 옷(의복)은 누덕누덕 수 없이 기워 입고 신발도 검정 고무신

이 최고 좋은 신발인데 이것도 옆이 찢어지면 기워 신고 바닥은 모두 닳아 없어질때까지 신었으며 추석 명절과 설 명절에 검정고무신을 한 켤레 사다 주면 하늘을 얻는듯 좋아서 어쩔줄을 몰랐고 닳을까 걱정이 되어 신발을 들고 맨발로도 많이 다녔었다.

의복(衣服)도 역시 추석과 설에 한 벌씩 얻어 입으면 새가 푸른 하늘을 나는것 같이 좋았고 뱃속에서는 쪼르르 쪼르르 음식을 달라고 소리치고 보채도 채워줄 수 없던 그시절, 그래도 따듯한 날씨에는 삐비라도 뽑아서 먹곤했지만 그외엔 굶주린 뱃속을 달랠길은 철철 흐르는 시냇물로 배를 채울 수 밖에 없었다.

우리 시골은 나무를 하러 산에 가도 산꼭대기에 도나기 샘이 드문 드문 있어서 돈 한푼 안드는 공짜 물로 배를 채울 수 있었다.

지금의 현시대의 젊은이들이여 투정하지 말라. 자네들은 부모님의 피와 땀으로 일궈 놓은 이 좋은 세상에서 살고 있지 않는가!!

02

어머님께서 극락정토(極樂淨土) 입문하시던 날

내가 국민학교 4학년 겨울방학 때였고 5학년으로 올라가려던 해 음력 2월 9일 우리 시골은 5일마다 장이 섰는데 아버님께서 몇일전 읍내 시장(市場)에 나가시여 두가지 생선을 사오셨다 (북쟁이)복어와 또 한 가지는 고기이름은 잘 모르지만 약간의 쏘가리 모양(模樣)같기는 하나 등이 빨간 고기였다.

그날 아침은 복어탕을 끓여 맛있게 먹었다. 어머님은 평소(平素)처럼 부엌에서 드셨는데 그날도 부엌에서 드시고 방깟 아주머님 댁에 품앗이로 삼 삼으로 가시고 나는 주막집 서태식씨 아들 서경원이와 함께 나무를 하러 가기로 약속이 되어 있어서 경원이와 만나 동네를 벗어나 뒷뜰에 접어드는 순간(瞬間), 경원이는 추워서 도저히 못가겠다고 자기 집으로 돌아가고 나는 아무리 추워도 조금이라도 해 가지고 올 생각으로 혼자서 구름고개 핑정골로 발길을 재촉하였는데 나도 모르는 사이 조부모님 묘소(墓所)앞으로 갔다.

지게를 내려 놓고 솔가지를 낫으로 꺾으려는 순간 그날 따라 강풍에 싸락 눈에 앞이 보이지 않을 정도로 많이 오고 있었는데 그 추운 날씨에 어디선가 윙~위잉하고 왕 파리 소리에 놀라 눈을 왕방울만하게 뜨고 주위(周圍)를 살폈으나 아무것도 없었다.

그래서 두번째 나무를 꺾으려는 찰나, 또다시 이번에는 더 크게 위~위~잉하는 소리에 혼비백산(魂飛魄散) 걸음아 나살려라 조금이라도 빨리 가려고 길도 아닌 골짜기 숲을 해치고 방죽 두던 저수지(貯水池)를 향하여 달려 나와 집으로 와서 부엌나무청에 지게를 내려 놓는 소리를 어머님이 듣고 나를 부르는 말씀이 들리는데 내 귀에는 아가아가 소리를 아가 까까 꺄꺄~하는 소리로 들렸고, 산에서 왕파리소리에 놀라 들어왔는데 방에서 어머님 말씀이 들리니 반가운 생각으로 방문을 열고 들어가니 어머니의 얼굴 빛은 누렇게 변해 있었으며 이미 혀가 굳어가고 있어 말 발음이 똑바르지 못한고로 아가소리가 아가아가 까까 소리로 들렸던 것이다.

어머님께서는 이불을 덮고 누워 계시면서 아가아가하며 손을 내미시는데 어머님 손을 잡으려는 순간 소스라치게 놀라며 끝내 어머님 손을 잡지 못하고 방문을 사정없이 박차고 나왔다. 왜 그렇게 놀랐을까. 방안에는 온통 나를 잡으려는 잡귀(雜鬼)들로 꽉 차 있는 것 같았다.

산에서 나무를 할 때부터 또 조부모(祖父母)님 묘소 앞으로 앞이 보이지도 않을 정도로 쏟아지는 눈바람을 맞으며 혼자서 갔다는 자체도 이상하고, 왕피리 소리가 난 것도 우연(偶然)이 아니고 집에 위급(危急)한 상황을 알리어 (왕피리 소리로) 한 발자국이라도 빨리가서 어머님을 구(救)하라는 명령이었던것 같다.

아버지는 항상 주막집에 계시니 찾기는 일도 아니었다. 그 중 제일 잘가신 주막 통안댁 서태식 주막에 가니 아버지는 그집 두부 콩맷돌을 돌리고 계셨다.
어머님께서 죽어간다고 아빠의 소매 끝을 잡고 울부짖으니 황급(遑急)히 오시여 오신 즉시 변또(양은 도시락)에 물을 부어 이글이글한 화로불에 얹어 놓고 밖에 나무다발 묶은 칙넝쿨을 가져와 가위로 변또에 대고 잘라 넣으니 금방 붉그스레한 칙물이 우러 나오고 있었다.

그리고 재빠르게 뛰어나가 참기름병과 수저를 가지고 오시어 굳어 가는 어머님의 상반신을 일으켜 붙잡고 칡물과 참기름을 어머님 입에 떠 넣으니 몇 순갈 떠 넣는 순간 미리 준비(準備)하여 둔 투가리(큰용기그릇)에 어머님이 무섭게 토(吐)하신 것이었다.
그러나 더 무서운 것은 아버지의 말씀이었다. 그렇게도 매일같이 술에 취해 집에 들어오시어 어머님과 저에게 까닭없는 매질과 사람으로서는 차마 해서는 안될 짓(얼마나 모질게 대했으면 아버지의 행위를 짓이라 표현하겠는가)을 다해 놓고 그 순간만큼은 천정(天井)을 쳐다보며 긴 한숨과 동시에 인표야하고 부르시는 것이었다.

예~하고 대답(對答)하니 네 엄마는 없다하고 맹수(猛獸)보다도 더 무섭던 술취한 얼굴은 쳐다만봐도 몸이 오싹 부르르 떨렸던 그 얼굴에서 피도 없고 눈물도 없을 줄 알았던 그 눈에서 눈물을 주루루 흘리며 큰소리로 또 천정을 쳐다보며 어머님의 존함(尊啣)을 복니야하고 부르시는 것이었다.
나는 열세살 이날까지 어머님 존함을 알지 못했다. 오직 지산댁으로만 알았는데 운명(殞命)하신 그날 비로소 알게 되었다.

아버지의 그 말씀을 듣고 맨발로 있는 힘을 다해 뛰어 공표형님 집에 가서 성~서엉 공표서~엉(형~을 성 형님을 성~님 또는 앞에 이름자를 붙여 공표성님, 금표성님 우리 시골에서는 그렇게 불렀다.)하고 가쁜 숨을 몰아쉬며 불렀다.

인표야 무슨일이냐? 하시며 방에서 나오시는데 엄마가 엄마가 곧 죽어 했더니, 형님께서 마루에서 내려와 내 뺨을 사정없이 내리치시면서 이녀석아 내가 어제 저녁 너희 집에 같이 있었고 아침 밥도 먹고 왔는데 형에게 왜 그런 말도 안되는 소리로 놀라게 하느냐 하시면서 평소에 그렇게도 아끼고 사랑해 주시던 형님이지만 너무나도 황당(荒唐)한 말이기에 형님도 자신도 모르게 뺨부터 때린것인데, 내가 헐래벌떡 가쁜 숨을 몰아 쉬고 그 추운날 맨발로 온 것을 보시고 형님 역시 그때야 상황판단(狀況判斷)이 되셨는지 있는 힘을 다해 우리집을 향해 뛰시는 것이였다.
나도 형님의 뒤를 따라 집에오니 어머님은 그 사이 혀가 굳어 말씀을 하시려고는 하나 알아들을 수 없고 오직 꺽꺼~꺽소리만 들릴 뿐이었다.

잠시뒤 그 사이 어떻게 알았는지 회기당숙 우봉당숙이며 집안간 어른들은 물론이거니와 동네 분들도 모여들기 시작했다.
집안 문중 어른들은 방으로 빽빽히 들어가 어머님의 임종(臨終)을 지켜보고 섰는데 정작 하나뿐인 자식인 나는 눈물도 나오지 않고 방안에 많은 어른들이 있는데도 무서워서 도저히 어머님을 쳐다볼 수도 없고 몸이 오싹오싹하여 방에 있을 수가 없어 밖으로(마당으로) 나왔다.

그래도 무섭게 휘몰아치던 눈보라는 그치고 해가 나와서 다행이긴 하나, 무서움에 방에는 들어가지 못하고 그 추운 날씨에 마당 한 켠에 얼마동안이나 서 있었는지 방안에서 우봉당숙께서 인표야 인표야하고 부르셔서 방안에 들어가는 불과 두 세시간도 안된 사이 벌써 염(염)을 다하고 소렴(소렴)과 대렴(대렴)을 다 끝마치고 이미 관(관)에 모셔져 있었는데 목 놓아 울어야할 나는 무서워서 쳐다볼 수도 없고 벌벌 떨리고 눈물 한방울 나오질 않았다.

그런 나의 모습을 철도 없고 눈물도 없는 무지(無知)한 놈으로 보였는지 지켜 보던 회기 당숙께서 인표에게 다시는 못 볼 제 어머니 얼굴을 한번 더 보여주거라 하고 말씀이 떨어지자 어머님의 얼굴을 다시 보여주시면서 그래도 울지 않느냐 하시면서 회기당숙이 대성통곡(大聲痛哭)을 하시니 방안에 있던 집안 어른들 모두가 울음바다가 되었는데도 정작 피눈물을 흘려야 하는 나는 울 수가 없었다.
당숙부님의 독한놈이구만~ 소리를 뒤로하고 관 뚜껑은 닫혔고 어머님께서는 아침을 드시고 방깟 아주머님댁에 삼 삼으러 품앗이를 가셨는데 뒤에 들은 말이지만 삼을 삼으려다 그집에서 세번 쓰러지고 집으로 오셨다는 것이다.
집에 사람만 있었으면 충분히 살릴 수 있었는데 집에 사람이 없었던것이 어머님을 잃게 된 것 같다.

또는 복어알을 혼자 부엌에서 따로 끓여 드신 것은 아까워서 잡수시고 싶어서 그랬던 것은 희박(희박)하다. 복어 알을 따로 끓여드셨다는 것은 사람이 먹으면 죽는다는 것도 알고 계셨다는 뜻이되는데 어찌 혼자 끓여 드셨겠는가, 날이면 날마다 피터지게 일만하고 오늘 고생했다. 피곤하겠다 말 한마디 들아보지 못하고 이유 없는 매 타작이나 당하고 사느니 차라리 이걸 먹고 죽자하고 끓여드셨을 가능성이 크다.

품앗이 (품 갚음, 또는 품 갚다)

즉 남의 일을 하루 해주면 남도 내 집일을 하루 해주는 제도(制度)이다. 즉 품 값을 금전(金錢)이나 물품(物品)을 받는 것이 아니라 서로 바꿔 가면서 품 갚음을 하는 것이다. 그리하여 어머님께서는 죽을지도 모르는 그 몸을 이끌고 남의 집일을 갔다가 일도 하지 못하시고 넘어지고 쓰러지고를 수 없이 하시면서 그래도 집에까지는 오시여 살아계신지 불과 몇 시간만에 시신(屍身)의 온기도 가시기 전 염을 하여 영원(永遠)한 세상을 극락정토(極樂淨土)로 가셨다.

극락정토란: 사전(事典)에는 아미타불이 살고 있는 깨끗한 땅이라 되어 있으나 필자(筆者)는 글자 그대로 끝없이 즐거운 맑고 깨끗한 땅으로 해석(解釋)하고자 한다.

그리고 곧바로 어머님의 시신을 모신 관은 나무지게에 짊어져 구름고개 핑정골 조부모님 두 분이 모셔져 있는 산 바로 밑 10여m 아래 묻혔다. 어머님이 숨을 거두시고 산에 안장(安藏)되기 까지의 시간은 그 때는 시계 하나도 없던 시대였기 때문에 정확한 시간은 알수 없었으나 지금 생각해도 불과 세네 시간도 채 안된것 같다.

왠만한 집은 3일장을 치루고 저녁엔 마당 가운데 장작(통나무 또는 통나무를 잘나 쪼갠것) 불을 피워 놓고 집안 어른들께서 밤을 지세우고 3일만에 상여(喪輿)를 메고 장지(葬地)로 가는 도중 노제(路祭)도 지내고 상여 앞부분 가운데에 한 사람이 타고 쇠방울을 울리며 이제 가면 언제오나 어리가리 넘자어 하넘자 내년에 꽃피면 오시려나 어리가리넘자 어하넘자 어라넘라 어라넘자 어리가리넘자어하넘자 하면서 장지에 도착할 때까지 구성지고 슬픈 가락으로 모셨는데 나의 어머님은 마지막 떠나시는 그 순간만이라도 충분히 그 이상의 대가를 일만분의 일이라도 받으실만한데 매정한 아버지는 자식으로써 해서는 안될 말인줄 알지만 마치 죽기를 기다렸다는듯 어머님의 온기가 가시기도전에 서둘러 땅에 묻을 생각만하셨던 아버지. 내나이 80인데도 원통(冤痛)하고 원망(怨望)스럽고 한(恨)스럽다.

어머님의 임종(臨終)을 지켜 본 뒤

어머님께서 돌아가신뒤 나는 혼자서는 대문을 열고 마당에만 발을 들여놔도 무서움이 앞서 보자기로 쌓은 책보따리를 허리에서 풀어서 마루에 아무렇게나 던져 놓고 꼴 망태와 낫을 가지고 재빨리 집을 벗어나야 소름끼치는 무서움이 조금은 가시곤 했다.

그 길로 산이나 들로 가서 나무 또는 풀 가리지 않고 한 망태 가득히 하여 끙끙대고 메고 오면 그래도 아버지는 오시지 않아 집마당 대문 앞에 아무렇게나 내려 놓고 쳐다보기도 싫을 정도로 무서운 아빠지만 그래도 그 아빠가 없으면 방안에도 못들어가고 갈곳이 없으니 주막으로 찾으로 갈 수밖에….

때에 따라선 동네에 조씨 술집, 서태식 술집 배만 최씨 술집이 있었는데 그 세 술집을 다 헤매고 다닐 때도 있었는데 매일 저녁 모시러 다닌 것은 내 일과에 짜여 있었으며 아버지를 찾아도 바로 일어나서 오신 일은 없었으며 드시던 술을 다 잡수시고 오실 때까지 집주변 냇가를 서성이고 있으면 만취(漫醉)가 되어 어둠 속을 헤치고 오시면 어린 자식은 밥을 먹든지 굶든지 관심이 없으셨으니 그래도 그대로 굶고 잠을 잔 일도 많았으며 그런데도 저녁에 잠잘 때 코를 골고 주무시는 아빠 옆에 딱정벌레처럼 딱 붙어 있으면 무서움은 없었다.

어머님이 계실 때는 심야(深夜) 깊은 밤, 닭이 한번 울던 두번 울던 관계없이 아무때나 들어오시어 없는 트집을 잡는 집안 몹쓸 깡패도 그런 몰상식(沒常識)한 깡패는 없었는데 어머님께서 운명하신 이후부터는 매일 같이 내가 찾아 모신 덕택인지 새벽에 들어오신 일은 없었다. 그리고 매일 같이 야단(惹端)은 없었다. 거의 매일 있었던 매질하는 경우도 없었다. 학교 갔다와서 무엇이라도 해 오지 않으면 그 날은 여지없이 매를 맞는 날인데 매를 맞을줄 빤히 알면서도 어쩌다 한번씩은 아이들과 공차기를 한다든가 제기차기 등을 하는데 어울릴 때도 있었다.

그런 날은 몇대 맞다 도망가면 그만이다는 생각으로 머리속에 그림을 그렸다. 그리고 아버지는 한번 잠이 들면 아침까지 떠나가도 모를 정도로 깊은 잠에 빠지곤하셨는데 앞에서도 말씀 드렸지만 술이 깬 뒤에는 꾸중을 한 일도 없고 어떤 말씀도 좀처럼 하지 않는 분이셨기 때문에 어떻게든 술취했을 때 그자리를 피할 수 있으면 피하는 것이 상책이었다.

남에게는 그렇게 후하고 아낄줄을 몰랐던 아버지!! 집에서는 맹수 아버지의 속 마음을 이해할려야 할 수 없었던 우리 아버지!! 그래도 흐르는 세월속에 국민학교 졸업식 날은 돌아왔다. 내가 15살 되던 해 양력 3월 2-3일이 아닌가 싶다.

03
국민학교 졸업을 마치고 곧바로 전주시로..

"잘있거라 아우들아 정든 교실아 선생님 저희들은 물러갑니다. 부지런히 더 배우고 얼른 자라서 새나라의 새 일꾼이 되겠습니다. 여기에서 선생님 저희들은 물러갑니다."

이 대목에는 눈물 바다가 되어 다음 구절을 제대로 이을 수가 없어 눈물로 흐느끼는 소리로 끝이난다. 그 대목이 왜 그리도 서러웠는지 선생님도 울고 울지 않은 학생은 단 한 사람도 없었다.

우리집 식구(食口)는 세 식구가 아니고 네 식구였다. 내 위로 5살 위인 누님(서소님)이 계셨는데 내가 아주 어렸을 때 많이 돌봐주셨던 기억(記憶)이 어렴풋이 생각난다. 그런 누나가 내가 국민학교 1~2학년 때 아버지의 주폭(酒暴)에 못이겨 집을 뛰쳐 도망을 갔는데 도망간지 1~2년 동안은 어디 사는지 소식조차 몰랐었는데 그후 1~2년 뒤에는 추석과 설날은 속대로 만든 손잡이가 달린 가방식 대바구니에 능금 보통 12개 들어간 것을 하나 사서 들고 왔다 가곤 했는데, 있는 집 주소도 가르쳐 주어 간혹 편지도 주고 받았다.

누나는 학교를 다녀본 적이 없는데 틈틈이 공부를 어떻게 했는지 모르지만 맞춤법은 전혀 맞지 않아도 간략(簡略)하나마 답장을 보내주신 적이 있었다. 전주시 고사동에 누님이 있던집 주인 존함까지도 알았었는데 지금은 성(姓)이 차씨란 것만 생각난다.

지금 현 시대에는 가정부(家政婦), 그 때는 거의다가 식모(食母)살이라고 했다. 그런 누나가 내가 국민학교 졸업하자마자 전주시 고사동에 경복양복점에 일자리를 마련해 놓고 나를 기다리고 있었다. 그 때는 밥만 배부르게 먹여줘도 하늘에 별딴것 같이 고마운 시대였다. 그러니 어린 나이에 월급이나 보수는 생각할 수도 없었고 하루 세끼 밥만 배부르게 먹여 주면 더 이상 바랄 것이 없었다.

쇠털같이 수 많은 날 아버지의 이유 없는 폭력…. 아래 배는 꼬르륵, 꼬르륵 어린 뱃속의 울부짖음도 달랠 수가 없던 이 서인표가 으리 번쩍번쩍한 도시(都市)의 한복판에 양복점에서 일을 하고 일찍 어두컴컴한 날이 새기가 무섭게 일찍 일어나 유리문 청소부터 홀바닥 문앞까지 번쩍번쩍 깨끗하게 청소를 해 놓으니 매일 같이 주인 아저씨한테 칭찬(稱讚)받지, 꼬르륵 꼬르륵 그렇게 아우성이던 뱃속도 이제는 철이 들었는지 날이가니 제 주인을 이해(理解)를 많이 해 주는건지 요사이는 보채지도 않고 이 녀석 참 많이 얌전해졌으니 그것만으로도 얼마다 다행(多幸)한 일인가.
천덕꾸러기 서인표가 신이 났답니다. 그렇게 약 3~4개월 정도 되었을 때 단 한번도 아파서 누워본 적이 없던 내가 갑자기 몸을 가눌 수 없을 정도로 몹시 앓아눕게 되었다.

근 일주일이 지나도 음식도 제대로 먹지 못하고 몸을 가눌 수 없을 정도로 악화되었는데 주인께서는 매일 약과 먹고 싶은 음식이 있으면 말을 하라고 말씀하시곤 했다. 그래도 나아질 기미가 보이지 않자 어느날 저녁 늦은 시간이었는데 몸을 가누지도 못한 내가 누운 채로 책을 보고 있었는데 주인께서 내 방에 들어와 나의 병세(病勢)를 살피신 뒤 조심스럽게 말씀을 하시는 것이었다. 너의 몸이 완치될 때까지만 꼬마를 써야겠다는 말씀을 어렵게 꺼내셨다. 비틀비틀 내몸을 지탱(支撑)하지도 못한 내가 일찍 일어나 청소를 하고 또 나와서 일을 하려고 하면 극구 만류하고 몸이 나은 뒤에 더 잘하면 될 것 아니냐 하시면서 틈틈이 나가면 가서 누워있지 못하겠다느냐. 네가 그러면 병은 더욱 악화되어 빨리 낫지 않음을 왜 모르느냐하고 호통을 치시던 고마운 분이셨다.

나 역시 들어온지 수 개월만에 한번도 아파보지 않았던 내가 마치 큰병을 얻은것 같이 호전될 기미가 보이질 않으니 몸둘바를 모르고 있는 처지(處地)에 나한테 말을 하지 않고 꼬마를 그냥 써도 되는 것을 이렇게 말씀까지 하시니 더욱 몸둘바를 몰랐다.

주인의 말씀을 듣고 난 뒤 저는 날이 새는대로 시골 순창으로 내려가 병을 치료하고 나은 뒤 다른 일자리를 찾아 보겠다고 밀씀 드리고 지금까지 보살펴 주신 것만으로도 너무 감사하고 몸둘바를 모르겠습니다. 비틀비틀 무릎을 꿇고 절을하며 "고맙습니다. 고맙습니다"하니 무슨 말을 하느냐며 나를 일으켜 앉히시며 병은 우리 집안 일을하다 얻었으니 너는 내 집 식구이고, 여기서 나아야지 그 몸으로 어디를 가느냐 하고 내 마음을 달래 주셨으며 네가 병 나을 때까지만 쓴다는 조건(條件)을 붙이고 쓴다는 말씀을 거듭하셨으니, 나는 더더욱 몸둘 바를 몰랐다.

그 다음날로 내 나이 또래의 오태석이란 아이가 들어왔으나 주인 아저씨는 내가 순창으로 내려 간다는 것은 끝내 받아들여지지 않아 그냥 그대로 있는데 내 마음은 미안하고 죄송스러워 바늘방석 같았으나 주인 아저씨께서는 약과 음식을 빼놓지 않고 친자식한테도 그 이상은 하지 못할 정도로 너무나 고마운 분이셨다. 이유 없는 매타작이나 당하고 살았던 나! 어머님의 끝없는 보살핌은 받고 살았지만, 아버지한테는 단 한번도 받아보지 못한 눈물겨운 보살핌을 어머님이 돌아가신 이후 처음으로 느껴본 나의 주인 경복양복점 주인 아저씨!! 그리하여 약 10여일 뒤 병은 씻은 듯이 나아 완쾌(完快)하였고 이전의 모습을 그대로 찾을 수 있었다.

그러나 한 가지 걱정인것은 내일이면 분명 오태석이란 아이를 내보낼 것같은 생각에 마음이 편(便)치만은 못했다. 그래서 누님이 가정부로 있는 집이 얼마되지 않는 거리에 있기 때문에 잠시 누님한테 가서 오태석과 나의 입장을 말하고 나에게 온 정성(精誠)을 다 쏟아 부은 주인 아저씨를 생각하면 내가 주인 곁에 있으면서 나 또한 저력(底力)을 다해 주인을 섬기는 것이 마땅하고 양복(洋服) 기술(技術)도 배울 수 있는 기회(機會)가 아닌가 싶기도 했다.

그러나 오태석(새로 임시로 들어온 아이)은 내가 나감으로써 직장을 잃지 않을것인가하는 생각이 자꾸만 못할 것같은 느낌이 들어서 누나와 그렇게 두서없이 이야기 끝에 너의 마음이 정 그렇다면 누님이 알고 있는 식당에서 홀 심부름을 하는 아이를 구한다고 하니 식당일을 해 보겠냐고하여 어린 마음에 식당이면 맛 있는 음식도 먹을 수 있고 좋을 것같은 생각이 들어 두 말할 것도 없이 말을 해달라고 했다.
그리고 양복점으로 돌아와 저녁 식사를 한 뒤 내일 아침 그동안 아저씨께서 저를 보살펴주신 은혜(恩惠)에 보답하지도 못하고 제가 여기 계속 있으면 태석이도 갈 곳도 없고 저는 오늘 낮에 누님과 의논한 끝에 일할 곳이 있다하고 태석이도 나가지 않아도 된다고 저도 일자리가 있는만큼 서로 잘된 일인지도 모르니 그렇게 해 주실 것을 간곡히 말씀을 드렸는데도 지금 무슨 말도 안되는 말을 하느냐며 펄쩍 뛰셨다.

그러나 저녁 잠자기 전 오태석과 단 둘이 조용히 말을 나눠보니 그 아이도 사정이 딱한 것은 매 한가지였다.
그래서 나는 오태석에게 내가 그만둘 터이니 주인 아저씨가 너무 좋은 분이시니 정말 잘해드려야 된다고 몇번이고 되내이며 말을 했다. 그렇게 잘해주셨던 사랑으로 보살펴 주셨던 주인을 끝까지 섬기지 못하고 내일 아침 날이 밝으면 떠난다 생각하니 잠도 오질 않았다. 어떻게 잠이 잠깐 들었는지는 몰라도 먼 동이 트는 것 같아 평소보다 훨씬 일찍 일어나(남이 잠자고 있는 사이) 안 밖으로 번쩍 번쩍 청소(淸掃)를 다해 놓고 주인 아저씨가 나와서 바로 일을 할 수 있도록 준비를 해놓고 있으니 그 때야 비로소 주인 아저씨도 태석이도 나와서 2층에 올라가 아침밥을 먹었다,

지금 현대시대는 아침밥 먹는 시간, 점심, 저녁 먹는 시간과 퇴근(退勤) 출근(出勤) 시간이 정(定)해져 있고 하루의 일과 근무시간이 8시간인지~ 빌어먹을 것인지 몰라도 그 때는 날이 밝아지기 무섭게 아침밥을 먹었으며 하루의 일은 내 집일, 남의 집일 가릴 것이 없고, 아침 날이 새는 것이 첫시간이요, 캄캄한 저녁 어둠이 깔려온 뒤에도 불을 밝히고 일을 하였고 토요일 일요일이 어디다 써 먹는 것인지도 모르고 일을 하였는데도 그 어느 누가 싫다는 말은커녕 그런 기색(氣色)도 찾아볼 수 없었다.

주인 아저씨는 정말 부자였는지 1층은 양복점이고 위에는 살림집으로 1~2층을 모두 썼던 것으로 기억(記憶)된다. 대부분 아침 밥은 일찍 한 자리에서 같이 먹지만 점심밥과 저녁밥은 교대하여 먹었다. 아침 밥을 먹고 내려와서 오늘부로 나간다고 말씀을 드렸다니 그래서는 안된다고 만류를 하셨다. 보답해 주신 은혜를 갚지 못하고 떠난다는 말씀을 드릴 때는 왜 그리도 눈물이 걷잡을 수 없이 나왔는지 모르겠다.

그리고 오태석과 단둘이 했던 이야기도 주인 아저씨께 했고 그 아이도 어려운 처지인것 같다고 곁들여 말씀을 드리고 내가 쓰던 점포에 딸린 조그마한 방에 들어가 이미 저녁

에 나갈 준비를 해놓았었지만 사실 준비랄 것도 없고 헌 옷가지 두어벌뿐, 급여(給與)가 없으니 계산(計算)할 것도 없고 빈 몸만 나오면 되는 것이었다. 그리하여 그 좋은 아저씨의 만류에도 불구하고 보따리를 들고 나오면서 오태석의 손을 꼭 잡아주면서 무언의 신호가 통했는지 나와는 같이 일도 해보지도 않았는데 눈물이 핑 돌아 글썽인것 같았다.

밖에 나와 경복양복점 간판을 한번 올려다 보고 돌아서서 가는데 어찌 그리 눈물이 앞을 가리는지 한참 동안을 울며 울며 누님이 있는 집을 향하여 걸었는데 언제온지도 모르게 누님집에 도착을 했다. 그길로 그리 멀지 않은 곳에 신흥옥이란 음식점이 있는데 곧 바로 그 식당에서 일을 하게 되었다. 그런데 양복점에서는 인표야 인표야하고 불렀는데 하루 사이에 호칭(呼稱)이 바꼈다.

이곳 식당에서는 손님이 또는 주인이 내 이름은 없어지고 꼬마야, 꼬마야 하고 부르면~ 예~하고 대답하고 하루 종일 손님들이 들고 날고 할 때마다 “어서오세요, 안녕히 가세요”하고 큰소리로 인사하고 심부름하는 것이 나의 일과가 되었다.
지금은 식당 주방(廚房)에서 음식 조리(調理)를 책임 지는 분을 요리사 또는 주방장이라 부르는데 그 때는 이다바상이 무었인지도 몰랐지만 손님도 주인도 모두가 다 이다바상, 이다바상하며 부르곤 했다.

그 집 주소가 전주시 고사동 125번지 였었고 주인 이름(존함)은 조은필씨였다. 바로 앞에는 금성상회(요즘 말하면 슈퍼)가 있었고 4~50m 건너 편에는 전주 시내에서 제일 크다는 인물사진관이 있었다.

그 음식점에서 약 1년정도 있었는데 처음 한 두달은 청소하고 손님 음식 갖다 나르고 테이블을 치우는 일만 했었는데 시간이 흐르니 손님 맞을 준비과정(準備過程)에서 파도 썰어라 무엇도 해라하고 아라바상(요리사)이 시키는대로 하다 보니 칼질도 제법하고 된장국 정도는 언제나처럼 매일 하는 것이기 때문에 요리사의 도움 없이도 척척 끓여 내곤 했었다.

아주 커다란 양은 솥으로 넘지 않을 정도로 많이 끓였는데 점심 때 한바탕 손님이 왔다가면 바닥이 나고 저녁 맞을 준비로 또 끓이곤 했다. 그 때는 국산 된장이나 담근 된장이 아니고 이름이 외된장이라 했는데 매일 납품(納品)을 받았다.

식당은 몹시 분주(奔走)했으며 제법 즐거운 마음으로 일을 했으며 손님 중에는 전주 방송국에서 근무하는 임권택 선생께서도 점심 단골손님으로 매일 오셨었는데 나에게 엄청 잘해 주셨고 그분 뿐 아니고 오시는 단골 손님들한테 귀여움을 많이 받았으니 항상 즐거운 마음으로 일을 할 수 밖에 없었다.

특히 임권택 선생님은 나를 더욱 예뻐해 주셨으며 방송국이 얼마되지 않는 거리니 시간 날 때 방송국에 구경하러 와도 된다고하여 두 세번은 찾아 가서 신기한 것들이 많아 어리둥절 이것도 물어보고 싶고 저것도 물어 보면 웃음 짓던 얼굴의 임권택 선생님의 기억이 또렷하다.

지금 생각하면 지금 내 나이 80인데도 바보를 벗어나지 못하고 있지만 그 때는 오직 밥 배부르게 채울 수 있는 것만 머릿 속에 있을 뿐 들어 있는 것이 아무것도 없는 쓸모없는 해골(骸骨)바가지 였었던 것같다.

조금이라도 생각이 있었던 나였더라면 임권택 선생님께 부탁을 해서라도 방속국의 청소를하는 꼬마라도 되었더라면 내 인생이 완전히 뒤바뀔지도 몰랐었는데 말이다.

04

누님이 심어 준 식당, 다시 누님 손에 강제로 끌려 나와 한 칸의 셋방에서 네 식구!!

내가 16살 되던해 설이 지나고 얼마되지 않아 누님이 식당에서 나오라고하여 왜 나가야하며 또 나가더라도 일하는 꼬마를 구한 뒤에 나가야되지 않겠느냐고 했더니 누님 친구인 이복희 누나와 같이 와서 마치 내 몸이 누님 몸인양 식당주인한테서 당장 데려가야 된다고 복희 누나까지도 한 마디씩 거들었다.

그리고 그 당시 월급도 한 푼도 없었는데, 누나는 주인인게 "내 동생 내가 데려가는데" 무슨 상관이냐며 주인에게 말했다. 식당 주인은 이제부터 월급을 정해서 주려고 했는데 얼마를 주면 되겠느냐는 말까지 나왔으나 소용이 없었고 누나는 막무가내(莫無可奈)로 마치 계획적으로 싸우려고 온 사람처럼 예의(禮儀)를 무시했다. 매달 쌀 반가마정도를 계산해서 월급을 주겠다는 말까지 나왔으나 모두를 다 받아드리지 않았다.

그 때는 대부분 쌀로써 계산을 많이 했는데 매달 쌀 반가마 값을 주겠다는 것은 큰 돈이였고, 호대접이었는데 누님은 들어주질 않고 데리고만 나가겠다는 것을 고집했다.
주인 조은필씨는 느닷없이 소란(騷亂)을 피운 것을 생각한다면 무조건 딸려 내보내고 싶지만 그동안 인표가 말도 잘 듣고 똘망똘망 일도 잘하니 인표를 봐서 하는 말이고 아무런 소란과 관계없이 인표가 그대로 있겠다면 데리고 있을 것이고 인표가 나가겠다면 지금 내보내겠다고하였다. 누님한테 나는 그대로 여기 있을테니 누님보고 가라고 했었지만 날더러 "무슨 말을 하고 있느냐"며 내가 무슨 말을 해도 아무 소용없고 내 팔만 잡아 끌었다.

한참 동안을 누님과 나사이에서도 “나는 그냥 있겠다.” 누님은 “따라 나서라.” 몇번이고 반복을 하다 누님은 “왜 그렇게 누나 말을 안듣느냐”고 하며 한 바탕 울음을 터트리니 나는 내 마음을 어찌할 바를 몰라 어찌할 수 없이 누나를 따라 나와 버렸다.
또한 따라나올 수 밖에 없었다. 그 집도 누나가 아는 사람을 통하여 내가 그 식당에 있게 되었는데 소개해준 사람 체면(體面)도 있는데 어떻게 그렇게 할 수 있었는지 이해(理解)가 되지 않았다.

돌이켜 생각해보면 너무나도 아무것도 몰랐던 나 자신에게 문제(問題)가 있었던 것은 무슨 말로도 부인(否認)할 수가 없다.
오직 그 때 나 서인표는 누나의 꼭두각시 본인의 주체성(主體性)도 없이 누나의 조종(操縱)에 의해 움직일 수밖에 없었던 나 자신이 부끄러울뿐이다.

하늘과 땅만 보이는 첩천산중(疊疊山中) 시골에서 태어나 아버지의 까닭없는 폭행속에서 굶다 먹다를 반복하면서 먹고 잠자고 아비가 두들겨 패면 맞고 그런 속에서 자라, 이제 겨우 전주로 올라온지 2년여. 그래도 신흥옥에 있을 때는 야간 중학교도 몇 개월은 다녔었는데 이것이 그때까지의 내가 살아온 전부의 이력(履歷)인데 내가 무엇을 아는 것이 있겠는가….

그래도 학교에서 공부 시간 외에는 공부할 시간도 없고 학교 갔다 오면 조금이라도 해가 있으면 어두워질 때까지 꼴망태나 지게를 지고 숙제도 겨우 밤호롱불 밑에서 어머님은 온 종일 지친 몸을 이끌고 저녁에는 호롱불을 밝히고 헤진 옷도 기우시고 베도 짜며 나는 어머님 옆에서 숙제도 하고 베를 짤 때는 베틀 밑으로 납작 엎드려 기어 들어가 북통으로 가끔 맞아가면서 공부를 했었다.

누님은 학교라는 것도 가보지 않았는데 그래도 나는 국민학교도 졸업을 하고 그런 가운데에서도 틈틈히 익힌 천자문은 天地玄璜(천지현황, 焉哉乎也(언재호야)까지 한 두번은 써 보았고 어머님께서 공부해라 공부해라 사람은 배워야한다, 경을 읽듯이 한 덕택(德澤)으로 가끔은 공부를 언제해 하고 불쑥 반항(反抗)썩인 말투로 어머님의 심기를 불편하게 해드린 예도 가끔 있었다. 어머님은 이따끔씩 회초리는 들을 때가 있어도 어머님 손으로는 운명하신 그날까지 단 한번도 때려본 일이 없었으며 어머님의 일로 찌든 손은 나에게는 이 세상에서 가장 따뜻하고 훈훈한 손이었다.

어디를 갔다오던 아버지께서 발길질로 차여 쩔쩔 메면 낚아체듯하여 품어 주시던 어머니 그렇게 사랑으로 온 정성을 쏟아부으셨던 어머니 나는 지금도 이 글을 쓰면서도 훌쩍훌쩍 눈물을 감출수가 없구나!

그렇게 못난 어린자식에게 헌신(獻身)했던 나의 어머님 그래도 아버지한테는 반항했다가는 맞아 죽을 수도 있다는 생각에서였는지 감히 반항할 수 없었으나 어머니한테는 가끔은 울면서 투정을 부릴 때도 있었는데 그럴 때 어쩌다 한번씩 회초리로 종아리를 때리시고 걷잡을 수 없이 눈물을 흘리신걸 나는 수 없이 보면서 자랐다.

그래도 공부를 할 시간이 있건 없건 천자문은 두 어번 써 보았던 것으로 하고 국민학교 졸업후에는 명심보감(明心寶鑑) 책까지 구입하여 어디를 가나 지니고 다니지 않았는가. 그래도 식당에 있을 때는 주인의 허락을 받아 야간중학교 3~4개월 다녔었는데 도저히 주인 눈치 보이고 또 내 자신이 미안하고 죄송스러워 더 이상 내 스스로 다니지를 못했다. 그리고 끼니 때는 북적이던 식당일이 아무리 많다 해도 시골에서 굶주리며 맞아가며 삶을 지탱했던 그 때와 어찌 비교(比較)할 수 있겠는가.

시골에서는 머리속에 든 것은 꼬르륵꼬르륵 죄없이 울부 짖는 뱃속을 채워주는 것 언제쯤 밥을 배부르게 먹을까 생각뿐이었고 저녁에 아버지만 보면 오싹오싹 사시나무떨듯했던 그 시절. 일하던 식당에서는 밥 배부르게 먹지, 주인한테 칭찬 받고 손님들의 따듯한 배려(配慮)속에 나날을 보냈으니 배운것도 없는 내가 아는것이 있어야 이러쿵저러쿵 말을 할 수 있지 그 무엇을 말하겠는가. 그리하여 잘 있던 식당 일을 그만두고 송아지 코뚜레에 이끌러 누님을 따라 나왔다.

영문도 모르고 따라 나와 갔던 곳은 다름아닌 나중에 알게 된 것이지만 사기꾼 박홍근(朴弘根)이란 사람한테 사랑에 빠져(꾀임에 빠져) 나까지 데려오라고 하여 무작정 박홍근이 말만 믿고 나를 그 난리를 치고 식당에서 데려 나온 것이었다.

그 경로(經路)를 간추려 살펴보면 나는 16살, 누님은 나보다 다섯 살 위이니까 21살인데 무슨 꼬임에 넘어갔는지 박홍근이란 사람은 키도 작고 인물도 없고 그 때 당시 넥타이를 메고 번쩍구두를 신고 자칭(自稱) 신문기자라 하는데 나는 신문기자가 뭔지도 몰랐다.

나이는 35살 정도이고 아들까지 있었는데, 그 때 그 아이 나이가 7살이었고 이름은 박양수 그런데 가서 보니 방은 단칸방에서 아들과 셋이서 한 방을 쓰는데 왜 잘 있는 나까지 데려와서 네 식구가 생활을 하게 되었는데 언제부터 박홍근이와 같이 살았는지 알 수는 없고 어쨌든 그 집에서 약 한달도 못되어 이사를 하게 되었고 누님과 박홍근이 아들 녀석은 운봉산내 박홍근이 엄마가 사는 시골집으로 내려보내고 홍근이와 나는 남원읍 남원역 앞 역전하숙옥에 투숙(投宿)하게 되었으며, 언제는 신문기자라더니 이제는 "전라남도 완도군 해녀조합 조합장이라" 하며 건어물(乾魚物) 전라남도 총판대리점을 할 예정이라는 것이다.

박홍근의 계획적(計劃的)인 사기(詐欺) 행각(行脚)

나중에 알고보니 어떤 사람이 누님에게 그 몹쓸 사람을 소개(紹介)했는지 모르지만 그 사람은 누님을 만난 그 순간(瞬間)부터 목적은 단 하나, 우리집 순창 시골집의 형편(形便)을 세밀(細密)하게 조사(照査)하여 갈취할 심산(心算)이었을뿐 다른 뜻은 전혀 없는 것으로 판단(判斷) 되었다.

전주에서 남원으로 온것 자체도 순창 우리 집과 활동하기 편한 가까운 곳에 두기 위해서였다. 누님을 만나자마자 시골에는 아버지 혼자고 어머님은 몇 년전에 돌아가셨고 누님은 누님대로 나는 나대로 뿔뿔이 흩어져 있는 것을 빌미 삼아, 아버님을 편히 모시고 처남(이 서인표)을 좋은 곳 해녀조합에 취직시켜 사무직으로 근무하게 한다는 허무맹랑(虛無孟浪)한 감언이설(甘言利說)로 이미 수 차례 순창을 드나들며 아버님은 벌써부터 박홍근의 꾀임에 넘어간 것으로 판단되었으며 구름고개 넘어 논 675평과 방아들 밭 600평은 팔려고 내놓은 상태였으며 매매 대금은 박홍근이가 취하기로 결정(決定)난 것 같았다.

속는 아버지도 365일 년일 식솔들이나 괴롭힐줄 알았지 그런 일의 판단에는 바보 아버지였을뿐이고 나는 더욱 모자란 멍청이중의 멍청이 밥벌레 식충(食蟲)이었다.

논밭을 판 자금(資金)은 전라남도 건어물총판대리점을 경영하는데 쓰일 것이고 나는 남원으로 내려간 뒤 곧바로 몇일뒤 완도군 노화면 해녀조합(海女組合)에 글씨를 예쁘게 잘 쓰고 한문도 천자문은 떼었으니 서기(書記)로 취직(就職)을 시켜 준다는 것이다.
참 말은 듣기 좋게 청산유수(靑山流水)처럼 잘해요, 그것이 사기꾼의 습성이고 본질인가!

암담(暗澹)한 마음에 해녀조합(海女組合)을 찾아가다.

말로만 해녀조합에 서기 취직. 남원에 내려올 때는 며칠내로라고 해 놓고 일주일이 지나도 이주일이 지나도 달이 두 개씩 지나도 완도 내려갈 시간이 없어서라며 나는 할 일 없이 하숙집에서 밥 먹고 놀기도 지겹고 하여 누님이 살고 있는 운봉산에도 가보고 싶어서 갈 때는 버스를 타고 가서 보니 순창 우리집 보다는 도로교통망이며 좀 낳은 것 같았으나 시골은 크게 별다른 것은 없었다.

하루밤을 자고 누님한테 간다고 하고 돌아서는데 남원까지 갈 차비가 없었으나 차마 누님한테 차비 없다는 말이 나오질 않아서 남원까지 150리 길을 물어 물어 산길로 들길로 말이 걷는 것이지 거의 뛰다 싶이 하여 어두어진 한참 뒤에야 역전 하숙옥에 도착(到着)할 수 있었다.

그리고 이틀 뒤 도저히 궁금하고 참을 수 없어 해녀조합을 가보기로 결심을 하고 보니 잠도 제대로 오지 않아 잠을 설치고 소위 자형(姉兄)이란 사람한테 말도 하지 않고(그리고 내가 놀던 어디를 가던 관심도 없고) 하루 이틀씩 여인숙에 나타나지도 않을 때가 많았고, 또 비밀리에 가보고 싶은 것이니 말할 이유도 없고, 소리 소문 없이 가는 것은 당연(當然)한 일이었다.

그리하여 무작정 완도군 노화면에 있다는 해녀조합을 향해 발걸음을 옮겼다.

난생 처음 한번도 가보지 않았던 곳을 찾아 섬진강 쇠줄로 당겨서 건너는 나룻배는 타 보아으나 바닷배는 처음 타 보았으며, 뱃멀미에 반 죽음이 되어 노화면에 도착하여 배에서 내렸으나 하늘이 노랗고 땅이 빙빙 돌고, 뱃속은 창자까지 넘어 오려 하니 몇 발작도 갈 수가 없어 겨우 몇걸음 가서 부두 한켠에 드러 누워 얼마 동안을 몸부림 치다가 해녀조합을 찾아 갔으나 해녀조합장이라고 하던 박홍근이란 사람은 성도 이름도 전혀 알지도 못한 사람이라 했다.

그러니 앞에 보이는 것은 망망대해(茫茫大海) 뿐, 아는 사람 하나 없는 바다 한 가운데의 섬. 나는 망연자실(茫然自失) 어찌할 바를 모르고, 정신이 혼미(昏迷)하여 갈피를 잡을 수가 없었으며, 마음을 추스릴 수가 었어서 어찌할 바를 몰랐다.

나의 착잡(錯雜)한 마음과는 아무런 관계(關係)없이 무지한 밤은 찾아왔다.
그날 저녁은 잠을 이룰 수가 없어 잠을 설치고 아침이 되어 해녀조합 직원 몇 명이 있는 기숙사(寄宿舍)가 있었는데, 그 분들한테 해녀조합 등 기숙사에 심부름도 하고 무엇이든 시키는대로 잘할 터이니 있게 해달라고 사정 사정 하였으나 안된다고 하여 죽기를 결심하고 수면제를 사서 유서(遺書)라고 하기는 좀 그렇고 푸대종이 같은 곳에 약 두장의 분량으로 써 넣고 약을 먹으려는 찰라(刹那), 밖에서 문을 열려고 해도 문이 열리지 않으니 이상히 여겼는지 직원 중 한 분이 문을 따고 들어 와서 약을 먹으려고 물그릇을 들고 있는 내 손을 툭 치는 바람에 물그릇을 방바닥에 떨구고 오른 손에 쥐고 있던 약을 빼앗으며 호통을 쳤다.

"왜 죽으려 하느냐 이제는 클만큼 다 큰 녀석이 네 힘으로 살아갈 생각은 않고 무엇 때문에 그런 못난 생각을 하고 있느냐". "글씨도 잘 쓰고, 서당(書堂)깨나 다녔던 놈 같은데 서당에서 무엇을 배웠느냐"하고 크게 꾸짖었다.

나는 그 호통 소리를 뒤로 하고 발을 뻗고 목 놓아 울면서 "나는 이 세상을 살아갈 아무런 값어치도 없는 쓸모없는 사람입니다"하며 통곡(痛哭)을 하였다.

그분도 약 30대 초반 정도 밖에 안 된 분인데 내 어깨를 감싸 안으며 타이르는 것이었다. 나는 내 어깨를 감싸 안으며 그렇게 따뜻한 말을 해 주었던 사람은 오직 단 한사람 어머님 뿐이었는데, 아는 사람 하나 없는 바다 한 가운데 섬에 와서 어머님 같은 따뜻한 말을 듣고, 나는 또 울었는데 왜 울었는지는 나도 모를 일이다.

그날 저녁 나를 달래 주셨던 그분은 나에게 이력서 서식(履歷書 書式)을 구해다 주시면서 이력서를 쓰라는데 이력서가 무엇인지도 몰라서 어떻게 쓰는지도 모른다고 했더니 살고 있는 집주소, 이름, 학력 등을 적으라는데 주소 이름 등을 적을 때 한문으로 한 줄, 한글로 한 줄씩 쓰라는데 그것은 쉽게 쓸 수 있었다.

예(例)를 들면

住所 : 全北 淳昌郡 柳等面 柳村里 111番地
주소 : 전북 순창군 유등면 유촌리 111번지
姓名 : 徐仁杓
성명 : 서인표
學歷 : 柳等國民學校 卒業
학력 : 유등국민학교 졸업

이와 같이 써 내려 가고 더 이상 쓸 것이 없고, 최종 학교가 국민학교 졸업이며, 전주에서 남의 집 일을 하면서 야간중학교 3~4개월 다닌 것이 전부라고 말씀 드렸더니 그분 하시는 말씀이 "글씨도 예쁘게 잘 쓰고, 한문 공부도 제법하여 오히려 한문은 자기보다도 더 잘 쓰고, 많이 아는 것 같다"며 중학교 졸업이라고 쓰라는 것이었다.

그러나 쓰지를 못하고 머뭇거리고 있는데, 그러면 "중학교 2년 퇴로 쓰라"하여 전주 영생중학교 이년퇴(全州永生中學校 二年退).

이렇게 난생 처음 거짓을 기록(記錄)했는데 한가지 더, 서당은 얼마나 다녔느냐고 하여 서당에 다닌 적이 없고 책을 사서 혼자 공부를 했을 뿐 선생님이나 훈장(訓長)의 지도

(指導)를 받은 적이 없다고 했더니 더욱 놀란 기색을 하면서 서당(書堂)은 3년으로 쓰라고 하여 그렇게 거짓말까지 섞어가며 이력서는 완성 되었다.
그 과정(過程)이 이삼일 경과(經過)하였다. 그리하여 회사에 제출한(해녀조합) 서류(書類)의 답(答)이 돌아 왔으며, 면접까지 봤으나 한 가지만 더 첨부(添附)하면 근무(勤務)를 할 수 있다는 것이었다.

그러나 그 한 가지가 더 문제(問題)였다. 그 한 가지 더는 나로써는 해결 할 수 없는 일이었다. 그것은 다름아닌 보증인(保證人)이었다. 그 분은 처음 본 나를 위해 나의 사정을 듣고 어떻게든 도움을 주려고 안간힘을 다 쓰셨는데, 최종적으로 내가 그곳에서 죽어도 울어줄 사람도 없는 나에게 그 누가 보증을 서줄 사람이 있겠는가. 결국(結局)은 보증인이 없어 모든 것이 다 원점으로 돌아가고, 그렇게 애써 도와주려고 했었던 그분의 존함(尊銜)마저도 이제는 가물가물 김중권(金重權) 선생님이었던 것으로 기억(記憶)된다.

완도군 노화면에서 남원까지

그리하여 어쩔 수 없이 남원으로 돌아오는 수밖에 없어서 내 수중(手中)에 있는 돈을 헤아려 보니 남원까지 갈 수 있는 교통비에 비해 터무니 없이 부족했다.

가는데 이틀은 걸리는데 굶는데는 이력이 났으니(수없이 굶어본 경험이 있으니) 그깟 이틀쯤이야 죄없는 뱃속은 굶긴다 해도 터무니없이 부족한 교통비를 어떻게 할까 뾰족한 생각이 없었다. 하는 수 없이 결론은 사정도 해보고 생때도 부려볼 생각으로 일단 바닷길만 벗어 나고 보자는 생각으로 노화에서 목포까지 배표를 사서 배에 올랐다.

내 손에 쥔 것이 1,000환 뿐이었는데 목포까지 배삯 350환을 지불하고 나니 650환 밖에 남지 않았다. 목포까지는 와서 광주까지 가서 하룻밤 자고 가야 되는데 목포에서 광주까지의 교통비가 1800환이라 했으니 사정하는 수밖에 없었다.

할 수 없이 울며불며 사정을 해도 소용 없는 일이었다. 어떻게든 광주까지는 가야 된다는 생각이 들어 최종 수단으로 광주 가는 버스가 출발하려고 부릉부릉 시동을 걸고 있는 운전기사님의 비상문을 급하게 두들겼더니 문을 열며 무슨 일이냐며 짜증을 내셨으나 하루 종일 밥도 못 먹고 광주까지는 가야겠는데 가진 돈이 없다며 500환을 내밀었다. 그랬더니 기사님께서 참 좋은 분이셨던 것 같다. 서슴치 않고 타라고 하여 광주까지는 무사히 올 수 있었다.

온 종일 아무것도 먹지 않은 것은 어찌할 수 없는 일이었으나 캄캄한 밤이 되었고, 차량운행 시간도 끊기고, 갈 곳도 없고, 어찌할바를 몰랐다. 아무리 생각해도 뾰족한 묘안(妙案)이 떠오르질 않았으나 어찌하랴. 아직은 춥기도 하고, 배는 등가죽에 붙어 있고, 이리저리 살펴 보아도 으슥한 바람막이 할 곳 마저도 찾기 힘들었다.

이리저리 걷다 보니 오덕 여인숙이 눈에 들어 왔다. 그래서 잠시 생각했다. 비록 간판을 한글로 써 붙였지만 간판 첫머리가 오덕이니 한자로 풀이하면 오덕(五德) 다섯 가지 덕을 갖춘 여인숙(旅人宿). 나그네의 잠자리를 제공(提供)하는 집이다. 저 집이라면 하룻밤 재워주지 않을까 생각도 해보았으나 용기가 나질 않았다.

거적대기 하나라도 구하려고 찾아 보았으나 쉽게 구할 수가 없어서 길가 모퉁이에 웅크리고 있다가 도저히 추워서 못견디면 일어나서 몸부림도 몇 번 치다보니 무정했던 캄캄한 밤도 서서히 물러가고 동이 트기 시작했다.

돈이야 있고 없고, 배가 고픈 것도 모르고 밝아 오는 새벽이 그렇게 좋았다.
돈도 없으면서 남원까지 가는 버스가 어디에 있느냐고 행인한테 물었더니 계림국민학교쪽으로 가라고 일러 주었다.
알려준 쪽으로 조금 가니 순창을 경유(經由)하여 남원을 가는 버스가 왔다. 나는 서슴치 않고 버스에 올랐다.

한 정거장 정도 갔을 때 였다. 여 차장이 차표를 끊으라고 앞에서 오고 있었는데 내 차례가 와서 차표를 끊으라고 하여 이틀째 굶고 잠도 한(寒)데서 웅크리고 있다가 돈도 없고 남원까지는 가야 되겠고, 어쩔수 없이 차에 탔는데 좀 태워다 달라고 매달렸으나 차장은 그 사정 알바 아니고 다음 정거장에서 내리라는 것이었다.

이윽고 다음 정거장에 도착했는데, 차장은 내리라. 나는 태워줄 것을 수도 없이 사정해도 듣지 않았으나 그러다보니 본의 아니게 차 안이 잠깐 시끄럽게 되자 운전기사님이 무엇 때문에 이렇게 소란스럽느냐 하시며 묻는 것이었다. 하지만 이미 여 차장과 실랑이 했던 말을 들었으니 몰라서 다시 묻는 것은 아니라고 판단 되었으나 다시 한 번 기사님께 아저씨 좋은 일 좀 하세요. 배가 고파서 걷지도 못하겠어요 하였더니 이렇쿵 저러쿵 아무 말 없이 차는 출발하고 있었다.

"고맙습니다. 고맙습니다. 아저씨 고맙습니다"를 연발했었다. 이번에도 또 기사님의 덕택(德澤)으로 남원까지 무사히 올 수 있었다. 그리하여 다섯 끼니를 굶고 하루 저녁 노숙(露宿)을 하고 실랑이 하며 왔으니 기진맥진(氣盡脈盡)한 몸으로 남원 역전 역전하숙옥을 향하여 걷고 있는데, 아버지와 누나, 박홍근(姉兄 사기꾼) 셋이서 앞에 나와 있다 딱 마주쳤는데, 그때 아버지는 심상치 않은 눈초리로 나를 쏘아 보는 것이었다.

우리 모두는 하숙집으로 들어가 이야기를 나누었는데, 바로 그날 무수리 논(구름 고개 넘어) 675평과 방아들 밭 600평을 팔아 받은 쌀을 모두 돈으로 바꿔 박홍근이 한테 건너간 상태였으니 그렇지 않아도 완도군 노화면 해녀조합장이라고 속인 것만으로도 때려 죽이고 싶은 생각이 불끈불끈 솟구치는데 이 일을 어찌하랴! 이미 엎질러진 물이요, 처음부터 알뜰히 살림을 꾸릴 생각은 없었고, 사기칠 목적으로 아버지를 평생 편히 모신다는 조건(條件)을 걸어 사기극(詐欺劇)을 벌여 온건데 사기의 미끼를 덥석 물고야 말았으니 어찌할꼬. 미끼를 문 물고기를 살리고 죽이는 것은 오직 낚싯대 주인한테 달린 것을.

전라남도 건어물 총판 대리점(全羅南道 乾魚物 總販 代理店)

그리하여 2~3일 사이로 남원 역전 하숙옥을 떠나 아버지와 나는 누님과 박홍근을 따라 구래구로 내려가 보니 방 한 개에 점포(店鋪)가 있는 집이었는데, 판매물건(販賣物件)은

3일 뒤면 들어온다고 하였다.

그러나 3일이 지나고 보름이 지나도 물건은 오지 않았다. 그리고 구래로 이사온지 불과 며칠 뒤부터 박홍근이는 매일 술이 거나하게 취해 들어와 아버지와 자주 시비(是非)조로 나오더니 거의 매일같이 큰 소리가 나고, 아버지에게 욕설을 하는 것은 보통이었다.

거꾸로 아버지는 순창에서는 매일같이 술에 취해 있던 것과는 달리 아버지는 촐촐하고 자형이란 사기꾼은 매일 취하여 어떻게든 트집거리를 만들어 싸우려고만 하였다.

얼마 되지도 않은 사이 큰 소리가 여러번 나서 그 동네 봉동리 이장님과 청년회장 등 몇 분이 오시여 주의를 주었던 것도 여러번 있었는데 이사온지 약 두어달을 매일같이 취해 사실은 아버지는 순창 어머님 살아 계실 때는 쳐다 보기도 싫을 정도로 싫었었는데 막상 자형이란 사람이 함부로 대하니 내마음이 변했는지 그렇게도 싫고, 언제 한번 손을 봐야 겠다는 생각이 불끈 불끈 솟아 올라 벼르고 있었는데, 일은 터지고 말았다.

그 날은 1962년 6월 2일 점심을 몇 순갈 뜬 바로 뒤였다. 박가놈은 그 이른 시간에 벌써 나가서 술을 마시고 들어 와서 또 이유 없는 시비를 걸고, 순창에 남아 있는 상정물 밭 400평과 삼 밭 60평을 빨리 팔아 오라고 하면서 늙은 개새끼니 무엇이니 하면서 차마 입에 담지 못할 욕설을 퍼붓고 있는 사이 동네 분들은 하나둘 모여 들어 조금 후에는 우루루 많이 와서 지켜보고 있었는데, 나는 그만 이성(理性)을 잃고 많은 사람이 보는 앞에서 치밀어 오르는 분노(忿怒)를 참지 못하고 박가놈을 주먹으로 치고 발길질을 하니 나뒹굴어 있는데 옆에 있던 목침(木枕)을 들어 머리통을 후려치려는데, 동네 어느 분이 내리 치려는 목침을 빼앗고 내 팔과 몸을 붙들고 말리는 바람에 자칫 살인(殺人)까지도 날 수 있었던 찰라를 용케도 면(免)할 수 있었다.

잠시 후 동네분들은 모두 돌아가고, 한바탕 시끄러웠던 집 안은 조용해졌다. 그리고 소란(騷亂)을 피운지 얼마 되지 않는 약 1시간 정도 뒤 이장(里長)님께서 오셨는데 나는 이장님이 어느 분인줄 몰랐으나 세 분께서 찾아 오시어 소개(紹介)를 해주셨는데 그중 한 분은 이장님, 한 분은 반장님, 또 한 분은 4H 구락부 청년회장이라 소개를 한 뒤 아무도 듣지 않게 한 모퉁이로 가서 지금으로부터 약 한시간 정도 뒤 어두워질 무렵 아버지와 나를 나가서 다른 곳에 있다가 한 세 시간 뒤에 오라는 것이었다.

그래서 그 까닭을 물었으나 좀처럼 말씀해 주질 않아서 궁금하니 말씀을 해달라고 사정을 하였더니 까닭을 말씀해 주시는데, "다른 동네에선 어떨지 몰라도 그 동네에서는 부모에게 불효하고, 또 가정 폭력자는 그냥 두지를 않는다"하시면서 여러번 지켜보고 주의(注意)도 주었었는데 소용이 없으니 그리고 "그동안 무엇 때문에 그리도 소란스러웠는지 지켜봐 잘 안다면서 박홍근이를 그냥 두고 볼 수 없다"는 것이었다.

오늘 해질 무렵 청년회에서 나와 멍석말이 매질을 할터인데 아차하면 병신(病身)이 될 수 도 있고, 죽을 수 도 있으며, "저런 녀석은 이세상 사람 무리 속에 같이 더불어 살 수 없는 사람이기에 몰매를 맞아야 정신을 차린다"는 말씀을 하시면서 "부락의 청년단체에서 하는 것이니 병신이 되던 죽던 아무런 관계가 없다"는 말씀을 하시면서 그것이 이 부락을 지키는 청년 4H 구락부이다. 이 동네에 왔으니 아버지와 나는 이 동네에서 지킨다는 말씀을 듣고 너무나도 크나큰 감동(感動)을 받아 울컥 하여 이장님을 붙들고 한참을 걷잡을 수 없이 울어댔다.

그리고는 겁이 덜컥 나서 사정하였다. 그리하지 말라고 그렇게 한다고 없어진 논밭이 다시 돌아오는 것도 아니고, 중간 입장에서 이러지도 저러지도 못하는 누님을 생각해서라도 나는 그러지 못하도록 도리어 내가 빌고 싶었다.

박홍근이란 놈이 누님을 어떻게 설득을 시켜서 여기까지 왔는지는 모르지만 그 이유가 어디에 있던 나는 이장님을 말리고 싶었다. 이윽고 뉘엿뉘엿 해질 무렵 끄릿끄릿한 건장한 청년들이 근처 반장님 집 앞으로 20여 명 모여들기 시작했다.

그러나 내가 이장님을 그러지 못하도록 설득, 사정해 놓은 상태라서인지 잠시 후(暫時後) 모두 돌아 갔는데 그날따라 좋던 날씨가 비가 올 것 같이 찌뿌둥 해지는 것 같았으며, 이장님과 반장님, 청년회장 세 분만 남아 우리집을 오시여 사실은 오늘 4H 구락부 청년들을 소집(召集)했는데 "당신 처남이 행사를 하지 못하도록 간곡한 사정 때문에 아무일 없이 돌려 보냈다"는 말부터 꺼낸 뒤 나와 아버님을 한쪽으로 불러내어 반장님 댁에 부엌까지 딸려 있는 방이 하나 비어 있으니 그 방을 그냥 쓰도록 줄터이니 지금 당장 옷가지만 가지고 그리 와서 따로 살라는 것이었다.

그렇지 않아도 이러지도 저러지도 못하고 있는 터에 반장님의 크나큰 은혜(恩惠)를 입어 내가 그렇게 따로 살자고 했더니 두말도 없이 그렇게 하자고 하시고 옷가지만 챙겨서 반장님 댁으로 갔다.

돈이라곤 없어서 아버지에게 가진 돈이 있느냐고 여쭤봤더니 얼마 되지 않는다고 하시면서 내 놓은 몇 푼이었는데 그 돈으로 보리 두납대기, 그 시대에는 쌀 되가 큰 되, 작은 되가 있었는데 작은 되는 한 되, 두 뇌 하여 열 되면 한 말이 되고, 큰 되는 다섯 되가 한 말이었는데, 그 큰 되를 납대라 불렀다. 그리고 말은 한 말, 두 말 하여 열 말이 한 가마니니 지금 현 시대에 80kg를 말함이다. 그러니까 정확하게 말하면 보리쌀 너 되와, 나무 땔갈 두 다발을 사니 돈이 바닥이 났다. 그날이 바로 1962년 6월 2일이다.

그런데 그날 저녁 시간 늦게부터 내린 비는 그칠줄을 모르고 3일 동안이나 내렸으며, 그때 내가 지은 노래가 있는데~

죄도 많은 나의 청춘 비 내리는 구례땅에서
헤어지는 그 날짜는 바로 오늘이래요.
오늘은 1962년 6월 2일 하늘에 비 나의 엄마 눈물
하늘에 계신 나의 어머님이 나의 설움 알으시고
뿌려주신 나의 엄마 눈물

그날 이 노래를 짓고 살아오는 동안 수도 없이 많이 불렀었다. 마음이 울적할 때나 속상한 일이 있을 때는 나도 모르는 사이 흥얼거리곤 했다.

05

미싱대리점에서 제과점, 군대입대, 제대, 벽돌공장까지

비가 그치고 나흘째 되던 날 반장님께 말씀을 드렸더니 지게와 톱을 빌려 주시면서 "어느 쪽으로 가면 땔감과 돈이 될 수 있는지 큰 통나무도 잘라 올 수 있으니 가서 해다가 동네 위로 조금만 올라가면 재제소(材製所)가 있으니 그곳에 가서 팔면 돈이 된다"고 자상헤게 말씀을 해주셨다.

그리하여 처음으로 반장님께서 말씀해 주신 방향으로 무작정 나무꾼들을 따라갔더니 약 8km 이상을 가니 나무꾼들이 정착하는 곳은 큰 소나무들을 많이 베어 놓은 곳이 있었는데 돈이 필요한 지게꾼들이 그곳에서 각자 자기 마음대로 잘라 가는 것이었다.

나는 가만히 보니 크기나 길이가 거의 비슷하게 자르고 있는 것을 보고 나도 그분들이 자르는 크기 만큼씩 두 토막을 잘라 지게에 짊어지고 곧장 재제소로 가 팔아서 보리쌀을 사 가지고 기진맥진하여 집에 들어갔으나 난생 처음으로 내가 나무를 잘라다 팔았지만 내가 내 힘으로 돈을 마련하고 보리쌀을 사 보기는 처음인지라 기분(氣分)은 그리 나쁘지 않아 나 혼자서 웃음을 띄었는데 그 웃음이 무슨 웃음인지 또 그 무엇을 의미(意味)하는 것인지 나 자신도 알 수 없는 웃음이었으나 한 가지 분명한 것은 힘은 들었어도 꼭 싫지만은 않은 것이라는 것이다.

지게를 져본 것은 국민학교 다니던 시절 학교 수업이 일찍 끝나고 온 토요일 또는 일요일날은 여지없이 나무지게나 꼴망태를 메고 산과 들을 오가며 나무나 풀을 해서 어두워진 뒤에야 집에 들어 왔었던 나의 어린 시절 국민학교 졸업 후 바로 객지(客地) 전주로

간 이후로는 단 한번도 짊어져 보지 않은 지게를 짊어지고 수십리 길 산에 올라 삼판 나무를 해다가 팔아서 끼니거리 보리쌀을 살 수 있었으니 힘은 들었어도 기분 좋은 일이라 생각했던 것 같다.

그 이튿날은 아버지도 지게와 톱을 빌리시며 산에 가서 땔감과 나무를 잘라 와서 손수 지게를 만들어 놓았으며, 지게를 빌리지 않고서도 나무를 해올 수 있었다.

그렇게 힘든 나날을 보내면서도 전주 음식점에 있을 때부터 백노지를 잘라 만든 공책(空冊)에는 내가 매일 생활했던 기록을 일기로 써 매일 매일 썼던 습관(習慣)이 있어 아무리 힘들어도 꾸준히 써 왔다.

그렇게 돈이 되는 통나무와 땔감 등을 얻기 위해 산에 오르는 것은 불과 15일이었으며, 봉동리에서 화엄사 쪽으로 조금 들어간 마을인데 마을 이름은 생각이 잘 나지 않고, 사람 이름은 정확히 나는데 그집 아버지는 유형직 씨이고, 작은 딸 유필주는 중학교 1학년이었던가, 2학년이었던가로 기억된다.
아들은 없고, 딸만 둔 이장님의 알선으로 그집 일을 하게 되었는데 아버지는 아니고 나 혼자서만 낮에 캄캄할 때까지 산에서 표고버섯 재배 일을 하고, 캄캄할 때 내려 와서 밥 먹고 사랑에서 자고 했는데, 산에 올라 큰 참나무를 길쭉길쭉하게 잘라서 묶힌 참나무 통에 망치로 두들겨 구멍을 파는 암놈쇠로 기구가 있고, 구멍을 뚫은 속에 표고버섯 약을 넣고 숨놈기구로 나무껍질을 톡톡 한 두번 때리면 암컷으로 파놓은 구멍 위를 덮을 수 있는 크기로 나무껍질이 떨어지는데 약을 넣은 구멍 위를 그 껍질로 덮는 작업이다. 또는 구멍 위에 약을 넣은 다음 때우는 작업이었는데 점점 줄어들고 고정된 일꾼 몇 명만 있었고, 큰 딸 미자도 학교를 다니지 않았으니까 줄곧 있었다.

그리고 토요일 오후와 일요일은 필주 작은 딸도 꼭꼭 올라와 작업을 같이 하고 유미자, 유필주, 나 셋이서 캄캄한 어둠을 타고 내려 가는 횟수가 잦아졌는데 잠깐동안이지만 작은 딸 필주가 유난히 나를 잘 따랐던 기억이 뚜렷하다.

사랑방에서 잠을 자고, 일찍 어둑어둑 할 때 일어나 집 마당도 쓸어 놓고, 일은 아침을 먹고 부지런히 작업장으로 가곤 했는데, 이제는 그 일도 더 이상 할 것도 없고, 주인 유형직씨는 그동안 일을 했던 품값도 넉넉히 잘 챙겨 주셨는데 나는 더 이상 할 일이 없어, 또 내일 당장이라도 나무지게라도 져야 될 상황인데 유형직씨가 불러서 구레구에 있는 미싱 대리점에서 일을 해 보겠느냐고 하여 나는 망설이 없이 선뜻 고"맙습니다. 고맙습니다"를 연발하였고, 그 다음날 유형직씨는 나를 데리고 구레구 명신드레스 미싱 대리점에 소개를 하여 그날부터 미싱대리점에서 일하게 해 주셨다.

미싱대리점 주인 존함은 김창곤(金昌坤)씨였으며, 대리점 건물에 살림집도 같이 있었으며, 주인 아주머니는 점포에는 거의 나오지 않았으며, 미싱 기술자 김영곤 형과 나 둘이서 점포에 있었으며, 주인 즉 사장님은 점포에 있을 때도 있지만 없을 때가 더 많았으며 사장님은 영화를 지극히 좋아해서 극장에 자주 가셨으며, 본인이 보고 좋다 싶으면 주인 아주머님과 나를 가끔씩 같이 보고 오라고 보내주 셨다.

나는 새벽 일찍 일어나 주인 아주머니와 같이 부엌에서 밥 할 때 불도 때고, 부엌 일을 많이 도왔으며, 아주머니도 편하게 이것 저것 많이 시키셨다.

김영곤 형님은 무엇이든 나를 잘 가르쳐 주려고 애를 쓰셨으며, 온화하고 너무나 좋은 분이셨다.

그 형님은 자전거를 타고 출퇴근을 하셨으며, 그 자전거는 판매 한 미싱을 나르는 운반차도 되고, 그 형님은 점포에 나오시면 미싱수리 하는데 쉴틈이 없었고, 미싱을 판매도 하지만 고장나면 가지고 와서 수리를 한 사람도 많았지만 출장 수리도 자주 나가셨다. 그런데 그곳에서도 오래있을 순 없었다.

문제는 아버지였다. 내가 자는 방은 그 추운 겨울에도 불도 때지 않고, 방 안은 물건으로 꽉 차 있었으며, 겨우 두 사람 정도 누울 수 있는 공간 뿐이었는데, 미싱 부속 등이니까 모두가 비싼 것들이고 하다보니 아버지가 가끔 오시여 주무시고 아침밥까지 잡수시고 가시곤 했는데 아버지가 오셨다 가신 날은 여지없이 사장님의 불편한 모습을 절실히 느낄 수 있었기 때문에 아버지께 오지 말라고 누누이 말씀드렸는 데도 듣지 않으시고 결국은 일어 터지고 말았다. 그날도 아버지께서 오시여 주무셨는데 나는 일찍 일어나 아주머니와 같이 부엌에 있는데 김창곤 사장님께서 "아버지 밥은 짓지 말라"고 명하는 것이었다.

그 말을 듣는 순간 미운 아버지지만 치밀어 오르는 분노를 억제(抑制) 할 수가 없었다. 그리하여 나는 지금 당장 그만두겠다고 말씀드리고 그렇지 않아도 아버지가 오셨다 가신 날은 주인 어른의 심기가 불편해 하신 것을 알고 있었기 때문에 오지 말라고 말씀을 드렸는데도 어찌할 수 없었고, "한 번씩 오시면 밥 한 그릇 얻어 잡수시고 가시는건데 오셨다 가신 그날은 저 역시도 주인 눈치 보기에 바빴으나 이제는 눈치볼 필요도 없고, 저로 인해 주인 어른의 불편하실 일도 없게 되었습니다. 밥 한 그릇이 그렇게 큰 것인줄 절실히 느꼈습니다. 그동안 불편하게 해드려 죄송합니다"하였더니 내 말을 다 듣고 난 뒤 자기가 그 대목은 너무 심했다며 나를 이해(理解)시키려 하고, 잊고 그냥 있을 것을 요하였으나 나는 더이상 있을 수 없다고 완강하게 말하고 내가 쓰던 방에 가서 옷가지를 챙겨 나오려는데 눈치 없는 아버지는 당신 때문에 한 바탕 주인과 소란스러웠던 것을 아는지 모르는지 그 방은 부엌과 약간 떨어진 별채였긴 하지만 가운데에 조그마한 텃밭이 있고, 약 20m 정도 밖에 안되니 그냥 들릴만도한데 떠들썩했던 말을 들었는지 못들었는지 또는 모르고 지금까지 주무셨던건지 도무지 말씀 한마디가 없었다.

그런 아빠가 밉기도 하고, 답답하기도 하고, "지금 오시지 말라고 그렇게 말씀을 드렸는데도 오시여 그 일로 인해 결국은 이 집을 지금 당장 나가게 되었으니 이제 아빠 속이 시원하십니까"하고 아빠에게 반 화풀이를 하면서 보자기를 들고 아빠의 팔을 잡고 나오려다 주인 김창곤씨가 있는 방문을 느닷없이 확 열고 저 지금 나갑니다. 그동안 심기를 불편하게 해드려 죄송합니다.

그 말이 끝남과 동시 나는 내 옷보다리 바로 멘 끈을 풀어 보자기 한쪽을 잡고 사정없이 흔들어 패대기를 치니 옷이 사방에 흩어져 있는데, "자 지금 나는 나가는데 그 속에 미싱 바늘 한 개라도 숨겨져 있나 검사를 해보시지요"하고 큰소리로 외치며 "저 방에(내가 쓰는 방) 미싱이며 미싱 부품이 잔뜩이니 혹시 무엇 한 개라도 아버지가 가져갈까 염려했던 것 아닙니까"하고 소리 소리 질렀다.

그리고 아빠의 손을 끌어 덴님까지 풀어 보여드리라고 소리쳤는대도 속터지게 아빠는 그래도 말씀 한마디 없었다. 주인 김창곤씨는 얼굴이 벌개지고, 나는 흩어진 옷을 주섬 주섬 주워 모아 가슴에 안고 밖으로 나와 보자기에 싸고, 아버지는 아버지대로 나는 나대로 이 자리에서 헤어지자는 말 한마디를 뒤로 하고 갈 곳도 없으면서 쏜살같이 그 자리를 피했다.

당장 갈 곳이 없으니 전주로 갈까? 순창 시골로 갈까? 별별 생각을 다 해 보았으나 이 넓은 땅에 나를 반겨줄 사람은 어디에도 없었다. 그리고 이런 모습으로 가기도 싫었다. 그래서 새벽부터 온종일 굶고 돌아 다니다 오후 2~3시경 구레구 영성제과점(永盛製菓店)앞에서 서성였다.
그때 당시는 엄청나게 큰 제과점인데 그 제과점에 들어가 주인에게 시키는 일은 무엇이든 다 할 테니 일을 시켜달라고 말씀을 드렸으나 안된다는 말씀을 듣고도 그 점포 앞을 떠나지 않고 두 세번 들어가서 청하고 또 청하기를 세네번 간곡히 청하였는데 허락을 받지 못하고 저녁 늦은 시간 점포 문을 닫을 시간이 되어 번지문을 하나 둘 닫아 나갔는데 모두 다 닫고 문 한 개 만 남겨둔 상태였었는데 나는 그때까지 그 문 앞을 떠나지 않고 서 있었는데, 한참 뒤 주인 어른이 나오시며 들어오라고 하여 들어갔더니 부엌 일하는 아주머니를 불러 이사람 하루 종일 아무것도 먹지 못한 것 같으니 데리고 들어가서 밥부터 먹이고 밤이 늦었으니 작업방에서 배달원(配達員)들과 같이 자게 하라고 지시(指示)하는 것이었다.

나는 허리가 굽도록 인사를 하고 아주머니를 따라 들어갔는데 작업방이라고 하는 방이었는데 12명이 있었다. 밥을 차려주어 먹고 작업방이라 해서 방은 방인데 방이라고 볼 수 없고 마치 자그마한 운동장 같았다. 종업원, 배달원들 중에는 내가 하루종일 밤 늦도록 점포 앞에 서 있었고, 또 몇 번 점포에 들어가 주인 어른께 사정하던 것도 봤던 사람이 여럿 있었을 것이다.

그래서인지는 몰라도 모두가 다 따뜻하게 대해 주었으며, 그중 김주환이란 형이 이말저말 물어보곤 하여 상당한 시간 대화(對話)를 나눴는데 내일 아침 가지 말고 제과공장 안에 와서 일도 거들고 하라고 하여 모두가 새벽 일찍 일어나 아침밥 먹기 전에 그날의 할 일을 준비(準備)하고 있는 것 같았다. 나는 김주환 형의 말대로 공장으로 갔더니 그 중 한분이(나중에 알고 보니 그분이 공장장님) "외부인 출입 금지구역인데 왜 여길 들어오느냐"하고 호통을 치셨다.

나는 깜짝 놀라 움찔하는데 김준환 형이 내가 들어와서 일을 거들라고 했으니 나무라지 말라 하니 "주인 말도 들어보지 않고 공장 일을 시킨다는 것이 말이나 되느냐"하고 큰소리가 날뻔까지도 했는데 다행이 몇마디 하다 조용해졌으며, 아무도 일을 시킨 사람은 없었으나 김주환 형이 이것도 해라, 저것도 해라 해서 시키는 대로 했고, 조금 뒤 주인 아저씨와 아주머님께서 나오시면 가서 사정을 해보면 가능성이 전혀 없지 않다. 어차피 사람이 하나 꼭 필요하여 구하려고 하는 상태이다라고 말씀을 해주셨다. 그 형이 그렇게 말씀만 해주셨어도 왠지 힘이 생기는 것 같았다.

그렇지 않아도 주인 어른께 한번 더 말씀을 드려 사정해보려 했는데 또 도와 주려는 원군(援軍)까지 생겼으니 힘이 날 수밖에.

한참 뒤 점포에 계신 주인 어른께 또 한번 있게 해달라고 애절(哀切)하게 애원(哀願) 하였더니 "정말 일을 잘할 수 있겠느냐"하시면서 공장에 가서 형들이 시키는 일을 잘 하라고 말씀을 하시면서 옆에 있었던 배달원을 시켜 공장과 점포가 한 건물이고, 불과해야 몇발짝 안되지만 공장에 데려다 주라고 말씀하셨다. 그리하여 그날부터 제과점 공장 종업원이 되었다.

그 공장에서는 셈베과자, 미도리 손가락 과자, 옥꼬시, 대옥(사탕) 등 과자의 종류가 많이 생산되었고, 거기에 소주(燒酒)까지도 취급(取扱)하였고, 호리병옹기독으로 되어 있는 통술도 같이 취급하였고, 공장에서 만들어 놓은 과자나 사탕 등은 배달원들이 자고 있는 운동장 같은 방에 산더미처럼 갖다 부어 놓고 직원은 아니고 동네 아녀자들이 수시로 정해 놓은 날짜에 2~3일에 한번씩 와서 밤 늦도록 포장작업을 하고 돌아갔다.

이렇게 작업을 끝마친 상품은 일곱명의 자전거 배달원을 통해 아주 멀리까지 배달되곤 했다. 나는 순창 고향에서 쉴 틈이 없이 지게와 꼴망태를 메고 산으로 들로 어두어지도록 헤매고 다녔고, 또 저녁 늦게까지 졸며 이마를 부딪치며 공부를 했었던 덕택인지 습관처럼 일찍 일어나 공장 마당 점포 앞을 두루 다니며 청소도 하고, 콧노래도 하는 것을 보고 모두가 다 좋아라 했으며, 나도 시골에 있을 때와는 비교가 되지 않을 정도로 일에 맛을 느꼈다. 그렇게 2~3개월이 지난 뒤 주인어른께서 불러 갔더니 한 두달 너를 겪어

보니 형들도 잘 따르고, 일도 잘하고, 부지런한 것 같아서 이번달 부터는 네가 들어온 날짜와 관계없이 매월 말일로 따져서 월급을 주기로 아주머니(안주인을 일컬어 말씀하신 것임)와 상의 끝에 결정(決定)하였다.

너한테 묻지도 않고 내 마음대로 정했다 말씀하시면서 2,000원을 주시겠다는 말씀을 하셨는데 월급은 생각도 못하고 오직 밥 배부르게 먹는 것만 생각했을 뿐인데 이렇게 월급까지 주신다니 너무나도 좋았으며, 그때는 화폐개혁(貨幣改革)이 된지 불과해야 2년도 되지 않은 시점이기 때문에 돈에 대한 엄청난 가치가 있었다(화폐개혁 : 1962년 6월 10일 일요일 자정을 기해서 발표. 구화에서 신화로 바꿀 수 있는 기간을 딱 7일 6월 17일까지로 정했다).

그때는 돈을 쌀로 많이 계산을 했는데 2,000원이면 쌀로 너말 값이 다 된 큰 돈이었다. 그래서 너무 좋아서 이세상에서 미우나 고우나 아버지 밖에 없으므로 고향(故鄕)으로 내려가신 아버지께 봉급(俸給)까지 받게 되었다고 편지(片紙)를 대서특필(大書特筆)하여 올렸던바 있다.

그러나 그것이 화근(禍根)이 될줄이야 아무말 없이 봉급을 받는다는 말은 철저하게 감추고 연락도 끊고 살았더라면 좋았을 것을 하고 후회(後悔)하였다. 그 편지를 받으시고 난 뒤부터 자주 내려오시여 미싱대리점에서 있었던 행위를 또 하시고, 월급은 받은 족족 한푼도 안 남기고 다 가져 가시고, 한번은 월급을 미리 달라고(즉, 가불) 말씀을 하시여 안된다고 했더니 주인한테 가서 미리 달라고 사정하는 것이었다.

그래서 나 역시도 절대 안된다고 하고, 주인과 아버지 사이 옥신각신 하였고, 제발 나가 달라고 아버지를 붙들고 애원(哀願)을 하였건만 도저히 통하지를 않았다. 하다하다 못해 가시긴 하셨는데 그 뒤로는 주인보기도 너무 죄송스러워 몸둘바를 몰랐고, 그렇게 또 한달 정도가 지났는데 또 다시 아버지께서 오시여 봉급도 내 놓고 또 가불도 해달라고 하신 것이 아닌가. 시골에서 그렇게 술을 드셔도 건강 만큼은 타고 나셨는지 펄펄 기운이 넘치시는데 술좀 덜 드시고 남의 집 일이라도 하면 저축해 가면서 사실텐데 왜 그렇게 사시는지 알 수가 없었다.

월급에서 한 푼이라도 빠지면 난리가 나고, 나는 힘들여 일만 할 뿐 신발 한 켤레도 내 맘대로 사 신을 수가 없었으니 언제나 한심한 사람은 나였다.

연속적으로 세 번을 겪고 나니 주인 보기가 얼굴을 들지 못할 정도로 미안해서 더 이상 있을 수가 없었다. 이젠 군대갈 나이도 2년도 다 남지 않았는데 그 나이 먹도록 나는 무엇을 했나? 너무나도 한심했다. 결심한 것은 겨우 생각해낸 것이 시골로 다시 내려가서 남의 집 머슴살이라도 하다가 군에 입대(入隊)를 해야겠다는 생각이 들었다.

그해 겨울 겨울은 겨울인데 음력 설이 며칠 지난 뒤였는데 제과점을 그만두고 순창 버들(우리 부락 유촌리를 버들마을이라 칭했다) 우리 마을 우봉당숙집 어른들이 언제나처럼 계시는 사랑방으로 인사를 드리러 가서 납작 엎드려 인사를 하고 고개를 들어 입대하는 그날까지 남의 집 머슴살이를 하겠다고 하였더니 내 말이 떨어지는 순간 목침(木枕)이 날아오며 우봉당숙의 대갈일성(大喝一聲)이 터지면서 나는 그 목침을 오른쪽 무릎에 맞아 어찌할 바를 모르고 정신을 차리지 못하고 있는데 우봉당숙께서 하시는 말씀이 너는 3~4월 꽃 피면 나갈 놈이고, 그리고 객지에서 망했으면 객지에서 성공을 해서 돌아와야지 이게 무슨 꼬라지냐? 하시며 크게 노하셨다.

그리고 그날 저녁 임실아저씨 댁 사랑방에서 잠을 자게 되었는데 어제 저녁 무렵 목침으로 맞았던 무릅이 많이 쑤시고 아프면서 엄청 많이 부어 올라 걸음도 걸을 수가 없었다.

그런데 뜻하지 않게 아침 새벽 일찍 옥동양반 조응춘씨(수동국민학교 기성회장님)께서 찾아오시여 자기 집으로 자가고 하시면서 내가 부축을 할터이니 가자고 말씀을 하셨는데 너무 고맙고 죄송스러워 몸둘바를 모르고 있는데 일단 집으로 가서 이야길 하자고 말씀하시여 무작정 몹시 절름거리며 따라갈 수밖에 없었다. 그리고 집에 도착해서 대뜸 하시는 말씀이 자기 집에서 일년 동안 일을 하라는 것이었다. 그래서 어린 국민학교 시절에 지게질도 낫질도 해봤지만 그동안 해보지 않아서 어떻게 말씀드려야될지 모르겠다고 말씀 드렸더니 네 힘과 성의껏 하면 된다고 말씀하시면서 새경은 얼마로 할까 하시는데 “그것도 처음이라 제가 일하는 것 봐서 주십시오”하였더니 “아니다. 일은 정하고서 해야 된다. 그리고 오늘부터 여기 네 방이 따로 있으니 거기서 자고 다리가 낳으면 일을 하도록 하라"(수동국민학교는 유등국민학교 분교가 없어지고 국민학교를 새로 설립하였음).

그렇게하여 3~4월 꽃피면 도망간다던 말을 무색하게 하고 일년을 잘 채워 나오게 되었고, 그 다음해 순창 복실리에서 몇 개월 입대하기 전까지 머슴살이를 했다. 그동안의 새경은 모두 다 아버지께 드리고 입대하여 논산훈련소에서 훈련을 마치고 신병교육을 받는 사이 사병교육기관 하교대(병장학교)를 지원하여 하교대의 훈련기간을 다 마치고 20사단 올빼미부대로 배치되어 화기분대장을 했으며, 얼마 뒤 하사로 진급하였으며, 나는 유독 총이라면 어떤 총이던지 아주 잘 쐈다.

씨알 카빈, 엠우완, 엘엠무지 경기관총, 3.5인지 로켓포까지 명중률이 90~100%에 가까울 정도로 잘 쐈으며, 특히 제식훈련도 특별히 잘해서 그 바람에 대대장의 사랑을 독차지하여 일개 사병으로서 대대장실을 마음대로 드나들 수 있었다.

그러나 조금 괴로운 점도 있었다. 툭하면 연대대항, 사단대항 대항전이 있을 때는 여지없이 병장(하사) 계급을 떼어내고 상병 계급장을 달고 이름까지도 다른 사람 이름으로 나는 현장에 나갈 수밖에 없었다. 그리고 하교대나 하사관학교를 수료한 사람에 한해서 장교시험을 볼 수 있는 제도(制度)가 있었는데 단, 장기복무를 지원자에게만 부여되었다. 그리하여 대대장님께서 또 중대장님께서 내가 장기복무 신청하기를 수차례 권고 하셨다. 나 역시 군생활이 싫지도 않고, 내 성격과 좀 잘 맞는거 같기도 했다.

그리하여 나는 장기복무 신청을 했었는데 만기제대 몇 개월 남긴 상태에서 했는데 뜻하지 않게 만기도 몇 개월 안 남았는데 제대 특명과 장기복무 서류가 연대에 마주 떨어졌다는 것이다. 알고보니 의가사 제대특명인 것이다. 그때는 제대특명은 선배님들을 견주어 봤을 때 보통 한두달 전에부터 제대 날짜를 알고 있었던 것으로 기억되는데 나는 그것도 직속상관인 소대장이나 중대장으로부터 받은 것이 아니고 대대장님께 전령(傳令)을 보내시어 대대장으로부터 전해 들을 수 있었는데 장기복무 서류와 제대특명 서류를 놓고 10여 일 이상 고민하다가 만기도 몇 개월 남지 않았는데 만기특명이면 볼 것 없이 장기복무 처리를 의무적으로 처리했을텐데 그 명(命)이 의가사라서 너의 중대장과 협의하에 아무래도 본인한테 알리는 것이 좋겠다고 하여 알리는 것이니 장기복무를 그대로 하는 것이 어떠냐고 말씀을 하시는데 잠시 하루 이틀 생각할 수 있는 시간을 주실 것을 간청하고 소대로 돌아와 생각 끝에 이상하게 제대쪽으로 생각이 기울었다.

왜 그랬는지는 확실히 모르나 제대를 하겠다고 대대장님께 말씀을 드렸더니 한번 더 생각해 보라 하셨으나 내 의지(意志)는 완강(頑强)했다. 그리하여 나는 군 제복(軍 制服)을 벗었다. 67년 6월 3일 전역(轉役) 제대(除隊)하여 그 해 남는 기간(67년 연말까지의 기간 섣달 금음날까지 유등면 내이리 배씨 집에서 머슴살이를 하고, 68년 음력 1월 3일 서울로 돈 한푼 없이 왔었다. 그야말로 도망을 온 것이다.

몇 년전 우봉당숙께서 목침을 주워 던지며 하셨던 말씀 객지에서 망했으면 객지에서 성공을 해서 돌아와라 했던 말씀을 머리 속에 되새기며 아는 사람 하나 없는 서울로 왔다. 시골 사랑방에서 주워들은 얘기로 유등 사람과 버들 부산개(별명)가 암사동 벽돌공장에 있다는 소리를 들은바 있어 무작정 암사동에 가서 벽돌공장을 찾으니 모래 속에 바를 찾는 줄 알았는데 들 가운데 황소 한 마리 찾는 것 보다 더 쉽게 찾았다. 그도 그럴것이 허허벌판 들 가운데 달랑 크나 큰 벽돌공장 건물에 벽돌을 굽는 가마, 또 가마 굴뚝에서 내뿜는 연기만 보고도 멀리서도 알 수 있었다.

안무런 연고(緣故)도 없이 벽돌공장만을 찾아 갔는데 그 공장 이름은 한일연와주식회사였다. 그 공장을 찾아가 일을 시켜 달라 했더니 말 몇마디에 쾌이 승낙하고 공장 자체에서 숙식을 제공하는 곳은 없었고, 개인적으로 운영하는 하숙(下宿)집이 몇군데 공장 주변에 있었는데 나는 우연이 택하여 간 곳이 배환갑 순창유등국민학교 일년 선배가 있는 집을 가게 되었는데, 서로가 깜짝 놀랬으며, 사유(事由)를 들어보니 그 연와공장 공장장(工場長)이 친형님이며, 자기(배환갑)는 공무원 5급(五級) 시험준비를 하느라고 형님 밑에 와 있으며, 낮에는 공장 벽돌 원토작업을 하고, 밤에는 공부를 한다고 하였으며, 내일 아침부터 같이 나가서 일을 하면 되겠다고 했다.

그리하여 뜻밖에 고향 사람과 일년 선배인 배환갑이를 만나 너무 좋았다. 그래서 큰 고생 하지 않고 배환갑 선배와 같이 한 집에서 한 방에서 자고, 먹고, 같이 원토 작업하는 현장에 나가 일도 같이 하고, 그 친구는 선배이지만 나이는 동갑으로 알고 있다. 그런데 그 친구는 새벽 3시까지 공부를 하고 자고, 나는 공부도 같이 한다고는 하나 새벽 한 시까지는 따라서 하는데 졸려서 더 이상 못하는데 자다가 깨어 시계를 보면 2시 반, 3시가 다 되었을 때도 있었고, 그 대신 그 친구는 새벽 일찍 일터로 작업장에서는 나오지 않고, 조금 늦게 나왔다.

그것은 그차네루식으로 되어 있는 구루마 흙을 파러 내려갈 때는 타고 내려가고, 흙을 삽으로 파서 잔뜩 싣고 올라올 때는 4명이 한조로 되어 으쌰 으샤를 외치면서 밀고 올라오는데 그 통수를 헤아려 일당을 주곤 했으므로 조금 일찍 나온 사람끼리 또는 늦게 나온 사람끼리 하는 것이 가능했다.

그런데 그곳에 있다 보니 논바닥을 깊이 파고 들어가는 작업이기 때문에 비가 온 뒤에는 비가 그친 뒤 바로 작업을 할 수 있는 것이 아니고, 땅이 어느 정도 굳을 때까지 며칠이고 기다렸다. 하다보니 좀 벌어 놓으면 숙식비로 까먹고, 지금 현 시대에는 밥값 따로, 잠자는 값(방값) 따로 받지만 그때는 세끼 밥값만 내면 되었는데도 밥값으로 많이 까먹었다.

그러던중 작업도 항상 하던 사람끼리 네 명이 일개조로 되어 있는데, 이것은 힘과 끈기로 버티는 작업이기 때문에 힘 좋고 삽질 잘하는 사람끼리 어울리는 것을 좋아했는데 나는 체구는 크지 않지만 일 잘하는 강골이었던 것 같다. 그래서 하루종일 하다보면 다른 팀 보다 일을 더 많이 할 수 있었으므로 손발이 척척 잘 맞았다.

그런데 우리팀끼리에 문제가 발생했는데, 그것은 다름 아닌 면목동에 한국연와주식회사(韓國煉瓦株式會社) 같은 벽돌공장이 있는데 그곳에 가면 돈벌이가 더 낳다는 것이다.

한 사람이 말을 꺼내니 두 사람은 금방 동의가 되었는데 우리 넷이 다 가자고 제안을 나한테 눈치를 주어 처음 말을 꺼낸 사람한테 그럼 일이 없어서 쉬는 날 다시 가서 자세하게 알아본 뒤 결정하는 것이 좋지 않겠느냐고 하였더니 그런 것이 좋겠다고 하고, 며칠 뒤 비가 온 뒷날 그 중 두 사람이 다녀왔는데 작업장 진흙을 싣고 올라오는 거리도 얕으며, 짧고 작업 능률도 더 올릴 수 있다고 하여 넷이서 같이 공장을 옮겨 갔다. 그런데 우연하게도 우리 동네 부산개(●) 형님(집안간)께서 암사동에 있다는 소리를 들었었는데, 암사동이 아닌 면목동 한국연와공장에 계셨다. 반갑게 인사는 했어도 시골에서도 자주 봤던 분도 아니고, 이상하게 모른 사람 같이 서먹서먹 했다. 넷이서 같이 숙식도 공장기숙사(工場寄宿舍) 같은 곳에서 함께 했으며, 넷이는 모든 것을 마치 한 몸 같이 움직였다.

그런데 그 한국연와공장에서도 한 달 정도 있었는데, 어느 한 분이 숙식제공 연탄과 쌀을 취급하는 가게인데 월급은 육천원을 준다하여 소개해 달라고 하니 하루 종일 매일같이 지게질과 짐을 싣고 인력거(人力車)를 끌어야 된다고 하며, 그 집은 일이 너무 고되서 오래 붙어 있는 사람이 드물다고 말하였다. 68년도에는 6,000원이면 큰 돈이었고, 지금 벽돌공장에서는 비가 자주 와서 밥값도 빚을 지고 있었다.

그런데 문제가 있었다. 지금 당장 가려면 밥값을 다 지불하고 가야 되는데, 돈이 한 푼도 없어서 주인에게 첫 월급을 타서 갚겠노라고 사정을 하였으나 통하지 않았으며, 그러면서 돈이 없으면 피를 팔아서라도 갚고 가라는 것이다.

그 말이 떨어지는 순간 말씀하신대로 방법이 없으니 피를 팔 수만 있으면 그렇게 하고 싶으나 사람 피를 산다는 사람이 이세상에 어디가 있습니까 하였더니 서울대학병원에 가면 매주 수요일마다 피를 팔러 온 사람들이 순번을 많이 기다리고 있다고 하였다.

마침 그 이튿날이 수요일이라서 서울대학병원을 오전 일찍이 물어 갔더니 병원 뒤편에 마련되어 있는 그야말로 피를 팔러 온 사람들만 있는 방이 따로 있었는데 진짜로 번호표를 오는 순서대로 나눠 주어 기다리다 피를 파는데 피는 빼면 바로 생산이 되기 때문에 괜찮다는 것이다. 그렇게 피를 팔아 빚진 밥값을 갚고, 수요일 오후에 금호동 고개 오르막길에 있는 연탄가게로 소개를 받아 있게 되었다. 그 연탄가게는 쌀과 두 가지를 취급하였는데, 워낙 비탈길이고 그래도 차도(車道)는 그래도 나은 편이나 골목길은 거의 좁은 계단(階段)으로 되어 있어서 지게가 아니면 운반(運搬)을 할 수가 없었다.

연탄(煙炭)은 19공탄 매일 삼륜차(三輪車)로 810장씩 들어 왔으며, 원래 800장이 한 차인데, 파탄(破炭) 날 것을 감안해서 10장씩은 미리 더 온 것이다. 그래도 시골에서 머슴살이도 약 2년 반 정도 해 봤고, 어렸을적부터 단련(鍛鍊)된 몸이라 매일같이 지게질이지만 충분히 해낼 수 있었고, 캄캄해지면 더 이상 할 수 없는 작업이기 때문에 그래도 저녁으로는 책을 대할 수 있어서 좋았고, 시골 머슴살이는 새벽 캄캄할 때 시작하여 저녁 어두워진 뒤에 밖에서 할 수 있는 일이 끝나는데 저녁에는 호롱불을 밝히고 새끼를 꼬거나 가마니를 치는데 주인은 바림질 머슴은 바늘대질을 스스륵 쿵, 스르륵 쿵 가마니도 짰다. 스르륵은 바늘대소리, 쿵은 바디소리, 그러니 책을 대할 수 있는 시간은 아주 없었다. 몸은 고달퍼도 시골에서 머슴살이 하는 것 보다는 두 배 이상 봉급(俸給)도 많았으며, 저녁으로 책을 볼 수 있었던 것이 제일 좋았고, 모처럼 안정된 생활을 이어갈 수 있었으며, 매달 받는 봉급은 10원도 쓸 일도 없고, 쓰지도 않았으며, 또박또박 연체(延滯)도 없었다.

그렇게 약 6~7개월 정도 일을 하고 있는데, 연탄과 쌀을 대어 쓰는 단골집 사장님께서 그날도 그 집에 쌀을 지게에 짊어지고 배달(配達)을 가서 내려 주고 돌아서는데 불러 세워서 예 사장님 무슨 일이십니까 하고 물으니 혹시 페인트 칠 일을 하고 싶지 않느냐, 만약 하고 싶다면 생각해 보고 뜻을 말해다오. 쭉 지켜 봤는데 착실하게 일도 잘 하는 것 같아서 숙식은 제공되고 아주 작은 방이기는 해도 혼자 쓸 수 있는 방이라 했다.

나는 오직 돈 밖에 몰라서 그 자리에서 봉급은 매달 얼마를 주실 겁니까 하고 물었는데, 15,000원을 준다는 것이다. 그러면 지금 연탄배달 봉급의 두배가 넘는 상상도 못할 큰 돈이다.

그러나 나는 내가 당장 나가면 김용구씨 집 가게 쌀과 연탄 배달할 사람이 없어 안될 것 같고, 지금까지 만족을 느끼며 일을 했는데 사람을 구해주고 나와야 될 것 같다.

그 분에게 저는 지금 당장이라도 사장님의 말씀을 따르고 싶으나 내가 하고 있는 일을 할 수 있는 사람을 주인에게 말씀드려 구(求)한 뒤에 가야 될 것 같다고 말씀 드렸더니 당연한 좋은 생각이다. 그렇게 하되 많이는 기다릴 수 없고, 앞으로 2개월여 시간을 두고 그 안에 사람을 구하고 오도록 하라고 말씀하셨다.

나는 아직 직장(職場)을 옮긴 것도 아닌데 괜히 신이 났다. 나는 그날 일을 마치고 저녁에 김용구(金用九)씨 연탄가게 주인에게 사실을 말씀 드렸고, 사람을 빨리 구할 것을 말씀 드렸으며, 말은 두 달이지만 날짜에 관계없이 일할 사람이 들어온 날짜를 기준으로 하여 나가겠다고 말씀드렸다.

그러나 한달이 지나도, 한달 하고도 보름이 지나도 사람 구할 생각을 않고 또박또박 주던 봉급(俸給)도 벌써 두달째 주지를 않고, 며칠 뒤면은 3개월 연체(延滯)다. 사람을 구하라고 말하였던 전달 것부터 주지를 않는 것이다.

그래서 약속된 날 약 보름을 남겨두고 또 재촉하였더니 네가 구해서 일을 가르쳐 놓고 나가거라 하는 것이었다. 나는 몸이 닳았다. 그런데 뜻밖의 나에게 구세주(救世主)가 나타났다. 며칠 남지도 않은 기간에 사람을 구해 놓고 나가라는 말씀이 떨어질 때는 하늘이 노랗고 앞이 캄캄했는데 그렇다고 이 집에 들어와서 만족감을 느끼고 일을 했던 일은 고달퍼도 콧노래를 흥얼거리며 했었고, 저녁에 제법 늦도록 공부를 할 수 있었던 것을 낙(樂)으로 삼고 일을 했던 집을 사람도 구하지 않고 내 앞만 생각하고 이익(利益)만 찾아 간다면 어떻게 사람이라 할 수 있겠는가 하면서도 나가야 된다.

6,000원이 15,000원이 되지 않는가. 이럴수도 저럴수도 또 봉급도 며칠 더 있으면 3개월분 18,000원을 못 받아 연체된 상태이고, 머리가 터질 것만 같았는데 뜻하지 않게 같은 고향(故鄕) 순창군 유등면 무수리부락에 사는 같은 유등국민학교 다녔던 동창생 이종문(구름고개 하나를 둔 부락)이 찾아 왔다.

그런데 이종문 이 친구가 찾아 오기가 무섭게 자기 동생 이종학이를 일을 할 수 있는 곳이라면 어디든 좋으며, 봉급은 얼마이던 1,000원이던 2,000원이던 관계하지 않겠다는 것이다. 그리하여 마침 잘 되었다. 그렇지 않아도 내자리를 채워줄 사람을 구하는 중이었는데 참으로 잘 되었다. 여기에서 먹고 자고, 침식(寢食) 방은 내가 쓰는 방을 그대로 쓰면 되고, 월급(月給)은 내가 받는 6,000원을 그대로 받도록 주인께 말씀드리겠다. 그러니 지금 당장 데려오라 했더니 바로 그 이튿날 데려 왔다.

06

사업의 시작.. 서울식품 대리점.. 판매원 전국 1등

그렇게 종학이에게 3~4일 동안 배달을 같이 하면서 힘으로 하는 일이니 가르칠 것도 없지만 잘 따라서 했다. 며칠을 하다 보니 약속된 날짜가 다 되어 밀린 봉급도 있고 해서 주인께 내일 모레면 새로운 직장과 약속된 날임을 말씀 드렸더니 또 사람을 구해 놓고 나가라는 약속과는 달리 엉뚱한 말씀을 하셨다. 약 20여일 후 4월 19일(1969년 4월 19일)부터 종로구 원남동에서 서울식품 대리점을 경영하게 되었으니 월급을 15,000원은 주지 못해도 6,000원은 그대로 주고 대리점 배달을 하고 남는 시간을 이용하여 나가서 판매하는 이익금은 별도 너의 수입으로 한다면 수입이 괜찮지 않겠느냐. 어차피 남의 집 밑에 있을거니 우선 밀린 네 월급 중 일부를 줄터이니 고개를 넘어 중앙시장에 가면 중고 자전거(짐을 실을 수 있는) 시장이 있는데 네 돈으로 짐차 한 대를 사오도록 해라. 그 자전거로 배달도 하고, 장사도 하고, 그렇게 하라고 내 의사(意思)를 묻는 것도 아니고 거의 명령조로 말씀을 하시는 것이었다. 밀린 봉급도 이번에 다 달라고 했더니 다 줄 수 없다는 것이다. 월 15,000원이 기다리고 있으니 일부만 주더라도 그것만 받고 나와 버릴까 생각도 가졌으나 차마 그러지 못하고 나도 무엇에 쓰인 듯, 홀린 듯 이상하게도 딱 잘라 거절을 할 수 없었다.

내가 내 자신을 돌아봐도 그 과정을 이해할 수가 없었다. 그리하여 결국(結局)에는 귀신에 홀린 듯 주인 김용구씨가 하라는대로 하고 있었다. 말한대로 짐차 자전거를 한 대 사서 금호동으로 왔으며, 그 다음날 부터는 금호동에서 아침 밥을 먹고 원남동으로 자전거로 출근을 했는데, 대리점 자리를 얻어 놓은 것이 큰 길가 돼지식품 옆 큰 길과 연결된 골목 코너집인데 점포로 형성되어 있는 것이 아니고, 앞 벽을 헐고 문을 만들어야만 겨우 공간이 있는 그런 곳이었다.

그날부터 김용구씨 조카라고 하는데 어떻게 어떻게 해서 조카가 되는지는 몰라도 성이 다른 정봉익씨이다. 나보다 10여 살 더 나이가 많으니 내가 형이라 불렀는데 그 형과 같이 오함마 망치를 가지고 벽을 허물고 양철과 각구목을 사서 미닫이(빈지문) 문틀을 짜서 함석을 붙이고 세민트와 모래를 사다 작업을 몇날 며칠을 해서 한번도 해보지 않았던 목수일에 미장이질까지 해서 점포를 만드는데 성공했다.

나는 무엇보다 하나뿐인 친 누님과 매형이란 인간에게 내 재산이 아닌 아버지의 재산이지만 모두를 잃는 아픔도 겪었고, 이것저것 해 보았지만 얼마 되지는 않더라도 아버지가 다 가져가 버리고, 나에겐 아무것도 없고, 나도 이제야 정신을 차려 독한 맘 먹고 돈을 저축(貯蓄)을 해야 된다는 일념 속에 돈돈 월 15,000원이란 돈을 받을 수 있다는대서 마치 하늘을 나는 새처럼 얼마나 좋아했던가. 그러나 그것마저도 꿈의 한토막으로 연기처럼 사라져 버렸다. 허나 김용구(연탄가게 주인)씨로부터 매달 주던 봉급을 3개월동안 한푼도 안주고 밀린 것도 그렇고 모두가 나를 붙들기 위한 계획적인 수단(手段)이었을 가능성이 크다. 하지만 결과적으로 연체 3개월 월급 중 주는 것만 받아 가지고 나오지 못한 과감성(果敢性)이 부족했고, 선택은 내가 했던 것이 아닌가. 하지만 나는 한다. 나에겐 어떤 모진 풍파(風波)가 몰아쳐도 어떠한 회오리 바람이 몰아쳐 모두가 다 쓰러져도 나 자신만큼은 꿋꿋하게 살아가리라.

이 나이에 어렸을적부터 지금까지 많은걸 보아왔고, 피가 피를 먹고 살이 살을 깎아 먹는다는 사기(詐欺)의 경험(經驗)까지 맛 보지 않았는가. 나는 어렸을적부터 많지도 않은 식구(食口)들을 단 하루라도 괴롭히지 않으면 병이 날 정도였던 가혹(苛酷)했던 아버지의 덕택(德澤)으로 신체 단련도 해 왔고, 자상하고 인자한 어머님으로부터 사람이 살아가는 도리와 훈훈한 덕(德)을 배웠으며, 오고 갈 때가 없어서 아홉 끼니를 굶고, 열끼니째 밥을 먹어본 적도 있지 않은가. 속아도 보고 내가 죽어도 이 세상에 울어줄 사람 하나 없는 이세상에 태어나지 말았어야 될 하찮은 인간 서인표. 한 때는 나 하나 죽으면 그만이라는 생각으로 남한테 괄시(恝視)와 천대(賤待)로 이에 새끼줄을 감아 놓고 아무도 몰래 혼자서 캄캄한 밤중에 주먹과 신체를 단련시켰던 일도 있었고, 그러다보면 주먹 마디에서 피가 벌겋게 흘러 내리도록 풀대 없는 내 안의 한(恨)을 자학(自虐)으로 풀

때도 많았었다.

그 덕택으로 막싸꾼 소리를 들을 정도로 남에게 맞아본 적은 없었으며, 나는 힘 없는 사람을 괴롭히는 것을 보지 못해 쓸데 없는 일에도 끼일 때도 있었지만 그 모든 것이 71년(陽歷) 양력 6월 19일 결혼 날짜를 기준으로 싸움을 할지라도 주먹은 쓰지 않기로 내 마음 속 깊이 묻어 버리고 꺼낸 일이 없다. 결혼한 뒤로는 내가 차라리 한 대 맞을지언정 때려본 적은 없다. 방어(防禦)수단으로 척할 뿐이다.

그리하여 물건(제품)을 받을 수 있는 점포는 완성되었고, 69년 4월 19일 첫 물건을 받았는데 서울식품이 창설되고, 첫 물건을 받은 곳은 단 한군데 서울명륜대리점이었다고 한다. 그것은 창경원, 비원, 종묘, 경복궁, 덕수궁 오대 궁 때문이었다고 한다. 그날 4월 19일부터 약 일주일 정도는 금호동에서 잠자고 새벽 일찍 원남동으로 양쪽을 자전거로 오가며 생활을 했는데, 정봉익 형이 경리겸 가게 지킴이로 있게 되면서 내일 판매할 물건(빵)이 저녁에 들어오는데 봉익 형은 저녁 시간대에 금호동으로 가고, 거꾸로 나는 빵을 받아 놓으면 책상 한 대 놓여 있는 곳 빼 놓고는 사람이 들어설데도 거의 없는데 나는 그곳에서 잠을 자라는 것이다.

오고 갈 때도 없는 몸이 주인이 그렇게 말을 하니 어쩔수 없이 맨 윗 빵 상자를 뒤집어 놓고 그 위에서 잠을 청할 수밖에 없었다. 그래도 아침에도 또 오대궁 납품 차가 물건을 싣고 오니 그 차를 타고 궁(宮) 매점에 배달을 하고, 추가로 들어올 때는 자전거로 배달을 하였다. 그리고 쉴사이 없이 남는 시간을 이용하여 자전거에 싣고 판매를 하러 나갔다. 그때 당시는 (株)삼립식품 삼립빵 한 제품만을 식품가게마다 팔고 있었기 때문에 이 가게, 저 가게 식품가게라면 다 찾아 다니면서 사정을 하여 판매를 하였다. 열심히 한 덕분으로 단골집도 늘어나고 수입도 제법 되었었다. 겨우 두달도 되지 않았는데 주인이 오전에 오대궁 납품 때문에 정신 못차리게 바쁠 때는 배달을 하고, 오후 점심시간 이후에는 전적으로 판매원을 하되 월급은 줄 수 없다는 것이었다.

연탄가게에서 연탄과 쌀을 배달할 때는 또박또박 월급도 잘 주고 불편한 것 없이 해주셨던 주인이 사람까지 구해주고 나간다고 할 때는 못나가게 만들어 놓고 했던 말의 약속은 지키지도 않고 오고 갈데 없는 몸이니 아무렇게나 대해도 괜찮다는 것인지 이해하기 어려웠으나 어찌할 수 없이 받아 들일 수 밖에 없었고, 그래도 오후에 나가 이리저리 뛰고 다니니 그래도 6,000원 월급 받는 것 이상의 수입이 되었다. 그렇게 2~3개월이 지나니 오대궁의 관광객이 줄어드니 납품 물량도 많이 줄었으므로 기회다 싶어 김용구 주인에게 아침에는 서울식품 본사 차로 배달을 하니 물량도 많이 줄었다고 하니 봉익 형 혼자 해도 충분하지 않겠느냐. 그리고 날씨 변화에 따라 오대궁의 물량은 더 줄어들 것이고, 추워지면 아예 없을터인데 혼자 해도 시간이 남아 돌아갈 것 같고, 또 대리점에도 판매원이 형성돼야 대리점을 할 수 있지 봄부터 여름 잠깐인 궁(宮) 안의 장사만을 믿고 있으면 되겠느냐.

그러니 나는 판매만을 적극적으로 해도 되지 않겠느냐는 말씀을 드렸더니 기다렸다는 듯이 그렇게 하라고 하여 그 다음 날 부터는 아침 일찍부터 인력거(人力車)를 한 대 사서 물건을 갖추어 싣고 장사를 할 수 있었으며, 수입이 제법 괜찮았다. 그런데 정봉익 형도 시셈을 많이 하는 조로 말도 하고, 눈치도 그랬으며 김용구 주인(대리점 사장)도 그랬다. 물량이 늘어나면 대리점이 발전하는 것이고 좋을터인데 모두가 가시눈으로 쳐다봤다.

그러더니 아니나 다를까 일이 터지고 말았다. 시골(김용구씨 고향)에서 이종사촌(姨從四寸) 동생이라고 하면서 데려와 내가 장사하고 있는 내 힘으로 일구워 놓은 단골집을 그 이종사촌 동생이라는 이해일씨에게 인계를 하고, 나는 나가라는 것이 아니고 새로운 거래처를 형성(形成)하여 판매를 하라는 것이었다.

그리하여 왜 그래야 되느냐? 그러면 이해일씨가 그 자리는 일부 월급을 받으면서 형성된 자리이니 그렇게 해야만 된다는 말도 안되는 억지(抑止)를 부렸다. 그리하여 어쩔수 없이 하루 판매량이 40에서 48상자(箱子) 이상의 자리를 이해일씨에게 모두 넘겼다.

그리고 그만두고 나가려 했지만 아무리 생각해도 갈 곳이 없으니 마음을 다잡고 창자도 없는 사람처럼 부지런히 새로운 거래처를 확보하기 위해 뛰기 시작했어도 10여 일을 했는데 도저히 하루 밥값 뿐이 안나와 은근(慇懃)히 짜증도 나고 이해일씨에게 28집 중 몇 집만 되돌려 달라고 할까 망설이다가 김용구 사장이 알면 또 어떤 일이 생길지도 모른다는 생각에 말을 하지 않으려고 하다가 저녁에 같이 빵 상자를 깔고 잠을 같이 자니 자기 전에 나이도 물어보니 나보다 아홉 살이 많을 뿐인데 장가는 너무도 일찍 가서 아들 딸이 다섯명이나 되는 많은 식구의 가장이었다.

말을 안하려다 결국은 말을 꺼내고 말았다. 내가 세끼 밥먹기도 해결하기 힘든 상황이니 창경국민학교쪽으로 있는 거래처 여덟 곳만 되덜려 달라고 말씀 드렸더니 단 한마디로 거절을 한 것이었다. 아무말도 없이 창경국민학교 앞에 공급할 수 있는 물량을 계산하여 주문을 많이 해서 아침 일찍 잔뜩 싣고 나가 제일 우선적으로 창경국민학교 주위 여덟 집부터 다 공급하고(점포 주인들도 엄청 반가워 했다) 돌아서는데 그때야 이해일씨는 그곳을 공급하기 위해 물건을 실은 인력거를 끌고 들어서다 나와 마주치며 기겁을 하였다.

몹시 놀란 표정으로 인표 이럴수가 있나 하는 것이었다. 나도 질세라 말을 받아쳤다. 누가 할소리요. 내가 사정조로 말씀드리지 않았소. 허나 한마디로 거절을 하지 않았소. 이종사촌 형의 빽을 믿고 그리하시는데 내가 당신 형 김용구씨는 나와의 약속도 다 오고 갈데 없는 몸이라 하여 무시하고 인간으로써 해서는 안될 짓을 했지만 그건 맞는 말이요. 나는 오고 갈데도 없는 아주 천박(淺薄)한 사람이요. 하지만 내가 이대로 만약 그만둔다면 당신도 장사를 못하게 만들 것이고, 김용구씨도 나에게 더 이상 가혹(苛酷)한 행위를 한다면 아무것도 없는 이 부족한 사람의 무서움을 보여주겠다 한참을 떨리는 목소리로 말을 하는 도중 이해일씨가 내 말을 가로 막고 자네 말대로 하겠네. "더 이상 말없기로 하세. 내가 내 욕심만 부리고 자네에게 못할짓 하고 잘못했네. 나도 김용구 형에게 말을 하지 않을 것이고, 내일부터 자네 말대로 여덟 곳의 거래처를 가져가시게 딸린 식구들이 많다보니 내가 너무 지나쳤네. 앞으로 잘 지내보세"하고 내 손을 붙잡는 것이었다. 그러나 그날 많은 생각을 했다.

이해일씨는 아들 딸이 다섯에 부부(夫婦) 하면 일곱식구의 가장이라 나는 당장은 내 몸 하나만 관리하면 되는 외톨이라 많은 생각에 저녁 잠자기 전 이해일씨에게 말하였다. 딸린 식구들도 많은데 그냥 돌려주신다는 거래처 그냥 그대로 유지(維持)하시라고 나는 혼자이니 열심히 노력해 보겠노라고 그랬더니 고맙단 말을 혀가 닳도록 하는 것이었다. 말을 해서 얻은 것도 없고, 한바탕 실랑이만 했을 뿐인데 혼자서 빙그레 웃었다. 무슨 웃음일까. 나도 잘 모를 일이지만 고마운줄도(거래처를 몽땅 다줄때는) 몰랐을 이해일씨가 한바탕 말바람이 지나고 고마운줄을 알았을테니까. 그래도 마음은 어쩐지 홀가분한 생각이 들었다.

나는 새벽부터 더욱 더 열심히 거래처를 확보하는데 심혈을 기울였으나 좀처럼 늘리기가 쉽지 않았다. 허나 나는 할 수 있다. 그 누구도 따라올 수 없을 정도로 나는 뛰고 또 뛸 것이다.

남을 앞서려면 남보다 몇배는 더 뛰어야 남을 앞지를 수 있지 않겠는가. 남 잠잘 때 같이 자고, 뛸 때 같이 뛰면 똑같이 갈 수 밖에 없지 않는가. 남 잠잘 때 좀 더 뛰고, 남 걸을 때 나는 달려야 되지 않겠는가. 허나 나는 어떤 일이 있어도 그 어떤 모진 풍파(風波)가 몰아쳐도 어떤 소용돌이 와중(渦中)에서도 굴(屈)하지 않을 것이다.

세상 사람이 다 빗나가도 나 서인표 만큼은 바른 길을 걸을 것이다. 정(正) 바를 정자대로, 법(法) 법 법자 대로, 법(法)자는 물 수 변에 갈 거 자를 썼으니 물의 흐름을 말함이요. 사람으로써 거스르지 않고 바른 길을 행하도록 가야할 길을 인도(引導)하는 글자이다. 좀더 수고하고 노력하면 누구나 다 게으름만 피우지 않는다면 잘 살 수 있을거라 나는 생각한다. 나는 쉴 새 없이 전혀 알지 못한 식품가게. 지금 현 시대에는 식품가게를 슈퍼라 하지만 그때는 하나같이 상회자가 붙었다. 예(例)를 들면 지원상회, 금성상회 등 간혹 식품 자를 쓴 점포도 있긴 했다.

평균을 계산해서 48상자에서 50여 상자를 판매했던 자리를 송두리째 빼앗기고 월급도 주지 않는 그곳을 나오지 못하고 오고 갈데 없는 몸이 찾아 들어갈 곳 있는 것만 해도 얼마나 다행한 일이냐는 생각으로 한 두달 가까이 되니 이제는 하루 평균 15상자 정도 되니 밥값 걱정은 안해도 되고, 조금은 저축이 되었다. 그러는 사이 또 일이 터졌다. 나는 그날 판매한 물건값을 단 10원도 지급하지 않은 적이 없다.

그런데 뜻밖에도 3일 전 물건값을 지불하지 않았다는 것이다. 가만히 생각해 보니 그날 저녁은 예비군(豫備軍) 훈련이 있는 날이라 시간에 쫓기어 장사한 전대(纏帶)를 예비군복 속에 차고 야간 훈련을 마치고 금호동 김용구씨 집에 가서 잠깐 자는둥 마는둥 하고 종락이와 같이 돈을(주머니 속에 흐트러진) 가리어 종락이가 보는대서 김용구 사장 주인에게 직접 그날 물건값의 계산서와 대조(對照)하여 전액을 입금시켰는데 김용구씨 자기가 받아 놓고 입금을 시키지 않았다고 우기는데 조목조목(條目條目) 따지고 들어가니 종락이가 보는 앞에서 시켰단 말까지 나오니 그때서야 인정(認定)하는 것이었다.

그런데 갑자기 판매원을 하려면 보증금을 걸어야 된다는 것이다. 그것도 상당한 액수의 금액을 말하는 것이었다. 그래서 지금까지 김용구 말이라면 고분고분 잘 따랐었지만 그 자리에선 더 참을 수 없어서 조곤조곤 따지는 식으로 말이 시작되어 호마이카 낙하칠 등을 하셨던 한 형님한테 간다고 했을 때 부터 못가게 나의 길을 막고 대리점 일을 도와달라고 말씀겸 절대로 서인표 너를 다른 사람한테 뺏길 수 없다고 말씀하셨던 사장님께서 왜 이렇게 갑자기 달라지고 또, 지금 명륜대리점이라고 해야 판매망도 없고, 지금 이혜일씨가 파는 것도 내가 판촉하여 판매망을 구축(構築)하였던 자리를 강제로 빼앗아 갔고, 또 지금도 겨우 15상자 정도 팔아서 하루 식대를 빼고 나면 얼마나 남겠느냐고 하면서 말이 대리점이지 판매망도 없는 대리점이 무슨놈의 대리점입니까.

오고 갈데 없는 사람이라 하여 지금까지 함부로 대했으면 그것으로 족하고, 더 이상은 공(功)은 치하(致賀)해주지 못할지라도 더 이상은 괴롭히지 말 것과 판매보증금을 말씀하셨는데 그 역시 나는 이혜일씨 거래처나 내가 팔고 있는 거래처만 해도 말씀하신 보증금 몇배를 받아도 시원치 않을 만큼 했으며, 매일 장사를 하면서 100%를 다 입금시켰으며, "무엇 때문에 보증금 운운하는지 모르지만 터무니 없는 구실을 붙이지 마시오"하고 실랑이가 오고 갔다.

처음에는 보증금을 예납치 않으면 물건을 내줄 수 없다고 왕강(頑强)했던 분이 조금 누구러진 듯 하더니 이렇쿵 저렇쿵 뒷말이 별로 없이 흐지부지 넘어가고 말았다. 사실은 정봉익씨와 김용구씨 둘이서 한쪽으로 가서 아무도 알아듣지 못한 귀속말을 한 다음 조용해졌다고 말하는 것이 정답(正答)이라 할 수 있을 것이다.

사실은 정복익씨의 시셈, 질투(嫉妬) 속에 김용구씨와 합작품일 수도 있는 터. 더욱 정답이라고 할 수도 있을 것이다. 그사이 전부를 다 기록(記錄)하려면 끝이 없고, 그러는 가운데 대리점을 임진환이란 사람한테 넘기게 되었다. 나로써는 불행중 다행이라 할까. 정복익씨와 김용구씨가 있는 한 나는 또 어떠한 함정(陷穽)이나 모함(謀陷)에 휩쓸 일

일이었을지도 모를 일이었으니 얼마나 다행한 일인가.

새로 (서울식품 명륜대리점) 인수 받은 임진환 사장은 나이도 나보다 한 살 어리고, 부모의 재산으로 대리점을 경영하게 된 것이겠지만 나에게는 잘된 일이었다. 그때부터는 마음 놓고 뛸 수 있었고, 판매원 이해일씨도 나와 같이 빵 상자를 홀 바닥에 깔고 나와 같이 잠을 자고, 판매도 같이 하면서 비록 김용구씨로 인하여 내 거래처를 가지고 판매를 하는 이해일씨였지만 나는 조금도 게이치 않고 잘 지냈고, 나는 밤 늦게까지도 전기불은 들어왔어도 마음대로 켜지도 못하고 등불을 하나 구입(호롱불을 안에 넣을 수 있는 등). 내돈으로 석유는 사서 책도 보고, 그 때는 돈을 주면 백로지 등 노트는 살 수 있었지만 그 돈 마저 아까워서 마음대로 사서 쓰지 못하고, 글씨를 쓸 수 있는 시멘트 푸대종이도 구하기 힘든 시대였으므로 글씨를 쓸 수 있는 종이라면 쪽가리(찢어진 종이쪽)든 무엇이던 관계없이 글씨를 쓸 수 있는 공간이 있으면 다 주워다 글씨를 써서 버렸으며, 기록으로 남길 수 있는 일기장(日記帳) 노트는 사지 못하고 백로지를 사서(지금 서예인 또는 화가들이 쓰고 있는 화선지. 전지의 크기) 다섯 번 접으면 32쪽이 나오는데 이것을 송곳으로 뚫어 여러 가닥의 실로 꿰어 엮으면 훌륭한 공책(空冊)이 된다.

내가 직접 내 손으로 자르고 엮어서 만든 공책에 일기를 쓴다. 이 얼마나 값지고 재미나는 일인가. 그 공책을 만들어 완성되면 그렇게 좋았었고, 국민학교 입학 하면서 부터는 딱 한번 어머니로부터 매는 법을 배운 뒤 계속 만들어서 썼기 때문에 백로지로 공책 만드는 것은 선수가 되었다.

그러고보니 공책 말이 나와서 하는 말인데 나 역시도 글씨를 쓸 수 있는 노트는 모두가 다 공책, 노트 같은 말인줄 알았었는데 어느땐가 기억(記憶)이 잘 나지는 않지만 노트와 공책은 같은 말이 아님을 알았다. 노트는 줄이 쳐저 있고, 기계화(機械化)된 것이고, 공책(空冊)은 글씨를 쓸 수 있는 종이를 잘라 만든 것을 공책이라 한다고 되어 있었다.

요사이 지금 현재 2023년 4월 22일 토요일 오후 2시 현재도 국민학교 졸업을 하고 전주시 고사동 양복점에 있을 때부터 신흥옥 음식점(조은필씨 댁)에 있을 때 주욱 빠뜨리지 않고 거의 매일 일기를 썼던 기록을 토대(土臺)로 삼아 쓰려고 하니 어느 것은 써 놓은 종이가 힘없이 손만대면 부슬부슬 다 부서지고, 사실은 가장 중요했을지도 모를 1959

년 늦게부터 1962년도 초 까지 썼던 기록은 내가 박홍근(姉兄)이란 몹쓸 인간을 만나기 직전까지 썼던 기록 백로지로 만든 공책 약 12권의 분량을 가끔 읽어보니 너무나도 험악하여 전라남도 구례에서 표고버섯 작업할 때 갈기갈기 다 찢어 버렸었다. 그러니까 1962년 이전이나 그 이후 2~3년 정도 것은 거의 아무런 기록이 없이 오직 어렸을 적의 기억만을 더듬어 간추려 쓸 수 밖에 없다. 사실 실지로 거의 거의 매일 썼던 일기는 다 버린 셈이 되고, 그 뒤부터는 드문드문 간혹 기록으로 남겨 두었던 것이 오늘의 이 글을 쓰는데 도움이 될 뿐이다.

새로 대리점을 인수(引受) 받은 임진환 사장은 나이는 나보다 한 살 어린대도 장가도 가서 가정을 꾸리고 있으며, 홀어머니까지 모시고 산다고 하였다. 어쨌든지 나는 평화가 되었고, 내 마음껏 기량을 펼 수 있게 되었다.

그러는 가운데 현재 원남동에 있는 대리점 점포(店鋪) 자리도 옮겨 종로구 이화동 204~1호로 이사를 했다. 복개전(覆蓋川) 도로(道路)이나 평지이고, 물건을 받기도 아주 수월했다. 그때가 1969년 늦은 겨울 정도 되었다. 나는 꾸준히 판매량도 늘어 이제는 일 평균 30상자 이상이 되는 수입이 쏠쏠했다.

그러나 내 마음 속에 그 대리점에 최고(最高를 가장 윗선 가는 판매원이 되고 싶을 뿐이다. 임진환 사장이 인수한 뒤로는 판매원도 2명 이상이 늘어났고, 판매 성과급(成果給)까지도 걸어 나는 매달 큰 돈은 아니지만 성과급은 내 차지였고, 판매원 모두의 모범(模範)이 되었다. 나는 그해 겨울을 지나고 늦은 봄이 오기 전에 판매량을 이해일씨를 앞지른 서울식품 명륜대리점의 최고의 판매원(販賣員)이 되었다.

나는 원남동 일대와 동대문 시장을 중심으로 거래처를 확보하여 판매를 하였는데, 우연치 않게 내가 서울에 올라와 최초에 발을 디뎠던 성동구 암사동 한일연와공장에서 짧은 동안이라도 숙식(宿食)을 같이 하고 공부도 같이 했던 배환갑 일년 선배 친구를 만났는데 나는 리어커(인력거)에 물건(서울빵)을 잔뜩 싣고 원남동 로타리를 지나고 있는데 이 친구는 양복(洋服)에 삐까번쩍 구두에 넥타이를 메고 서로 지나가다 마주쳤는데 왠일이냐 물었더니 오급공무원시험(五級公務員試驗)에 합격(合格)하여 원남동사무소로 발령을 받아 그날 첫 출근 날이라 했다.

앞으로 나는 이 지역에 판매원을 하고 있으니 자주 만날 수 있겠다는 말을 뒤로 하고 헤어졌는데 그렇게 부러울 수가 없었다. 허나 나는 마음 속으로 다짐했다. 부지런히 노력하여 너보다는 돈은 많이 벌겠다. 그리고 나는 정말로 뛰고 또 뛰었다.

점차로 판매량은 늘어났으며, 동대문 극장을 중심으로 있는 상점(商店)들과 방산시장 쪽으로 빠져 나가는 연결된 골목길은 중부대리점과 명륜대리점의 경계지역(境界地域)인데 제법 큰 상점들이 있는데 이미 중부대리점에서 판매원을 투입하여 상권(商權)을 장악(掌握)하고 있었다. 사실은 경계선 지역이니까 먼저 거래처를 확보(確保)한 사람이 주인이라 할 수 있으나 나는 싸워서라도 이기고 싶었다.

그리하여 그 다음날 부터는 좀더 물건(빵)을 조금 더 주문(注文)을 하여 조금 더 빨리 가서 그쪽 판매원이 오는 길목을 지키고 있다가 마침내 중부대리점 판매원이 와서 이곳은 명륜대리점 구역인데 어디서 오느냐 오늘부로 이곳은 나에게 건네주고 오지 말라. 나와 같이 근처 상점(近處商店)을 인계(引繼)하라 하며 다그치니 그 사람도 처음에는 반항하는 듯 하다 그날은 동대문극장 가까이 있는 점포 세 개를 인수(引受) 받았으며, 오늘 싣고 나온 물량이 많으니 공급하겠다는 것이다. 나는 모처럼 큰 싸움이 날 계산까지 했는데 상대방이 순순하니 더 이상 말을 할 수 없었다. 고맙고 미안하다고 말했을 뿐이다. 그런데 그 다음날 부터가 문제였다.

인계해 준 세 집은 확실히 해주었기 때문에 전혀 문제가 없었는데 나머지 가게들은 언제 와서 공급(供給)을 하고 가는지 알 수가 없어 또 길목을 지키기로 결심하고 길목을 지키고 있었는데 아니나 다를까 인력거가 아닌 자전거로 상품을 싣고 오는 것이었다.

길목을 지키고 있으니 잡히지 않을 수도 없고, 어쩔수 없이 딱 마주쳤다. 그리하여 또 실랑이 끝에 가게 둘을 인수 받았는데 나머지 가게가 세군데라 하면서 그달 말일까지만 거래를 하게 해다라는 것이었다.

자기는 이 지역이 밥줄인데 이곳을 다 넘겨주어 버리면 장사를 할 수 없으니 다른 일자리를 찾고 있다는 것이다. 그렇게 말하니 어떻게 안된다고 말을 할 수 있겠는가. 속으론 눈물까지도 핑 돌아왔으나 보이지 않게 억제(抑制)하느라 힘들었었다. 그런데 그 달이 지나고 다음 달이 지나도 아무 말이 없었고, 또 나도 그 지역이 그사람의 밥줄이라는 말을 들은 뒤 마음이 해(解)이 해졌던 것은 사실이고, 그냥 그대로 놔두고 싶은 생각도 많이 했었다.

그리하여 그 사람이 말한 그 세 군데의 상점에서 얼마 정도나 파는가 살펴보기로 했다. 상품 공급하는 것을 보지 않고도 진열해 놓은 것만 봐도 대략 그 집의 판매량을 짐작(斟酌)할 수 있었기 때문이다.

그런데 그 세 점포에서 파는 양(量)이 상당히 많은 분량이었다. 그중 가게 둘은 별볼 일 없었는데 시장 한가운데 의류 노점상(露店商)이 즐비하게 늘어 놓은 곳 코너에 있는 식품가게는 파는 양이 장난이 아니었다. 허나 중부대리점에서 나온 판매원 입장에 서서 밥줄이라는 말 한마디 때문에 무지하게 망설여진 것은 부인(否認) 할 수 없는 사실이다.

그런 마음의 갈피 속에 서로가 말을 하지 않았는데 우연히 수금길에 서로 마주쳤다. 우연치 않게 딱 마주치니 그사람도 약간 당황(唐慌)한 기색이 분명하고, 나도 무슨 말을 해야 될 것 같은데 차마 말이 나오질 않아 말을 못하고 있는데 그사람도 나와 같은 마음인지 말도 않고, 그냥 가지도 못하고 망설이는 것 같았다.

그래서 나는 그사람의 팔을 끌며 오후 늦게부터 심야(深夜) 영화가 끝나는 시간대까지 인력거에 장비를 설치(設置)하여 파전, 곱창구이 등을 파는 곳이 몇군데 있었는데 파전이나 하나 먹자면서 가자고 하니 못 이긴척 따라왔다.

먹음직한 두툼한 파전을 하나 시켜 놓고 앉을 자리도 없는 그 앞에서 한참을 말이 없이 먹고만 있었다. 그러는중 그사람이 먼저 말을 꺼냈다. 다른 일자를 찾고 있는데 쉽지 않아 한 두달이 지나 버렸는데 조만간 결정하겠노라.

내가 말을 꺼낸 것도 아니고 그 사람이 스스로 그렇게 말하는데 무어라 말할 수가 없었으며, 그렇게 하라고 말을 했을 뿐이다. 그렇게 또 한달이 지난 어느날, 또 한 번 뜻하지 않게 만났는데 그 사람이 먼저 흠칫 하면서 내일 물건부터 나더러 공급하라는 것이었다.

일자리를 구했느냐고 물었더니 구했다고 하면서도 무슨 일 하는지는 말을 아꼈다.

그렇게 다음날부터 그 일대를 모두 건네 받아 공급할 수 있었는데 시장 중심 코너 의류 좌판대 앞집은 첫 새벽에 와서 그 집은 워낙 큰 집이라서 하루에도 몇 상자씩 들어 가니 마음을 쉽게 결정(決定)하지 못하는 것 같았다.

그 집엔 겨울철이기 때문에 주로 호빵이 주 품목인데 다른 점포에서는 호빵기계통(호빵을 쪄서 파는 둥근 모양 안에 상품이 보이도록 만들어진 통), 보통 짐통이라고 부르는데 그거 하나를 가지고도 충분한데 그 점포에서는 호빵통 하나에 큰 가마솥을 따로 설치하여 팔고 있었다. 그만큼 수요가 많다는 것을 증명해 보이는 것이다.

그러나 나는 며칠 더 두고 보기로 마음 먹었고, 그런지 수일이 지났고, 또 마음을 접고 신경을 쓰지 않으려고 해도 오후 수금 때는 그 집 근처에 가서 한참씩 그 집의 동태(動態)를 살피곤 했는데 그냥 둬야지 마음 먹으면서도 내 발걸음은 어느 사이 그 집 근처를 맴돌고 있었다.

그렇게 며칠이 지났을까 오후 다른 가게 수금을 마치고 어느 사이 내 발걸음은 여느때와 같이 그 집 근처를 서성이며 그 집을 바라보고 있는데, 중부대리점 판매원이 수금하러 그 집에 들어가는 것을 보고 나오기를 기다리다 수금을 마치고 돌아가는 뒤를 약 30여 미터 정도 따라가다가 앞을 가로막고 아는체를 하면서 나는 수금하러 나왔는데 이시간에 무슨 일이냐 하고 능청맞게 물어보았다.

그랬더니 그 집에 새벽 일찍 그 집만 갖다 주고 아침밥을 먹고 난 뒤는 고물장사를 한다면서 지금 그 점포에 같이 가서 소개를 해줄터이니 내일 물건은 대리점에 주문을 해놓았으니 내일 물량은 본인이 하고, 모레부터는 날더러 납품을 하라는 것이었다.

그러면서 종이에 그 집 보통 새벽에 공급해야 될 물량을 적어 주는 것이었다. 그러면서 새벽 일찍 이 집 물건만 따로 배달을 하고 판매를 나가야 될 것이란 말을 덧붙였다.

그리고 그 상점에 같이 가서 인수를 받고 헤어졌는데, 너무도 미안하고 아무일 없이 거의 순조롭게 모든 것이 다 끝이 났다.

나는 군 제대(軍除隊) 이후 단 한모금의 술도 마셔본 적이 없으며, 그 아버지의 그(씨앗) 자식 소리는 듣지 않으려고 새벽 4시부터 밤 12시까지는 무엇을 해도 잠을 자지 않았다.

수입도 상당하여 내 입에서 배환갑 유등 친구를 빙자(憑藉)해서 하는 말인데 오급공무원 평직원이 아닌 동장(洞長)을 준다고 해도 안하고 판매원을 하겠단 말을 했었다. 비록 잠잘 곳이 없어서 대리점 빈지문 속 가게 콩크리 바닥 위에 빵상자를 뒤집어 깔고 잠을 자고, 새벽 4시에 일어나 회사에서 물건이 오면 받아서 정리하고 나면 그때부터 하루의 일과가 차곡차곡 시작되었는데, 식당도 정해 놓고 아침밥은 한끼도 먹어본 적이 없고, 점심과 저녁은 식당에서 해결하였으니 그래도 시골에서 아버지의 폭력 앞에 굶주리고 생활했던(어린시절 자랐던) 때에 비교하면 밤에 쫓겨나 마루 밑에 숨어 숨소리조차 크게 내지 못했던 시절을 생각한다면 그래도 행복한 시간을 보내고 있다고 생각해야 되지 않겠는가?

나는 주정뱅이 아버지의 자식이 아니라 자상하고 인자(仁慈) 하셨던 황자, 복자, 니자(황복의) 어머니의 자식이고 싶다.

지금은 술을 잘 마시지만(사업상 먹게 된 뒤로 현재까지) 원래는 평생 술을 입에 대지 않으려고까지 했었으나 대리점 운영 관계로 술을 마시게 되었다.

07

아버님의 임종(臨終)

나는 열심히 노력한만큼 서울식품 명륜대리점 일 등 판매를 단 한번도 놓친 적이 없고, 이해일씨에게 최초 판매구역을 송두리째 다 넘겨주고 맨주먹으로 밥을 굶어가며 맨주먹으로 다시 시작을 했어도 이해일씨를 능가할 수 있었고, 처음 거래처를 넘겨주고 배가 너무 고파 돈을 아끼려고 약수동 언덕을 내려오면 대단히 큰 두부공장이 있었는데, 새벽 깜깜할 때 가면 비지(콩찌꺼기) 가마니를 밖에 처마 밑에 주욱 늘여 내놓는데 뜨거운 김이 모락모락 났었다.

그런데 큰 양은 그릇을 가지고 가서 얼마치 달라고 하면 돈은 세어 보지도 않고 한가득 푹 퍼주곤 했는데, 자주 가다보니 한번은 무엇에 쓰려고 자주 사가느냐고 물어서 배가 고파 때꺼리라고 했더니 사장인지 공장장인지 알 수는 없으나 다음에는 돈을 받지 않을 테니 언제든 와서 마음껏 퍼 담아가도 말을 하지 않겠다고 말씀하셨다.

“고맙습니다. 고맙습니다”를 거듭하면서 돌아서는데 얼마나 눈물이 나는지 까닥모를 눈물에 하염없이 흐느꼈다. 그래도 그 누구에게도 배고픈 기색을 보이지 않고, 남 앞에서는 활달(豁達)하고 언제나 웃음을 잃지 않으려고 애를 썼다.

또 어느 누가 간섭하는 사람이 없고, 나는 내 힘으로 남의 도움 없이 노력할 수 있다는 자체를 즐겼다. 노력하면 수입도 늘어나고 이 험난한 세상을 살아가는 기틀도 만들 수 있다는 것도 알았기 때문에 날이 가면 갈수록 내 힘은 솟구쳤다.

그렇기 때문에 머지 않은 짧은 기간 7~8개월 안에 명륜대리점의 판매원 일등 자리를 차지하게 되었고, 남들은 잠자는 시간대에 나는 뛰고, 또 뛰었던 그 보람이 아니겠는가. 왜 이 대목을 써 내려가는데 걷잡을 수 없이 눈물이 날까? 하염이 없구나.

나는 지금 2023년 4월의 일을 기록하는 것이 아니라 1970년도로 되돌아 가서 피 끓는 젊은 나이 서인표가 장가들기 직전 해의 일을 더듬더듬 더듬어 가고 있는데, 생각나는 것을 다 기록하려면 끝이 보이질 않으니 적당히…….

그렇게 노력한 까닭인지 거래처 사장님들 여기 저기서 장가들 것을 권장하고, 몇몇분이 계속 말씀을 하시는데 잠잘때도 없어 대리점 콩크리 바닥 위에서 자는 처지에 무슨 장가를 생각해본 적도 없다고는 하면서 은근(慇懃)히 싫지는 않았다.

내가 1967년 6월 3일 제대(除隊)하여 68년 1월 3일 서울에 올라온 이후 아버지에게는 내가 기거(起居)하는 주소도 알려 드리지 않고, 편지도 쓴 일이 없었고(만약 알려드리면 또 끊임없이 괴롭힐 것을 생각해서), 추석 명절과 설날은 빠뜨리지 않고 아버지를 찾아 뵈러 가고, 집안 어르신들도 찾아 뵈었는데 추석에 내려가서 보니 덮고 자는 이불도 없고, 그 많았던 그릇도 다 없어지고, 사람이 살고 있는 집안인지 어쩐지 알 수가 없었다. 그래도 그런 속에서도 아버지는 건강해 보였으며, 아버지 본인의 잘못은 조금도 생각하지 않고 사는 것이 어떻고 투정만 늘어 놓았다. 그러시는 것도 한 두번이 아니고 매번 있는 일이니 이상할 것도 없었다.

그리고 (돌아와) 서울로 올라와 있는데 서울에 올라 오기 전 쌀도 한 가마니 사고, 보리쌀도 조금 사시는데 어려움은 없겠다 싶을 만큼 바삐 움직여 땔깜만 있으면 되겠다 싶었다. 그리고 서울에 올라와 편지(片紙)도 써서 올렸는데 그때가 아마 그해 음력 11월 초로 알고 있는데, 네가 구해 놓고 간 양식으로 어려움도 없고, 몸도 아직 건강한 편이라는 말씀이 담긴 답장도 받았다.

편지의 답장을 받고 읽어 내려 가면서 많은 생각을 했다. 어쩌면 내 아버지가 아닌 것도 같았다. 그분은 그런 괜찮다느니 몸도 건강한 편이니 하고 쓰실 분이 아니었기 때문에 좀더 이상하지 않을 수가 없었다. 비록 편지이긴 하지만 그런 내용의 글을 난생 처음 받고 보니 읽고, 또 읽고 몇 번을 읽어 내려 갔다.

돌아가신 어머니와 하나뿐인 이 자식은 언제나 술 드시고 오시여 매일같이 술 깨는 하나의 도구에 불과 했던 그런 아버지가 아니었던가. 편지를 받은지 한달이나 조금 지났을까 할 무렵 전보가 왔다. 아버지가 돌아가셨다는 급전이 왔다. 그런데 나는 내려가지 않았다. 그 전에도 한번 구레구 영성 제과에 있을 때 돌아가셨다는 급전을 받고, 혼비백산(魂飛魄散) 순창 집을 갔으나 아버지는 멀쩡히 살아 계시고 건강했다.

왜 이런 거짓으로 전보를 칠 수가 있느냐고 했더니 그래야만이 네가 올 것 같아서 그랬다고 말씀하셨다. 그때 한 번 여지없이 속은 적이 있기 때문에 그런 얼토당토 않은 아버지의 술수에 두 번은 속지 않는다는 생각으로 내려가지 않았고, 불과해야 10여 일 있으면 대명절 설이었기 때문에 내려가지 않고 아버지 제사(祭祀)가 12월 19일 내 생일날이니 그야말로 딱 열흘 뒤 설날 내려가 적성에서 내려가지고 무수리를 거쳐 구름고개 넘어 들길을 걸어가고 있는데, 동네 서표형님을 만났다.

서표형님께서 인표, 아버지 돌아가셨네. 자네도 오지 않고 우봉당숙께서 주축이 되시여 어머님 옆에 모셨네 하는 것이었다. 그 말씀을 듣고 나는 멍하니 하늘만을 쳐다볼 수밖에 없었다. 눈물도 한방울 나오질 않았다.

나는 평소(平素)에는 신문을 보다가도 울고, TV 보다가도 울고, 책 보다가도 자주 우는 울보인데 어머님께서 돌아가셨을 적엔 무서워서 눈물이 나오질 않았고, 아버지마저 돌아가셨는데 눈물은 커녕 도리어 눈방울이 똘망똘망 해지는 느낌이었다.

집에 와서 방문을 열고 들어가니 휑하니 찬바람만이 나를 맞이했다. 그런데 이상했다. 어머님께서 돌아가셨을 때는 별왕 궁전으로 가셨나 왜그렇게도 무서웠는데, 아버지 돌아가시고 휑한 집안에 혼자 있어도 무서운줄을 몰랐다. 밤중이라도 산소부터 찾아뵙는 것이 도리인줄 알지만 그때는 우리 시골은 어두워진 다음에는 옆에서 누가 있는지, 없는지 전혀 분갈할 수 없었기에 찾아 뵐 수가 없었고, 이른 새벽 먼동이 트자 마자 어머님부터 찾와 뵈었는데 아버지의 묘봉은 어머님 묘 약간 옆 아래로 5m쯤 떨어져 모셔져 있었다. 그리고 마을 집으로 내려와 기다렸다가 집안간 웃어른들을 찾아 뵈었다.

원래는 상주(喪主)는 설 명절의 세배 따위의 예(禮)를 갖추지 않아도 되지만 우봉당숙, 회기당숙 모두를 찾아 뵈었다. 그리고 집으로 오니 무수리 이종문이 동생 이종락이가 와서 마당에서 서성이고 있었다.

방으로 데리고 들어가긴 했어도 불도 때지 않은 싸늘한 방, 차라리 밖 양지바른 곳은 햇볕으로 따뜻하나 방 안이라고 해야 차가운 냉기운만 감돌뿐 사실은 앉아 있을 수도 그렇다고 그 추운 겨울 날씨에 냉돌방에서 서 있을 수도 없는 형편이었다.

나를 찾아온 종락이 한테는 정말 미안한 일이지만 사정에 따라 어찌할 수 없는 상황이었다. 내 생각으로는 양식은 많이 남아 있을거라 계산이 되는데 아마도 모두 가져다 주고 술을 드셨는지 쌀이며, 보리쌀이며, 곡식이라곤 찾아볼 수가 없었으니 그렇다고 불을 땔 수 있는 나무마저도 없었다. 미안하다는 말과 함께 종락이를 돌려 보내고 우봉당숙에게 가서 사정 이야기를 말씀드리고 그동안의 아버지의 생활에 대해 들을 수 있었다.

지난 추석에 사주고 간 양식으로 해 잡수시긴 했어도 그분이야 술이 우선이니 술집에 다 갖다 주셨겠지. 그래도 조금은 남아 있었는데 장례치르면서 그것도 좀 부족한 듯 했다는 말씀을 들었고, 돌아가시기 전 날도 우봉당숙집 사랑방에 오셨다가 고구마도 잡수시고 어두워진 뒤에 가셨는데 그 이튿날 새벽 화장실에 갔다 나오다가 넘어져서 때마침 비명소리에 서성종이라든가 지금은 확실한 기억이 없는데 문 앞을 지나가다 뛰어 들어가 보니 아버지가 마당에 쓰러져 있어서 급히 안아서 방에 모시고 어찌할 수가 없어서 우봉당숙한테 알렸는데 급히 뛰어가 보니 벌써 숨을 거두셨다는 것이다.

그렇게 매일 술을 드시고 다녀도 뚜렷이 어디 아프다는 말은 들은 적이 없는데 갑자기 당한 일이라 안타깝기는 하나 아픈데 없이 편히 가셨다고 말씀하셨다.

그렇게 아버지는 그 누구도 가족이라고는 임종(臨終)을 지켜보지 못한 가운데 극락정토에 드셨다. 살아생전 식구들을 그렇게 못살게 했었던 아버지였으나 오직 그 세상 가셔서는 좋은 세상에서 술도 좀 덜 드시고, 가족에게 가장다운 아빠, 모범(模範)이 되는 가주(家主)가 되셨으면 하는 바램이다.

08

결혼(結婚), 평생 반려자를 맞이하다

맨 처음으로는 홍익식품(원남동)에서 조카딸인데 10여 년 데리고 있었다면서 결혼을 한다면 결혼 혼수비는 형편에 맞게 하고, 전세방은 얻어 줄 수 있고, 결혼을 한 뒤로도 홍익식품 가게에 지금처럼 나와서 집안 일도 하고, 가게 일도 하면 일정한 월급도 줄 것이니 마음이 있느냐고 물었다.

나이는 나보다 세 살 아래이고, 매일 오후에 수금하러 가면 그 아가씨도 가게에 있을 때가 많았으니 내가 선택(選擇)을 하느냐, 안 하느냐만 남은 것이었는데 나는 말을 하기 전에는 그집 따님인줄 알았었는데 키도 상당히 큰 편이고, 허나 지금으로서는 아가씨가 마음에 안들어서가 아니고, 아직 결혼할 생각이 없다고 말씀드렸다. 그리고 홍익식품 주인 아저씨도 우선 나에게만 물었을뿐 조카인 아가씨에게는 말을 하지 않은 것으로 알고 있었는데, 그것이야 내색을 안하니 모를 일이지만 그래도 수금하러 갔을 때 그 아가씨가 있으면 조금은 미안한 생각이 들었다.

그리고 몇 개월이 지났는데 종로4가 전매청 단성사 쪽으로 나가는 골목 첫머리에 시원치 않은 조그마한 구멍가게가 있었는데 그 구멍가게 아주머니가 아가씨 둘을 소개시켰는데 그중 한 사람이 지금의 훌륭한 내 아내인 임선희(林宣希) 여사(女史)님이시다.

또 한 분은 여러번 찾아와서 만나기는 했어도 이름은 안에서 감돌뿐 확실성이 없고 미쓰 리라고만 생각날 뿐이다. 혹시(或是) 그부분을 짧게라도 적어 기록(記錄)으로 남겼을지도 모르지만 지금은 찾지 못하여서 미쓰 리로 기록을 하고 있다.

한번씩 만나는 것도 시간을 만들기가 너무나도 힘이 들어 그날은 더욱더 발바닥에 불꽃이 툭툭 튀었다. 짜여져 있는 틀 속에서 빈틈을 만들어 내려니 그날은(데이트 약속한 날) 발걸음도 번쩍, 눈망울도 번쩍 번쩍, 그러는데도 어디서 나오는 힘인지 몰라도 즐겁기만 하고 지칠줄을 몰랐다.

그런데 천우당(구멍가게) 아주머니로부터 소개를 받고, 소개를 할 때는 내가 워낙 시간을 내기가 어렵다 하니 오후에 수금길(수금하러 가는 시간, 매일 많아야 5~6분 차이밖에 나지 않았었다)에 그것도 그냥 그 아주머니 가게에 서서 말을 주고 받았는데 그래도 30여 분은 간다는 소식도 없이 금방 가버렸다.

일간에 아가씨를 소개해 준다는 말만 했을 뿐 언제 며칠날 수금길에 온다는 말도 없이 그 아주머님 가게에 수금하러 가니 그 아가씨가 기다리고 있다가 (만나) 소개를 받았는데 그날은 예고도 없었거니와 이틀 뒤 다시 다방에서 만나기로 시간을 정해 놓고 그냥 말 몇마디 하지 않고 스쳐 지나가듯 헤어졌다.

이틀 뒤 충분한 시간을 만들어 종로5가 한일극장 옆 한일다방에서 만났는데 나는 혼자서 잠잘 자리도 없이 지내니 옷을 빨아 다리미질도 할 일도 없고, 빨아 말려 놓은 옷 그래도 손다림질은 해서 입고 나갔는데 미쓰리는 그때 감 치마라고 있었는데 멋을 낸다고 입고 나온 것 같은데 그 몰골이 이상하게 보였다. 치마가 한 뼘만이나 될까 한걸 입고 나왔는데 종아리에서 허벅지 일부까지 다 나왔었고 꼴불견이었는데 자꾸 또 거기다가 팔장까지 낄려고 하는데 한번도 그런 것을 겪어본 적이 없이 이것은 처음 결혼을 목적으로 만나는 사람 앞에 예의가 아니지 싶었다. 그래서 나는 빨리 이 상황에서 벗어나고 싶었다. 그날은 좀 오히려 피곤했다.

그 다음날 천우당 아주머님 가게에 물건을 공급하러 갔는데 어떻드냐고 물어서 내가 오히려 민망해서 혼났다고 말씀드렸더니 그 미쓰리에게 어떻게 말을 했는지 몰라도 그 아가씨는 꼭 다시 만나고 싶다고 하고 봉제공장에 어렸을적부터 있어서 손재주가 좋아 미싱사로서는 여러 가지 좋은 기술을 가지고 있고 그 나이에 제법 큰 봉제공장 팀장으로 있으니 그 아가씨와 결혼을 하면 사는데는 어려움이 없을 것이고 하니 천우당 아주머니께서도 임선희(임일순) 보다는 훨씬 낳을 것이라며 다시 만나서 잘해보라고 말씀을 하셨다.

거래처 아주머니께서 오전, 오후 갈 때마다 말씀을 하시니 안만나 볼수가 없어서 시간과 날짜를 잡았는데 아주머님 말씀은 만나서 극장에를 같이 가라는 것이었다. 아주머님의 말씀대로 하겠다고 하고 모월 모시 한일극장을 갔는데 아주머님께서 미쓰리에게 무어라 말씀을 하셨는지 이번에는 옷차림이 양장차림이 아니라 긴 치마에 개량한복 같은 차림을 하고 나오니 좀 여자같이 보였다.

그리고는 옷차림이고 무엇이고 서인표씨가 원하는대로 할 것이고, 결혼 승낙만 해주면 당장 전세방도 마련한다면서 오래전부터 친한 사이같이 서슴이 없었다. 나는 내 자신이 잘못된 사람인지 그것도 싫었고, 한번 임선희 처지(處地)를 아주머니로부터 (이야기로) 듣고 전에 만났던 임선희(임일순)만이 내 머리에서 스칠뿐 임선희에 비하면 키도 선희보다는 약간 더 크고, 날씬하며, 기술도 몸도 화려하지만 내 머릿속엔 임선희 뿐, 미쓰리는 없었다.

여기에서 천우당 아주머니가 아가씨 둘을 소개했다 적었는데 사실은 셋을 동시에 소개를 했었는데 한 여자(아가씨는) 아예 말만 들었지 만나 보지도 않았고, 이렇게 보나 저렇게 보나 임선희 보다는 둘 다 낫다는 말씀을 하셨지만 한 아가씨는 아예 보지 않겠다고 했으므로 둘이라 한 것이다.

그리고 충신동 제일식품 내외 분께서도 장가들 것을 간하고 친조카딸인데 지금 양장기술을 어렸을적부터 배워 기술이 완숙하고, 이제는 결혼하면 부모님께서 양장점을 하나 내어줄거라고 말씀 하시면서 인물도 뒤지지 않고 하니 보고서 싫으면 그만이고 갈때마다 말을 하니 보기는 싫은데 이래도 저래도 나한테 이익은 없을 것 같은데 입장이 정말 난처했다.

그래서 "저는 마음에 두고 있는 사람이 있습니다"하고 말씀을 드렸는데도 보면 마음이 달라질 수도 있는 것이니 개이치 말고 한번 만나 보라고 하시니 안 본다고 할수도 없어서 마지 못해 만나 보았으나 내 처지(處地)에 조건(條件)을 따질 아무런 이유도 없지만 순번(順番)을 정하라면 셋중 제일 낳은 편이나 무엇으로 봐도 제일이었으나 오직 내 마음은 한 곳에 이미 꽂혀 있는 것 같았다.

그렇게 세 명의 홍익식품 아가씨까지 하면 다섯 중 네 명, 또 직접 본 것은 셋, 세 명중 제일식품은(조카딸) 한번 본 것으로 다시는 말이 없었고, 두 번째 봉제공장 아가씨가 끈질기게 매달렸었다. 천우당 아주머니를 통해 봉제공장 주소와 약도도 주고 찾아오라고도 하고, 또 내가 수금 시간대에 아주머님 가게에 와 있다가 한번이라도 만나 달라고 사정을 하였고, 거기에다가 아주머님까지 그 미쓰리와 하는 것이 가장 좋을 것 같다는 말씀을 하셨다. 그 미쓰리는 10여 번 이상 찾아 왔지만 올 때마다 나는 마음에 두고 있는 사람이 있으니 다시는 좋은 시간 낭비하지 말고 찾아오지 말라고 매몰차게 했었다. 조금만 여유를 주면 아무것도 아닌 나 때문에 귀중한 시간 낭비하고 자꾸 찾아올 것 같아서 더욱 매몰차게 했었던 것 같다.

여기에서 내가 군에 국방의무(國防義務)중 육군 제20사단 올빼미부대 제5중대 화기소대에 근무중 편지(片紙)를 주고 받았던 이야기를 잠깐 소개하고자 한다.

나는 신병교육(新兵教育)중 하교대(육군병장양성학교)를 자원하여 병장계급장을 처음 달고 부대에 배치되어 온 즉시 시골 아버지에게도, 또 구례에서 미싱대리점에 있게끔 소개해 주었던 유형직 어른께 처음으로 아버지 때문에 그 간에 있었던 일과 애써 소개해준 보답도 못하고 죄송(罪悚)하다는 말씀 한 마디도 못드린 가운데 “어르신의 덕택으로 어엿한 군인이 되었습니다”로 시작해서 구구절절 상당히 많은 양을 써서 보내드렸는데 그 가운데에는 익숙하지 못한 한문을 드문 드문 섞어서 썼던 것으로 기억된다. 속담(俗談)에 왜 그런 말이 있지 않은가 많이 배운 사람은 오히려 감추려 하고, 도광(韜光) 설 배운 사람이 드러내려 한다고 나에게도 그때 당시 그런 끼가 전혀 없다고 볼 수는 없을 것이다.

그런데 그에 대한 답장은 없었으며, 내가 죄송한 마음을 금할 길 없어 올린 글이었을뿐 답을 해 주실 것이란 생각은 아예 없었지만 뜻밖에 그에 대한 답이 아닌 유형직씨의 작은 딸 내가 그 집에서 먹고 자고, 표고버섯 작업을 했을 때 토요일 오후와 일요일에 산에서 같이 작업을 하고 어둠길에 유미자 언니와 유필주와 셋이서 내려올 적에 그때 당시 유필주가 중학교 일학년이었으니까 어리고 장난끼가 좀 있었던 아이였다.

그런데 그 아이로부터 편지를 받았다. 그 아이는 고등학교 이학년이라고 하였다. 나도 생각지도 않았던 편지를 받고 한편 놀랍기도 하고, 또 한편으로는 너무 좋았다고 해야 맞는 말일 것 같다. 그런데 편지가 몇 번 오고감에 그때가 1966년 초부터니까 나는 그냥 인생 선배의 입장에서 였는데 유필주는 학생의 신분이 아닌 것 같은 느낌이 들 정도로 편지의 내용이 진지했다. 그런데 거기까지는 좋았는데 그 다음 편지가 문제였다. 편지를 받았는데 영어가 한줄 있는 것이었다. 해명(解明)도 없었다.

나는 짜증이 많이 났었다. 유필주는 나한테 간혹(間或) 생활한자를 써서 보내는데 해석(解釋)을 자세하게 해서 보내라고 하여 나는 그런 것을 요구하는 것이 좋아서 몇 번 보낼적마다 좋아라 하는 필주의 모습도 그려본 적도 있었고, 또 고맙고 재미있다고 편지 내용에도 보내 왔었다.

그런데 문제의 영어 한 줄이 모든 것을 다 끊어버렸다. 그 내용을 누구에게 물어볼 수도 없고, 난감했으므로 거기에서 내 처지를 다시 한번 들여다 보게 되고, 앞으로 다시는 편지를 보내지 말라는 말을 남긴 편지를 보내고 인연을 끊었다. 그 뒤로 한 두번 소식이 편지를 통해 왔으나 내가 일체의 답을 안하니 저절로 마무리가 되었다.

이제는 여기서부터 지금 현 훌륭한 내 아내 임선희 여사를 만나서 내 아내가 되기까지와 또는 살아오면서 서로 비비고, 꼬고, 울고, 웃고 살아온 이야기를 어찌 다 기록할 수야 없겠지만 차근차근 더듬어 진지하게 써보려 한다.

현 나의 아내 임선희씨는 이름이 임선희(林宣希)가 아닌 임일순(林一順)이었으며, 구멍가게 아주머니하고도 일체의 아는 바가 없었던 사람이었는데 첫 만남의 기막힌 과정으로 인하여 나에게 소개한 세 아가씨 중 제일 늦게 짧게 알게 된 사이라고 말씀하셨다.

아주머니가 우연치않게 임선희씨를 알게 된 것은 1970년 어느 날 바로 그 아주머니 가게 앞에서 마흔 예일곱 정도 된 남자에게 온 몸이 성치 않을 정도로 피투성이가 되고, 땅바닥에 밟히여 엉망진창이 된 상태에서도 도망가지도 못하고 "아버지 잘못했습니다 잘

못했습니다"만 연발하면서 그 모진 매를 맞으면서도 반항도 할 수도 있으련만 사시나무 떨 듯 오돌오돌 떨면서 빌기만 하는데 어떻게 하면 저 상황(狀況)에서 저 아가씨를 탈피(脫避)시킬 수 있을까 생각중에 있었는데 마침 사람을 두들겨 패다 제풀에 지쳤는지 씩씩대며 가게로 들어와 소주 한 병을 병째 들고 들이켜는 사이 그 가에에 와 있던 김밥장사 두 아주머니에게 눈짓을 하여 오돌오돌 떨고 있는 아가씨(임선희)를 바로 벽 하나 사이인 금은세공(金銀細工) 공장으로 피신(避身)시켰는데 아가씨가 너무나도 떨고 있으니 금은세공 공장 직원들이 떨지 말라.

여기엔 젊은 사람들이 여럿 있으니 만약 이 가게로 온다해도 손끝 하나 대지 못하게 할 것이니 마음에 안정을 찾으라고 하면서 그 난폭자(亂暴者) 아가씨의 아버지가 간 뒤로도 얼마동안 마음에 안정을 시켜서 코는 깨지고 얼굴의 상처는 여기저기 피범벅이니 대충이라도 씻을 수 있는데까지 씻고 가라고 하면서 크나큰 위로(慰勞)를 받았다 한다. 그 뒤로 임선희씨가 그때 그 고마움을 못잊어 가끔 들려서 인사도 드리고 한 것이 잦아지다 보니 그사이 집안 사정이나 이것저것도 서로 주고 받았던 것 같다.

그래서 나에게도 이런 기막힌 아가씨가 있는데 한번 만나 볼려느냐고 말씀을 하시는데 그 말씀을 듣는 순간 나에게는 이 아가씨다. "나의 짝이다"하는 생각이 머리를 스쳤다. 그 때가 천우당 아주머니가 소개해 준 제일 첫 번째의 아가씨가 임일순(임선희)씨였다.

나는 처음 임일순씨를 만나 무슨 말을 먼저 꺼내야할까 생각하다가 아픈 마음을 건드린 것 같아 미안하나 아버님께서 평소에도 그렇게 식구들한테 난폭하시냐, 술도 많이 마시느냐 등등 몇가지를 묻다 보니 너무 시간이 오래인 것 같아 단성사 앞 골목 김만득씨 집이었던 것으로 어렴풋이 생각이 나는데 그 집 앞에까지 데려다 주고 이화동으로 돌아왔다.

그렇게 몇 번 만난 사이 "나는 지금 잠잘데도 없어 대리점 콩크리트 바닥에 상자를 깔고 그 위에서 잠을 잔다"는 이야기도 해 주었고, 둘이서 결혼을 한다해도 고생이 많을 것인데 괜찮겠느냐고 하니 자기 자신은 나보다도 더 못한 처지이고 일곱 남매 중 맏딸, 밑으로 동생들이 여섯이나 되고, 아무것도 가진게 없다고 말하면서 울먹이며 삐죽삐죽 나오는 눈물을 참으려고 애를 쓰는 것 같았다.

나는 무슨 봉재미싱사니 양장점이니 하는 것은 전혀 관심이 없고, 내 마음 속에 이 여자라면 평생을 곁에 두고 서로 의지(依支)하며 살 수 있을 것 같았다. 그리고 내가 임일순을 선택(選擇)한 것은 살아온 과정(過程)이 너무나도 거의 나와 똑같다고 볼 수 있기 때문이다.

밖에서는 남한테는 호인이요, 집에 식구들한테는 미친 광기(狂氣)로 가득찬 미치광이 주폭자(酒暴者)인 것도 한치의 어긋남이 없이 똑같고, 그런 아버지 밑에서 이유없는 매를 맞아 가며 사는 것도 똑같으며, 하나에서 열까지 양쪽의 처지가 맞아 떨어지기 때문이다.

한 가지 딱 같지 않은 것은 형제의 많고 적은 차이일뿐 틀린 것이 아무것도 없었다. 몇 번 만난 사이 눈이 펑펑 쏟아지는 겨울 날씨 내가 제일 싫어하는 계절이 돌아왔다.

이른 새벽부터 온종일 돌아다니다 보면 손발은 물론이거니와 온몸이 얼어 있는데, 손을 녹일 수가 있나, 발을 녹일 수가 있나, 오직 대리점 맨바닥 콩크리 바닥 위에 빵상자를 깔고 이불로 깔고 덮고 밋밋한 내 몸의 온기로써 잠을 청할 수밖에 없었고, 발은 얼어 동상(凍傷)이 걸려 녹을 때까지 가려워서 쉽게 잠을 청할 수도 없었다.

그런데 그 추운 겨울 그날은 눈이 발이 푹푹 빠질 정도로 많이 왔었고, 또 계속 오고 있었는데 내가 잠자는 대리점으로 무슨 생각으로 그 추운 눈길을 헤치고 단성사에서 이화동 204-1번지까지는 상당한 거리인데 임일순씨가 찾아온 것이었다. 그런데 손을 녹일 수도 없는 곳을 들어오라고 할 수도 없고, 머리 속에 스친 것은 빨리 살고 있는 집 앞까지 데려다 주는 수밖에 없었다.

그리하여 몇마디 설득 끝에 단성사 집 앞(대문 앞)까지 데려다 주고 "미안합니다. 정말 미안합니다"하면서 뒤에서 꼭 끌어 안아 주었다. 대문을 열고 들어 가는 것을 보고 돌아서서 오는데 까닭모를 눈물이 났다. 이 추운 날씨에 쌓인 눈 높이가 발등을 덮는 눈길을 마다 않고 못난 나 같은 사람을 찾아온 사람이 있다는 자체기 믿기지 않았다.

그러면서 저 사람과 같이 걷는 길은 아무리 험난한 가시밭길도 헤쳐 나갈 수 있을 것 같았다. 날씨가 풀리면서 결혼을 하기로 약속을 하고, 임일순씨가 구의동에 어머님을 비롯하여 온 식구가 한 집에서 살고 있는데 어머님을 찾아 뵈러 가자 하여 날짜를 정해 갔었는데 쪽방 하나에 그것도 어떻게 그 많은 식구가 발을 펴고 잠을 잘 수 있는지 신기할 정도였는데 "큰 따님과의 결혼을 승낙해 주십시오"하니 장모님 되실 분의 첫마디가 결혼을 한다해도 형편을 보다 싶이 단돈 10원도 결혼 비용에 보탤 수가 없으니 예식은 생각지도 못하고 모든 것은 자네 뜻에 따르겠네. 그 이상은 어미로써 할 말이 없네. 데려가서 소리없이만 살아주게. 부모답지 않은 말 미안하네.

나는 정중히 대답했다. "예 알겠습니다. 명심하겠습니다. 그리고 잘 살겠습니다." 나도 어떻게 그렇게 당돌(唐突)해졌는지 결혼 날짜는 어머님께서 날더라 잡으라는 것이었고, 예식날 참석만 하시겠다는 말씀을 하셨을뿐 어떤 간섭도 하지 않겠다는 뜻이었다.

그래서 임일순씨와 합의하에 결혼식 날짜도 받으면서 임일순을 임선희로 개명(改名)을 하고 개명한 이름으로 혼례를 치르겠다고 공표(公表)하였다.

날짜는 1971년 6월 19일 음력은 5월 27일 종로5가 효제국민학교 앞 이화예식장으로 정하고 임일순씨와 같이 첫 살림방을 얻었는데, 종로구 이화동 9-24호 이완종씨 댁 장독대 옆방을 전세로 얻었다. 그리고 일순씨와 같이 도배를 하고 그리고 식기, 국그릇 등 필요한 도구들을 간단히 장만하여 하나에서 열까지 아무것도 없으니까 밥솥부터 연탄도 들여오고 매우 바쁘게 움직였다.

그러는 사이 결혼식 날짜는 여지없이 찾아 왔고, 결혼 전날까지 누더기 작업복에 새벽부터 밤중까지 리어커에 자전거에 눈코 뜰세 없이 바쁘게 움직이고 결혼 전날은 더더욱 바쁠 수밖에 없었다.

결혼식 양쪽(식사비 등) 비용을 다 지불하고 도배까지 해서 가꾸어 논 신혼 살림집으로 갈려고 했는데 그날 하루만이라도 택시를 한 대 전세 내어 가까운 곳이라도 드라이브를 하고 여관에서 하루 저녁이라도 자고 그리고 집으로 가라는 주위의 권고로 그렇게 하기로 하고 택시에 휘날리는 꽃을 달아 꽃차를 타고 북악산이라고 하니 북한산인줄 알고 있을뿐 나는 아무것도 모르는데 창밖을 보니 녹음이 우거진 산영(山影)만 스쳐 지나갈 뿐이었다. 그날 차가 두 대가 함께 움직였는데 한 대는 소개팀 가게 아주머님과 김밥장사(김밥도붓장사) 두 분이 타고 북악산코스는 같이 갔었던 것으로 기억된다.

결혼식 날은 그렇게 끝이 나고 집에 와서 잠을 잤으면 덜 바쁠터인데 첫 새벽 4시 싸이렌 소리에 정신이 하나도 없이 일어나 신혼집 이화동 9-24호로 가서 작업복으로 갈아입고 대리점으로 가서 물량을 챙겨 갈려니 바쁘기만 혼을 빼놓은 듯이 바빴다.

그렇게 소개를 받고 8~9개월만에 평생을 울고, 웃고 같이 할 반려자(伴侶者)로 선택하여 예식(禮式)을 갖추고 첫 날 1971년 6월 20일 음력 5월 28일 낮 12시를 기해 집에 점심을 먹으러 들어가니 금방한 따뜻한 밥을 차려 주었다.

어렸을적 어머님께서 지어주시던 따뜻한 밥을 먹어본지가 얼마만인가 큰 밥 그릇에 고봉으로 꾹꾹 눌러 푼 밥 한 그릇을 순식간에 뚝딱 해치우고 쫓기듯 나와서 밤늦도록 자전거 페달을 밟아도 지칠줄을 모른다. 나는 머릿속으로 내 마음속 깊이 임선희 당신 만큼은 절대로 울리지 않을 것이다.

비슷한 아버지를 만난 우리 둘은 이세상 어느 누구보다도 더욱 잘 살 권리가 있다. 보란듯이 누구의 자식답지 않게 잘 산다는 소리를 들어야 한다. 나 서인표가 꼭 그렇게 만들 것이다. 나는 혼자일 때도 남한테 지는 것이 싫어 몸부림쳤지만 이제는 이 넓은 세상에 내가 죽어도 울어줄 사람 한 사람 없다고 했는데 이제는 오늘 이시간 이후로는 아무것도 바라지 않고 나만을 바라보고 살 사람이 있지 않는가.

나는 걷지 않고 뛸 것이다. 그리고 또 뛸 것이다. 생각만 하고 말만 앞 세우는 그런 사람이 되어서는 안된다. 말을 하면 반드시 지키는 실천자가 되어야 한다. 나는 임선희 내 아내의 손에 얼마인지 한달 생활비라고 손에 꼭 쥐어주면서 하는 말이 이것을 가지고 한달을 살아야 한다.

돈이 부족하면 하루에 두끼니만 주어도 나는 뛸 수 있으니 그렇게 해줄 것을 당부하고 우리집에 올 손님도 없겠지만 누가 오던 밥먹었냐고 묻지 말고 그냥 따뜻한 밥을 지어주어야 한다. 밥 먹었냐고 물어보면 차마 안먹었다는 소리를 못하고, 배가 고파도 먹었다고 하는 경우가 많다.

어렸을적에 나 서인표가 그랬으니까. 집 안간 어느 집에 무심코 대문에 들어서다 끼니 때 밥 먹는 기미가 보이면 들키지 않게 가만히 나오는 경우가 많았는데 어쩌다 집안간 어른 등과 딱 마주칠 때는 어쩔수 없이 들어가야 되기 때문에 따라 들어가는데 먹고 있는 밥상에 밥과 숟갈만 주면 그냥 먹겠는데 꼭 밥 먹었냐고 물어보니 뱃속에서는 꼬르륵 소리가 나도 안먹었다는 말이 나오질 않아 "예, 먹었습니다"하고 밥상머리에 앉아 그냥 나오지도 못하고 다 먹을때까지 있노라면 숟가락 올라갈 때 올려 쳐다 보고, 내려 올 때 또 내려다 뵈이는 일을 많이 겪었으니 내집에 오신 손님 상하 구분없이 밥을 먹고 가게끔 해야 한다는 말을 했다.

그리고 본인도(임선희) 무엇이라도 해서 보탬이 되고자 하였으나 내가 허락하지 않았었다. 오직 아침밥은 새벽 3시 반에 점심밥은 12시에서 5분 차이 12시 5분까지 밥상을 내와야 된다고 하였다. 반찬은 두 가지도 없고 딱 한 가지 김치, 배추김 김치에 무 소를 넣은 김치 한 그릇에 밥 한 그릇, 그때 땡땡하고 시간을 알려주는 궤종시계가 있었는데 새벽 4시를 알리는 종소리가 울리면 밥을 두숟갈을 먹던 반그릇을 먹던 종소리와 동시에 수저를 놓고 그대로 대리점으로 가 버렸다. 그때는 또 대리점을 옮겨 동승동 골목길에 있었다.

처음 한 두 번은 그냥 말더니 세 번째는 남은 밥을 우리 집에서 대리점까지는 골목길이고 날이 새지 않은 새벽밤길인데 김밥으로 말아서 썰어 가지고 나왔다. 그 김밥을 앉아서 먹을 시간이 없으니 다음에는 썰지 말고 통김밥으로 가져 오라고 하였다. 그것도 짧은 거리가 아니고 약 1.5K 이상 된 거리를 점심을 싸서 가져오니 고맙기도 하고, 한편으로론 미안했다.

3시 반까지 밥을 대령하지 못한 벌이기도 하지만 내가 사람을 괴롭힐려고 그런 것이 아니고, 시간이 너무 없기 때문에 가지고 나온 김밥도 차분히 앉아서 먹을 시간이 없고, 인력거에 판매할 물건을 잔뜩 싣고 손이 닿은 곳에 놓고 뛰어가면서 한 입씩 먹곤 했다. 몇 번 김밥을 싸 가지고 나오더니 이제는 정신을 써서 3시 반에 딱딱 아침밥을 해주어 그 때만해도 술이라곤 입에 대지를 않았고, 오직 하루 세끼 더운 밥만 먹었으며, 밥 외엔 먹는 것이 오직 물밖에 없었다.

다른 판매원들은 오전에 거래처에 물건 공급을 하고 남는 시간은 화투도 치고, 내기 화투를 쳐서 또 술도 한잔씩 하기도 하지만 나는 화투칠 새도 없고 조금만 시간이 있으면 약과니 비메이커 물건을 구입하여 이리 뛰고, 저리 뛰곤 했으며, 수금을 끝마친 뒤도 시간이 많으면 휘경동까지 자전거를 타고 뻥튀기 등을 구입했다.

그리고 내가 사는 이화동 집이 아궁이가 두 곳인데 한 곳은 연탄불 아궁이이고, 또 한 곳은 장작 등 땔감은 아무것이라도 땔 수 있는 아궁이가 있었는데 판매하면서 돌아다니다 땔감 될만한 것을 봐두어 일과가 끝나고 조금이라도 시간이 있으면 버려진 땔감을 자전거에 잔득 싣고 내가 사는 이화동 9-24호 이완종씨 댁이 충신동과 이화동의 경계선인데 상당한 높이의 오름길을 끙끙대고 밀고 올라가서 도끼로 톱으로 땔 수 있게 하여 불을 때면 따뜻하기 그지 없었으며,

연탄불은 꼭 막아서 하루에 두 장 이상을 때지 않았다. 허나 춥고 배고픔을 수없이 겪은 나였기에 추운 겨울에는 하루종일 온몸이 추위에 손발이 꽁꽁 얼어오면 방안이 지글지글 끌어야 했다. 그래서 내가 들어오기 전에 항상 불을 때어 따뜻하게 해 놓았다.

09

첫 공주를 출산하다.

내가 사는 주인들도 정아 부모님, 또 정아 할머니 등 참으로 너무나도 좋은 분들이었다. 그 늦은 캄캄한 밤에 장작을 자르고 패도 한마디의 말도 없었다. 그러는 사이 어느덧 결혼한지 만 10개월 첫 딸을 낳았다. 오고 갈 곳도 없던 서인표가 세 식구가 된 것이다.

산통(産痛)을 계산(計算)해서 미리 장모님께서 와 계시어 첫 출산인데도 아무일 없이 산모도 아이도 건강했다. 나는 그날도 평소와 다름없이 세시에 일어나 밥을 지어 세시 반 안에 밥을 차려주어 먹고 판매를 하러 나갔다가 점심때 들어오니 장모님께서 딸을 낳았다며 조심스럽게 내 품에 안겨 주셨다.

그러면서 자네가 나간 뒤 조금 있다가 산통이 시작되어 별 고생없이 순산(順産)을 하였다 하면서 시간은 5시 13분이라 말씀해 주셨다. 어머님 수고 많으셨습니다. 사실 나는 장모님을 처음 만날 때부터 돌아가신 그날까지 단 한번도 장모님이라 부른 적이 없으며, 내가 양부모(兩父母)님 다 계시지 않기 때문에 처음부터 어머님, 어머님 하고 불렀다. 장모님과 큰딸과의 나이 차이는 17살, 막내 처남과 큰 누이 차이는 24살 차이가 됐다.

식구가 하나 더 늘었으니 내 어깨는 더 무거워졌고, 좀 더 부지런히 움직여야만 했다. 그때는 밤 12시 자정을 알리는 싸이렌 소리가 나면 시민들의 발길이 뚝 끊겼고, 만약 나와서 서성이거나 돌아다닌 사람은 모두 다 잡아가서 경범죄(輕犯罪)로 다스려 쇠창살 버스에 태워 응암동 직결재판소에 가두어 두고 새벽 일찍 벌금(罰金)만 내면 나오는 말

한마디 묻는 것도 없었다.

그리고 새벽 네시면 통금(通禁) 해제 싸이렌이 불면 부지런히 잠만 자지 말고 활동하라는 싸이렌이 분다. 사실은 정부(政府)에서도 우리나라는 빈곤국가(貧困國家)이기 때문에 잠만 자지 말고 잠을 좀 줄이고 빨리빨리 움직이라는 뜻이 담겨 있었다.

지금은 밥먹고 시간은 많고 할 일은 없고 하니 국개들의 텅빈 머리통으로 생각해낸 것이 쓸대 없는 법을 만들어 하루 8시간 근무에서부터 반공일이라 불렀던 토요일도 없에버리고, 공휴일도 평일에 들면 대체 공휴일이니 뭐니 밥잘먹고 할 일이 없으니 나라가 기울던 기업이 망하던 자기들의 표 얻을 궁리만 하여 공약(公約)을 남발하고 돈으로 환심 사고, 온 힘을 다해 혈한(血汗) 피와 땀으로 얼룩진 사람들의 돈을 빼앗아 게으르고 놀고 쳐먹는 놈들 더 못 주어서 배앓이가 난 국개놈들…, 예전에는 그런 것이 없었으니 좀더 노력하고 부지런을 떨어야만 했다. 그렇지 않으면 주는 것이 없으니 굶지 않으려면 노력하는 수밖에.

그러나 지금 현 시대에는 쓸대없는 공약이나 나라의 국견법(國犬法) 나라의 개법을 만들어 놀고 게으른 사람이 더 잘 먹고 잘 산다는 소리를 여기 저기서 쉽게 들을 수 있다. 예전에는 하루 8시간 근무가 어디 있으며, 토요일이 무엇이고, 일요일이 어디에 있었나. 공공기관이나 사무직에는 반공일과 온공일이 있었지만 일반 중소기업이나 일반인들에게는 찾아 볼 수 없었고, 업주는 딸린 식구(직원)들에게 부형(父兄) 못지 않게 따뜻함으로 대했고, 직원 종업원들은 날이 환히 밝아 오는 것이 그날의 일과 시작이요, 캄캄한 밤에도 불을 밝히고, 일을 하는 도중 마무리가 얼마 남지 않은 것은 직원들 스스로 하나가 되어 조금 늦더라도 그 일을 다 끝마치곤 했었다.

간혹 종업원들에게 모질게 학대(虐待)한 업주가 없다고는 볼 수 없으나 대부분 모두가 따뜻이 대해주는 주인이 더 많았다. 세상엔 아무리 나쁜 사람이 많다해도 그래도 훌륭한 업주, 또는 좋은 사람이 더 많다는 것을 알아야 한다. 옛날에 어른들의 말씀, 이쁨도, 미움도 모두가 다 자기 본인한테서 나온다고 했다.

하루 24시간중 수면(睡眠)
시간 2시간 반에서 3시간

임선희씨를 나의 평생 반려자(平生伴侶者)로 선택(選擇)하여 뜻을 이룬 그날 1971년 6월 19일 결혼식(結婚式)을 마친 이후 많은 생각을 했다. 어떻게 하면 좀더 뛸 수 있을까. 나 하나만 쳐다보고 온 저사람을 위해 내가 할 수 있는 것이 무엇인가? 남과 같이 못배웠으니 펜대를 굴릴 수도 없는 것이고, 현재의 판매원으로써 최선을 다 하는 수밖에 없는데 판매의 거래처 구역(區域)에 한계가 되어 있고, 어떻게 하면 좀더 수입을 올릴 수 있을까. 생각 끝에 빵 판매를 마치고 수금하러 가는 사이의 공간과 수금이 끝난 뒤 좀 늦은 시간 수금이 끝난 시간부터 자정(子正)을 알리는 (오포소리) 싸이렌 소리가 날때까지 여가시간(餘暇時間)을 활용(活用)하여 잡과자류(雜菓子類)를 취급(取扱)하기로 마음을 굳이고 본격적으로 작업에 들어갔다.

그런 끝에 종류가 많아지다보니 그야말로 눈코 뜰쌔 없이 시간이 금이었고, 옆을 돌아볼 틈도 없었다. 잡과자(비메이커) 종류를 미아리, 삼선교, 휘경동 여기 저기를 휘젓고 다니면서 약과, 대옥, 소라과자, 고구마과자 등을 직접 생산공장을 찾아다니면서 구입하여 다른 판매원들한테도 조금씩 이익을 붙이고 넘겨 주었으며, 내 거래처를 이용하여 잡은 못자도 상당한 수입이 되었다.

새벽 3시 반에 아침밥을 먹고, 4시에 나가면 낮 정오 12시를 기준해서 점심밥을 먹으러 들어가면 여름이던 겨울이던 관계없이 금방 지은 밥을 고봉밥으로 차려 주면 반찬은 딱 한가지 김치 한그릇에 고봉밥 한그릇을 순식간에 비우고 거기에 누릉지까지 끓여주면 모두 다 먹었다. 그리고 밥 먹는 시간도 아까워 발바닥에 도롱태 단 것처럼 뛰어나와 물건 구입할랴, 또 공급하랴, 한번도 걸어본 적이 없고, 이리 뛰고 저리 뛰고 부산을 떨고 다녔다.

그리하여 우리 큰 공주가 태어나고 2년도 못되어 그러니까 1971년 6월 10일 이화동 9-24호 이완종씨 집으로 이사라고 할 것도 없지만 그 집을 얻어 1971년 6월 19일 결혼식을 하고, 2년 3개월 정도 그 집에서 살다가 1974년 3월경 종로구 충신동 1-32호를 240

만원을 주고 한옥집을 사서 전체 수리를 다 해서 서까래 기둥에 니쓰칠을 하여 햇빛에 번쩍번쩍 광채(光彩)가 번득인 그야말로 나의 집 보금자리를 마련하여 이사(移徙)를 하였다.

이 서인표가 집 주인이 된 것이다. 사실은 그 집에서 좀더 살았을 터인데 주인 이완종씨는 대학생들 하숙을쳐서 생활을 하는 집인데 내가 그 집에 기거(起居)할 때도 방 3~4개를 하숙생이 있었고, 한 사람은 사법고시에 합격했다고 좋아라했던 기억이 난다. 우리가 살고 있는 방도 여유돈이 생기니까 빼주고 하숙을 쳐야겠다고 하여 틈틈이 방을 구하러 다니던 중 창경궁 밑 서울대학병원 원남동 방향 정문 앞 건너편 평화상회 주인한테 방을 알아보고 있는 중이라고 하니 그 평화상회 주인이 자기집 2층을 자네가 와서 산다면 시세의 절반만 내고 집을 장만할때까지 살도록 해줄터이니 와서 살으라고 하여 나도 옳다 잘됐다 싶어 그럴 생각으로 집에 가서 마침 우리집에 와 계신 장모님과 안식구에게 집은 거래처 사장님 이층 방이고 계단도 있다고 말씀드렸더니 "어린 아이 굴러 떨어질 염려도 있고 위험하다"하시면서 "어린아이 죽일 일 있는가?" 하고 극구 반대하시어 "알겠습니다 어머님 다시 알아보겠습니다"하고 내가 현재 살고 있는 집 근처 복덕방에 들려 문의하였더니 그 정도 돈이면 집을 살수도 있으니 집을 사는 쪽으로 말씀을 해서 얼마 짜리냐고 물으니 240만원이면 살 수 있다고 하여 가서 보고 계약합시다 하고 즉시 계약을 하고 계약금을 직불하고 집에 와서 장모님과 안식구한테 집을 샀다고 했더니 장모님께서 자네도 농담(弄談)을 할 줄 아는가? 하고 말씀하셨다.

그래서 아닙니다. 진짜로 사고 계약금까지 지불하고 왔다고 말씀드렸더니 그럼 몇평이고 방은 몇 개이며, 화장실은 어디에 있던가 해서 평수는 24평 한옥집인데 화장실이 어디에 있는지, 방이 몇 개인지는 모르겠다고 말씀드렸더니 지금 당장 가보자고 말씀하셨다.

그래서 내가 살고 있는 집에서 경계선(이화동과 충신동 사이) 길 하나 건너 바로 뒷골목이니까 약 2~3분 거리니까 두 분을 모시고 셋이서 가보니 대문과 중문 사이에 화장실이 있고, 방은 세 개라는 것을 알았다. 그랬더니 장모님께서 하신 말씀 집을 사면서 방이 몇 개인지 화장실이 어디에 있는지도 모르는 사람은 아마도 자네 뿐일걸세. 얼마에 샀다 했나. "예~에 240만원에 샀습니다"했더니 얼마에 내논 집인데 240만원이요 하고 말씀 드렸더니 다음 말씀은 하시지 않고 그냥 피식이 웃어 넘기시는 것이었다. 나는 장사를 하면서 규정(規定)된 값을 받았을 뿐 단 한푼도 깎아 달란 사람 보지 못했고, 빨리 빨리 부지런히 제시간에 배달(配達)만 해주면 거래처분들은 그렇게 좋아하셨다.
집을 한 채 사면서 말 몇마디에 10원짜리 하나 깎지 않고 어린 아이 과자 하나 사듯이 계약서에 도장 찍고 온 사위가 온순한건지 바보인지 그렇게 생각하셨을 것이다.

새로 산 충신동 1-32호 전 주인이 얼마나 관리를 소홀(疏忽)히 했는지 말을 할 수 없이 엉성했다. 그런 집을 세입자를 전부를 다 내보내고 없는 장독대도 만들고, 장독대 밑에는 연탄을 차때기로 한 차를 들여놔도 공간이 많이 남아 여유로웠다. 큰 방 한 채는 내가 쓰고, 방 두 개는 세입자를 들였다. 방 두 개 다 각각 부엌과 아궁이가 따로 있어 살림을 할 수 있는 조건(條件)이 다 갖추어져 있었다.

이제 남의 집이 아닌 내 집에서 구애(拘碍) 받지 않고 살게 되었으니 서인표의 어깨에 하늘을 날 수 있는 날개를 달아야 되겠구나. 하~하하 다른 사람 아닌 서인표는 웃음도 두 배, 기쁨도 두 배 이상을 누릴 수 있는 자격(資格)이 있지 않은가.
히히~ 하하~ 어메 좋은것….

1967년 6월 3일 군 제대, 1968년 1월 3일 서울에 맨 주먹으로 올라와 벽돌공장을 거쳐 연탄과 쌀 배달을 하고, 1969년 4월 19일부터 서울식품 명륜대리점의 배달원에서 판매원으로 1971년 6월 19일 음력 5월 27일 종로5가 이화예식장에서 결혼식을 하고, 딸을 낳고, 1974년 3월 내 집을 마련할때까지 6년 2~3개월 피나는 노력 끝에 얻은 알찐 보람이 아니겠는가.

무한불성(無汗不成) 땀이 아니면 이룰수가 없다. 성조심조자일사무성(性燥心粗者一事無成) 성품이 조급하고 마음이 거친 자는 한가지 일도 이룰 수가 없고, 심화기평자백복자집(心和氣平者百福自集) 마음이 화평하고 기상이 평탄한 자는 온갖 복이 저절로 들어온다고 했던가.
무슨 일이든지 서두르지 말고 차근차근 순서를 밟아 정도를 벗어나서는 아니되며, 싸움은 나쁜 것이지만 선의적인 경쟁은 하면 할수록 서로 발전하는 것이다. 마치 교학상장(敎學相長) 같은 것이다.

나는 좋은 자랑은 아니고 혼자였을적에는 "나 한 사람 죽으면 끝난다"는 식으로 불의를 참지 못하고, 옳지 못한 일에는 눈감을 수 없어 깡다구 막싼군이기도 했는데 결혼을 한 그날 이후로는 한 가장(家長)이 되었으니 누가 때리면 한 대 맞을지언정 "시원치도 않은 주먹은 다시는 쓰지 말자"고 마음속으로 다짐하고 또 다짐했다.
그러나 선의의 경쟁은 다른 것이다. 남 많이 파는 것을 부러워만 하지 말고 노력해서 그 사람 보다 판매고가 높아졌을 때 그 사람을 이긴 것이고, 능가한 것이다. 또한 그 성취(成就)의 기분은 말로써 형용할 수 없을 정도로 하늘을 비행(飛行)하는 그런 기분이 아닌가 싶다.

나는 어디까지나 끝도 없는 선의의 경쟁자이고 도전자이다. 마침내 나는 서울식품 본사에서도 인정 받는 판매원이 되었으며, 정재두 영업부장은 너의 수입이 대기업 부장인 나보다 낫다 하시고 두달에 한번씩 판매원들의 교육(教育)도 있었는데 날더러 초청강사(招請講師)가 되어 달라는 말씀을 하셨다.

한 두번 가본 적이 있는데 몇백명이 있는 대형 홀에 홀 한 중앙 뒤에서 앞에 흑판이 잘 보이도록 불빛을 쏴서 비추고, 그런데 나더러 한 시간 동안 그 짓을 하라는데 나는 배운 것도 부족하고, 첫째 시간도 없고, 말 재주도 없으며, 절대 할 수 없다고 딱 잘라 말씀 드렸으며, 앞으로는 시간관계상 판매원 교육장에는 나가지도 않을 것이라고 했더니 어렵게 하라는 것이 아니고 내가 겪어 왔던 이야기를 하라는 것이었다.

그래도 나는 돌아가신 아버님의 영향(影響)을 받아 혼자서는 제법 노래도 잘 부른다고 생각되는데 두 사람 이상만 있으면 잘 부르던 노래도 온 몸이 떨려 평소와 같이 부르지도 못하는 사람이 몇 백명이 있는 곳에서 나는 도저히 할 수 없다고 하는대도 임진환 사장과도 상의도 끝났고, 본사에서도 그리 진행하도록 일정이 잡혔으니 해야 된다는 것이었다.

그리하여 쓸데없는 일로 대충 요점요점을 정리하여 가지고 나가서 했는데, 처음에는 몹시 떨었는데 약 10여 분이 지나면서 조금 안정이 되었다. 모두 나와 같은 판매원이니 처지가 다른 것도 아니고, 좀 편해졌으며 가끔 농도 한마디씩 섞어가며 했더니 여러번 박수갈채도 받았다. 그리하여 시간을 보니 아직도 20여분이 남았다.

더 이상 할 말도 없고, 꾀를 썼다. 그래서 한 말이 여기 서 있는 제가 누구라고 했어요. "처음 단상(壇上)에 올라 인사드릴 때 말씀드렸습니다"했더니 명륜대리점 일등 판매원이요, "저는 일등이란 말씀을 드린 적이 없는데 우리는 장사라서 어쩔 수 없군요. 원래 직업은 못속인다고 금방 이자가 붙는군요. 그래도 이익을 봤으니 괜찮습니다"했더니 한바탕 또 웃음보도 터지고 박수도 받았다. 그러면 제 이름은요? 판매원까지는 아는데 이름을 아는 사람은 거의 없었다. 다시 한 번 말씀드리겠습니다. 제 이름은 판매원 서인표 칠판에 또박또박 적어가면서 어느 대리점이지요? 명륜대리점인데 그것은 아실 필요가 없어요. 대리점이 어디냐는 아무런 관계가 없어요. 우리의 직업은 판매원이니까 판매만 많이 하면 되는거예요. 판매를 많이 한다는 것은 어려운 일이지만 남 잠잘 때 잠 좀 줄이고, 남이 걸을 때 한발짝 앞에 뛰면 되는 거예요.

여러분 피곤하시지요. 빨리 가고 싶지요. 여기 저기서 예~예 그래요. 그럼 앞으로 10여분 이상이 남았는데 판매원이 판매원 마음을 모르면 안돼지. 두서 없이 말씀드려보네요. 조는 분 하나없이 들어줘서 고맙고, 제가 했으면서도 무슨 말씀을 드렸는지조차 모르겠습니다. 자, 여기서 끝마치겠습니다. 허나 구호는 한번 외치고 마치도록 하겠습니다. 제가 선창(先唱)을 하겠습니다.

선창이 끝나면 큰소리로 서울식품 서청택 회장님 우리나라 재벌(財閥)입니다. 이 홀 날아가도 괜찮습니다. 선창이 끝나면 위하여를 세 번 외칩니다. 서울식품의 무궁한 발전과 우리 모두의 활력이 넘치는 건강과 모두가 판매왕이 되기를 위하여~, 위하여~, 위하여~. 그래도 밑에 내려오니 잘했다는 칭찬도 들었으며, 오늘은 조는 사람도 없었다고 몇 분이 말씀을 하시니 기분도 썩 좋은 편이었다.

밤 12시 자정 오포소리(싸이렌) 날 때까지 상품 배달을

나는 새벽 4시부터 밤 12시까지 배달을 하고 다녔으며, 자전거를 타고 가다 경찰과 방범대원한테 붙잡혀 여기저기 파출소에 끌려가서 응암동 집결재판소에 가서 벌금을 내고 온 것이 여러번 있었지만 여전히 위반(違反)하지 않는 날은 단, 하루도 없었다.

점포문을 12시까지 열고 있는 집이 많았으니 그때까지 배달을 하다 보면 여지없이 통금(通禁)시간을 어기지 않을 수가 없었다.

나는 그때 경찰이 그렇게도 미웠으며, 방범대원 역시 그랬다. 매일 저녁마다 위반 안한 날이 없으니 파출소에 근무하는 경찰들을 모두 알게 되었다. 하도 매일 저녁 잡혀 들어가니 저 녀석은 잡아가면 안된다. 먹고 살려고 저렇게 발버둥치는데 어떻게 빼 줘야 된다 하고(파출소 직원끼리 하는 말) 매일같이 위반하지 않은 날이 없으니 어느 땐가부터 파출소에 잡혀 들어가면 경찰 한 분이 내 곁으로 오시여 꿀밤 한 대를 쿡 주면서 화장실에 들어가서 철조망 차가 와서 출발할 때까지 그 속에서 꼼짝말고 있다가 차 출발 소리가 나면 그때 나오라고 하셨다.

그리하여 냄새 나는 화장실에서 한 시간 이상을 숨어 있다가 왁자지껄 속에 차 출발하는 소리가 나고 조용해질 때 나오면 또 와서 꿀밤 한 대 쿡 주고 그렇게도 바쁘냐? 잠잘 시간도 없이 배달 물량이 밀려 있느냐? 하고 묻기도 하고, 여기서 가다가 또 붙들릴 것이니 종이에 임시 통행증을 써 주신 것도 한 두번이 아니고, 사거리나 혼잡구역에서 아침 일찍 교통정리를 할때도 있는데 나는 빵을 인력거에 잔뜩 싣고 끙끙대고 가면 서로 이제는 인사도 나누고 웬일이요 아침부터 공중에 대고 헛손질을 하는데 어디 불편해요 하고 농을 걸기도 했다. 경찰도 주어진 임무를 수행하기 위하여 그런 것이지 경찰도 따뜻한 면도 있구나 하고 마음 속으로 고마움을 느끼며 처음에는 그렇게 미웠었는데 나중에는 너무 고맙고 감사했다.

단성사에서부터 종로5가통을 매일 같이 아침저녁 또는 수도 없이 누비고 다녔으며, 그렇게 집에 들어가면 빨라야 12시 반이 넘는다. 그때 들어가 밥 한 그릇 뚝딱 먹고 새벽 3시 반에 일어나 또 밥 한 그릇 먹고 점심 먹으러 들어오는 시간 빼놓고는 온종일 뛰어다니니 저녁에 들어가면 온몸이 부서지는 것 같아도 자고 일어나서 돌아다니면 또 활발히 움직이고, 아버지는 술을 365일 장취하고 식구들을 그렇게 못살게 하였어도 내 몸뚱이 하나는 비비적거리고 건강한 체질을 만드신 것 같다. 아버지에게 고마울건 아무것도 없으나 그것 내 몸뚱이 하나 건강하게 만들어 놓은 것은 인정하고 고마워해야 할 것 같다. 그러나 그렇게 힘들어도 내 아내 앞에서는 단 한번도 힘들다 소리를 해본 적이 없으며, 오직 재미만 있었다.

10

둘째 왕자 출산과 아내의 장사….

나는 식품가게를 1년 여~ 그러는 사이 둘째 아들을 75년 1월에 이번에도 별 큰 진통없이 출산하였으며, 산모도 아이도 모두 건강하니 너무나도 좋았고, 고마웠다.

그리고 아들을 낳고 한 두 달 뒤 한가지 문제가 생겼다. 우리집 바로 밑에 삼거리 식품가게를 주인이 하고 있었는데 세를 놓는다고 내 놨는데 아내가 그 가게를 하겠다고 하게 해달라는 것이다. 그래서 아이들도 어리고 아이들 보살피고 집에 있는 것만으로도 나에게 큰 힘이 되고 절대로 딴 생각일랑 하지도 말고 점포를 운영한다는 것이 쉬운 것이 아니니 절대로 할 수 없다고 말을 했는데도 차려줘 보지도 않고 못한다는 소리부터 한다고 어린아이 투정 부리듯도 하고 하지도 않던 애교도 부리고 하게 해달라고 끝없이 졸라대는 것이었다.

졸라대는 등살에 귀찮아 하고 말을 하지 말라고 그렇게 했는데도 막무가내(莫無可奈)였다. 황소고집도 그런 황소고집이 없다. 할 수 없이 둘이 내려가서 계약을 하고 나는 그렇지 않아도 바쁜데 점포를 열었으니 담배 판매권 가게이고 내 몸뚱이를 쪼갤 수 있으면 몇 개로 쪼겠으면 좋으련만 내가 홍길동이도 아니고 그 집 주인이 할 때는 가게도 가게 답지 않고, 내가 물건을 제대로 갖춰 놓고 엄청난 물량을 확보해 놓으니 점포 내부는 그리 크지 않으나 삼거리 정 코너 집이다 보니 빙 둘러 처마 밑을 활용하다 보니 대형점포 이상이 되었다.

시작한지 며칠 되지도 않아서부터 손님이 구름처럼 모여 들었고, 나는 가게에 붙어 있을 시간이 없으니 아침 3시에 일어나 문을 열어 장사를 할 수 있도록 만들어 주고 나가 통금시간까지 눈 코 뜰새 없이 바쁜 사람이 나는 가게와는 거리가 먼 사람이고, 그때 와서 문닫고 나면 새벽 한 시가 넘는다.

나 자신도 나를 생각할 때 철인도 버텨낼 수 없는 일을 나는 꿋꿋이 버텨냈다. 가게를 시작한지 한달도 채 못됐는데 혼자서는 도저히 손님을 감당할 수 없다 하여 계집아이 하나를 썼었는데 둘이 해도 힘들 정도였다. 심지어는 밖에 처마 밑에 쌓은 놓은 삼양라면 15박스를 실어 가도 몰랐다는 것이다. 또 집에 가서 준다며 고급 술이며, 값비싼 것으로만 골라서 이 골목 저 골목 따라가서 어느 대문 앞에 이르러 대문 앞에 계집아이를 세워 놓고 금방 들어가서 돈 가지고 나올터이니 기다리라고 하여 기다렸는데 나오질 않아서 들아가 보니 뒷문으로 빠져 나갈 수 있는 집이었는데 계획적으로 값비싼 고급으로만 골라서 그렇게 한 것이었다.

그러나 잃어버린 것은 어쩔수 없는 것, 차를 대놓고 라면 15박스를 실어가도 모르고, 물건을 배달까지 해주고 그냥 돌아왔어도 단 한마디의 야단(惹端)을 쳐본 적이 없다. 안식구도 배달을 해주고 돈을 못 받아온 아이는 얼마나 마음을 졸였겠는가.

그러는 사이 우리 점포에 물건을 공급하러 온 판매원들한테는 영수증과 품목수량만 정확하게 확인하고 두 번 오지 않게 즉시 물량값을 지불하라고 지시한 뒤, 영수증은 받아서 내가 쉽게 볼 수 있도록 한군데에 두라고 일러놨으니 돈 한푼 외상이 없고, 잘 주고 물건도 많이 파니 품종이 딸린 귀한 품종도 우리 가게에 오면 거의 다 있었으며, 바로 위에 가 집이니 칠성사이다 등 음료차량은 비가 오거나 물건을 싣고 나와 어쩡쩡하게 남으면 점심 때를 기해서 오늘 몇시경 물량이 좀 남을 것 같으니 처리해 달라고 마치 흥정이었다. 한 박스당 얼마를 감액해 준다는 그러면 적당한 선에서 흥정이 끝나면 차에 남은 물량이 있는 것이 한정이었다. 그것을 우리 점포에서만 파는 것이 아니라 내 거래처에도 필요하다고 하는 곳은 배달을 해드렸다.

내 거래처에서도 자기들이 직접 받는 것 보다 조금이라도 더 싸게 주니 요구를 할 수밖에…. 그러는 가운데 거래처 영수증 검토(檢討) 중 모두가 다 정확한데 딱 한군데 해태 제과 판매원의 그릇된 점을 발견하였다. 단위별 계산은 정확한데 합계 계산에서 한 개도 맞는 것이 없었다. 다행이 안식구가 거래처별로 모아 찝어 놨기 때문에 찾는 수고는 없었고, 항상 주판이 손 닿는 곳에 있으므로 계산은 바로 할 수 있었다.

그리하여 물건이 없어서 못 파는 물건으로 주문을 더 많이 하고 그날부터 수금을 해주지 말라고 지시를 했다. 안식구한테도 아무 말도 않고 수금을 해주지 말라고 하니 그대로 따를 뿐이었다. 몇 번을 주문만 하고 수금을 해주지 않으니 그렇지 않아도 한번 오라고 하여 혼을 내끼고 수금을 해줄까 생각하고 있는데 점심 때를 기해서 물건을 가지고 와서 내가 옆에 있었지만 물건 수량을 맞춰 보는 것은 내 할 일이 아니고 안식구의 몫이니 다 확인이 끝난 뒤 붙잡아 놓고 보는대서 계산서 영수증을 그대로 꺼내 한꺼번에 다 주는 것이고 한 장, 한 장 씩을 주면서 계산을 해보라고 했다.

한 장 주고 계산해 보라 하고 맞느냐 물어보면 합계에서 틀렸다 하고 또 한 장 주고 어디에서 틀렸냐고 묻고 다섯 장까지만 하고 오늘 계산서를 계산해 보라고 하였더는 오늘 것도 틀리다는 것이었다. 그래서 두말할 것도 없이 아구리 꼭 다물어 이빨 나간다. 말 떨어지기가 무섭게 주먹이 날아 꽂히고 윽함과 동시에 무릎이 올라갔다. 쩔쩔매는 앞에서 나는 말하였다.

나는 평생 주먹을 쓰지 않으려고 했는데 너는 오늘 좀 맞아야 되겠다. 내가 묻는 말에 의해서 매를 덜 맞을 수도 있다. 잘 생각해서 대답하라. 나도 가게는 하고 있지만 너와 똑같은 판매원이다. 품종회사만 다를뿐이다. 그래서 너희들의 시간을 좀 더 줄여주기 위해서 물건 확인과 동시에 값을 지불하라 지시했었다. 맞느냐. 예 맞습니다. 그러면 더욱이 잘해줬어야 되지 않느냐. 오히려 그것을 너는 역이용했다. 맞느냐 하니 얼버무렸다. 그러니 또 맞을 수밖에 주먹이 나가면 발길지도 덩달아 춤을 춘다. 그럼 또 묻는다. 얼버무리거나 말을 잘못하면 또 맞는다. 그럼 지금 처음 몇 달것 빼놓고는 몇십장이 되는데 심지어 오늘 것 까지도 이것이 틀린 것이냐. 또 얼버무린다. 그러니 또 맞을 수밖에 그래서 다시 묻는다.

이것이 틀린 것이냐 아니면 내가 답을 알려줄까. 계획적인 것과 틀린 것은 분명히 다르다. 어느 것이냐. 어느 쪽이냐. 말을 해라. 제가 생각이 짧아. 계획적이란 것은 생각지도 못했는데 물건 확인은 계산서와 항상 해보시고 그 자리에서 물량 확인과 동시에 값을 지불해 주시니 한 두번 합계를 틀리게 해도 아무런 말씀이 없이 지불을 해주시기에 그렇게 되었습니다. "죄송합니다. 한번만 용서해 주십시오. 더욱 잘 하겠습니다." 그럼 계획적이냐 틀린 것이냐? 다시 물으니 "예 계획적이 되었습니다". 땅바닥에 무릎을 꿇고 일어나지도 않고 바지깽이를 붙들고 늘어진다. "너 돌대가리구나."

그렇게 두 번 걸음 시키지 않던 집에서 한 두번 수금을 미룰 때 그런 눈치도 없었나 낌세도 못챘어. 참 돌대가리네 두 번 이상 되었을 때는 느꼈어야지. 지금 오늘까지 수금을 안해준 것이 다섯 번째인데 오늘 것 까지도 그런식으로 해서 되겠느냐 하였더니 "얼마에 관계없이 대리점에 알리거나 형사건 문제만 삼지 않으신다면 다섯 번의 물량값은 모두 다 받지 않고 영수를 해드릴터이니 제발 문제만 삼지 말아 주십시오" 하는 것이었다.

그래서 나는 한술 더떠 이것 갔고 되겠니. 내일 주문이 있는데 그것까지 가져와 그래도 되겠니 하니 예~ 예 그렇게 하겠습니다 하는 것이었다. 계산은 이미 다 해 놓았고, 더 준 금액이 얼마라는 것 까지 다 나와 있으니 다섯 번 물량 가지고도 조금은 수금을 해줘야 했었다. 옆에서 벌벌 떨고 있는 것은 오히려 내 안식구였다.

그리고 중간 중간 그만 때리라고 눈길도 주었다. 그래서 나는 해태 판매원을 감싸 일으켜 세워 다시는 이런 짓을 하지 말라. 열심히 하면 남을 속이지 않고도 다 잘살 수 있는데 왜 그랬어. 다시는 그런 일이 없길 바란다. 계산이 이미 다 나와 있으니 너를 얼마만 주면 되니 돈을 받아 가라. 너도 판매원, 나도 판매원, 무슨 문제를 삼겠느냐. 잘못을 알려주고 잘못을 깨우치면 그것으로 되는 것을 내일 가져오란 주문은 네 마음을 보기 위한 장난끼가 동하여 하는 말이나 내일 물건 값은 내일 와서 받아가고 오늘 물건 값까지 계산하니 얼마만 주면 되겠더라.

지금 받아가라 했더니 여기저기 얻어터져 몸도 성치 않을텐데 연신 "고맙습니다"를 연발하였다. 틀린 금액을 빼고 그날로 깨끗이 마무리하였다. 그렇게 약 일년 여를 하다 가계를 접게 되었다. 사실은 그 때 나는 내가 하는 일에 만족을 느꼈을뿐 후회한 일은 없는데 그 때 한번 판단이 잘못 되었다는 것을 뒤늦게 알았다.

빵 판매원을 그만두고 그 식품가게에 집중했어야 했다. 그런데 난 좀 더 큰 포부(抱負)를 가지고 있었다. 본사에서부터 대리점을 할 것을 권고 받고 신설동에 대리점을 하기로 약속돼 있었다. 계약도 하고 계약금까지도 건너갔으나 명륜대리점 내가 뛰고 있는 자리에 사람이 들이질 않는 것이다. 날짜는 뿌적뿌적 다가오고 있는데 내가 명륜대리점의 물량을 상당한 비중을 차지하고 있는데 내 생각만 하고 그냥 갈 수도 없는 일이고 하여 점장과 본사 직원과의 합의 끝에 계약금은 손해를 보지 않고 되돌려 받는 것으로 하여 일을 잘 마무리 했다. 나는 판매원으로서 수입도 충분했고,

또 빵 뿐이 아니라 삼양라면이며 미원, 잡과자(雜菓子) 등 같은 명륜대리점 판매원이라면 내가 구입(求入)해온 잡과자를 모두다 자신들이 필요한만큼 가져다 팔곤 했다.

그런데 대리점을 하려는 이유는 처음에는 일체 아내에게도 말을 안했지만 나의 아내는 일곱 남매 중 제일 큰누나이니 처남이 넷, 처제가 둘, 나이 차이를 본다면 장모님과 나와의 연령 차이는 17살 차이 제일 막내 처남과 나와의 차이는 24살 차이, 막내 처남, 처제는 너무 어리고 아내의 바로 밑 처남은 성남에서 봉제공장을 다닌다 했고, 그 밑으로 둘은 인형공장과 신발공장을 다니고 있다 했는데 급여를 받는다 해도 사회활동을 할 수 없는 동생들이 있으니까 그저 식구들 끼니 해결하는데 급급했기에 무엇하나 뚜렷한 것이 없었다. 나는 그런 처남들을 생각에 담고 있었다.

내가 대리점을 함으로 처남들이 내 뜻대로 따라만 준다면 대리점도 일등 대리점을 만들 수 있겠고, 처남들도 앞날에 좋은 결과가 있지 않을까 하는 나 혼자만의 야무진 꿈을 꾸고 있었다. 그리하여 북아현동 굴레방 다리 한성고등학교 위 북3동 중앙여고 밑 기차가 지나가면 덜컹덜컹 소리 나는 철길 밑에서 우명식이 형집 가게를 얻어 원래 아현대리점장 김창곤씨로부터 명륜대리점에서 나혼자 파는 물량밖에 안되는 명색이 대리점자가 붙어 있는 대리점을 인수 받아 운영하게 되었는데 며칠 겪어보니 그대로 나가면 대리점을 문을 닫는 수 외에는 아무것도 없다 생각이 들었다.

그리하여 비장한 각오로 판매원 한 사람 한 사람을 교대하여 따라 다니게 되었다. 모두가 다 내 구역에 내 거래처이니 장사를 어떻게 하고 있나도 보고 철저하게 알고 싶었다. 그러던중 판매원 한 둘은 쳐내지 않으면 안된다는 생각이 들었다.

그래서 하나를 그만두게 하고 그 자리를 내가 직접 뛰었다. 불과 두세달 만에 지난 판매원과 비교가 안될 만큼 물량이 곱 이상으로 늘었다. 사개월째 되면서 신입판매원을 그 자리에 꼽고 또 며칠 판매원들을 따라 다니다 또 한사람 뽑아내고 또 그 자리에 내가 뛰고, 몇 개월 뒤 확장하여 새로운 판매원을 심어 놓으니 그렇게도 처음에는 말도 안 듣던 판매원들이 조금은 달라지는 것 같았다. 아차하면 잘린다는 것을 아는 것 같았다.

그러던차에 이상한 일이 일어났다. 원남동 명륜대리점에 같이 있었던 나상운(배달원), 서행근(집안간 조카)가 내가 운영하고 있는 아현대리점으로 와서 판매원을 하겠다는 것이다. 처음엔 서행근이는 "나 아제 밑에 와서 있을래요 자리 하나 마련해 주세요"해서 집안간 덕산 당숙 손자니까 명륜대리점의 입장은 좀 곤란했으나 또 한 사람 솎아내고 판매를 하게 했고, 그런데 나상운이가 또 와서 형님 제자리도 만들어 주세요.

나상운이와 행근이 사이는 아주 절친한 사이였고 입장이 좀 난처했으나 상운이가 온다고 할 때는 내가 또 개척지로 물량도 상당히 많은 양인데 후암동 남이 힘들어서 거의 가지 못한 곳, 무거운 짐, 빵사자를 몇 개씩 메고 아흔 아홉 계단을 모르내리어야 판매를 할 수 있는 아주 최악(最惡) 지역(地域)인데 할 수 있겠느냐 형님이 하시는데 제가 왜 못해요 하는 것이다. 나상운이 그 녀석은 통뼈로 힘도 좋고, 고집도 있고 해서 그럼 따라 나가보고 하겠다면 주마 힘은 들어도 수입은 그런대로 괜찮을 것이다 하였더니 당장 내일 따라 나가겠다는 것이다. 며칠동안이야 나와 같이 우리 집에서 같이 지낼 수 있다지만 너의 침식부터 해결할 수 있는 방부터 마련해야 될 것 아니냐.

그래서 가장 험한 구역을 뜻하지 않게 가장 믿는 나상운이한테 맡기게 되었으니 너무 좋았다. 그러고 나니 명륜대리점은 임진환, 남산대리점은 임진환 동생 임종복. 그런데 임정복 밑에 있던 임진환과도 친척관계인 임춘덕이 형님 내 자리 하라 마련해주세요. 나 형님 밑에서 일하고 싶습니다. 그렇게 되면 다 임진환, 임종복이 밑에 있던 사람들이 모두 내게로 오게 된 것이다. 내가 빼올려고 했던 것도 아닌데 스스로들 그렇게 되었다.

맨 마지막으로 내 속마음만 믿고 처남이니까 잘하겠지. 모범은 되지 못할지언정 손해야 끼치겠느냐 하는 막연한 생각으로 둘째 처남을 데려와서 판매를 시켰으니 이제는 나는 모두가 믿을 수 있는 사람들이니 마음 놓고 이제는 큰그릇을 확보해야겠구나 하고 본사와 의논도 하고 학교거래처에 힘써 보기로 하고 처음 김창곤씨한테 받을 때 보다는 배 이상으로 성장했고, 입금도 본사 미수는 10원도 없으며, 날이 가면 가는대로 성장하고 있으니 본사에서도 아현대리점장 말이라면 협조를 하려고 애를 썼다.

학교거래처를 뚫는데는 첫째 돈이 있어야 했고, 둘째는 물량을 어김없는 시간에 정확이 배달해 주는 것이었는데 학교거래처를 확보하는데 돈이 필요할때는 본사에서 50%를 지원하고, 대리점에서 50%를 쓰는 것이 일반화되어 있었다.

처음 만리동 환일고등학교(옛날 균명고등학교), 예일고등학교 이사장 김예환씨가 자기 이름자를 따서 예환, 가운데 자는 예일학교 끝자리 환자를 따서 균명고등학교를 환일고등학교로 개명한 것이다. 환일고등학교를 시작으로 시청 앞 지금은 명일동으로 이사한지 오래이고 그때는 시청 앞에 있었다. 배재고등학교, 마포고등하교, 창덕여자중학교 나중에는 환일고등학교 교장선생님께서 말씀을 해주시여 예일학교를 멀지만 전체 다 공급하게 됐다. 여기에서 전체라는 것은 예일학교에 한해서다.

예일학교는 유치원에서부터 중고등학교까지 모두 다 갖추고 있어서 다른 학교는 한 군데에서 끝나는데 매장이 중학교, 고등학교 다 따로 매장이 있었으므로 고등학교 매장 같은 경우는 3층에 있었으므로 매일 10여 상자 이상을 계단을 밟고 어깨로 미어 올렸다.

예일대학까지도 있다는데 그곳은 납품을 해보지 않아서 모른다. 그런데 나중에 학교 거래처를 놓치지 않는 방법을 알았다고 할까. 아니면 터득을 했다고 해야할까. 놓치지 않는데는 딱 두 가지 방법밖에 없다고 생각했고, 그 방법이 100% 적중했다. 그 학교에서 나온 수입금중 40%만 써버리면 된다.

번 것을 다 움켜쥘려면 그 거래처는 언제 바람따라 날아갈지 모른다. 학교 교장선생님한테는 달라는 것도 아닌데 느닷없는 돈보따리를 던져 준다. 선생은 강하지 않다. 무르다. 그 다음은 학교마다 매점을 관리하는 담당선생님이 따로 정해져 있다. 그 선생만 붙잡으면 된다. 그래서 나는 판매원 7년을 하고 아현대리점 판매원 정상화 될 때까지 단 한 모금의 술도 입에 대본 일이 없고, 또 먹을 시간도 없었다. 내가 술을 안먹는데는 딱 한가지 “아무개 자식 소리가 듣기 싫어서 그놈의 자식인데 뭐 다를게 있겠느냐” 그 소리가 듣기 싫어서 안먹었는데 먹게 된 이유가 판매원도 안정되었고 이제 학교 거래처를 지켜야 되는데 술이 아니면 도저히 지킬 방법이 없다고 생각했기에 술을 먹게 되었다.

단, 한가지 결심한 것이 있다. 술을 마시되 혹시 만취가 되어 걷지 못하고 네 발로 기는 한이 있어도 술도 음식인데 음식을 어디로 먹는가. 야 임마 입으로 먹지 콧구멍으로 먹냐. 응 그래 음식을 입으로 먹고 입으로 실수를 하면 무엇일까요. 또 묻는다. 개(犬)입니다. 사람이 아닌 멍멍 개(犬)…. 어떤 일이 있어도 멍멍 개는 되지 말자. 그렇게 사업상 술을 마시게 되었는데 학교 매점 담당 선생치고 술을 못하는 사람은 단 한 사람도 없었다. 그리고 그때 알았다. 선생, 교육자도 사람이고, 욕쟁이라는 것을 선생치고 술 못하는 이도 없고, 욕 못하는 사람도 없고, 일차로 끝난 사람도 없었다. 경우에 따라선 3차까지도 모두가 다 원했다. 그중 한 곳 배재고등학교 성기현 선생님 만큼은 아니었다.

성기현 선생님은 소고기를 제일 좋아했으며, 저녁식사겸 소주 서너병 둘이서 비우면 조금 섭섭하면 노래 부르는 술집까지는 몇 번 가본 적이 있을 정도인데 여러 학교 중에서 성기현 선생님과 제일 친했었다. 3차까지 가는 그 비싼 돈 쓰지 말고 자주 만나자고 말씀하셨으며, 대부분 저녁식사겸 소주 3~4병이 고작이었다.

그러나 다른 선생들은 조금 생각이 달랐다. 저녁식사 날짜가 잡히면 그날은 2차, 3차까지 갈 것으로 생각하고 나오신 분들이 많았다. 또 자꾸 만나다 보니 선생님들의 성격까지도 꿰뚫어 보게 되었다. 그러니 교문을 들어서는 순간부터는 나보다 나이가 많고 작고를 떠나 선생님 선생님하고 90도 각도로 굽히지만 교문 밖에서는 나보다 나이가 많은 분은 내가 형님이라 하고, 나보다 나이가 작은 선생은 아우님이라 불렀는데 거의가 다 나이 많은 형님들이고 적은 선생은 딱 한 분 밖에 없었다. 그렇게 된 뒤로는 거래처를 타사에 뺏긴다는 생각은 아에 없고, 그냥 편하게 거래를 할 수 있었다.

교장선생님께서 움쩍도 안하시지~ 거기다가 매점 담당 선생까지도 꼼짝 안하시는데 누가 감히 거래처를 빼앗겠는가. 판매원을 할 때는 그 긴 시간 7년 이상을 한 방울의 술을 마시지 않아도 말 한마디 한 사람도 없었고 했지만 대리점 듣기 좋은 말로 사장이 되고 보니 본사에서도 한 달에 두 번 전국 대리점장 교육이 있고, 그날은 여지없이 서대문구,

종로구, 중구 점장들이 모여 또 한 잔, 매달 몇 번씩은 선생들과도 한 잔 술과 친해질 수밖에 없었다. 서대문구와 종로구, 중구를 통틀어 제일 꼴지 아현 대리점이었는데 이제는 그중 1~2등을 다투는 대리점으로 성장시켰다.

하지만 타 대리점은 물량이 나보다 훨씬 작아도 총무를 두고 또 경리를 두며 총무배달 겸 경리를 둔 곳들도 있었지만 나는 총무도 없고, 경리도 없으며, 나 혼자서 점장, 총무, 경리 모두를 다 혼자서 했다. 학교 물건은 본사 4.5톤 화물차로 각 학교마다 내려 주는데 그때는 내 아내가 따라 갔었다. 물량 많은 환일고등학교 한 군데만 안식구를 시켰었는데 얼마 가지 않아 사고로 이어졌다. 그 해가 68년 6월 25일이다. 학교가 워낙 고지대고 물량이 수십박스니까 기사가 내려준 걸 종류별, 박스 숫자 확인하고 매점문을 수업시간 약 1시간 전에 여니 조금 기다렸다가 매점에 확인만 시켜주고 그렇게 잘했었는데 그날은 차량 후진을 봐준다는 것이 손을 벽에 대고 여기까지라고 했는데 기사가 잘못 판단하여 적재함(積載函)으로 손목에서부터 손가락까지 바삭바삭 부서져 버렸다. 굴레방다리 북아현동으로 올라가는 코너에 국민병원이 있었다.

그 병원에서 안식구의 허벅지 살을 떼어내 손목과 손가락을 이식(移植) 하는데 필요하다 했다. 그 기사가 좀 머리가 둔한 것 같았다. 항상 오던 기사니까 뒤를 볼 필요도 없고, 텅 비어 있는 공간 항상 매일 아침마다 대던 곳인데 왜 뒤를 봐달라고 했는지 이해가 안간다. 양쪽을 살필 것도 없고, 한 면만 보고 앞 타이어가 어느 지점에 이르면 서면 된다는 것이 머릿속에 이미 그려져 있을터인데 왜 내리라 하고 후진을 봐달라고 했는지 도대체 의문투성이다. 그러나 그 때는 사람을 죽일뻔했지 않느냐 죽지 않느라고 다행이다 하고 내 마음을 달랬다. 수술하기 전 내 동의서가 필요했는지 허벅지 살 떼어낸 것 또 손가락 두 개는 아예 쓸 수가 없을 수도 있는데 모양을 어떻게 해주면 되겠느냐 등 마음은 급한데 동의해달라는 부분도 몇가지가 있었다.

손가락은 자연스럽게 등에 서명을 하고 수술을 끝마쳤는데 다행히 수술은 성공적으로 잘 되었는데 손가락 두 개가 문제가 될 수 있다. 즉 장애(障碍)를 가질 수도 있다는 얘기다. 병실은 개인 특실을 이용하도록 했다. 그래야 내가 마음 놓고 수시로 드나들 수 있을 것 같고 해서 아주 늦은 시간에는 병실이 내 임시 사무실이 되었다. 주판, 내일 판매원 일곱명의 출고증, 각 학교 거래처 출고증 등을 모두 다 아예 병원에서 업무를 봤다.

새벽 4시까지는 병원에서 업무 보고, 잠자고 거듭했는데 아내가 내 걱정을 한 것이다.

잠잘 시간도 별로 없고 바쁜데 자기까지 그렇게 되어 병원은 의사와 간호사가 수시로 드나 들고 또 벨도 있으니 집에서 잠을 자고 대리점 집무실(執務室)에서 용무(用務)를 보고 병원은 신경을 좀 덜 쓰라고 해서 2~3일 병원을 들려 잘 시간에는 병원과 집 사이가 약 400m 정도밖에 되지 않기 때문에 집에 가 잤는데 그것이 또 문제(問題)가 생겼다. 그 삼일 동안을 잠을 한 잠도 못잤다는 얘기다.

하루 이틀째는 내가 걱정이 되어서 말을 하지 않았는데 3일을 못자니 땅이 빙빙 돌고 붕붕 떠서 병원에 있으면 며칠 못견디고 죽을 것만 같다는 얘기다. 입원실이 6층이었는데 두 말할 것도 없고 업무과에 가서 말을 하고 저녁으로 업고 집으로 병원 회진시간 전에 또 들쳐 업고 병원으로 한바탕 뛰어 병실에 데려다 주고 뒤돌아볼 사이 없이 헐레벌떡 릴레이 선수처럼 옆사람도 보지 않고 뛰었다. 그런데 또 병원 음식을 단 한 숟갈도 넘길 수가 없다는 것이다.

설상가상(雪上加霜)이라 음식은 병원음식 뿐 아니고 집에서도 병원에서도 도저히 목구멍에 넘기지를 못하는 것이다. 할 수 없이 점집을 찾아가서 생년월일 시를 적어 내놓으니 죽을 운인데 죽지 않느라고 다행이라는 것이다. 내가 살고 있는 집에서 방향을 알려주면서 그쪽 방향으로 물어 물어 가지고 증세를 말하고 한약(韓藥)을 세 첩을 지어 달여 먹으면 음식 맛이 돌아올거라 했다. 모든 일은 다 접어도 사람을 살려야 되기 때문에 점술가가 시키는대로 방향만 북가좌동쪽이라 했으니 한약국이 어디가 있는지도 모르고 한없이 걷다보니 진짜 북가좌동 조그마한 계천(溪川) 다리를 거너니 그곳에 한약국이 있어서 약 3첩을 지어 걸음아 날 살려라 하고 뛰다 걷다를 반복하면서 집으로 왔다. 그 점술가가 참으로 용했다.

한 첩을 먹고 나니 다른 것은 다 넘기지를 못하는데 그 약은 잘 받아드린다면서 처음으로 무를 한쪽을 주어보라 하여 무를 한쪽 주었는데 그것도 잘 소화시켰다. 한약은 두첩을 달여 먹고 세 번째는 두 봉지를 같이 넣어 재탕(再湯)을 먹기 전에 입맛을 완전 회복하여 음식을 잘 먹게 되었다.

한 가지 낳으니 또 한 가지 어지럽고 빙빙 도는 땅, 본인은 가만히 있는데 병원건물이 주정뱅이 건물인가 이리 기우뚱 저리 기우뚱 나중에는 디스코까지 춘다는 것이다. 병원 의사에게 사실을 물으니 사고 당시 피를 많이 흘린데다가 너무 놀랐고 요사이 음식까지 먹지 못했으니 피가 부족하여 그런 증상(症狀)이 나타나는 것은 이상한 일이 아니라는 것이며, 피주사를 놓아 피를 보충(補充)해주면 좋을 것 같다고 말씀하시여 그러면 그렇게 해달라고 한 것이 또 잘못 되었다.

피는 음식만 잘 섭취(攝取)하면 빠른 속도로 개개인의 필요한 양 만큼은 보충이 된다는 것인데 그때만해도 잘 못랐고 그때만해도 피끓는 청춘이라 빠른 회복만을 생각하다 보니 피를 보충해 달라 했는데 그로인해 사람을 죽일뻔했다.

피 봉지를 주사대에 높이 걸고 주사를 꼽고 약 5~6분 정도 지나면서 환자가 추우니 문을 닫아달라. 또 1~2분 정도도 안됐는데 너무 추우니 이불을 더 덮어 달라하여 이불을 덮어주었는데도 그래도 춥다고 하여 이불 위에 내 몸을 덮었는데 1분도 지나지 않아서 말 어투가 달라 일어나 수연 엄마 수연 엄마 하니 겨우 대답은 하는데 온전한 사람이 아니여서 주사를 꼽고 10분도 다 안되었을 때였다.

비상벨을 울려 놓고 나는 6층에서 신발도 신지 않은채 1층의 원장실로 뛰어 들어가 원장 멱살을 잡고 끌고 나오며 여기가 사람을 살리는 곳이냐, 죽이는 곳이냐 지금 사람이 죽어가고 있다.

만약 그사람 잘못되면 네 놈도 죽는다. 육층 병실을 올라가니 퇴근했던 의사들까지 불러들여 10여 명이 이미 혀까지도 굳어 들어간 환자를 전신을 빙 둘러 서서 정신없이 주무르고 있었다.

다른 피가 주입(注入)되면 그런 경우가 있는데 피를 잘못 주입시킨 것도 아닌데 이런 일이 생겼다며 만약 병원에서 다른 혈액형의 피를 잘못 꽂았다면 그 병원은 살인죄에 해당될 정도로 크나큰 잘못이지만 모든 것은 다 정상이었다 한다.

그렇게 전신을 주무르기를 약 30분 이상은 의사들이 단 한 사람도 환자 옆을 이탈(離脫)

한 사람이 없었다. 다행히 다 죽은 사람을 살려 놨다. 내가 병원에 같이 없었다면 그날로 사망신고를 할 뻔 했다. 그런데 도저히 무서워서 환자를 이 병원에 맡길 수 없으니 연세대학병원으로 옮겨 달라 했더니 국민병원차로 신촌 연세대학병원 응급실로 가서 링거와 영양주사를 맞고 병원끼리는 서로 통하는 뭐가 있는지 국민병원으로 돌아가도 아무런 문제가 없을 것이니 그렇게 하라고 나를 설득시켰다.

그래서 다시 국민병원으로 왔다. 속이 아파서 수술한 것도 아니고 한 쪽 손인데 환자가 사고 당시 수술을 하고 잠도 못자고 너무나도 놀란 나머지 그렇게 된 것 같아 모든 것이 다 잘될터이니 나를 믿고 안심하라고 환자를 다독거릴 수밖에 없었다.

그렇게 2개월 이상이 되니 이제는 환자도 안정을 찾고 입원은 몇 개월을 했지만 처음에 업고 다니다 같이 걸어오면 걸음이 느려서 답답하니 등을 디밀고 업고 걷는 것이 더 훨씬 빨랐다. 나중에는 깁스를 풀고 병원의사가 하는 말이 손가락 두 개는 못살릴 것으로 알았는데 오히려 그 염려했던 손가락까지 모두가 다 쓸 수 있게 되었으니 참으로 잘 되었단 말씀을 하실 때 의사의 손을 꼭 잡고 "고맙습니다. 정말 고맙습니다"하고 눈시울을 붉혔었다.

한 가지 좀 불편한 것은 차차 더 낳아지겠지만 주먹을 완전히 쥘 수가 없어서 부엌 칼을 쓰더라도 칼자루가 좀 큰 것을 사용해야 될 거라고 말씀하셨다. 그것은 나이 팔십이 다 되었어도 오른손은 완전히 쥘 수가 없다. 그래도 못하는 것이 아무 것도 없다.

11

판매원 교육과 공주 이야기...

판매원 교육(販賣員敎育) (나는 이렇게 판매를 하였다)

나는 모두가 다 믿을만한 판매원을 들이기에 따로 교육시킬 일도 없고, 그럴만한 교육시킬 자격도 사실은 없는 사람이고, 또 대부분 나와 같이 있었던 아우들이기도 하고 학력으로 따진다면 고졸도 있고, 전문대 졸도 한 명 있었다. 학력별로 판매도 된다면 내가 제일 뒤졌으니 내가 지도를 받아야 되겠지만 판매와 학력과는 무관하였다. 나는 판매원들에게 이렇게 말을 했다.

우리 아우님들은 모두가 다 이 형과 똑같은 판매원이다. 판매원으로써 제일 먼저 빵 빈 상자 속에 창자를 꺼내어 보관하였다가 필요한 때만 찾아서 제자리에 놓으라고 창자가 있으면 장사를 할 수 없으니 창자 없는 언제나 상대에게 웃음과 겸손을 줘야 하고, 굽힐 줄 아는 사람이 되라고 그리고 한 거래처를 예(例)를 들어 말하였다.

굴레방다리 밑 신촌 방향쪽으로 다리 끝 쪽으로 조그마한 구멍가게가 있었는데 가게 규모치고는 꽤 많이 파는 집이 었는데 처음부터 어떻게든 내 거래처를 만들고자 했던 부분을 설명이라기보다 이야기를 들려 주었다. 그 집은 어차피 판매하러 갈 때도 수금하러 갈 때도 지나가는 집이었으니 별도의 시간을 내서 갈 필요도 없었고, 지나는 길에 그냥 들리면 되는 집이다. 그런데 교대해서 보는 집은 대부분 오전 일찍은 나이 드신 분이 하고, 젊은 분이 오후에 가게를 보는 것이 대부분인데 그 가게는 거꾸로 오전에는 딸이 보고, 오후에는 나이가 지긋한 분이 가게를 보곤 했다.

내가 그 집을 지날 때마다 귀해서 팔 수 없는 인기품을 한 두 가지 가지고 들어가서 이것만 한번 놓고 팔아 보시라고 하고 거절 거절 끝도 없는 거절을 당해 가면서도 끝없이 들리니 너무나도 귀찮았던 것 같았다.

아가씨는 겉보기엔 이제 겨우 20여 살로 밖에 안된 엣띤 아가씨였는데 하루 아침은 우리 서울식품의 인기품목인 바나나빵 다섯 개와 에그빵(계란빵) 다섯 개를 가져다 그 집 판매대 위에 올려 놓은 순간 일이 터지고 말았다. 판매대에 물건을 놓고 내 손이 떨어지는 순간 차도에 내동댕이를 치면서 하는 말이 왜이렇게 매일같이 귀찮게 하느냐며 집어던진 것이다. "나는 죄송합니다. 내일 뵙겠습니다"하고 내동댕이친 빵을 주워 바나나빵은 몇 개 팔 수도 없이 부서졌지만 아랑곳 없이 그냥 돌아서는데 아가씨가 하는 말 "내일 또 와! 아휴 창자도 없나 저사람"하는 것이다.

그날 오후도 지나가면서 아저씨한테 90도 인사를 하고 그 다음날 또 들려 "죄송했습니다. 하나라도 더 팔려는 욕심에 그런 것이니 마음에 두지 마시고 하루에 다섯 개씩 만이라도 팔아 주신다면 정말 고맙겠습니다 아가씨"하였더니 "관심 없으니 오지 마세요"하는 것이다. 그렇다고 내가 마음 속으로 꼭 찝어둔 집인데 안들릴 내가 아니었다. 그런데 그 다음날 이상한 일이 생겼다. 평소와 같이 그 가게 앞에 세우고 들어가는데 오후에 계시던 그 아가씨의 아버지가 나와 계셨다. 반가운 생각에 인사를 하고 내가 먼저 팔아 달라고 말씀을 드릴려고 했는데 그분이 먼저 엊그제 아침 딸의 이야기를 한 것이다. 딸 교육을 그렇게 시키지 않은 것 같은데 정말 미안해서 일부러 오늘 아침 나를 만나기 위해 자기가 나왔다며 판매가 빨리 안되는 것은 바꿔주는 조건으로 자네가 놓고 싶은 만큼 주고 가라는 것이었다.

그리고 내일 아침 딸아이가 있더라도 내가 말을 해놓을 터이니 물건이 빠지는대로 채워놓고 가라고 말씀하셨다. 그리하여 인기 품목에 한가지 더 또 한가지 더 그렇게 하여 결국에 내것만 파는 내 거래처로 만드는데까지 두 번을 소리없이 한쪽에 가서 몹시 울었고, 그 댓가로 그 집의 소비량이 하루 한상자 반은 되니 달로 치면 45상자라 이 큰 거래처를 한달 이상 쫓아 다니고 눈물 두 번 쏟고 이 거래처를 확보 했으면 된 것 아니냐.

제 분수도 모르고 덤벼드는 사마귀가 되지 말고 당랑거철(螳螂拒轍) 뛰기 위해 몸을 낮출줄 아는 개구리가 되어야 한다. 몸을 낮춰 바짝 웅크리지 않으면 뛸 수 없듯이 겸손하고 웃는 얼굴과 부지런하면 되는 것이다. 이것이 별도의 판매교육이 아니라 내가 판매원 7년에 있었던 이야기를 들려준 것이며, 나의 판매원 교육 방침이었다.

여기에서 우리 막내 딸 이야기를 좀 해야

우리 첫째 공주는 이화동 9-24호 이완종씨 댁에서 태어났고, 둘째 왕자는 충신동 1-32호에서 75년도에 태어났으며, 막내딸은 76년에 태어났는데, 우리 큰딸과 둘째는 3년이란 공간이 있어서 큰딸은 보살피는데 신경을 많이 기우릴 수 있었으나 둘째 다르고 또 둘째와 셋째는 연년생이다 보니 소홀히 하려고 한 것이 아니고 자연히 셋을 보살피기가 그리 쉽지는 않은 까닭으로 아무래도 아기 엄마가 너무 힘이 들었던 것 같다.

더구나 교통사고까지 나서 병원생활까지 하다보니 엄청 많이 마음고생이 심했던 것 같다. 항상 이따금씩 나와 안식구는 둘째와 셋째 이야기를 주고 받을 때가 있는데 미안하다고 뭐하나 먹고 싶어 그렇게 졸라대며 사달라 해도 사주지 못했던 것이 평생의 후회로 남는다고 지금도 그 때 생각을 하면서 눈물을 글썽이는 안식구를 볼 때 너무나도 애처롭다. 왜 그렇게도 돈을 안 썼냐고 물으면 “당신은 잠도 못자고 오직 식구들만을 위해 죽을지 살지도 모르고 힘들게 번 돈을 어떻게 함부로 써요”하는 내 아내의 말에 목이 미어진다.

내가 바보처럼 살아왔으니 자식들까지도 모자란건지 종잡을 수 없으나 내가 판매원 할 때와 대리점 할 때의 차이점(差異)점은 내가 판매원을 할 때는 내 수중에서 단돈 얼마라도 줘야 쓸 수 있었지만 대리점을 할 때는 소매로 가끔 사러 오신 분들도 있고 하여 언제든지 마음만 먹으면 갖다 쓸 수 있고 돈을 감춰둔 것이 아니고 언제나처럼 보이는 곳에 있고 그 속에 있는 돈은 얼마인지도 모르는 돈인데 그 돈을 보고도 10원도 갔다 쓸 줄 모르는 우리집 바보 아들 딸을 뻔히 보면서도 집어가지 못하고 돈바구니 앞에서 엄마한테 졸라대고 아빠는 명분만 있으면 달라면 언제나 지체없이 달라는 즉시 그 자리에서 줬지. 나중에 준다는 것은 단 한번도 없었다.

그러니 내일 학교에 가져갈 돈을 그 전날 저녁에 달라고 해도 될터인데, 꼭 책가방 둘러메고 가기 직전에 달라는 것이다. 그것은 세 아이 다 똑같다. 달라면 말없이 그냥 주니 그런지 몰라도 언제나 그런 식이었다. 잔돈 푼은 조금 집어다 써도 되는데 만날 보면 저희 엄마와 실랑이를 한다. 어떻게 보면 참 신기하기도 하고, 그렇다고 그냥 갔다 쓰랄 수도 없고, 그냥 말없이 지켜볼 뿐이었다. 어느 정도 헛돈 쓰는 것도 아닌데 쓰라고 해도 쓰지 못하는 저희 엄마나 아이들이나 조금도 다를바가 없다.

처남(妻男) ㅇㅅㅎ

대리점(서울식품공업주식회사 아현대리점) 판매원들의 안정권에 들기 전 처남과 내가 서로 힘을 합하면 처남도 사는 길이 열리고, 나도 좋겠다는 생각으로 판매구역을 주어 처남을 데려 왔었다. 허나 내 포부(抱負)와는 너무나도 달랐다. 술 마시고, 미수 지고, 다른 판매원들은 또박또박 입금도 잘 시키는데 다른 판매원들의 모범(模範)이 되기는 커녕 도리어 걸림돌이 되었다. 술 마시고 저희 집에 가서 깽판 놓고, 처남은 대리점 판매원을 하고, 외숙모는 인력거에 수박 등 과일 장사를 했었는데, 한번은 무슨 꼬라지가 났는지 수박을 모두 칼로 난도질을 해서 도로에 팽개치고 하는 일까지도 있었다. 도저히 안되겠다 싶어 그만두게 하고 그 자리를 내가 뛰어 판매를 늘려 다른 판매원을 심은 일도 있었다. 나는 내 사주가 나와 가까운 친인척(親姻戚)과는 맞지 않는 것 같다. 그렇다고 인덕(人德)이 없느니 하는 것은 더 더욱 맞지 않다.

친인척과는 덕이 없다 할지라도 그렇지 않은가? 왜냐하면 내가 종로구에서 판매원을 할 때도 여러 가게 주인들의 도움으로 종로구 충신동 1-32호 으리으리한 한옥집도 장만할 수 있었고, 서대문구 북아현동에 와서 대리점을 한 것도 모두가 다 인덕에 포함되지 않는가. 그리고 7명의 판매원 모두가 서행근(집안 조카 덕산당숙의 손자)를 빼 놓고는 형님 형님 하고 모두가 따르지 않았는가. 사장님 사장님 하는 것은 거리감이 있어서 술을 한 잔 같이 해도 "사장님 하면서 따라준 술과 형님 잔 받으세요"하는 것과는 거리가 있으니 형이라 부르도록 하였다.

7명 모두가 술 하면 뒤지지 않은지라 한 달에 한 두 번 술을 마시러 가면 25% 소주를 상자째 갖다 놓고 형이야 아우야 해가며 마셨다.

그때는 나무상자로 한 상자가 40병이었다. 술도 잘 마시고 참 재미있는 동생(아우들)들이었다. 내 조카 행근이는 "아제 제 술 한 잔 받아요"하고 움마이 이정도 마시고 걱정없어요. 구수한 우리 순창 사투리 참 재미 있었어요.

행근이는 우리 안식구가 중매를 하였는데, 우리 안식구한테 언니 언니 하고 나한테는 형부 형부 하고 불렀으며, 우리 장모님을 어머니라 부르기도 했었는데, 그 처제를 중매하여 맺어주었다. 이름은 '장숙희', 결혼한 뒤에도 종환이를 낳기 전에는 언니, 형부라 불렀는데 호칭 바꾸기가 좀 더디었던 것 같았다. 어린애를 낳고 난 뒤로는 종한이 엄마라 불렀고, 지금도 종한이 엄마고 아짐니라 부르는 것이 좀 어색했던 것 같다.

행근이를 포함한 7명은 내가 대리점을 끝마친 그날까지 형제처럼 지내온 끈적끈적한 사이였었다. 다른 판매원들은 중매는 하지 않았어도 내 밑에서 판매원을 하면서 장가 들어 살림을 차린 아우들이 임춘덕, 나상운, 안형원 등 총각으로 판매원을 하다가 가정을 이룬 아우들이었다. 그런데 (숙희) 종환이 엄마한테는 원망을 많이 들었다.

행근이가 순창에서 등산 가서 떨어져 그 때의 후유증으로 다리를 약간 절었던 것이 문제였는데, 다리 저는 불구를 소개했다고, 소개 했을 때 싫다고 했으면 될터인데 왜 그랬냐고 했더니 그때는 몰랐다는 것이다. 그러나 가장으로서 성실한 행근이었기에 아무말 없이 잘 사는 모습이 흐뭇했었다.

12

서울식품공업주식회사 아현대리점을 경영(經營)

시작과 끝

나는 1969년 4월 19일 이후 종로구 명륜대리점의 배달 판매원으로 시작하여 76년 5월 말을 기준으로 하여 명륜대리점의 판매원을 종식하고, 1976년 6월 1일부로 서대문구 북아현동 굴레방다리 한성고등학교 위 중앙여고 밑 철교(기차가 다니는 다리 밑) 밑에서 종로구, 서대문구, 중부 내에서 제일 꼴찌 대리점을 인수받아 서울식품공업주식회사(대표 서청택) 아현대리점(김창환씨가 운영하던) 피나는 노력 끝에 전국의 15등 안에 들어갈 수 있었고, 실제로 15개 대리점이 하나가 되어 그 단체의 총무(總務) 역할(役割)을 해 나갔던바 있다.

1982년 10월 24일 마지막 물건을 받은 날까지 앞에서 아현대리점 운영과 부실판매원 정리(整理)에서 7명의 안정된 판매원을 두기까지의 내용 등은 이미 밝힌바 있으니 그것으로 대신하고 대리점을 운영하는 과정에서 물량은 많이 팔고 남보기에 듣기 좋은 사장님이지만 실제로는 종로에서 판매원 할 때 보다 수입면에서 못했다. 판매원 할 때는 육체적인 노동뿐 뒷머리 쓸 일이 없었는데 대리점은 머리 쓸 일이 너무 많았다.

판매원, 학교 등 출고증하며, 지금은 세금계산서지만 그때는 원천징수 계산서를 모두 발행해야 했고, 대형 거래처 관리 차원에서 접대 등이 만만치 않았다. 또 한 달에 두 번 대점장 교육한답시고 본사에 가야 되고, 하지만 나는 바쁘다는 핑계로 많이 빠졌었다. 그래도 판매가 증가 되고 입금 잘 시키고 하니 많이 접고 들어갔다.

또 본사 각 과 별로 성과급이라는 것이 있었는데, 판매성과급, 입금성과급이 있었는데, 판매는 어찌할 도리가 없지만 얼마 정도 부족한 입금성과급은 선입금을 시켜주면 목표가 달성될 때가 자주 있었다. 그럴때면 여지없이 본사 과장급 이상이 찾아와 선입금 좀 시켜 달라고 사정을 하곤 했다.

그러면 못이긴척 하고 선입금을 시켜주곤 했었다. 그러면 굽실굽실 "고맙습니다"가 연발된다. 타 미수진 대리점은 담당 직원이 찾아가 물건 출하를 중지시키느니 일부를 삭감하여 보내느니 하면 뒷주머니에 꾹 찔러 주는 것도 많이 있다고 들었다. 허나 우리 아현대리점은 올 때는 여름이면 큰 수박 한덩이 쩔절 메고 들고와 내가 기거(起居)한 가정집으로 찾아 오곤 했었다.

대기업 직원(職員)이라면 모두가 다 하나같이 대졸(大學卒業)이상 엘리트들이 아닌가. 그러는 가운데 전국에서 가장 우수한 대리점 15개 대리점을 차출(差出)하여 많은 숙고(熟考)끝에 모임이 결성(結成) 되었다.

성북대리점장이 회장을 맡고 아현대리점이 총무로 출발하였는데, 여기서는 하는 일이 적지 않았다. 우선적으로 모임이 결성된 것을 본사 영업부에 알리고 본사에서는 이런 모임을 환영할리는 없지만 처음엔 아주 잘 되어 나갔고, 회장은 총무에게 지시하면 되고, 처음 몇 개월은 15개 대리점을 혼자서 연락하고 하다보니 너무 힘들어 15개 대리점 모이는 날에 간사(幹事) 셋을 두어 세 간사에게 어느 대리점, 어느 대리점 몫을 지어주어 총무는 세 간사에게만 연락하면 간사들이 연락하고 종합하여 총무에게 보고하고, 총무는 회장에게 보고하는 방식을 취했다.

모이는 장소는 대부분 우이동과 진관내동을 많이 이용했으며, 때로는 동대문이나 청량리로도 할때가 있었으나 조금씩 대범해져 총무의 전화 한통이면 제주도에서도 올라오곤 했었는데 그곳 모임 장소에는 본사 직원 일개 과장도 아니고, 영업부장이나 영업이사가 참석을 했었는데, 음식 값에서 화대(花代)까지도 영업부에서 다 결재해 버렸다.

그러던중 본사의 요구와 부탁, 본사에서는 판매물량도 중요하지만 그보다 더 시급한 것은 (입금) 미수지지 않는 것을 최우선으로 꼽고 부탁도 하였는데, 우리 15개 대리점 중에서도 미수가 많은 대리점이 몇 군데 있고, 혹여 출하중지까지도 염려스러운 대리점이 있으니 이것을 회장단에서 미수를 줄여 나가도록 다스려 달라는 것이었다. 그리고 그 대차를 뽑아와서 총무인 내게 검토(檢討)해 보라고 주는 것이다. 이는 여차하면 물건 출하중지까지도 하겠다는 경고(警告)와 다름없었다. 허나 우리 대리점 회장단 다섯명은 또 다른 제안을 요구했다.

우리 대리점에 속해 있지 않는 대리점은 관계치 않고 15개 대리점 내에서 지금까지 미수는 인정해 주고 어떤 일이 있어도 미수가 더 이상 올라가지 않는 범위 내에서는 물건 출하 중지 등 강력조치는 우리 회장단에 먼저 알려 주고, 우리 회장단에서 내용을 알아보고 그 후 조치하도록 해주고, 절대 본사의 일방적인 조치는 없는 것으로 해달라고 요구했다. 전체 모일 때나 회장단의 회합이 있을 경우는 본사에 꼭 알려주면 본사 직원 입회하에 진행하는 것으로 해달라는 요구도 있었는데, 그렇게 하겠다고 하고 충분한 시간을 두고 우리끼리 회의를 끝마친 뒤 늦게 시간을 알려주어 우리 어디에 있으니 그리 오라고 하면 그리 오곤 하였다.

과다미수가 있는 대리점은 총무에게 수시로 통화가 자주 오갔다. 어느 대리점은 미수가 또 올라가 회장단에 알리지 않고, 물건이 많이 삭감(削減) 되어 왔다고 입금을 제대로 못시킨 자기 잘못은 생각 않고 연락이 와서 황급히 회장과 총무가 회사에 들어가 수습을 하고, 그 달 내로 더 올라간 미수금은 입금을 다 시키기로 하고, 고정 미수는 매달 조금씩이라도 까 나가는 조건으로 그 다음날부터 정상적인 물건을 받을 수 있었는데, 만약 미수가 더 올라간다면 회장단에서 물건 출하를 중지할 것을 본사에 의뢰할 것이고, 합의한 금액 이외에 올라간 것은 회장단에서 책임을 지기로 했다. 대리점 운영을 어떻게 하는데 미수 때문에 본사 직원에게 절절절매고 운영을 하는지 도대체 이해하기 어려웠다.

한편으로는 재미를 느낄 수 있다고 볼 수 있지만 좀 도가 지나쳤다. 툭하면 본사 들어가고 우리 어디에서 회의중이니 나오라 하고, 영업부장이나 영업이사를 오히려 끌고 다니는 꼴이 되었으니 그도 그럴것이 15개 대리점 물량이면 원만한 대리점 3~40개 대리점 물량이 되고, 3~4개 대리점 빼놓고는 입금도 철저히 잘 시키고, 과다 미수가 있는 3~4

개 대리점은 더 이상 미수가 올라간 것은 우리 모임 합동으로 책임을 지고 있으니, 대리점 입출금까지 관리(管理)하는 입장이 되어 버렸으니 회사도 대리점도 우리 미수 없이 운영하는 대리점장들을 달리 볼 수 밖에 없었다.

무엇보다도 본사에 큰소리 칠만 하지만 경우(境遇)에 따라선 지나친 면도 있었다. 차라리 우리 아현대리점 같은 경우엔 이렇게 일이 많고 복잡(複雜)한줄 알았다면 처음부터 가입을 안했어야 했는데 하는 후회(後悔)를 한 적도 여러번 있었다.

그 모든 것을 다 기록할 수는 없고, 1982년 대리점을 접어야 되는 마지막 물건으로 대리점을 접어야 되는 일이 일어나고 말았다. 개인 뜻이 아니고 15개 대리점 전체의 합의하에 이루어진 일이기 때문에 어찌할 도리가 없었다. 과유불급(過猶不及) 지나침은 미치지 못함과 같다는 구절을 다시 한 번 실감케 했다. 그리하여 판매원 7년, 대리점 6년 4개월을 끝으로 서울식품과의 인연을 모두 끝마칠 수 있었다.

13

제2의 인생 시작..
서주우유 시흥대리점 인수

서주우유 시흥대리점

서울식품공업주식회사 아현대리점을 접고 나서 새로운 일을 찾아야 했는데 때마침 내 아내의 고향친구 박윤례라는 분이 서주우유 독산대리점을 경영하고 있었는데, 서로 연락이 닿아 독산대리점 옆에 시흥대리점이 운영권을 내놓고 있는 상태이니 한번 해볼려면 와서 보라고 하여 소개를 받아 시장조사에 들어갔는데, 말만 대리점일뿐 판매원이라고 해야 세 명 뿐이었고, 하루의 물량이 인력거(리어카) 한 번에 끌고 가기도 적은 물량이었고, 구로구와 영등포구를 다 합쳐서 제일 못한 명목만 있는 대리점이었다.

그러나 나는 잘나가는 대리점 보다는 그런 부족한 대리점이 마음에 들어 이것 하나 키워 나가지 못하겠느냐는 생각이 앞섰다.

서울식품을 10월 24일로 마무리 하고, 일거리를 찾느라 한 두달 소비를 했고, 내가 시장 조사를 한답시고 125cc 오토바이를 타고 북아현동에서 새벽 4시면 출발을 하여 구로구 시흥동에 오면 그때 서주우유 시흥대리점장이 김현직씨였는데 아직 일어나지도 않고 있을 때가 더 많았다. 요즘은 시대가 좋아져서 점포문도 늦게 열고, 판매원들도 늦게 일을 시작하지만 그 시절에는 새벽 4시만 땡 하면 일어나 활동하는 사람들도 드물게 있었으나 우유배달 같은 경우넨 가정배달 때문에 새벽 4~5시면 판매원들은 분주(奔走)하게 움직였다. 그때는 어려운 시기였기 때문에 매일 바쁘게 움직이지 않으면 정말 먹고 살기도 힘든터라 가정이란 큰 그림을 양어깨에 등에 짊어진 가장은 더욱 그랬고, 가장

다운 가장(家長)이 되려면 좀 더 뛸 수밖에 없었던 것은 고금(古今) 예나 지금이나 다를 바가 없는 것 같다.

북아현동에서 4시에 출발하여 오토바이로 뻥 뚫린 막힘없는 잘 닦인 도로를 마치 시내 전체가 내 것인양 마음 놓고 달리면 시흥동까지 이웃집 오는 것처럼 금방 왔었는데 내가 온 뒤에야 판매원들도 나오고 서주우유 차는 20m 도로가에 차를 대놓고 대리점 물건을 받으러 오라하면 리어커(인력거)를 끌고 나가서 받아 리어커로 끌고 들어와서 대리점에 들여 놓고 분배(分配)를 하는 것이었다. 대리점 운영을 어떻게 하고 있나를 좀더 세밀(細密)하게 알려면 시종(始終) 맨처음부터 끝까지 지켜봐야 되겠다는 생각이 들어서 그 추운 겨울날씨에 오토바이를 굴려서 물건을 얼마만큼 어떻게 받아서 운영(運營)하는가를 직접 보기 위해서였다.

한 번은 사지가 오그라들 정도로 추운 날씨에 오토바이를 타고 마포다리를 건너 얼마쯤 온 뒤 오토바이가 푸득푸득 소리를 내더니 시동이 꺼져버려 생각해보니 이녀석이 고장이 아니고 배가 고파 굶어 죽겠다고 땡깡을 부린 것이다. 할 수 없이 이놈 배채울 주유소가 근처에 없으니 끌고 데리고 갈 수밖에 없어서 힘들게 끌고 가고 있는데, 지나가는 승용차가 내옆에 와 서면서 “기름이 떨어졌나 보지요”하시면서 이 근처에는 주유소(注油所)도 없고, “이 추운 날씨에 어떻게 끌고 갑니까. 어디까지 가십니까” “제가 차에서 빼서 기름을 얼마간 드릴터이니 타고 가십시오”하면서 승용차 뒤트렁크를 열고 기름을 뺄 수 있는 호스까지 있어 내 오토바이에 넣어 주시여 큰 도움을 받은 일이 있었다.

이 각박(刻薄)한 세상에 그 추운 날씨를 훈훈하게 덮히고도 남을 그런 고마운 분도 있었다. 정말 눈물나도록 고마운 분이었다. 독산대리점 경계선만 알면 시흥대리점 경계선은 석수동 백조아파트 가기 전까지이고, 소하동 일대는 광명시지만 이곳 시흥대리점구역에 속해 있었다. 경계선 구역 내를 돌아보고 약 두달여를 끝으로 1983년 3월 1일부로 북아현동에 있는 사랑하는 나의 식구들을 데리고 지금은 금천구 시흥동이지만 그때는 구로구 시흥동이었다. 처음 구로구 시흥동 848-6호 최성규씨 건물 점포에서 서주우유 시흥대리점을 운영하게 되었다. 점포에 딸린 방 한 개에서 다섯 식구가 오물오물 침식(寢食)을 같이 했다.

맨처음 대리점을 운영하는데 첫 번째 어려웠던 점은 무엇보다도 대리점 물건이 왔을 때 대리점에 물건을 내려주는 것이 아니고, 꼭 20m 도로에 차를 대놓고 물건을 받으러 나오라고 하는 것이다. 전 대리점장 김현직씨가 그렇게 했으니까 그렇다. 하지만 내생각에 그것은 아니었다. 물건이 왔다고 대리점을 찾아 오는 사이면 충분히 대리점 앞에 까지 들어오고도 남을 시간이었다. 그나마도 날씨가 좋은 날은 좀 괜찮은 편이나 눈오고 비오는 날은 비닐로 덮어 가면서 땅바닥에 내려놓고 그것을 리어카에 싣고 와서 대리점에 내려 놓고 우유박스를 가지고 몇 번을 실랑이를 한 끝에 대리점에 안착 될 수 있어고, 더구나 서주우유는 플라스틱 박스가 아니고 모두가 종이박스이기 때문에 비가 오면 바닥에 내려 놓으면 비닐로 덮어 가면서 한다해도 많이 젖고 힘든 작업이었다.

제일 첫 번째로 본사의 지시든 공장의 지시든 관계없이 대리점장으로써 이것부터 개선(改善)을 해야 되겠다는 생각이 들었다. 나는 대리점 운영권을 맡은 다음날부터 서울식품 판매원 할 때의 특이 기질(氣質)을 살려 가정 판촉에서부터 가게 판촉에 정신을 집중할 수밖에 없었고, 인수 받고 불과 보름에 지나지 않았는데, 한 두 박스 정도의 물량이 증가된 상태였다. 보름동안을 일전의 김현직씨가 운영했던 그대로 리어커를 끌고 나가 물건을 받아 왔고, 그때는 가정집도 방문판촉(訪問販促)을 많이 했었는데 비위살이 없는 사람은 감히 엄두도 내지 못했다.

그러나 나는 판매원들의 대리점장(代理店長)이자 모범(模範)이 되고자 하루에 한 개만 판촉이 되더라도 한달이면 30개, 거기다가 가게 판촉을 겸하면 작은 물량이 아니라는 생각으로 단기간이 아닌 장기간을 염두에 두고 나가면 피곤해서 좀 누워 있으려고 하는데 초인종을 눌렀느니, 어쨌느니 또는 문도 열어보지 않고 누구냐 물어보면 "서주우유 대리점에서 나왔습니다"하면 "다른 우유 먹고 있어요" 하기도 하지만 하루에 못해도 3개 이상은 되었다. 그러면 그쪽지역 판매원한테 며칠날부터 넣어 주라고 말해 주고 매일 같이 수확(收穫)이 있었고, 다리품 파는 값은 충분했고, 200ml 우유 하나도 고마운데 드문드문 500ml나 1,000ml가 판촉이 될 때는 아무것도 아닌 것 같으나 엄청 기분 째지게 좋았고, 그것을 그 지역 판매원한테 붙여주면 판매원도 "수고하셨습니다. 사장님 고맙습니다." 소리를 들을 때는 이것 절대 거짓말 아니고 참말로 좋았다.

그렇게 판매원들에게 무언(無言) 속에 용기를 불어 넣어 주고 싶었다. 그렇게 하여 인수 받은지 불과 15~16일만에 두 박스 정도가 늘어날 수 있었다. 원래 대리점 물량이 많으면 두 박스가 늘어나봐야 그리 크지도 않고, 많아 보일 수 없지만 워낙 대리점 물량이 적다보니 두 박스면 큰 것으로 생각되었다. 어딘지 모르게 판매원들도 좋아라 하고 대리점 인수 16일째 되는 날 물량차가 왔다고 평소와 같은 방법으로 기사가 와서 그날따라 새벽 일찍 비가 오고 있었다. 그래서 물건이 왔으면 대리점으로 가지고 오라 대리점에서 물건 받을 준비(準備)를 하고 기다리고 있지 않느냐. 거기서부터 기사와 잠깐 옥신각신 한 끝에 본사든 공장이든 보고하라. 기사님은 나와 싸울 일이 없다. 나의 말을 전하면 된다 했더니 전화기를 들어 공장 누군가에게 보고하는 것이었다.

그리고 바꿔달라 했다. 전화를 바꿔 들고 지금 물량기사가 옆에 있으니 물어보라. 차가 들어와서 돌려서 나갈 수 있는 삼거리 코너가 대리점인데 왜 밖에다 대 놓고 물건을 받으러 오라고 사람이 오느냐~ 물건 차가 들어와서 대리점에 물건을 내려 주는 것이 원칙이지 어찌하여 엉뚱한 곳에 차를 세워두고 이게 할짓이냐. 대리점에 물건을 내려주기 싫으면 도로 가져가라. 나 이깟 서주우유 대리점 안해도 된다 했더니 기사를 또 바꿔 한참 말을 하고 또 나를 바꿔 전임 대리점장은 수년 동안을 밖에서 물건을 받았는데도 말없이 했는데 왜 고집을 피우냐는 것이다. 그래서 나는 지금 고집이라 말하는데 이것은 고집이 아니다. 권리를, 이치를 말하고 있는 것이다. 나는 전 대리점장 김현직이 아니고 지금 대화하고 있는 사람은 어엿한 시흥대리점의 주인 서인표다. 권리(權利)를 주장하는 것을 고집(固執)으로 폄하지 말라. 얼마간 실랑이 끝에 차를 끌고 들어와 빠꾸로 대고 그 자리에서 받아서 대리점 바닥에 놓으니 비가 와도 비 한 방울도 맞지 않고 얼마나 좋은가. 그날로 인해 제일 첫 번째로 개선해야 될 점을 해결(解決)하였다. 속이 시원했다. 나 역시도 대리점에 와서 하차하지 않으려면 우유대리점을 하지 않을테니 도로 가져 가라는 강력한 말을 서슴없이 할 수 있는 용기(勇氣)가 어디서 나왔는지 나도 알 수가 없다.

제일 첫 번째로 해결해야 될 문제 한 가지는 그렇게 매듭을 지었고, 판매원들이 좀 나태(懶怠)하고 질서(秩序)가 없는 것 같았으나 그것은 내가 어떻게 하느냐에 따라 변화될 것이고, 좋아질거라 생각되고, 1983년 그때만해도 어려운 시기였기 때문에 각 업체 대리점들이 가정판촉물도 변변치 않고 또 식품가게를 늘려 나가는데는 우유는 유통기한이 짧고 생물이기 때문에 냉장고(冷藏庫)를 무상(無償)으로 대여해 주는 것이 급선무(急

先務)였다.

최성규씨 집에서는 남의 집이고, 세를 사는 입장이기 때문에 냉장고를 여유있게 비치해 둘 형편도 못되지만 또 여유가 있다 하더라도 자리를 많이 차지하기 때문에 쌓아둘 곳도 없었다. 그래서 1983~4년도에는 불과해야 몇 대에 불과했고, 새 거래처가 생기면 본사 담당에게 의뢰하면 되긴 되는데 너무 늦어서 힘들여 물건을 (납품)공급하기로 됐던 거래처도 냉장고가 준비돼 있지 않아서 도로 타 업체에 뺏기는 경우도 있음을 실감했다. 본사 담당직원(擔當職員)에게 말하면 실무자가 아니고 월급쟁이기 때문에 윗사람에게 품의서를 올리면 그만이고, 또 윗분 상사에게 재촉할 수도 없었을 것이다. 대리점 자체로써 준비없이 본사만 믿고 거래처 판촉에 나서면 늦어서 번번히 낭패(狼狽)를 보는 경험을 얻게 되었다.

848-6호에서 2년 2개월을 하고, 시흥동 851-34호 삼거리 코너 넓은 쪽 집을 50평, 1층은 앞쪽으로 점포 그리고 방, 2층도 뒤편에 가정집 앞쪽으로는 넓은 홀로 되어 있는 집을 사서, 1985년 5월 28일 이사를 하고 마음 놓고 대리점을 운영할 수 있게 되었다. 한 가지 이웃 주민들에게 죄송스럽고 미안한 것은 125cc 오토바이를 짐을 실어 나를 수 있는 화물차(貨物車)로 개조(改造)하여 아침 새벽 2시반부터 온동네를 휩쓸고, 판매원 물량을 늦어도 새벽 4시 반으로는 맞춰 줘야 되기 때문에 물량도 제법 늘어서 남들이 한참 꽃잠 자고 있을 시간에 보통 10번, 11번을 왔다 갔다 했으니 잠들만 하면 부릉부릉 푸다다다 잠을 못자게 하는데도 동네 사람들이 말 한 마디 한 사람이 없었고, 오히려 잠도 안 자고 사느냐 어쩌면 그렇게도 부지런 할 수 있느냐 하고 칭찬 일색이었다.

그런 칭찬을 들을땐 칭찬으로 받아 들이는 것이 아니고, 오토바이 소리 때문에 하루 이틀도 아니고 잠을 못자게 한다는 꾸중으로 들리지만 "죄송합니다. 각 구역 판매원들의 물량을 늦어도 4시 반 안으로 맞춰서 배달을 해 줘야 되기 때문에 죄송한줄 알지만 어찌할 도리가 없습니다"하고 말씀을 드리면 잠도 못자고 그 시간에 열심히 일한 사람도 있는데 무슨 말이냐고 오히려 격려(激勵)를 해주시는 이웃분이 너무나도 고마웠다.

요즘같으면 단 하루도 안되고, 온 동네 사람들이 못살겠다고 모두 떼로 몰려와 난리법석을 떨었을 것이다. 85년 그때만해도 어려운 시기라서 그랬는지 이웃분들이 하나 같이 모두가 다 좋은 분들이었기 때문인지는 몰라도 그렇게 서로 이웃을 많이 이해(理解)해 주었다. 그 때만해도 골목에 차도 그리 많지 않았고, 현대시장 우리 대리점 앞에는 제법 넓은 삼거리 도로가 텅 비어 있을 때도 많았다.

우리 가게 바로 앞에는 기옥서가 운영하는 정육점이 있었고, 아~ 정육점은 방앗간이 이사간 뒤에 그 자리에 정육점이 들어 섰고, 그 옆에는 노점호가 운영하는 식품가게가 있었고(노점호 마누라는 기춘화, 딸만 둘 노하라, 노미라), 또 그 옆으로 김용철이가 하는 가운 가게가 있었으며, 우리집 양 옆으로는 미용실과 851-35는 김동진이 집 샷시 공업사가 자리하고 있었는데, 저녁으론 앞에 도로를 집안이나 동네 마당처럼 장작 모닥불을 피워 놓고 바로 앞 기옥서 정육점에서 고기를 사다가 구워 먹으며 소주잔을 기우리기도 서로 돌아가며 사기도 했다.

술집에서 먹는 것도 아니고 서로 깔깔대며 형이야, 아우야 하면서 술잔을 주고 받았다. 처음에 이사와 약 1~2년 동안은 내가 술도 못 먹고 일만 하는 일벌레로만 알았다고 나중에 실토를 한 적도 있었다.
북아현동에서도 그랬고, 오나 가나 이웃들을 너무 좋은 분들을 만나서 은혜를 많이 입었었다.

14

오토바이 교통사고!!

1985년 겨울 그해 겨울은 유난히도 추웠다. 앞에서도 말씀드렸듯이 나는 남이 곤하게 잠들어 있을 새벽 2시 반부터 오토바이로 배달을 하는데 그날따라 유독 추웠는지 소하2동에 판매원 물건을 내려주고 돌아서서 오는데 손가락이 얼어 붙어 도저히 그냥은 못 올 것 같고, 때마침 소하2동 기아의 집 근처에 파출소가 있었는데, 오토바이를 세워두고 파출소를 뛰어들어가 "도저히 춥고 손이 얼어 손을 좀 녹이고 가려 왔습니다"했더니 난로불은 이글이글 잠깐이면 될 것 같은데 경찰이 둘이 있었는데 한 녀석이 밖에 연탄을 피운 화덕이 있으니 밖에 나가서 쬐라는 것이었다. 그것도 퉁명스럽게 그래서 두말 않고 밖으로 나왔는데 화덕이 아주 작은 것이 있었는데, 이제 새 연탄을 넣어서 김만 나고 있을 뿐 불기운이 하나도 없었다.

그 이글이글 타고 있는 파출소 안에서 잠깐이면 될터인데 너무나도 분하고 괘씸한 생각이 들어 그냥은 못가겠고, 손이 곱아 몸이 떨린 것도 다 어디가고 분한 마음을 참을 수 없어 오토바이에 짐을 싣고 내릴 때 받치는 쇠파이프가 있는데 그것이면 두놈쯤은 죽이고도 남을 수 있을 것 같아 추워서 온몸이 떨리는데가 분한 기운이 가득 차 쇠파이프 작지를 뽑아 들고 오들오들 떨고 있었는데 나는 그때 살인자가 될뻔했다. 꼭 두 놈을 죽이고 싶었는데, 그 순간 사랑하는 내 아내와 아들딸 가족이 눈앞을 가로 막았다.

그 추운 날씨에 분에 못이겨 얼마나 울었는지 모른다. 뽑았던 쇠파이프 작지를 오토바이에 도로 꼽고 살인자를 면하게 한 것은 오직 내 눈앞에 아롱거린 내 가족의 위대(偉大)한 힘이 작용했기 때문이었다. 그뿐이 아니었다. 그 해는 악몽(惡夢)을 헤매는 해였다. 더구나 그 전날 눈이 많이 왔던 뒤라서 바람까지 세차게 부는터라 지면이 여기저기 얼어 붙어 캄캄한 밤에 오토바이의 라이트 불이 있긴 해도 어디가 얼고 어디가 얼지 않았는지 이것 저것 구분이 가지 않은터라 매일 다니던 길이니까 대충 짐작으로 다닐뿐이다. 그날 새벽 시흥3동 (박뫼) 판매원 물건을 싣고 시흥고등학교 앞 작은사거리 코너를 꺾어 가려는 순간 완전 빙판길이어서 짐을 실은 상태로 넘어진 것이 아니고 처박혔는데 그때 오른쪽 무릎에 3개의 돌이 박혔다.

피는 오른쪽 바지를 적시고도 모자라 신발 속을 흥건히 채우고 얼마 동안을 일어나지 못하고 너무 이른 캄캄한 어둠속이라 지나가는 사람 부축이라도 받아서 얼음 바닥이라도 벗어나고 싶었지만 사람의 그림자 하나도 없었고, 3~40m 거리에 판매원이 있지만 그 때만해도 전화가 없으니 연락할 길도 없고, 만약(萬若) 사람이 있으면 충분히 살릴 수 있는대도 치명상(致命傷)을 입었다면 꼼짝없이 버둥대는 벌레처럼 버둥대다 죽겠구나 하는 생각이 들었다. 정신은 멀쩡한데 몸이 말을 듣지 않으니 죽는줄 알면서 죽을 수밖에…. 물건이 올 시간이 한참을 지났는데도 물건이 오지를 않으니 이상히 여긴 판매원이 쭈벗쭈벗 몇걸음 오다가 코너 근처까지 왔는데 캄캄한 속에서 된 숨소리(부대끼는 숨소리)가 나서 귀를 기우리니 사람 소리임에 틀림이 없고 하여 몇 발짝 더 와서 보니 내가 오토바이와 같이 쓰러져 끙끙대고 있는 것을 보고 급히 신랑까지 데리고 와서 수습한 끝에 변을 면할 수가 있었다.

요즘은 도시의 거리는 밤인지 낮인지 모르게 조명으로 밝지만 그 때만해도 외등 하나 없을 때이니 해가 올라 오기 전에는 깜깜했었다. 그래서 짐 실은 오토바이에 깔려 죽을 뻔 했으나 잠깐이라도 판매원 남편의 등에 엎히어 자기 집에 가서 잠깐만이라도 몸을 추스리어 가시던가 병원으로 가야 되지 않겠느냐는 말을 했지만, 이제는 괜찮으니 신경쓰지 말고 어서 할 일들 하라고 했더니 가지 않고 옆에 있어, 어떻게든 오토바이에 올라 앉기만 하면 되겠다는 생각이 들어 온갖 힘을 다하여 오토바이에 올라 시동을 걸으니 부릉 하고 시동이 걸렸다.

그 길로 운전을 하고 대리점에 왔으나 식구들은 세상 모르고 자고 있는 시간…. 말없이 헝겊을 찢어 더운물로 대충 씻고 소금을 한 주먹 무릎 상처에 우둑우둑 억억 이를 악물고 뿌득뿌득 이를 갈며 문지르고 헝겊으로 칭칭 동여 매고, 그 몸으로 배달도 끝마치고 오른쪽 다리를 질질 끌고 다니면서도 할 일은 다 했다.

처음엔 흉터가 상당했는데 지금은 눈여겨 보지 않으면 모를 정도로 세 군데의 흉터가 희미하게 보일 정도이다. 서울식품 판매원을 할 때도 죽을 고비를 서울대학병원 후문 내리막길에서 소나기가 퍼붇던 날 자전거 브레이크가 터져 철조망 콘크리느 기둥을 들이 박고 빗 속에 정신을 잃고 있다가 일어나서도 그대로 할 일을 다 했고, 병원에 한번도 가본 일이 없다. 나는 내 몸뚱이는 내 것이 아니고 우리 가족을 위해 노력하다 죽는다해도 아까울 것이 없다고 마음속으로 굳게 다짐한바 있다.

이미 죽으려고 자살까지도 시도해 본 일이 있고, 내가 죽는들 이 넓은 세상에 울어줄 사람 하나 없다 했는데 이제는 딸 둘에 아들 하나, 아내까지 한 가정을 책임지는 어엿한 가장인데, 그 가족을 위해 내 몸 하나 죽는들 그 무엇이 아까울 것이 있겠는가? 무릎의 흉터가 없이 낳을 수 있는 것은 "두꺼운 소나무 껍질(우리 시골에서는 지지껍데기라고 한다)을 불에 태워 찧어서 가루를 참기름에 게어 바르면 흉터가 없이 낳는다"하여 안식구가 떨구지 않고 발라주곤 했었다. 서울식품 판매원을 할 때는 하루종일 땀이 범벅이 되어 들어가면 속옷부터 겉옷까지 이틀을 입어 본 적이 거의 없고, 미싱으로 누덕누덕 기운 바지를 주름을 좍 잡아 깔끔하게 다려서 입고 리어커를 끌고, 자전거를 타고 다녀도 거래처에서는 부지런한 아내라고 칭찬이 자자했다. 거기다가 일년 12달 외식이란 한번도 없고, 매끼마다 더운 밥에 반찬은 김치 딱 한 가지 였다.

그때는 고기를 너무 먹지 않은 까닭으로 북아현동에서 대리점을 할 때도 대리점 한 집 건너 순대국집이 있었는데 그 냄새가 너무 싫어서 곤욕을 치뤘었는데, 특히 겨울이면 대리점 홀에 19공탄 세 개가 들어가는 3공탄 난로를 피웠었는데 판매원들이 추운데 판매를 마치고 모두 들어와서 난로 앞에 빙 둘러 앉아 순대국을 양푼으로 시켜 놓고 벌겋게 달아 오른 난로 위에 올려 놓고 지글지글 끓여가면서 막걸리를 큰 주전자로 받아다가 안주로 매일 먹다 싶이 하는데 "나는 술안주가 나 먹을 것은 없으니 판매원 아우들이 형님 잡숴보세요." "이렇게 맛있는 것을 왜 안드십니까"하면서 맛깔지게 먹는 것이었다.

그래서 한 술 두 술 먹다보니 순대국도 먹고, 고기도 먹게 되었으며, 생선도 대가리를 보거나 창자를 보면 아에 먹지 못했고, 생선도 가운데 토막만 먹었었다. 그랬던 사람이 지금은 무엇이든지 다 잘 먹고, 좀 싫어하는 것은 있어도 먹지 못하는 음식은 거의 없고, 비위도 많이 좋아졌다. 총각시절에는 평일에는 지정해 놓고 점심을 먹는 식당이 있었고, 빨래는 겨울에는 손을 호호 불어가며 찬물에 손이 벌겋게 되어도 떼가 꼽쟁이가 빠졌는지 말았는지 탈탈 털어서 널어 마르면 또 털어 손바닥으로 톡톡톡 두들기어서 입었었고, 추석이나 설날에는 눈을 까뒤집고 봐도 음식 파는 곳은 단, 한 군데도 없었다.

점심 먹는 식당에서 그 사정을 알고 며칠 장사는 안해도 어디 가지 않고 식당에 문을 닫은 상태로 있으니 문은 잠그지 않고 있으니 명절 기간 동안은 돈도 받지 않겠으니 와서 식사를 하라고 하였으나, 한 끼는 얻어 먹는다고 하지만 어떻게 더 이상 갈 수가 없었다. 그래도 달갑지 않은 아버지가 살아 계실 때는 순창이라도 내려 갔었지만 아버지가 돌아가신 뒤로는 해마다 내려 가진 못했다.

말만 내 출생지고, 말만 고향이지 국민학교 졸업 때까지는 있었지만 국민학교 4학년을 끝나자 마자 이 어린 자식을 지극 정성으로 보살펴 주시던 어머님 마저도 돌아가셨고, 국민학교 졸업과 동시에 객지 생활을 했고, 중간에 군대 가기 전 남의 집 머슴살이 잠깐 한 것 뿐인데, 이제는 오직 본인 자신만 알고 자신만 어른 대접만 받고 싶어했던 아버지 어른이 어른답지 않으면서 어떻게 그렇게 어른 대접을 받고 싶으신지, 아버지 그 마음 속에는 그 무엇이 들어있는지 조차 모를 아버지…. 그래도 그런 아버지를 찾아 뵈러 매회 명절 때는 꼭 찾아 뵙고 했었는데, 이제는 돌아가셨으니 찾아 뵐 일도 없고, 선산이나 찾아뵈러 갈 뿐 그 외엔 내려갈 아무런 까닭이 없었다. 서울에서 금년 2023년을 기준으로 55년을 살았으니 나는 당연히 서울사람이다.

1985년에는 시흥동 851-34호를 사서 이사한 것 외에는 아무런 일이 없다가 하루 아침에 경찰 둘을 때려 죽이고 살인자가 될 뻔 하질 않았나 짐 실은 오토바이에 얼음바닥에 깔려 죽을뻔 했지를 않했나. 그날은 아마도 나의 아내 말대로 죽을 운이었는데 액(厄)뗌으로 생각하라는 말처럼 나에게 닥쳐올 대재앙(大災殃)을 내 몸하나 죽을뻔한 사고로 땜질을 했다면 오히려 다행한 일이 아닌가.

그런데 그렇게 열심히 하는대도 종로에서 판매원 할 때는 알기 쉽게 또는 알아보게 재산(財産)이 늘어났는데 북아현 굴레방다리 전두환 아들이 다녔던 한성고등학교 위 중앙여고 밑에서 전국에 몇째 가는 대리점을 운영했고, 1982년 10월 24일을 끝으로 1983년 3월 1일부로 시흥동에 와서 서주우유 대리점 3년째인데 수입면에서는 판매원 할때보다 훨씬 못한 것 같았다.

잠을 못잔 것도 판매원 할 때나 별다른 것도 없고 하는데 북아현동에서 서울식품대리점 할 때는 15 대리점이니 뭐니 하면서 대리점장들끼리 어우려 다니느라 본의 아닌 낭비(浪費)도 자연적으로 잦았던 것 같고, 또 이곳 구로구 시흥동에 서주우유 대리점을 경영(經營) 3년재라 하지만 아직 꼴찌에서 몇 번째로 올라섰을뿐 크게 달라진 것은 없는 형편(形便). 남보기에는 판매원들을 거느리는 대리점 사장님. 듣기는 좋으나 이럴 때 쓰는 문구가 기억이 나는데 이름만 있고, 실상은 없다는 허명무실(虛名無實)이 이 대목에 들어가야 될 것 같다. 지금 현대리점 시흥동 851-34호를 샀다고 하지만 기존에 있던 집 팔아서 산거 밖에 없고, 그게 재산이 증식(增殖) 된 것은 별로 없고, 생활하고 세 아이 무탈히 키운 것 뿐만이더라도 자랑해야겠다. 이제는 내집에서 누구의 간섭(干涉)도 받지 않고 마음 편이 나의 뒤뇌와 양 날개를 활짝 펴고 전진할 일만 남았으니 노력한 대가 만큼 열매도 많이 거둘 수 있을 것.

그리하여 집을 사서 이사를 오자 마자 유리컵 등 가정 판촉물부터 차로 한 차를 구매하여 옥상(屋上)에 쌓아 잘 덮어 놓고, 냉장고도 평년보다 몇 대 더 비축(備蓄)하여 두고 본격적인 경영활동에 박차를 가했다. 그때만 해도 어려운 시기라 요즘 같으면 주어도 버릴 수 있는 유리컵 등이지만 그때는 그런것도 귀한 때라 판촉물로 구입하여 썼고, 모든 냉장고에서부터 유리컵 등 판촉물은 본사에서 50%를 부담했는데, 대리점들이 첫째는 대리점 운영비가 부족하고 없어서 구입을 못하고, 돈이 있어도 겁을 먹고 구입을 못한 대리점들도 많았던 것으로 기억된다.

허나 나는 남에게 지고는 잠을 못 자는 성격 탓인지 돈은 써야 돈이 돈을 물고 들어 온다는 생각과 우리 다섯 식구 무슨 짓을 하던 이끌어 가지 못할까 하는 생각으로 자신이 넘쳤다. 그리고 쉬지 않고 노력했다.

앞에서 말했듯이 남들이 나를 칭(稱)할 땐 듣기 좋은 사장님, 사장님 하지만 나는 일개 판매원이라 생각하고 잠시도 마음 편히 쉬지를 못하고 직접 나가 판매구역을 뛰기도 하고, 타 대리점장 같이 한가로운 점장으로는 내 성격상 체질적으로 맞지 않았다. 거래처 중 제일 좋은 곳은 한 번 들어가면 재고까지도 깔끔하게 처리해 주는 특수거래처(特殊去來處) 초 중고등학교(初 中高等學校)가 필요했지만 그것은 하늘에 별따기였다. 빵 납품과는 달리 초등학교 납품에는 정부의 보조 지원금(支援金)이 없이는 워낙 값이 싸게 들어가기 때문에 납품 할 수 없고, 정부에서 주식회사 서울우유로 70%를 전폭적(全幅的)으로 지원해 준다는 설이 파다(播多)했다.

나머지가 30%인데 수 많은 유업계가 30%를 가지고 나눠 먹으면 서울에 하나 둘 경기도에 하나 둘 있을 터이니 아예 없는거나 마찬가지였다. 그러니 학교마다 자연적으로 서울우유 뿐임을 알 수 있었고, 또 어린시절부터 매일 각 학교에서 맛을 들인 입맛에 맞는 상품을 성장하면서도 선택하고 고르게 되어 있는 사실임을 부인할 수 없을 것이다.

나는 13년 5개월 동안 유업계 대리점을 한 사람으로써 서주우유가 우리나라 어떤 우유와도 절대로 뒤지지 않는다고 자신 있게 말할 수 있고, 이것은 내가 몸담고 있었던 기업체이기 때문이 아니고 대리점을 접은지가 27년이 지난 지금도 서울우유보다 월등하면 월등했지 뒤지지는 않는다는 것을 자신있게 말할 수 있다. 그리고 모든 사람들이 대부분 물론 그중에는 그렇지 않은 사람도 있겠지만 맛과 영양으로 마시고 먹는 것이 아니고, 회사 이름을 먹고 마시는 사람들이 많다.

여기에서 재미나는 예(例)를 들어 말씀드리고자 한다. 우리나라 대학우유 중 내가 알기로는 (안식일교) 삼육재단이 삼육우유를 제일 먼저 생산하여 첫 번째 대학우유가 각 가정에 배달되었다. 그 다음 두 번째가 건국대학교 건국우유이다. 그리고 세 번째 연세대학교의 연세우유가 나왔으며, 유일하게 세 개의 업체 대학이라는 글자(大學字)가 붙은 우유업체이다. 여기에서 제가 말씀드릴 것은 나는 유업계에 몸을 담고 있을 때나 지금이나 선택하라면 당연히 삼육이다. 맛과 질(質)에서도 전혀 뒤지지 않는다. 하지만 선호도(選好度)는 어떠한가. 우리나라 두 번째 가는 학교가 어느 대학 당연히 연세대학이지요. 앞에서 제가 뭐라했지요. 맛과 질로 우유를 마시는 것이 아니고 이름만 보고 그 이름(名)을 마시는 것이라고 대학우유 중 연세 다음은 건국대학이니 두 번째는 건국이지요. 지금은 27년이 지난 오늘은 어떻게 달라졌는지 알 수 없지만 나는 지금도 그럴 것이다라는 것이 나의 예상된 답이고 생각이다.

맛과 품질을 선택하여 마시는 것이 아니라 유명학교를 마시는 것. 세상이치인지 뭔지 몰라도 다 그래요. 여러분 그렇지 않습니까?

우선적으로 판촉물이 넉넉넉하게 준비되어 있고, 또 냉장고도 여유가 있으면 그 자체가 마음이 흐뭇하고 여유가 있다. 가정집도 제 각각 그 구역 판매원이 틈틈이 나가 방문 판촉을 하는 것이 원칙이고, 또 식품가게 역시 그 구역 판매원이 해야만 가장 좋은 방법이나 보통 판매원들이 기존 거래처 배달 끝 마치고 다들 자기집으로 들어가서 쉬는 것이 일상적이고, 집요하게 가정 판촉을 한 사람은 드물었다.

식품가게도 마찬가지로 한 두 번 들려 받지 않겠다고 하면 그것으로 끝나고 다시는 그 가게를 들리려 하지 않고 하니 있는 거래처만 가지고 할 수 밖에 없는 실정이었다. 모르는 가정집을 찾아 다니며 "우유 하나 신청해 주세요"하며 다닌다는 것도 보통 비위살 가지고는 하지 못한 까닭도 있고, 식품가게 역시도 두 세 번 들려 귀찮게 생각하는듯한 눈치를 보면 더 이상 가고 싶은 생각이 없는 것은 당연한 것이나 판매원들이 모두 인내해야 할 사항들이다. 그리 각자의 생각의 차이 때문이다.

나 같은 사람은 한 달에 세 개씩만 늘어나도 (그 다음달부터는) 달로 치면 90여 개 엄청난 이득이라고 생각되는데 그깟 두 세 개 팔아봐야 별거 아니라고 생각하는 사람은 절대 발전할 수가 없다. 나는 할 수 없이 무능한 판매원은 지금도 교체(交替)할 수밖에 없다는 생각으로 북아현동에서 했던 나의 씩씩한 기상과 진취성이 있는 정신 기백(氣魄)을 살려야겠다는 생각이 불현 듯 머리를 번쩍 스치고 지나가, 마음을 다잡고 즉시 실천에 옮겼으며, 다음날부터 부진하고 미수지고 게으르다 싶은 판매원 한 둘을 교체해서 오늘은 누구 모 다음 날은 또 누구 그런식으로 따라 다녀 가정집부터 하나 하나 점포(店鋪)에 어떤 물건이 들어 간다는 것까지 다 알고 판매원이 새벽에 나와 끝날 때까지 같이 다니고, 대리점에 들어와 쉬는 것이 아니고, 그 지역에 나가 판촉물 컵 세트를 두 세 개 들고 방문판촉을 나가서 내가 방문 판촉한 것이면서 붙여주면 고마워 하면서도 미안해 하는 기색을 보이곤 했다.

힘은 들고 비윗살이 좋아야 할 수 있는 일이지만 좀더 노력하면 물량이 늘어난다는 것을 직접 보기 좋게 보여준 것이라 생각했다. 그리고 대리점에 미수를 진 판매원은 조용히 불러 타이르기도 여러번 했다.

왜 미수를 지느냐 조금만 노력하면 그리고 깊이 생각하면 미수를 지지 않고도 판매도 늘리고 판매가 늘어나면 수입도 늘어나니 좋고, 또 가정집 우유값 수금하러 다닐 때에 판촉하기가 제일 좋을 것이다. 돈만 받고 그냥 휙 돌아 서서 가지 말고 좋은 인상으로 싱글거리면서 “이 집 몇 명이나 살아요. 안에 계시면 우유 드실려나 물어 보고 가도 돼요”하고 물으면 도리어 우유 드시고 있는 그분이 누구 엄마 또는 어느 새댁 하고 불러 물어봐도 줄 것이다. 그리고 그 아주머니는 당신을 성실하고 부지런하고 인상 좋은 사람이라고 직접 말할 수도 있지만 속으로 칭찬을 하고 마음 속에 심어둘 것이다. 전임자 김현직씨가 운영할 때는 대리점을 어떻게 운영했는지 모르지만 대부분 판매원들이 책임감도 없고, 또는 보증인도 없었다.

내가 인수 받은 뒤로 판매원 교체 과정에서 보증인을 받고 물량을 출고시켰지만 나도 처음에는 완고한 서류를 다 받지 못하고, 정작 받아야 할 인감증명(보증인의)을 받지 않아 실수를 범한 경우도 있었다. 그도 그럴것이 북아현동에서는 일곱명의 판매원을 두고 했었지만 기존 무능한 판매원 모두를 내가 가장 믿는 판매원 아우들로 교체하는데 많은 시간이 걸렸지만 정리(整理)한 뒤로는 보증인 자체를 거론도 안했었고, 보증인이 필요가 없었다. 그렇기 때문에 여기 시흥동에 와서도 보증에 대한 민감성(敏感性)이 부족한 것 같았다. 그런데 보증인이 없고 조금씩 조금씩 미수가 올라가는 사람은 받을 길이 없었다. 물론 법원에 소액 재판이라도 하면 살고 있는 집 보증금이라도 있을터이니 받을 수는 있지만 그렇게까지 해서 받고 싶지는 않았다.

한 사람은 도저히 내가 보는 관점에서 게으르고 전망이 전혀 보이질 않아서 그만둘 것을 강요하여 내가 직접 판매에 나섰더니 불과 몇 개월 되지 않아서 물량이 많이 느는 것을 알 수 있었고, 다른 판매원들이 볼 때는 대리점장이니 거래처 점포가 짧은 기간에 느는 것은 공급가액을 정상판매 값이 아닌 싸게 주는 것으로 착각(錯覺)들을 하고 있었다.

그러나 그것은 있을 수 없는 일이었다. 판매원 없이 혼자 장사를 하려면 무슨짓인들 못할리 없지만 어차피 그 자리도 판매원을 꽂아야 하고, 또 물량 공급가가 한 대리점 지역

안에서 다르다는 것이 알려지면 그것은 대리점을 성장시키는 것이 아니라 망해 먹는 꼴이 되기 때문에 있을 수 없는 일이었다. 그렇게 하여 그 지역 판매원을 꽂은 다음에는 인정(認定)도 받고 어떻게 하면 사장님은 어디를 나가든 판매를 나가면 물량이 늘어나니 비법이 무엇이냐고 조언(助言)을 구(求)하기도 합니다. 그것은 다름 아닌 우리 물건을 팔지 않는 점포에 가서 좀 팔아 달라면 누가 기다렸다는 듯이 팔아 준다는 사람이 어디 있겠느냐. 현재 받아 팔고 있는 물건이 있으니 안된다고 당연히 말할 것이다.

그럴 때 일수록 좋은 인상을 심어 주고 또 그 다음날 "몇 개라도 좋으니 좀 놓고 가게 해 주십시오"하고 열 번이고 스무번이고 창자 없는 사람이 되면 그러다 처음에 몇 개만 받아주면 더 이상 욕심부리지 말고 그 자리에서 값을 지불한다 해도 받지 말고 오후에 가라 그래야 아침길에 고맙습니다. 90도, 저녁 때 고맙습니다. 90도, 단 몇 개의 물건이고 값이지만 그렇게 하다 보면 많은 물량 중 몇 개라면 당신의 됨됨이를 봐서 앞에 놓고 팔아줄 것이다.

그때 잊지 말고 조심해야 될 것은 물건이 다 팔렸다 해서 절대로 개수를 늘릴 생각하지 말고 처음에 놨던 숫자만 놔라. 욕심을 부리면 안된다. 기다려라. 그 주인이 몇 개만 더 놓아보라고 할 때까지 절대 스스로 요구하지 말라 없던 거래처에서 하루에 세 개씩만 팔아줘도 한 달이면 90여 개 두 박스가 다 되지 않느냐. 한달 쫓아다녀 다달이 3개씩만 불어난다 해도 제일 작은 200ml로 계산 했을 때 약 두 박스 정도 일년 12달이면 큰 물량이다. 그렇게하다 냉장고를 요구한다든가 하면 그 거래처는 통째로 내 거래처가 되는 것이다.

첫째도 인내(忍耐), 둘째도 인내. 여러분들은 내가 판매를 나가서 지속적으로 물량이 늘어난 것이 물건 값을 싸게 준 것으로 오인(誤認)하고, 잘못 생각하고 있는 데 그것은 있을 수도 없고, 또 있어서는 절대 안되는 일이다. 내가 판매구역을 나가 뛸 때는 여러분들과 더도 덜도 아니고 똑같은 판매원일 뿐이다.

한 가지 틀린 점이 있다면 여러분들은 창자가 있고, 나는 창자가 없다는 점이다. 아침에 우유 빈 박스에 빼서 보관해 두고 나간다는 것과, 평소 여러분들보다 판매를 나갈 때는 같이 나가는데 들어올 때는 많이 늦는다는 것이 다를 뿐이다.

우리는 마라톤 선수도 릴레이 선수도 아니다. 장사 일찍 끝마치고 대리점에 일찍 들어가도 상(賞)을 주지 않는다. 천천히 여기도 들리고, 저기도 들리고, 물건을 받아줘도 꾸벅 90도 안 받아줘도 "내일 또 들리겠습니다"하면서 꾸벅 90도 그러니 창자 없는 사람이지 창자가 있으면 그럴 수 없는 것이 당연한 것.

우리 장사꾼은 모두가 다 하나같이 창자가 없어요. 풋내기 장사들이 그 잘난 자존심을 앞세워 자인(自忍)-스스로를 참지 못하고- 울그락 불그락 할뿐 그래봐야 아무것도 이익될 것이 없어요. 오히려 손해(損害)만 부를뿐 나이를 먹어가면 노련(老鍊)해 지듯이 장사도 느긋하게 해야 되고, 조급(躁急)해서도 안된다. 그렇다고 창자를 아주 빼버리면 안되고, 꼭 필요할 때는 꽂아야 됩니다. 판매량을 늘린다는 것은 무척 어려운 일이나 인내심을 가지고 꾸준히 노력하면 속담에 열 번 찍어 안 넘어가는 나무 없다는 말처럼 열 번이고, 스무 번이고 자주 찾아가서 애원하듯 사정하고 좋은 인상을 남기면 반드시 몇 개만이라도 놓고 가라고 할 것이다. 바로 그때가 첫 번째 기회이고, 몇 개에 불과한 것이지만 친절하고 좋은 인상에는 좋은 결과가 있게 되었다.

그 가게를 독점했던 판매원은 틀림없이 예전같지 않고 조금은 평소와 달리 인상이 못마땅한 얼굴로 달라질 수도 있다는 점이다. 그것을 노려야 하기 때문에 더욱 친절해야 한다. 점주가 몇 개만 터 놓고 가라고 하면 그 때가 바로 두 번째의 기회이다. 남의 밥그릇을 뺏어 오려면 많은 수고가 필요한 것. 힘들이지 않고 송두리째 뺏아 오려면 그 누가 순순히 먹고 있는 밥그릇을 내주겠는가. 남의 거래처를 내 것으로 만들려면 누에 잠식법(蠶食法) 누에가 뽕잎을 갉아 먹어 들어 가듯이 해야 한다는 것을 잊지 말라.

판매원도 대리점도 안정되어 가고 있는 가운데 86년 9월 14일 새벽 4시에 오토바이 대형사고가 났다. 그날도 평상시처럼 새벽 2시반에 일어나 판매원들의 주문 물량을 항상 규정된 장소에 배달을 했고, 20m 도로 부녀복지관에서 내려오는 길과 마주친 삼거리 앞 판매원 이영애씨 물건을 배달해 주고 부전탕(목욕탕) 앞 내리막길을 운행중 택시가 손님을 내려주고 뒤는 보지도 않고 그자리에서 유턴하려고 직진하고 있는 오토바이 앞길을 막아내려 그대로 들이 받은 사고로 시흥사거리 희명병원(병원장 최백희) 응급실 도착 시간이 04시니 실제 사고가 난 시간은 적어도 3시 30분 정도가 되지 않을까 예상

된다.

병원 도착 접수번호가 860914004이다. 86년 9월 14일 04시에 병원에 도착했다는 것이 병원 접수번호이다. 오래된 일이지만 지금 현 37년이 지났는데도 병원 접수번호가 그대로 잊혀지지 않는 것 또한 묘한 일이다. 만약 화이바를 단단히 메지 않았다면 나는 그 자리에서 즉사(卽死) 했을 것이다. 나는 아무리 더운 여름에도 오토바이를 운행중일 때는 원근(遠近)을 떠나서 언제나 생명줄인 화이바 끈을 단단히 메고 운행하였던 습관(習慣)이 있었기에 그날도 살 수 있었지만 그래도 뇌진탕(腦震蕩)에 여기 저기 골절(骨折) 등 약 6개월 이상을 병원 신세를 지는 대형 사고가 있었다.

그런데 이 대목에서 정말 이상한 일이 있다. 나는 응급실에서 일반 병실로 옮겨질 때 까지도 모르고, 얼마 뒤 정신이 돌아왔을 때 오늘 아침 사고가 있었구나! 하고 생각이 들었을 뿐인데 병원 응급실에 처음 들어왔을 때 내 입에서 식구들 걱정하니 집에 알리지 말라고 하면서 빨리 배달하러 가야 된다고 했다는 것이다. 나는 전혀 알지 못하는데 병원측은 내가 정신이 멀쩡한줄 알았다면서 내가 정신을 차리고 난 얼마 뒤 담당 의사(회진의사) 선생께서 말씀해 주신 것이다. 나는 내가 무슨 말을 했는지 안했는지 전혀 알지 못한 일이라 했더니 평소에 가정에 대한 사랑이 도드라 지셨던 것 같습니다. 그러면 "무의식(無意識) 중에 그런 현상이 나타날 수가 있습니다"하고 병실을 나가셨다. 그러나 정신만 돌아 왔을 뿐 몸을 움직일 수가 없으니 그런 와중(渦中)에서도 내 몸은 상관없이 가족들과 대리점 일이 걱정일뿐 그 외엔 아무런 생각이 없었다.

이런 경우엔 정신이 돌아온 것만으로도 천운으로 고맙게 생각해야 되는지 혼란스러웠다. 그래도 정신만이라도 돌아왔으니 지금 당장 대리점 운영을 어떻게 할 것인가? 타 대리점은 나보다 못 판 곳도 총무도 두고, 경리까지 두는 집도 있는데 유독 독산대리점(이석중 사장님)과 내가 운영하는 시흥대리점만은 혼자서 통반장을 다 했으니 이런 경우가 닥치니 난감(難堪)하기 그지 없었다.

가장 급한 것은 본사에 물량주문과 새벽에 판매원들 판매지역으로 물건을 배달하여 내려주는 것. 대리점에서 물건을 배분하는 것까지 아무것도 할 사람이 없으니 어찌할 바를 모르고 고심 끝에 아내에게 사고의 심각함을 판매원들에게 알리고 오토바이로 판매하는 판매원과 가까운 지역 판매원은 직접 자기 물건 자기가 대리점에 와서 챙겨 가지고 장사를 하도록 하고, 제일 어려운 소하 1~2동과 시흥3동 판매원 물량은 당분간 소형 화물차를 매일 새벽 고정 약 1시간 반 정도로 시간상으로 계산해서 쓰기로 결정하고 출고증 등은 병실에서 업무를 수행했다.

그래도 내가 병실에서 움직이지 못하고 있는 동안 하나같이 판매원들도 잘 따라 주었고, 몸은 어느 정도 움직이고 지팡이에 의존할 수도 없이 여기저기 망가졌지만 빠른 회복으로 어정어정 절뚝절뚝 온 힘을 다해 걸을 수 있을 때는 병원에서 우리집까지 약 200여 m되기 때문에 환자복을 입은 채로 내 집이 대리점이고, 기거하는 곳이니 이제는 대리점 집무실(執務室)에 와서 업무를 볼 수 있었고, 이른 새벽에도 대리점에 와서 지켜봐야 마음이 놓였다. 그렇게만 해도 꽉 막혔던 숨통이 트이는 것 같았다.

그런데 병원에 있다 처음 대리점에 있을 때 앞집 옆집 동네 이웃분들이 찾아 오시여 그만이라도 한 것이 천만 다행이라 말씀하시면서 하시는 말씀들이 요즘은 새벽에 자장가 소리가 들리지 않고, 서사장이 보이질 않아 물어봤더니 이런 큰 사고가 있었다면서 빨리 회복해서 자장가 소리를 들려줘야 되지 않겠느냐면서 껄껄 웃는 것이었다.

그래서 오토바이 소리 때문에 한참 주무시는 시간대에 매일 같이 잠을 설치게 해서 정말 죄송합니다 했더니 처음에는 좀 그랬으나 이제는 정말 자장가 같이 아무런 상관없으니 빨리 낳아서 자장가를 들려 달라고 웃음으로 농담(弄談)까지 하시며 돌아가셨다. 너무나도 좋은 이웃들을 만나 나는 인덕이 많은 사람이라 생각했다.

원래 병원에서는 외부에는 나가지 못하게 되어 있으나 환자복을 입은 채로 나오면 별로 말이 없었기에 눈치껏 들고 날고를 번복했다.

병원 최초 진단으로는 우선 살아 있는 것만으로도 다행이고, 입원 기간 최소 5~6개월을 예상했고, 정신 이상이 생길 가능성이 크다는 것으로 판명 되었었는데 원래 건강한 몸이고, 평소에 감기 한 번 앓아 본 적이 없는터라 회복도 상상외로 빨랐고, 약 3개월 입원 했던 것으로 기억(記憶)하고 있는데 말이 입원이지 집에 와 있는 시간이 절반은 되었고, 자진 퇴원해 달라고 하여 그 뒤 수개월 동안 통원 치료를 받았었다. 나는 병원에서 자진 퇴원해서 물리치료(物理治療)를 받는 완전히 성치 못한 몸인데도 판촉도 다니고, 쉴새 없이 움직인 가운데 전경대(戰鬪警察隊, 시흥4동 부녀복지관 정면 앞에 있는)에 납품권(納品權)을 얻어 낼 수 있었다.

그리하여 물량도 늘어나고, 오토바이만 가지고는 어렵다 생각되어 픽업 포니투를 한 대 샀다. 차를 사고 처음으로 물건을 실으려고 후진하다 그만 쿵 하는 소리와 함께 샷시문에 와장창 하고 박살이 났다. 면허증을 수령하고 연수까지 충분히 받았었건만 갑자기 운전을 하려니 서툰 티를 야무지게 선보인 것 같았다.

그래도 우리 대리점 샷시를 며칠전 새 것으로 이쁘게 단장했는데 보기 좋게 박살은 났어도 다행인 것은 시비(是非) 없는 우리집이란 것이다. 만약 운행중 잘못되었다면 큰 일로 이어질 수도 충분하지 않는가. 자동차를 처음 사서 또 처음 물건을 실으려고 하다가 그런 일이 있은 후 나는 지금도 운전을 하고 있지만 신형 차를 네 번을 바꾼 오늘까지 단 한 번의 접촉 사고도 없었고, 자동차 보험회사를 불러본 적이 단 한번도 없다.

오토바이로 판매원 물량을 배달할 때는 새벽 두 시 반부터 약 두 시간 반 동안 쉴새없이 혼이 빠져라 배달했는데, 차를 운행하다 보니 한 시간 늦게 일어나도 충분했으나 언제나처럼 두 시 반에 일어났던 습관이 있어서 그 시간만 되면 잠이 깨곤 했다.

시흥4동 (기동대) 전경대를 거래하면서 관악전경대를 소개 받아 납품을 하게 되었으며, 이제는 냉장고도 15대 이상을 비축해 두고 거래처(식품가게) 공략(攻略)에 들어갈 수 있었다. 부지런한 사람에게는 게으르고 무능한 자는 설 자리가 없고, 몸이 부서져라 노력한 사람 앞에는 무서운 병마(病魔)도 재앙(災殃)도 발 붙일 곳이 없다. 병마도 당연히 그럴것이 부지런한 사람은 매일 생활하는 과정(課程)이 촌음(寸陰)을 가지고 다투는터라 바람도, 햇빛도 틈(隙)이 있어야 들어오곤 하는데, 염치(廉恥)가 있어야 들어오지 들어온들 아플 시간도 없는데 대접(待接)을 받을 수 있겠는가?

병마 그놈도 생각이 있는 놈이라면 한가하고, 빈둥거리고 노는 놈한테 가면 원없이 시일도 끌고 깍듯이 손님 대접을 받고 갈 수 있을터인데 어찌 제 할 일도 바빠서 동분서주(東奔西走) 하는 사람한테 오겠는가. "맞는 말이야" 나는 아플 시간이 없어서 65살 이전까지는 감기 한번도 아파 보지를 못했어요. 자주 병마와 싸운 사람한테는 매우 미안한 말 일 수 있지만 사람이 얼마나 시원치 않으면 감기가 다 걸리느냐고도 말을 했답니다.

나는 판매원을 할 때는 물건은 비나 눈이 맞지 않게 덮고 다녔지만 내 몸뚱이는 일년 12달 눈이 오면 오는대로 비가 와도 오는대로 옴싹 다 맞고 다녔으며, 햇볕은 평생 한 번도 가려 본 적이 없다. 비, 눈, 햇빛 모두를 온몸으로 받아 들이고 느끼면서 살아도 더워 죽겠다. 추워 죽겠단 말을 단 한번도 해본 일이 없고, 몹시 더우면 오늘 제법 따뜻하다. 또는 "오늘 좀 더운 날씨다"하고, "오늘은 제법 추운 날씨다". "또는 겨울 날씨 답다"하고 표현을 했을 뿐 오늘날까지 유난을 떨어본 적은 단 한번도 없다.

나는 겨울에도 내 자신은 추위를 많이 타는 것 같으면서도 그리고 손과 발은 너무나도 차가워 0도 이하로 내려가면 얼음덩어리 같은 고질병(痼疾病)을 가지고 있으면서도 그러니까 손과 발만 잘 보호하면 추운줄을 거의 모른다. 오히려 빠른 걸음과 경우에 따라선 뛰기도 하지만 뛰는 듯한 걸음걸이로 지금 현재도 등은 젖어 있어 런닝과 팬티는 매일 갈아 입는다.

그 옛 국민학교 시절에는 검정 고무신 한 켤레 사다 주시면 팔닥팔닥 뛰고, 얼마나 좋아했던가. 그것도 행여나 다를까 염려되어 날씨 좋은 날은 맨발로 가고 손에 들고 다녔으며, 산에 나무하러 끌텅(나무를 베어 가고 밑둥)을 밟아 찢어지면 다른 헝겊이나 가죽을 대고 여기저기 기워 신고, 바닥이 다 달아 흙이 올라오고 물이 센 신발도 그 추운 눈밭에도 신고 다녔었고, 어쩌다 명절 때 무명베 옷 한 벌 얻어 입으면 누덕누덕 천쪽만쪽 기워 입고 다니면서도 배속은 꼬르륵 꼬르륵 눈치 코치도 없이 왜그리 보체는지 하지만 그 시절에도 죽지 않고 살았으니 이렇게 좋은 세상을 보면서 살고 있으메 감사할 뿐이다.

요즘은 좋은 따뜻한 의복(衣服)에 방한화(防寒靴) 따뜻한 신발에 뱃가죽이 늘어나도록 먹을 수 있는 정토(淨土)에 살고 있으면서도 춥다, 덥다 말들이 많은 것은 인간의 끝없는 욕심이 아닌가 싶다. 요즘에 없어서 굶주린다는 것은 나태(懶怠) 게을러서 일하기 싫은 것(者)들뿐 도저히 그런 자들은 동정(同情)이 가질 않는다.

나는 마음속에 어떤 그림(계획(計劃))을 그리면 어떻게 해야 그 그림이 차질(蹉跌)없이 완성 될 수 있을까 하고 궁리(窮理)를 하다 보면 하루 몇 시간도 못 자는 그 알량한 잠도 설칠 때가 많았다. 내일은 어디를 방문할까? 어느 식품가게를 가볼까? 어떻게 공략할까? 등등에 잠못 이루고 있을 그즈음 때 맞추어 나에게 기회(機會)를 제공(提供)해 주는 공신(功臣)이 하나도 아니고, 둘씩이나 나타나 나를 돕고자 한 참으로 고마운 일이 있었다.

한 사람은 매일유업, 또 한 사람은 남양유업 같은 금천구 내(서울 衿川區 內) 대리점장들이었다. 그도 그럴것이 서로 싸우지 않으면 발전 할 수 없는 경쟁자들이기 때문에 어찌할 수 없는 과정(過程)이기 때문일 뿐 절대 그 사람들의 잘못은 아니지만 무엇이든 상대성(相對性)이 있는 것. 거래처를 뺏기고도 대책(對策) 없이 끙끙 앓기만 한 사람이 있는가 하면 또한 상대를 잘못 건드리면 종종 낭패(狼狽)를 당하는 경우도 있기 때문이다. 마치 당랑거철(螳螂拒轍) 자기의 역량(力量) 분수도 헤아리지 못하고 무모하게 덤비면 수레바퀴 밑에 깔려 죽을 수밖에 없듯이 말이다.

내 지역 두 판매원이 거래처 한 군데는 매일유업에서, 또 다른 판매원은 남양유업에 그렇게 양쪽에서 한 개씩을 뺏기고, 두 판매원이 시무룩한 것을 보고, 때는 이때다 하고 그동안 매일 고심하고 발톱을 보이지 않게 웅크리고 기회를 노렸었는데 이제는 내 역량(力量)을 보여줄 수 있는 빌미를 마련한 것이다. 두 판매원들에게 첫째는 거래처를 뺏긴 것은 여러분들의 잘못임은 분명하다. 좀 더 친절하고 부지런했으면 그런 일은 없었을 것이다. “그러나 기죽지말라 그 잃은 거래처 이상으로 빠른 시일내로 내가 보충(補充)해 줄 터이니 열심히 하라”하고 그리고 판매원 전원에게 매일우유와 남양우유를 공격하라 하고 내가 뒷받침이 되어 주겠다.

타사 거래처를 공격하는데는 무엇보다도 생물이기 때문에 냉장고가 첫 번째인데 냉장고도 충분히 비축(備蓄)되어 있고, 새 거래처를 확장(擴張) 할 수 있는 모든 여건이 다 갖추어져 있으니 이 지역에서는 그 어느 회사하고도 견줄 수 있는 모든 여건이 확보(確保)되어 있으니 걱정할 것이 하나도 없었다. 나는 그날부터 판매원들을 각자 구역으로 내보내고 나는 나대로 밤 12시까지 뺏겼던 두 개 구역부터 남양과 매일유업 거래처를 들쑤시고 다녔고, 제법 큰 식품가게를 골라서 공격한 끝에 드디어 굵직한 식품점들이

꿈틀거리기 시작했으며, 하나 하나 치고 들어가다 보니 빼앗긴 것의 몇배를 팔 수 있는 가게를 불과해야 두어 달 만에 성사시켜 양쪽 판매원에게 붙여주니 두 판매원은 춤을 추듯 좋아했다.

그리고 전 판매원들한테도 매일우유와 남양우유 판매한 곳을 계속적으로 찾아가 심적 부담을 줄 수 있도록 하고, 그 뒷 지원은 언제라도 내가 해 준다면서 힘을 북돋우어 주었다. 뺏은 것으로 그치지 않고 대리점 전 지역으로 확대 매일우유와 남양우유를 팔고 있는 곳이라면 내가 들리지 않은 곳이 없을 정도로 마치 벌집을 건드린 듯한 느낌을 상대에게 안겨 주었다.

그 결과 바랬던 바와 같이 빼앗긴 것의 몇 배 이상으로 신규 거래처를 확보했고, 그 끈을 조금도 늦추지 않았다. 지금은 "내집에서 대리점을 하고, 세 아이 교육시키고, 우리 다섯 식구 생활하는데 지장만 없으면 된다"는 마음으로 피 끓는 젊은이답게 "남는 것은 사업을 위해서 다 써버려도 두려울 것이 없다"는 생각으로 대담하게 돈을 쓸 때가서는 과감하게 쓰고, 밀어 붙혀 똑같은 세끼 따뜻한 밥 먹고 나는 죽으면 죽었지 남에게 지고는 살지 못했다. 지고는 살 수가 없었다가 맞을 것이다. 나는 마음속에 어떠한 목표를 세우면 그 목표를 이루기 전에는 잠을 설친다. 그리고 또 사람에게는 기회라는 것이 있는데 그때 그때 그 기회를 잘 이용하고 십분노력(十分努力)하여야 한다. 기회를 얻고 노력하지 않으면 말짱한 무용지물 건더기 없는 맹물일 뿐이다.

시험관이 문제(問題)를 낼 때는 해답(解答)을 필요로 하는 물음이고, 어떤 문제를 주어 자격(資格) 시험을 치를 때는 인재를 뽑는 의미도 있지만 게으르고 무능한 사람은 무더기로 떨어뜨리기 위한 법제화(法制化)된 방법임을 알아야 한다. 다른 사람과 나는 좀 다른 점이 있다. 사람들은 대부분 자극(刺戟)을 받거나 성깔이 좀 나면 대부분 술부터 찾고, 술로써 해결하려는 사람이 많다 들었는데 나는 다른점이 자극을 받았다 하면 평소에도 일을 빨리하는 편인데 자극을 받았다 하면 더 더욱 빠르다.

모든 것을 일로써 푼다. 몹시 성깔이 나면 발등에 불이 뚝뚝 떨어진다. 그야말로 정신없이 후려친다. 밖에 나가 혹여 속상한 일이 있으면 운전중에도 울컥할 때는 눈물이 앞을 가려 운전할 수도 없다. 그러때면 요사이는 자동차가 너무 많아 차 세울 대가 없지만 그

때만해도 골목이든 어느 곳이든 차 세울 대가 많았기 때문에 한쪽으로 대놓고 실컷 울고 간다. 특히 어린 내자식들한테 매를 들었던 일이 머리에 스칠 때는 여지없이 한바탕 누가 볼세라 차 속에서 실컷 울고 거래처를 가거나 집에를 가도 언제 울었는지 희희헤헤 묵묵히 일만 할 뿐이다.

요즘은 오히려 신문 보다가도 책을 보다가도 또는 카톡을 보다가도 자주 울고 우는 모습을 안식구가 간혹 볼때도 있지만 젊었을 때는 한방울의 눈물도 누구에게도 보인 적이 없고, 거래처 가서는 히히헤헤 집에 들어와서는 엄한 아빠일 뿐이었다.

그리하여 이번 남양유업과 매일유업이 나에게 문제를 냈으니 문제의 답을 1~2~3 여러 가지로 풀어 답을 주었을 뿐이니 여러 답 중 어느것으로 선택(選擇)할 지는 각자 그들의 몫일 뿐이다. 나는 오직 더 좋은 답이 없을까? 하고 끈을 늦추지 않고 찾고 있을 뿐이다.

뜻밖에도 너무 일찍 만나자는 연락(連絡)이 왔다. 처음 매일유업 시흥대리점장이 오더니 며칠 뒤 이어 남양유업 점장도 만나자는 연락이 왔지만 그러든가 말든가 만나줄 생각이 전혀 없었고, 내 할 일만 할 뿐이었다.
이윽고 여러번 연락이 왔으나 모른체 했다. 너희들이 왜 나를 만나자고 해 나는 너희들과 볼일이 없다는 뜻이었다. 어떤 경우든 싸움은(善意의 競爭) 앞에 같은 목적을 두고 앞서거니 뒷서거니 서로 이기려고 다툼에서는 상대가 누구든 이길 자신이 있었기 때문에 무슨 이유에서든 아직도 불이 활활 타오르고 있는 그 뜨거운 열기는 주체할 수가 없었기에 끝까지 만나지 않을 계산이었다. 그런데 매일유업 따로 남양유업 따로 만나자고 했던 것이 어느 땐가부터 두 사장이 함께 나와 셋이서 만나자는 것이었다.

그러나 그러던가 말던가 상관이 없었다. 난 지금 이 시간도 단 한 곳이라도 남양과 매일 우유를 판매하는 곳을 더 들려 그쪽 판매원들이 못하겠다는 말과 대리점에 가서 징징우는 꼴을 봐야 내마음이 좀 풀릴 것 같았다. 개인적으로 만나자고 해도, 또 매일과 남양 두 사장이 같이 만나자고 해도 들은 척도 안하고 날은 자꾸 가는데 두 사장이 어찌할 바를 모르고 갑갑했었던 모양이다. 그래서인지 이번에는 제가 속았습니다.

두 사장이 아무리 만나자고 해도 만나주지 않으니 어느 하루는 나와 평소에 소주도 한

잔씩 기우리고 좀 가깝게 지내던 연세우유 대리점 사장님께서 소주 한자 하자며 시흥본동 최성도씨가 운영하는 형제회관 이동 갈비집에서 만나자고 하여 흔쾌(欣快)히 형님 감사합니다. 그렇지 않아도 제가 먼저 전화 드릴려고 했는데 형님께 선수를 뺏겼네요 하였더니 만난지도 달이 넘은 것 같고, 소주도 생각이 나서 전화를 하였다면서 반갑게 전화를 받으니 너무 좋다고 하셨다.

연세우유 사장님은 나보다 약 오년 정도 선배시고, 호방하시여 내가 평소에 사장님이라 부르지 않고, 형님으로 모시는 분이었다. 그런데 약속한 시간에 형제회관에 갔더니 나는 어떤 약속이든 약속시간을 넘겨서 간 일은 극히 없는 일이고 항상 최소 10분 정도는 먼저 가서 기다리는 것이 나의 철칙이고 그래야 마음이 편하기 때문에 언제나처럼 그날도 약 10분 정도는 먼저 가서 기다릴 예정으로 일찍 갔는데 그날은 벌써 와서 계시는 것이었다.

그런데 그 자리에 매일우유와 남양우유 두 사장이 연세우유 사장님과 같이 있다가 내가 가니 세 명 모두 벌떡 일어나 맞이하는 것이었다. 나는 남양과 매일, 두 사장은 본체 만체 하고 연세 형님한테만 인사를 하고 자리에 앉지도 않고 "내가 못 올 자리를 왔습니다. 맛있게 들고 가십시오"형님 하고 돌아서는데 연세 형님은 그러지 말고 앉아보라고 하는데도 "죄송합니다"형님 앉고 싶은 생각이 전혀 없습니다.
왜 내가 이사람들과 술을 마십니까. 저는 "형님과 단둘이서 마실줄 알고 나왔습니다"하고 돌아서서 10여 발짝 걸어가는데 두 사장이 쫓이와 내 팔을 붙들고 사정하는 것이다. 연세 형님도 일단 왔으니 앉아서 소주나 한 잔 하고, 그래도 마음이 풀리지 않으면 둘은 보내고 둘이서 한잔하고 가자고 말씀하시는 도중 두 사장이 내 앞에 무릎을 꿇고 사장님 노여움을 푸세요. 저희들이 잘못했습니다. 붙들고 늘어지는 것이었다. 그 두 사장은 나보다 대여섯 정도 아래긴 하지만 같은 대리점장들끼리인데 무릎까지 꿇는 것은 좀 보기에 좋지 않았다.

그러나 무릎을 꿇은 상태에서 앞으로 어떤 일이 있어도 서주우유를 판매하고 있는 곳은 쳐다보지도 않을테니 용서해 달라고 사정을 하니 어찌할 수 없이 합석하여 술을 마시게 되었고, 몇잔 주거니 받거니 하는 가운데 좋은 조건(條件)으로 구두 합의가 되었다. 이번 싸움으로 적지 않은 이익이 되었으며, 그 뒤로는 매일유업과 남양유업 두 사장과 가끔씩 만나 소주잔도 기울였고, 그날 뒤로 만나면서부터는 형님! 형님 하면서 형님이라 불렀으며, 형님의 놀라운 기백은 따라갈 수가 없다는 등 농(弄) 섞인 말도 오고가곤 했다. 서로 선의의 경쟁 속에서 싸움이 있어야 이기고 지는 사람이 있어서 스릴도 있고 재밌는데 그런 맛이 없어 재미는 좀 적지만 그래도 어느편으로는 꼭 나쁘지만은 않은 것 같았다.

매일과 남양과는 전쟁없는 평화의 협정을 맺었으니 싸울 일이 없어졌고, 이제는 서울우유와 빙그레 우유만이 내 구역 내에서는 적이 두군데 밖에 없다. 롯데유업이 있긴 했지만 신경쓸 일이 없었다. 몇 달 동안 싸움을 안하니좀 내 마음 속이 근질거리는데 우리집(대리집) 바로 정면 앞에 열발짝 안에 새벽 눈만 뜨면 보고 판매원들의 움직임까지도 양쪽에서 서로 보고 있는 대리점에서 점포 하나를 범한 일이 있었다. 사실 바로 정면 앞에 몇발짝 안에 있는 양쪽 판매원들 자전거나 오토바이, 손수레 등 물건을 싣고 있으면 떨어져 있는 공간이라야 불과 2~3m에 그치지 않는 거리에서 아무리 회사가 다르다고 원수가 되기는 좀 그렇기에 서로 건드리지 않고 있었는데 또 말할 빌미가 만들어진 이상 그냥 둘 수는 없었다. 바로 앞이 빙그레 대리점 우리집에서 30m 이내에 서울우유 대리점이 있었으니 세 개의 대리점이 한 군데에서 출고한다고 해도 과언이 아닐 정도로 가까이 있었다.

그런데 한 가지 다른 점은 빙그레와 서울우유는 가게만 달랑 임대로 운영하고 나는 50평 우리집 내 집 점포에서 냉장고도 15대 이상으로 비축(備蓄)해 두고 철저한 준비가 언제든지 준비되어 있으니 전쟁을 부추기는데 마다할 내가 아니었다. 그리하여 코 앞에 있는 대리점과 무언의 전쟁은 시작되었는데 앞에서 말했듯이 선의의 경쟁에서는 그 누구와도 견줄 수 있고, 지지 않는다고 나는 나 자신을 믿고 밀고 나갔는데 드디어 앞에 빙그레 대리점은 본사 담당직원까지 나와서 아에 출근을 빙그레 대리점으로 하고, 모든 대리점의 돌아가는 과정(過程)과 동태(動態)를 살피고 토요일도 대리점에 와서 자고 일요일날 낚싯대 가방을 메고 나가는 것을 자주 볼 수 있었는데 싸움을 하는데 그 회사 직원이면 어떻고 점장도 아무 관계치 않고 오직 내 할 일만 했었다.

처음 얼마 되지 않아서는 나이도 어린 빙그레 직원이 나의 집무실(執務室)에 코 앞에서 찾아와 너무 설치면 다치는 수가 있다는등 으름장까지 놓고 갔는데 날이 가면 갈수록 나하고는 어떻게 해볼 상대가 아님을 알았는지 이제는 웃으면서 인사도 하고 그래서 그러는가 보다 하고 나는 인사는 해도 비웃음으로 받아드렸는데 며칠 뒤 비웃음이 아니라는 것을 알고 진실이 담긴 웃음이라는 것을 알았다. 그사이 나는 탑동 초등학교 바로 밑 정슈퍼, 그 때는 대부분 식품가게 하면 명칭이 상회를 붙였으며, 즉 동원상회, 평화상회 또는 식품과 홍익식품, 지원식품 등이었지 슈퍼자를 붙인 상점은 거의 없고, 찾아보기도 어려웠는데 그때 당시로써는 슈퍼자를 붙일 만큼 규모(規模)를 갖춘 가게였는데 그 근처에서는 제일 큰 가게였었고, 나중에 알게 된 일이지만 집도 자기 집이었다. 내가 처음에 찾아 갔을 때 냉정해도 지나치리만큼 냉정했던 집이 이틀이 멀다하고 꼭 밤 11~12시 문 닫기 전 시간에 찾아가서 사정을 하는데도 들어주질 않아서 하루 저녁은 "허락해 주실때까지 오겠습니다. 선처해 주십시오"하고 애원(哀願) 하였더니, 거래를 하면 어떻게 해줄거냐고 말문을 열어 주셨다. 이때다 싶어서 사장님의 요구하시는 것을 최대한 반영하겠습니다. 어떻게 해드리면 되겠습니까 하고 말씀드렸더니 이외에도 직접적이고 쉽게 말씀하셨다.

냉장고는 대형 신형(수리해서 쓰던 것 말고)으로 교체하고, 앞으로 5년 계약 50만원을 줄 수 있느냐는 말씀을 하셨다. 나는 두말할 것도 없이 "이 자리에서 계약서를 작성합시다"하고 싸움터에 나갈 때는 언제나 총과 칼을 먼저 준비하여야 하고, 총은 있는데 실탄(實彈)이 없으면 빈 총으로는 잠깐 위협(威脅)을 느낄수 있을지언정 곧 들통이 나서 죽음을 당할 수도 있는 것처럼 나는 언제나 100여 만원 이상씩을 10만원권 수표로 끊어 비상 실탄으로 넣고 다녔으며, 거기에 양면 괴지(편지지)와 묵지(墨紙)까지 준비해 가지고 다녔다. 그까짓것 계약서 정도는 쓰는 것이야 일도 아니었다. 그렇게 남 잠자는 시간에 잠도 못자고 쫓아다녀 아무리 말로써 합의를 해놔도 본사만 믿고 했다가는 아무 소용없는 무용지물(無用之物)이 번번히 될 수 있으니, 그리고 그 절차(節次)가 너무 복잡하다. 본사 담당자(本社擔當者)에게 보고(報告)해야 되고, 담당자가 나와서 확인해야 되고, 그 다음 냉장고 출하(冷藏庫 出荷)까지 또 계약금 결제 그것 하나를 성립(成立)시키려면 아무리 빨라도 한 두달 걸리니 미수를 지고 운영하는 대리점 같은 경우는 감히 생각지도 못할 일.

사업은 첫째도 자신감이고 둘째는 과감(果敢)해야 된다. 그래서 냉장고 등 준비가 필요하고, 돈이 들어가는 큰 거래처는 대리점과 본사가 50%씩을 부담하기 때문에 본사 담당자 및 과장까지는 점장으로써 움직일 수 있어야 한다. 그럴려면 첫째로는 본사 미수가 없어야 하고, 둘째로는 대리점의 판매성장이다. 꾸준히 물량이 줄지 않고 지속적으로 늘어날 수는 없는 일이지만 그래도 타(他) 대리점 보다 뒤처지는 일은 없어야만 되는 것이다. 물건을 판매하는 대리점이 물건 많이 팔고 입금 잘 시키면 다 되는 것이지 또 다른 그 무엇이 있겠는가. 냉장고 구입비도 50% 지원해주지 또 큰 거래처(신규거래처) 잡으면 그것도 50% 지원해 주니 우선적으로 선 투자, 후 판매수입이니 이럴 때일수록 과감성이 필요할 수밖에 없다. 자본이 있어야지 빚내서는 할 수 없는 일. 판매원을 7~8명, 10여 명을 거느리고 대리점을 운영한다는 것이 보통 어려운 일이 아닐 수 없다.

그렇게 빙그레와 뜻하지 않은 전쟁이 시작되었지만 나에게는 감히 게임이 안됐다.
얼마가지 않아 빙그레 대리점 사장과 빙그레 본사 직원이 바로 앞에서 찾아와 이웃에서 도리에 어긋난 짓을 해서 죄송하다. 회사가 다르고 또 판매물량이 요즘 너무 저조(低調)하고 하여 욕심에서 매일 마주보며 출하(出荷)를 서로 지켜보는 이웃에서 죄송하게 됐다. 그러나 오늘 본사 담당자와 같이 온 것은 그와 별개로 타협도 할겸 왔다면서 서주우유 대리점을 접고 자기네 대리점(빙그레)로 오면 모든 지원을 아끼지 않겠다. 그럴 뜻이 있다면 빙그레 시흥지역 과장과 같이 한번 더 만나보고 지원금 결정도 하려면 본사까지 가서 계약을 하면 된다는 기타 파격적(破格的)인 제안(提案)을 가지고 왔으나 한 마디로 거절하였다.

그러나 그 뒤 두 번이나 더 와서 제안을 받아주기를 요청했으나 단호하게 거절하였던 일이 있었다. 그리하여 강자 빙그레와도 싸워서 이겼다. 이제는 빙그레까지도 싸워서 이겼으니 어느 누구도 감히 내 거래처를 넘보지 못했다.

15

부부가 된지 53년째~ 내 아내 정말 감사합니다, 고맙습니다.

내 체중(體重)을 지탱(支撑) 할 수가 없어서

1990년 가을 어느날부터 나는 다리에 힘을 쓸 수가 없이 아프고 처음에는 내가 평소에 한 번도 아파본 적이 없기 때문. 아파 본 일이 없는 것은 아니고 한 두번 아파 본 일이 있는데 아플 때마다 몸을 가누지 못할 정도로 아팠지만 무릎으로 기는 한이 있어도 눕지는 않는다는 마음으로 끝까지 움직였으며, 가장 모지게 못견디게 아팠던 기억은 군대 가기 약 2년전 옥동양반 수동국민학교 기성회장 조응춘(조판길)씨 댁에서 일년 쌀 다섯 가마니를 받기로 하고 머슴살이 할 때 였던 것으로 기억된다. 그때에 객지에 돌아다니다 어쩔 수 없이 고향으로 돌아와 하지 않던 노동(勞動, 농사일)을 갑자기 하니 몇 개월 만에 큰 병이 났었다.

그뒤 또 한번 정도 있었으나 몸져 자리 깔고 누워 본 적은 없었으며, 그 때까지는 감기 한 번도 걸린 적이 없다. 그랬으니 다리 정도 조금 아픈 것은 당연 우습게 생각되었기에 병원에도 가본 일도 없거니와 갈 일도 없었다. 그리하여 좀 지체하다 보니 다리는 점점 더 아파오고 하여 대리점을 그만둘까 하고 생각다 못해 대리점을 접는 쪽으로 마음을 정(定)하고 대리점을 내놓은 일이 있었는데 생각보다 빨리 내놓은지 얼마 되지 않은 사이 인수(引受) 받을 사람이 나타나 권리금 관계로 "나는 5,000만원을 달라 하고 인수 받고자 한 사람은 4,500만원을 주겠다"하고 실랑이 중 나는 5,000만원에서 10원만 빠져도 안된다 하여 줄다리기를 하다 안하는 쪽으로 기울었는데 한 10여 일 뒤에 무슨 생각으로 5,000만원을 달라는대로 다 줄터이니 우리집 대리점 점포를 임대로 쓰고 한달 동안만 출근을 하여 인계했다는 생각없이 내가 할 때 그대로 운영을 해줄 것을 요구했으며, 자기(인수자)는 한 달 동안을 따라 다니는 식으로 하겠다는 즉(則) 일을 정확하게 배우겠다는 뜻이 담겨져 있었다. 처음에 그와 같이 말을 했으면 그냥 그대로 계약을 했을 터인데 이제는 내 요구대로 다 해준다니 내 마음이 변했는지 며칠만 시간을 달라고 하였다.

그런데 그사이 내 몸을 이기지를 못해 평소에 판매원 물량 분배하는 작업이 빨리 하면 보통 40여분 걸렸는데 내 몸을 이길수가 없으니 지치면 한 5분이나 10분 누워 있으면 힘이 조금 생겨 또 작업을 하고 그렇게 한 세 번 정도는 쉬어 힘을 태워가면서 일을 하다보니 약 두시간 반 정도 걸려야 분배를 마칠 수가 있었다.

그리고 이리 생각 저리 생각 해봐도 몇 년은 더 해야 될 것 같고, 또 싸움할 일도 거의 없는 것 같고, 이제는 대리점이 안정권에 자리메김하였는데 그리고 다리가 낳으면 또 무슨 일거리를 찾아야 되고 해서 며칠 뒤 인수 받겠다는 사람이 계약을 하자고 했는데 미안하다 아직 대리점을 넘길 생각이 없다했더니 오히려 넘겨 달라고 사정 하는 것이었다. 그래서 원래는 아직 더 해야 되는데 몸이 이상(異常)이 생겨 넘기려 했던건데 조금 시간이 지나니 몸이 조금 낳아진걸 보니 넘길 생각이 없어졌다고 거짓말을 해서 보냈다. 사실은 몸이 좋아졌다는 것은 말짱한 거짓말이고 어떻게라도 이겨내고 해볼 생각이었다.

그런데 그에 반해 이상하리만치 병원에 갈 생각을 못한다는 것이다. 안식구는 병원에 가보라고 성화를 대는데도 끝내 가지를 않으니 안식구 혼자서 이리 뛰고 저리 뛰면서 백방으로 알아보고 다닌 끝에 어느 연로하신 아주머니께서 이걸하면 틀림없이 낳을 수 있는데 여간 인내심 가지고는 할 수도 없고 한다고 하더라도 오히려 고맙다는 말은 커녕 가르쳐준 사람 욕지껄이나 실컷 할 것이라 하면서 말은 꺼내 놓고 최종적으로 가르쳐 주는 것을 꺼려하고 주저(躊躇) 하면서 몹시 망설이는데 가르쳐줄 것을 사정사정 하였더니 못이기는 척 하면서 말씀을 해 주시었다면서 나에게 오늘 저녁 당장 해볼거냐고 묻기에 지체없이 만들어 붙여 달라 했다.

알고보니 우리가 수시로 음식 양념 등으로 먹는 식품이었다. 돈이 들어 가지도 않고 불과해야 굳이 돈을 따진다면 1~2천원이지만 그 약효는 2,000만원을 훨씬 훗가 했었다. 그 약을 했다면 했던 사람 10명이면 열명 다 약을 가르쳐 준 사람을 욕하게 되었고, 아니 욕을 하는 정도가 아니고 아주 나쁜 사람이라고 약을 가르쳐준 사람과 말도 섞지도 않으려 할 것이다. 그 약을 해서 당장 조금이라도 낳는 것이 아니고, 죽지못해 살 정도로 더 아픔이 있고, 고통(苦痛)이 따르기 때문이다.

지금 내가 너무 지나치게 말을 한 것 같지만 사실이다. 그 약을 해 붙이고 3분에서 5분이 되면 아픔을 참을 수가 없을 정도이며, 울지도 웃지도 못하고, 아픔에 온갖 인상을 다 쓰고 발을 동동 구르고 아픔을 견디지 못해 팔닥 팔닥 뛰기도 했다. 나는 그런 약을 다섯 시간 반 동안을 붙였으며, 살이 타 들어가는 고통(苦痛)이 아니라 무릎 전체 뿐 아니라 그 약이 닿은 부위는 전부가 다 새까맣게 숯덩이처럼 타버려다. 그리고 약이 달라붙어 뗀 자리는 듬성듬성 살껍질까지 벗겨져 살아 숨쉬는 다리가 아니고, 정말 보기만 해도 아찔한 흉물이 되었다.

시간이 조금 지나니 살껍질이 전부가 다 물집으로 부풀어 올라와 표현(表現)을 고무풍선이라고 해야 될까 아니면 어린아이들이 놀이로 즐기는 입으로 불어 하늘로 날리는 비눗방울이라고 칭(稱)해야 할지 표현하기조차 어려운 쳐다 보기도 징그러운 몹쓸 병을 앓는 사람처럼 보였다. 아마도 열 사람이면 열 사람, 백 사람이면 백 사람 다 병원을 가지 않을 사람은 하나도 없을 것이다. 그러다 보면 진짜로 훌륭한 약을 지어 붙여 점점 나아질 수 있는 병을 그것을 참지 못하고 병원을 다니면 그 약을 가르쳐 준 사람을 욕을 하지 않을 사람이 어디에 있겠는가.

실제로는 그 약(藥)의 효과(效果)로 인해 낳은 줄도 모르고 은인(恩人)에게 그런 말도 안 되는 약을 가르쳐 주었다면서 골탕을 먹일려고 한 짓이라며 낳은 뒤는 그 약을 해서 더 악화되어 병원비만 더 들었다고들 할 것이다. 허나 나 서인표는 그 모진 아픔을 견디면서도 병원을 가본 예가 없고 (걷지를) 제대로 걷지도 못한 다리로 질질 끌고 다니면서도 이를 악물고 할 일을 그르친 적은 없다. 물집이 수십번 터트리면 생기고 또 생기고, 껍질이 수십번을 벗겨지면서 더도 덜도 아니고 무릎이 아프고 쑤신 것은 낳는건지 않 낳는건지 모를 정도로 더 이상 심해지지 않는 것을 보면 그것으로써 위안을 삼으면서 견디어낸 보람은 날이 갈수록 좋아졌으며, 무릎의 상처가 낳아지는 것 만큼만 상태가 좋아지는 것 같았다. 다리의 상처가 낳는 기간은 약 3년이 넘게 걸렸으니 결과적으로 그 병을 치료하는데는 3년 이상이 걸린 것이고, 그 약이 얼마나 좋은지 다시는 33년이 지난 지금 현재까지도 재발이라는 것은 없다.

요즘도 가끔 어디 결리거나 끔뻑 끔뻑 아픈데가 있으면 병원도 가지 않고 파스 등도 좀처럼 붙이지 않고 그 약을 만들어 붙이는데 무릎에 붙일 때는 아무것도 섞지 않고 원분(元粉)을 난자(卵子)에게 게어서 붙였었는데, 요즘은 쌀가루, 밀가루 등을 90% 이상을 섞어 반죽하여 직접 살에 붙이지 않고 비닐로 싸서 붙이는데도 파스의 몇 십배 효과를 보고 아주 잘 낳는다. 다리가 완치되고 했으니 틈틈이 내가 제일 좋아하는 배드민턴도 동네 분들과 한 번씩 치고 요즘은 거래처를 집적거리거나 넘보는 적이 없어졌으니 틈틈이 배드민턴을 치며 즐길 수 있는 짧은 여유까지도 가질 수 있었다.

그때는 넓은 골목에는 지나 다닌 차량도 별로 없었기 때문에 골목길에서(바로 집 앞) 공놀이를 해도 아무 문제가 없었다. 잠깐의 시간을 내서 배드민턴을 치면 엎어졌다 뒤집어졌다 깔깔대고 그렇게 좋을 수가 없었다. 사실은 하루의 일과가 새벽 3시 반쯤에서부터 판매원 물량 각 구역에 배달부터 시작하여 출고증, 장부정리 등 세금계산서 끊는 것 가지 또 수시로 추가 주문 들어오면 오토바이로 배달도 하고 사실은 틈을 만들기가 좀처럼 쉽지 않으나 그래도 잠깐을 즐기는 욕심 때문에 철불낳게 일을 후려치고 시간을 만들면 더 더욱 신이 나서 하늘을 날을 듯 좋았다. 나는 나 자신을 생각해도 일에 대한 열정은 그 누구와도 질 수 없고, 활달(豁達)하고 기분(氣分)파 인생을 살아가고 있다.

그런데 팔이 아프기 시작하더니 오른손이 삼시 세때 밥 떠먹기도 쉽지 않아 한 공기 먹는 동안 세 번은 쉬었다가 먹어야 했다. 그런데 희안한 것이 숟가락질도 제대로 못한 팔이 믿어지지 않겠지만 무거운 것을 들고, 밀고, 당기는 것은 자유자재로 할 수 있으니 벌어먹고 살으라는 신의 조화인가. 남이 보면 완전히 꾀병이지 절대적으로 아픈 사람이 아닌 것이다. 그야말로 할 일을 단 한번도 그르침이 없이 다 하면서 숟가락을(匙箸(시저)) 들면 팔이 쏟아지는 것처럼 아프니 이 무슨 얼어죽을 조화(造化)란 말인가. 그래서 안식구가 병원에 가보라고 하도 귀찮을 정도로 귀가 따갑도록 말을 하여 이열 정형외과를 찾아갔다. 이열 정형외과는 그때는 시흥 50m 사거리 소화동편 안양쪽(박뫼) 방향 코너 건물 이층에 있었는데 돈을 많이 벌어 희명병원 맞은 편에 준 고층건물을 지여 이사를 했는데 그 병원 원장의 말이 처음에 들을 때는 괴이하기 짝이 없었다.

진찰(診察)을 하고 첫마디로 하는 말이 당신 소금 장사구만 하는 것이었다. 내가 잘못 들었나 귀를 의심하고 예~에 뭐라고요 했더니 "당신 소금장사 맞잖아"하고 말씀 하셨다. 그래서 "나는 소금장사 아닌대요"하니 당신 무거운 것을 다루는 직업(職業) 맞잖아 하시는 것이었다.

그제서야 의원님의 깊은 뜻을 알아차리고 "예~ 맞습니다"했더니 또 그 다음 말도 당신 팔이 이정도로 될 때 까지는 당신 일 안해도 먹을만큼 벌어 놨어. 그만 쉬어 이것은 병원에 와봐야 뾰족하게 치료(治療) 방법이 없어 병원에서 할 수 있는 일은 물리치료(物理治療)외엔 아무것도 없어 계속 일을 하고 물리치료 받고 쉽게 낳지 않으니 끝이 없어 그냥 쉬면서 집에서 가벼운 운동만 하면 저절로 낳는 병이니 내일부터 올테면 오고 오기 싫으면 말어 참말로 희안한 의사를 만났다 생각했고 그날 이후 병원에 간 일도 없었고 좋아서 즐기던 배드민턴을 그날 이후 생각조차 할 수 없고 일은 여전히 아니 할 수 없기 때문에 꾸준히 하면서 많이 주물러 주고 시간이 좀 날 때 마다 주므르고 오늘 아픈 팔로 주인인 내 마음을 따라 움직여줘서 고맙다 스스로 칭찬도 아끼지 않고 야~아 네 이름이 뭐지 서인표 그래 서인표 너 대단한 놈이야~ 이까짓것 뭐 그래 서인표답게 슬기롭게 이겨내는거야 까짓거 버텨내는거야! 서인표의 이름 석자 속에는 좌절(挫折)과 포기(抛棄)란 단어(單語)는 배우지를 않아서 아예 몰라 어디다 어떻게 쓰이는지도 전혀 몰라 오직 나는 앞으로 나아가는 것만 배웠어.

나에게 뒷걸음질은 묻지마! 모르니까! 나보다 연배인 분은 할말이 없지만 내 나이 이하인 사람은 "힘들다 괴롭다"한 사람들은 언제든지 다 와봐! 그 누구든 관계없이 내가 대화상대가 되어줄 자신이 있어 나는 아홉끼니도 굶어 봤고, 아버지에게 아무 이유없이 매질과 발길질도 14살이 되도록 맞았으며, 길거리에서도 추운 겨울 거적대기도 구할 수 없어 밤을 세운 적도 있고, 가게 콘크리트 바닥 위에서 매서운 설풍(雪風)을 견뎌내며 2년 이상을 이혜일씨와 같이 기거(起居)한 일도 있었던 나 서인표. 그 누구와 대화(對話)를 못하겠는가.

그래도 그렇게 인이 사는 삶이라 참아 입에 담을 수 없지만 그래도 거짓말과 이중 성격으로 똘똘뭉친 정치인(政治人)과는 달라 무엇하나 남의 것 욕심낸적 없고, 평생(현 지금까지) 어렸을 적부터 명심보감(明心寶鑑)과 천자문(千字文)은 어디를 가나 품고 다녔어.

다른 사람은 명심보감을 어떻게 해석하는지 잘 모르지만 나는 서인표의 마음을 거울같이 밝게 해주는 보배로운 책이라 익히고 있어! 그래서 난 여의도의 개(犬)와는 달라 바를 정(正)자 하나와 거짓이 자리하지 못하는 참 진(眞)자 하나는 제대로 배웠거든. 그 콘크리 바닥 위에서 기거할 때 내가 방도 없이 그곳에 생활하는 것 다 보고 눈으로 확실히 보고도 나를 선택하여 71년 6월 19일 결혼하여 현모양처(賢母良妻)가 되어 오직 나 하나만을 위하고 세 자녀를 흠잡을데 없이 길러 가정을 이루게 한 오늘이 2023년 7월 8일이니 부부가 된지 53년째 접어들었구려.

임선희(내 아내)씨 정말 감사합니다, 고맙습니다. 우리는 70이 다가올 무렵 우리 둘은 약속한 것이 있지요.

16

단 한번도 토로(吐露)하지 않았던 착한건지 바보인지 모를 내 아내~

당신(임선희)는 바보 나 서인표는 멍청이로 살자고. 참 그러면 좋을 것 같다고 그 뒤로는 서로 가끔 또는 자주 바보가 뭘 알아 멍칭이 남말하네. 바보나 멍청이 거기서 거기지 뭐 하고 서로가 웃지요. 이 부족한 남편 앞에서는 지금도 이야기가 시작되면 30분도 좋고 한 시간도 좋고 끝없이 무엇이 그리 할말 말이 많은지 밖에 나가서 그날 있었던 일에서부터 어떤 친구는 어떻고, 또 누구를 만났는데 어떻고, 듣다 듣다 한 시간쯤 넘어가면 나 할 일이 많아 일어나야 됩니다.

나는 갑니다. 어디 가는데요. 으응 앞동네 과부도 만나고, 이쁜이도 만나고, 나 무지 바쁜 사람이요 하면 마누라가 두 눈을 시커멓게 뜨고 있는데 잘하는 짓이라고 농익은 농담도 자주 빼놓을 수 없지요. 매일 끝도 한도 없는 이야기 그저 들어준 것 만으로 신이 나는 마누라 한참 듣다 길어지면 슬그머니 일어나면 가끔 토라지기도 하지만 그래도 밖에 나갔다 오면 중문을 열고 들어오면 두 팔 벌린 내 품안에 쏙 들어와 안기는 마누라. 나는 그런 마누라를 안은 채로 들었다 놨다를 몇 번 하지요.
늙어갈수록 신혼 같은 우리 부부 그래도 약 30여년전 이혼(離婚)만 해달라고 툭하면 어린아이 사탕 사달라고 보체듯 졸라대던 때도 있었는데 나이가 들어가면서 이제는 내가 없으면 단 하루도 살 수 없다고~ 요즘은 그 입버릇이 바뀌었어요. 한 때는 나한테 와서 고생 고생 하였으니 좋은 사람 만나 사는 것 같이 살아 보라고 이혼 서류에 도장을 꾹 찍어주고도 싶었지만 이혼을 해야할 아무런 구실이나 명목(名目)이 없었다. 그래도 가끔은 그렇게 이혼 도장만 찍어달라고 어린아이 보체듯 할 때 차라리 눈 질끈 감고 찍어줬으면 그래도 나보다는 나은 멋진 남자를 만났을 수도 있었을 터인데, 원(願)이나 없게 해줄 것을 하는 생각이 들 때도 있다.

흐름의 세월 속에 그 곱던 얼굴 인생 삶의 골의 깊이가 늘어나는 것을 보면 내가 저렇게 만들었구나 하고 측은(惻隱)한 생각이 자주 든다. 특히 꼬무락거리고 일을 할 때 보다 잠들었을 때 얼굴을 간만히 들여다 보면서 고맙소. 못난 남편 나를 보필하느라 이렇게 되었구려~ 그런데 자는줄 알고 보고 있다가 간혹 들킬 때도 있다. 잠들줄 알았는데 "뭘 그렇게 쳐다봐요. 얼굴에 뭐가 붙어 있어요"하면 아이구 깜짝이야 마누라 이쁜 얼굴 훔쳐보다 들켰네 할 때도 있고, 장난기가 동(動) 할 때는 "내가 사귀는 애인 보다 더 이쁜가 쳐다봤지"하고 농(弄)을 하고 웃기도 한다.

내가 밖에 나가 너무 늦으면 어쩌다 전화를 할때가 있는데, 그럴때면 으응 오늘 모처럼 이쁜 과부를 만났는데 일곱 쌍둥이 만들어 놓고 가려니 조금 늦을 것 같소 하면 일곱 개나 만들어 가지고 다 어떻게 먹여 살리려고 고생길이 훤하다 하고 쓸데없는 소리 하지 말고 빨리 와요. 에, 알았어요. 나 지금 집 근처까지 왔으니 10분 안에 들어갈거요. 우리는 못할 농담이 없어요. 내가 자주 그러니 요즘은 내 아내도 허심없이 농도 잘 삶고 익혀서 장작불까지 떼서 잘 익은 농담도 아주 썩 잘해요. 하나는 바보 또 하나는 멍청이 이니 아무것도 아는 것이 없으니 서로 그러면서 웃어요. 세월이 제멋대로 빨리 흐르는 건지 아님 내가 갈 길이 바빠 길을 재촉하는건지 자고 나면 똑같은 날 똑같은 일상 눈한번 떴다 감으면 하루요. 몸 한번 움찔했다 하면 한달이더니 이제는 엊그제 연초(年初)인가 싶더니 오늘은 연말(年末)이라 겉잡을 수가 없네.

아무것도 가진 것 없이 달랑 두 쪽만 달린 나를 따라 말 한마디 없이 묵묵히 따라 보필한 나의 아내 지질이도 고생 많았지요. 성질은 불같고, 어긋난 일은 보지 못한 나. 밤인지 낮인지 재미없이 오직 일에만 푹 빠져 사는 나 평생을 서인표도 임선희도 아이들도 생일 한번 없던 우리집 그래도 불평이나 불만을 단 한번도 토로(吐露)하지 않았던 착한 건지 바보인지 모를 내 아내.

결혼하여 결혼식(結婚式) 날 단 하루를 제외한 71년 6월 19일 종로구 이화동 효제국민학교 건너편 이화예식장에서 결혼하여 1972년에 사랑하는 큰 딸을 낳았고, 1974년 3월 종로구 충신동 1-32호 한옥 집을 사서 240만원을 주고 방은 3개, 서까래 크기가 무슨 궁전 기와집 서까래 같이 큰 그런 집을 사서 집은 훌륭하고 좋은 재목으로 지은 집인데 너무 관리를 하지 않은 집이라 그 때는 전부가 다 19공탄 연탄(煉炭)을 땟기 때문에 연탄창고(煉炭倉庫)도 없고 하여 세 들어 있는 사람들까지 전부를 내보내고 연탄창고도 짓고 연탄창고 위에는 장독대를 만들고 서까래와 기둥도 모두 깎아서 대대적인 올 수리를 하여 결혼한지 3년만에 종로5가 충신동에 집을 장만하고, 75년에 둘째 아들을 낳았고, 또 76년에 귀여운 막내 딸을 낳았으며, 76년 5월 말정도 서울식품공업주식회사 명륜대리점의 판매원을 접고 서울식품 아현대리점을 경영하게 된 시점까지 하루 세끼 김치에 더운 밥을 해주었으며, 대리점을 수년 경영하는 동안 또 우유대리점을 할 때도 단 한번의 식은 밥을 차려준 적이 없었던 임선희(아내) 당신 너무 고맙고 고생 많았습니다.

20여년 이상을 나 역시도 하루의 수면(睡眠)시간이 최고 많을 때가 3시간에서 3시간 반 정도를 취하며 밥 먹는 시간도, 똥 싸는 시간도 아까워 했던 나였기에 수면부족에 차를 끌고 가다 신호등에 걸리면 손 브레이크(싸이드) 딱 땡기고, 잠깐의 눈을 감고 뒤에서 빵빵 하면 놀라 싸이드 내리고 가면 그사이 피로가 조금은 풀렸던 나. 일은 바빠 시간에 쪼들리지, 성질은 불같지, 같은 말을 두 번 이상을 싫어했던 나. 저녁에 들어가면 피 끓는 젊은 나이지만 온 몸이 찌긋째긋 가누기 힘들었고, 그 몸 밤 12시에 들어가 밥 한 양판 뚝딱 해치우고 잠을 자고 3시 반에 일어나면 오히려 일 끝나고 저녁에 집에 올 때 보다 몸은 더 부서지는 것 같았지만 그래도 돌아다니면 하루종일 걸어본적이 드물고 항상 뛰어다니며 하루를 보내도 돌아다닐 때는 하나도 피곤한지를 몰랐고, 오직 기름쳐서 잘 닦아 결합해 놓은 기계(機械)처럼 움직였던 나였지만 당신 앞에서는 단 한번도 몸이 찌긋째끗 하느니 부서질 것 같으니란 표현을 사용한 적이 없소.

사실은 그때가 60살 이전까지는 피 끓는 청춘이었던 것 같소. 그래도 힘든 줄도 모르고 당신께서 온 힘을 다해 잘해주지 세 아이들 탈없이 무럭무럭 자라는 것을 보면 피곤(疲困)이라는 것은 어디로 다 사라져 버리고 하늘을 날을 듯 날개 돋힌 새가 되어 가볍게 가볍게 그렇게 매(每) 날마다 날마다 하늘을 나는 기분(氣分)으로 살았다오.

오직하면 주위(周圍)에서 호랑이를 때려 잡고도 남을 사람이라고 평이 났던 사람이지 않소. 어렸을 적에는 아버지답지 않은 아버지로부터 이유 없는 매질과 발길질에 발길에 차여 나뒹굴고, 쳐박히고, 숨을 제대로 쉴 수 없어 꺽꺽댔던 적도 수도 없이 많았던 나.

한 때는 나쁜길로 빠질 뻔까지 했던 나.

지금 산수(傘壽)가 되었는데도 그 영향(影響)을 받아 주눅이 들어 남 앞에서 말도 제대로 못하고 대중 앞이 아니라 한 사람만 앞에 있어도 긴장(緊張) 되어 마음도 몸도 오그라들어 노래 한 곡도 내 본성(本聲), 내 목소리를 내 본적이 없는 것이 아니고, 어렸을 적의 환경의 지배를 받아 그것이 죽기 전까지는 없어지지 않을 것 같은 내가 나를 생각해도 천하에 더없이 불쌍한 놈!

서인표인데 군대(軍隊)에 입대(入隊)하기 약 2년전 나도 사람답게 살고 누구의 자식 그 아비에 그자식 소리는 듣지 말고 떳떳하게 살아봐야 되지 않겠느냐!는 굳은 결심으로 시골에 돌아와 남의 집 머슴살이를 하여 아버지의 술값에 보탬이 되어 드렸고, 전곡에 있는 20사단 올빼미부대에서 근무하다 육군 하사로 제대하고 도저히 시골에서는 내 인생의 승부(勝負)가 날 것 같지 않아 68년 서울로 올라와 모진 풍파(風波)와 노숙(露宿)을 마다하지 않았지만 힘든줄 모르고 보람있는 삶이었다.

그것은 오직 당신과 아이들이 있었기 때문에 가능(可能)했소. 만약 우리의 다섯 식구가 없었다면 써도 써도 끝없이 샘물(산꼭대기 모래 속에서 용솟음치는 샘물)처럼 지칠줄도 모르고 아플 시간이 없어서 아파본 일도 없이 순환(循環)의 원천(源泉)은 내마음 속에 잠재되어 있는 강한 의지력과 사랑하는 내 가족의 힘이였소.

25년 이상을 식은 밥을 주지 않고 더운 밥을 해줬다고 말하면 열이면 열, 백이면 백, 모두가 다 내가 거짓말을 하고 있다고 다들 그렇게 평(評)하겠지만, 모두가 사실인 것을 지금 현재도 따뜻한 밥을 해주려 해도 젊었을 때처럼 주면 주는대로 다 먹지 못하고 남긴 경우가 많기 때문에 요즘은 남았던 밥도 먹고, 이것 저것도 먹지만 젊었을 때는 오직 밥 밖에 몰랐던 때 였기에 삼시 세끼 주는 대로 다 먹었으니까 남은 것이 하나도 없었으므로 매끼마다 더운 밥을 지을 수 밖에 없었을 수도 있었을 것.

40대 중반에서부터 오랜 수 몇 년 동안 중환자였던 당신!!

서울식품 아현대리점 할 때, 환일고등학교에 배달 차량(4.5톤 트럭)을 따라가 뒤 후진을 봐 주다가 오른 손이 부서져 버렸던 큰 사고로 인해 자신의 허벅지 살을 오려 떼어다 붙여 겨우 소생(蘇生)시킨 손 때문에 지금봐도 뼈에 가죽만 있는 당신의 가엾은 손….

10여년 지나 습진과 가려움증으로 잠도 제대로 잘 이루지 못했던 당신 그렇게 피부병을 잘 고친다는 병원은 전국 어디라도 찾아다니며 그 독한 약을 수년동안 복용했는데도 낳을 기미는 보이지 않고 점점 더해만 갔던 가려움 증세는 온몸의 가려움증으로 확산(擴散)되어 어찌할 바를 모르고 오직 죽지 못해 살았던 당신, 그런 몸으로도 더운 밥 만큼은 꼭 해주었던 당신, 끝내는 정신분열증(精神分裂症)까지 생겼는데도 나 걱정할 것을 염려하여 행여라도 바쁜 내 일에 방해(妨害)라도 될까봐 어떻게든 내 앞에서 만큼은 정신이 온전한 것처럼 꼭꼭 숨겨왔던 당신, 하긴 알았다 할지라도 병원에 입원시키는 것이 겨우 고작(기껏해야)이었겠지만 나중에 아주 뒤늦게야 안 일이지만 나는 가려움증 손에서 짓물이 나고 토실토실 부르터 그 가려움증 때문만으로만 알았던 나! 하루에 3시간 정도 밖에 못 자는 나 잠깰까 싶어 온 몸이 부들부들 떨리고 온몸이 가려워 미쳐 나갈 것 같은데도 혼자서 견뎌냈던 당신! 나 잠깰까 싶어 조용히 혼자 나와 마당을 열바퀴도 더 폴짝폴짝 뛰어도 보고 수 많은 나날, 낮과 밤이 없이 그몸으로 세 아이들 돌보랴 못난 남편 밥 해주랴! 우리 다섯 식구한테는 온 힘 혼신(渾身)을 다했던 당신! 당신의 그 행동은 훌륭하다 못해 바보였소. 식구들을 위해 헌신(獻身)하는 것 더할 나위 없이 좋은 일이지만 지나 놓고보면 자신의 몸을 먼저 보호해야 된다는 것 쯤은 알겠더이다.

50m 도로 횡단보도(橫斷步道)를 대신하여 안전하게 건널 수 있는 철제육교(鐵製陸橋)를 건너려면 자신의 몸은 아무렇지도 않은 것 같은데 교각(橋脚)이 사정없이 흔들리고 땅이 빙빙 돌고 금방이라도 무너질 것 같은 공포심(恐怖心)에 계단의 오르고 내릴 때 올라갈 때는 계단(階段)을 엎드려 손을 짚고 올라가고, 내려올 때는 뒷걸음질로 손을 짚고 땀으로 온 몸을 적시면서 내려오고, 다리 위를 걸을 때도 공포에 휩쌓여 도로를 쳐다보지 못하고 막걸리에 몹시 취한 사람처럼 건넜다는 당신의 말을 뒤늦게 들었을 때 내가 보기엔 멀쩡해 보였는데 설마 그렇게까지 되었을까 하고 나 역시도 믿기지를 않았지만 한 번은 독산동쪽 시흥대로 육교를 나와 같이 갔을 때가 있었는데 항상 손을 짚고 다녔

는데 "내가 옆에 있어서 조금은 낳은 것 같으나 그래도 그냥은 건너지 못할 것 같다"고 하여 내 등에 엎혀 건넌 적이 있었소. 당신은 기억(記憶)을 하는지 모르지만 나는 지금도 그 때의 생각이 또렷합니다. 평소에 집에서도 나가서도 언제나처럼 비틀걸음을 걸었었소. 그러나 그 곱던 당신이 나같은 사람한테 와서 저렇게 되었구나! 하고 내 자신을 내가 "죽일놈이구나 정말 나쁜 놈이구나"하면서도 당신 혼자 병원을 다니라 했을 뿐 내가 당신을 동행해서 간 적은 없었소.

서울식품대리점 할 때도 우유대리점 할 때도 일일식품이었으므로 대리점장에 경리, 총무까지 혼자서 통장, 반장, 북치고 장구치고 다하다 보니 나 역시도 잠자는 시간이 아까워 이리 뛰고 저리 뛰고 그나마도 그 때는 몇 군데의 상점에서 뉴~식품 등에서는 새벽 2시에도 전화를 걸어 물건을 갖다 달라고 하면 혼비백산(魂飛魄散)하고 일어나 오토바이를 굴렸으니 당신한테는 너무나도 미안한 일이었소.

그러던중 늦게라도 다행한 것은 내가 어깨 넘어로라도 유심히 보아왔던 침술(鍼術)을 익혀 피부병(皮膚病) 약으로 각 병원 약이며, 보령제약(종로5가에 있는 약국)에서 사들인 집안 여기저기 쌓여 있던 약을 복용도 하지 못하게 하고 그 많은 약을 돈에 관계없이 모두를 버리게 하고 본격적으로 손, 등, 전신에 침을 놓기 시작하여 침을 꽂는데만 약 40여분 하루는 앞쪽 또 하루는 뒷족 한번 꽂으면 아무리 고함을 질러도 최하로 60분 이전에는 뽑아주지를 않았던 매정한 사람 당신의 남편이었소.

그때는 그럴 수밖에 없었던 것은 피부병도 피부병이지만 온 몸이 닭 털 뽑아 놓은 것처럼 오돌톨톨 하게 된 살갗으로 변해 있으니 죽지 못해 목숨이 붙어 있는 것만으로도 이상할 정도였으니 그 고통은 입을 통해 말로써 형용할 수 없을 것이요. 그래서 내가 홀로서 비장한 각오(覺悟)로 판단한 것이지만 이대로 가다간 피부병으로 죽는 것이 아니고, 약(藥)의 부작용으로 사람을 잃을 수밖에 없다는 생각에 강하게 밀어붙였던 내 주간(主幹)을 당신은 나를 믿고 따라줘서 고마웠소. 그렇게 달(月)이 가고 해(歲)가 가기를 몇 번 그러나 수 많은 날이 흐르면서 점차로 정상인으로 회복되어 가는 것을 보면서 내가 사람을 살렸구나! 하는 안도감을 느꼈었소.

단, 시간이 약이요 또는 인내심이 약인 것이고 침인 것을 단, 침으로 고친 것은 너무 많은 시간이 걸릴 뿐 다시는 재발과 후유증은 없다는 것이 특징이요. 그때 당신의 전신의 피부가려움증은 완치가 되고, 당신과 나 두 사람을 다른 사람같이 병원을 드나드는 일은 지극히 없지만 그 뒤로도 또 오른손 엄지가 붓고 점점 커져 병원을 다녀도 오히려 더 심해지고, 이제는 손으로 그릇은 커녕 볼펜 하나도 들을 수가 없다고 하여 또 병원을 가지 못하게 하고 침을 꽂기 시작 약 두달 정도만에 완치를 시켰고, 발 주변이 또 퉁퉁 부어 오르고 시큰거린다는 말을 당신은 꼭 혼자서 꾹꾹 참고 병원을 여러번 가본 뒤에 꼭 말을 하는 나쁜 버릇이 있었소.

물론 내가 항상 바쁘게 움직이니 지장을 주지 않으려고 그런 당신의 깊은 마음은 헤아리고도 남지만 바로 말을 하면 좀더 고생을 안해도 될터인데 꼭 뒤늦게 병을 악화시켜 놓고 늦게 말을 한 것이 큰 잘못이었소! 그래도 치료를 하면 돌팔이 아는 것도 없지만 우리 가족에게는 이상하리만치 오래 걸리긴 해도 치료가 잘 되었기 때문에 우리집 건강을 지켜주는 주치의(主治醫)라는 별칭(別稱)까지 듣게 되었소.

이제 요즘은 몸살 감기가 와도 배 아프고 머리가 아파도 아예 병원 갈 생각은 않고 집에, 옆에 주치의가 있는데 무슨 놈의 병원이냐!며 몸을 내밀며 치료해 달라고 할 정도가 되었으니 그래도 배 아프고 머리가 아픈 것은 쉽게 제어(制禦)가 8~90%는 되었고, 감기도 초기에만 알면 침을 꽂으면 2~3일이면 병원 가지 않아도 신기하게도 나은 것을 보면 마음속으로 고마운 생각까지 들었소. 환자가 병원 문 앞에만 가도 절반은 낳고 또 의사와 문진(問診)만 끝나도 80%는 낫는다는 설(說)이 있긴 하지만, 그래도 요즘은 나이 80살인데도 아픈데가 어찌 한군데도 없을 순 없지만 오히려 젊었을 때 수도 없이 병치레를 하였던 때는 술취한 사람처럼 비틀비틀 팔자걸음을 걷고 흔들흔들 바람만 조금 불어도 쓰러질 것 같던 당신이 요즘은 그때에 비(比)하면 비틀 걸음도 걷지 않고 날개 돋힌 새처럼 하루 5~6km 이상을 걸어도 끄덕 없는 당신을 볼 때 신기할 정도라오. 거기에다 집에 들어오면 끊임없이 움직이는 당신, 당신은 정말 대단한 사람입니다.

그 체중 43kg의 가냘픈 체구(體軀)에서 어떻게 그렇게 큰 기력을 발산(拔山) 할 수 있는지~ 요즘은 나 보다도 더 당신 임선희 여사가 대단하시다는 것을 새삼 느낀다오. 나는 1970년대 초반에 종로5가에서 지나가는 어마무시하게 큰 트럭이 지나가면서 삐이~익하고 울리는 소리에 오른쪽 귀가 이명(耳鳴)이 생겨 지나치게 소리가 크고 도저히 견딜 수가 없어 귀 때문에 병원을 찾았지만 어느 병원도 원인을 찾지 못하고 하여 도저히 견딜 수가 없어서 그 때 당시 이화대학병원에 종합진찰을 의뢰하여 진찰을 받았고, 병원 판단으로는 전혀 이상이 없는 것으로 판명이 났고, 나는 귀에서도 소리가 끝없이 나는 대도 병원측은 원인조차 찾지 못해서 내가 서울대학병원 매장에 납품을 하였는데 매장 담당선생님께 말씀을 드렸더니 예약없이 내가 원하는 시간에 진료를 받도록 해주시여 서울대학병원에서도 진찰을 받았으나 우리나라 최고를 자랑하는 서울대학병원마저도 원인을 찾지 못한 것은 일반병원과 다름이 없었다는 것은 내가 당신한테 말을 해줬기 때문에 알고 있을 것이요.

나는 그래서 힘들고 어려워도 귀를 고치는 것을 포기하고 나이 80이 되도록 불편함을 감수하고 살고 있고, 내가 집안 청소(淸掃)를 시작하면 주중(週中)에는 바쁘니까 꼭 언제나처럼 주말에 토요일 아니면 일요일에 하게 되는데 아무리 빨리 끝나도 4~5시간 이상이 걸렸으며, 한번 시작하면 집안 구석구석 손이 안간 곳이 없고 문틈까지도 머리카락 하나 끼어 있는 꼬라지를 못보던 내가 요즘은 청소를 할 생각을 안하고 시간이 조금 있더라도 책을 보거나 글씨 또는 붓을 잡아도 청소 안하는 것이 아니라 못한다 생각하면 되오.

예(例)부터 나는 지금이나 예나(古今) 꾀병만 앓는 나. 예부터 하는 말 입버릇처럼 빌어먹고 살으라고 밀고 당기고 들고 짊어진 것은 다 할 수 있고 또 다 하면서 팔 병신, 팔 병신 하는 나 자신도 이상하리만치 신기하다오. 글씨를 써도 이상이 없고, 무엇을 해도 기이하게도 괜찮은데 손을 들거나 쓰다가 어떻게 하면 아파서 절절매고 소스라치게 놀라고 저녁에 잠을 잘 때도 부서지는 것 같은 느낌이 들 때가 많기 때문에 더 이상 내 팔에 무리한 힘을 가(加)하는 일을 하지 않겠다고 내 팔과 내 마음과 약속하였소. 나는 내 팔의 주인이니까 그동안 말보다 수 십배 더 많이 부려 먹었으니까 팔 그놈한테 더 이상 못된 짓을 안하기로 했소.

명심보감(明心寶鑑) 구절(句節)에 연아다여봉 증아다여식(燐兒多與棒이요 憎兒多與食)이란 말이 있는데 공부도 잘하고 똑똑하고 머리 좋은 아이는 성장하여 훌륭한 사람이 되라고 훈육(訓育)의 매(棒)를 많이 들어 깨우치게 하고 여기에 증아(憎兒)라 했고 책에도 미운 자식은 음식을 많이 먹이라 했는데 여기서는 미워할 증, 미울 증이 아니고 머리

둔할 증(憎)으로 읽고 해석(解釋)하여 머리가 둔하고 공부하기 싫어하고 깨우치지 못한 아이는 음식(飮食)이라도 많이 먹여 몸이라도 튼튼해야 육체적 노동(肉體的 勞動)이라도 해서 먹고 사는데 불편이 없게 하기 위한 부모의 따뜻한 염려(念慮) 속에 배려(配慮)였던 것이요.

그런데 나 서인표란 사람은 밥도 굶어 가면서 허덕이고 매일 집에 와서 식구들 괴롭히고 때리고 발길질하는 기막힌 취미를 가진 서(徐)자 만(萬)자 년(年)자 아바지를 잘 둔 크나 큰 덕(德)으로 하루가 멀다 않고 그냥 지난 일이 없고, 매일 매를 맞고 어머님도 나도 온몸에 시퍼런 피멍자국이 가실날이 없었으니. 거기다가 산골 눈뜨면 하늘 밖에 보이지 않는 첩첩산중 속의 마을이라 여덜 살 때부터는 꼴망태, 아홉살 이후는 꼬마 지게와 바자기를 만들어 주어 풀 뜯고 나무하고 저녁에 저녁 늦게는 이유없이 두들겨 맞고 술이 다 깰 때까지 난리를 치루어야 되었기에 머릿 속에는 그 외에는 아무것도 들어 있지 않고 그저 풀 뜯고 나무하는 것만으로 머릿속을 꽉 채웠을 뿐 아는 것이 아무것도 없었으니 다른 생각을 할 수도 없었다.

그래도 지금은 묘한 인연으로 하나뿐인 둘도 없는 남매(男妹)가 죽었는지 살았는지 서로 연락을 끊고 살고 남보다 못한 사이가 되었지만 지금 생각하면 내가 국민학교 졸업하자마자 졸업하기가 무섭게 전주시 고사동에 일을 하게 하여 그때부터 아주 미세하나마 조금씩 깨우쳐 갈던거 같고 또 사기꾼 박홍근 소위 매형이란 사람이 그나마 있던 시골 논밭뙤지기까지 다 없애고 오고 갈데도 없이 헤매면서 인간의 삶이란 것을 하나씩 하나씩 배워갔던 것 같다.

시골의 논밭도 얼마가지 않아 다 아버지의 술값으로 고기값으로 없어졌을 재산이지만 그래도 그때 매형이라는 잘못된 인간 때문에 사기행각에 놀아나 없앴다는 것 모든 것이 하나에서 열까지 계획적인 틀 속에서 빠져 나올 수 없이 당했다는 그 자체가 용납될 수 없었고 그뒤 박홍근이와 이혼을 하고 전북 진안에 박종길이란 사람을 선택, 재혼한 뒤로 나의 큰 딸 수연이 세 살 때 모든 것을 풀고 지내려 세 식구가 찾아 갔었으나 그날이 8월 추석날 박종길씨 집을 찾아가니 박종길(매형)이란 사람은 있지도 않고 박종길씨 모친 흰머리가 허연 노인만 있는데 누님은 어디 갔느냐고 물었더니, 어디 어디로 가면 고추밭이 있는데 고추 따러 갔다고 하여 가보지도 않은 밭을 찾아가니 고추를 따고 계셨다. 오히려 고추 따는 것을 잠깐 거들고 집에를 왔으나 캄캄한 밤중이 되어도 박종길이 란 사람은 오지를 않더니 오래된 깊은 밤중에서야 술에 만취가 되어 들어와 고함을 지르고 난리법석을 치는데 그야말로 안하무인(眼下無人)이었다.

얼마동안이나 많은 시간이 흘렀는지 감을 잡을 수 없으나 닭이 울었고 그래도 그 난동은 그칠줄을 몰랐다. 나는 참다 참다 인내의 한계가 왔는지 더 이상 참을 수 없어 초행길이고 이곳이 어딘지 구분도 안가는데 도저히 더 이상 못있겠다고 우리 세 식구는 잠도 한잠 자지 못하고 앞으로는 다시는 찾지 않겠다는 말을 등뒤로 던지며 길을 나서서 어둠을 헤치고 서울로 왔었고 그뒤 누님은 한번 온적이 있었으나 냉대 했었고 나는 그 뒤로 다시는 찾지 않았다.

그렇게 누님 집에 가서도 음식을 별로 먹기는커녕 미친 광기 어린 꼴을 보고도 잠을 한잠 자지도 못하고 캄캄한 밤중에 가자고 해도 말 한마디 없이 따라 나선 당신 임선희. 우리가 50살 이전까지는 내가 무슨 짓을 해도 단 한마디의 이의도 어떤 말이든 말 한마디를 한적이 없던 당신. 그러나 그렇게 말없이 따라 주던 당신이 사교춤을 배우러 다녔고, 나는 춤 배우러 다닌 것을 알면서도 나 역시 춤을 배우러 다닌 것에 대해서 무관심할뿐 단 한마디도 한적이 없소. 인생이란 춤을 배워도 좋고 재미있게 살면서 자기의 할 일만 다하면 되는 것 나쁠 것이 없다고 생각했기 때문이었소.

나도 술을 먹고 잠을 못자고 해도 지금까지 내가 할 일을 단 한번이라도 어긴적이 없듯이 당신 임선희 여사님도 나와 똑같았는데 춤을 배우면 어떻고 애인을 사귄들 무엇이 나쁠 것이 없고 오히려 삶의 활력소가 되기를 기대했을 뿐이요. 그런데 그렇게 말 한마디 없던 당신이 나랑 죽은 듯이 묵묵히 사는 것이 싫증이 났는지 한 때는 이유는 묻지 말고 이혼(離婚)만 해달라고 심히 요구하고 다그쳤던 있이 있소. 상당기간 그때 많은 생각을 했소.

나한테 와서 고생만 시켰으니 놓아주고 행복을 찾아가도록 하고 싶었으나 그리하지 못한 것은 이혼을 해야 될 어떠한 명분도 없었고 왜 이혼을 요구하는지 그 자체를 몰랐소. 만약 다른 남자를 만나 살겠다면 구체적으로 그 사람이 뭐 하는 사람이며, 재산의 정도 등 상세하게 말을 했다면 상황은 바뀌어 당신의 요구에 당신 말대로 이유를 더 이상 따지지 않고 해 줬을수도 있었소. 믿어지지 않겠지만 나는 충분히 그러고도 남을 사람이요. 그래서 얼마 지나면 그말도 들어가겠지 하고 무던히 기다리고 그에 대해선 말도 한 적이 없소.

그때가 내 기억으로는 맞는지 잘 모르지만 1997~8년 그쯤에서일거요. 나는 아예 신경도 쓰지 않고 오직 내가 할 일만 할뿐 그저 밥 해주고 옷 세탁해서 다려주면 그 외엔 아무것도 바란 것이 없고 낮에는 거의 서로 밥먹는 시간 외에는 얼굴 볼 시간도 거의 없이 살았으니 낮시간에는 당신이 무엇을 하던 거기까지 신경쓸 여유가 없었소. 그래도 우유대리점 할 때는 당신이 판매도 나간 일도 있었지만 그 외엔 어떤 일을 하는지 전혀 무관심했으니 그 무관심이 당신으로썬 너무 지루할 수도 있었으리라 짐작(斟酌)되기도 합니다. 그러나 한 때는 우유대리점을 종료(終了)하고 잠깐 동안이지만 (오전에) 등산도 하고 오전이 아니고 새벽 5시에 호압사 길 잣나무 약수 겨울에는 날이 밝기 전에 6시까지 모여 단체운동(體操(체조) 등도 하고 같이 다닌 적도 있었고, 몸뚱이 하나도 가누지를 못해 비틀비틀 흔들 흔들 비치적거리고 육교 하나도 건너지 못했던 당신이 나와 등산을 하고 손잡고 내려갈 정도가 되어 얼마나 감사 했는지 모르오.

마음속으로 더 이상 바랄것이 없었소. 50의 중반까지도 당신은 돈이 아까워 버스도 마을버스 두세 정거장 정도는 걸어 다녔고 그래도 차는 많이 타고 다닌 편이었으나 하루 3~4키로 정도는 걷는 것이 좋다는 내 말에는 귀를 기우리지 않더니 핸드폰 사준 뒤로는 나보더 더 많은 지식(知識)을 터득하고 그 스마트폰 속에서 "여기서도 운동, 저기서도 운동을 해야 된다"고 "걷는 것이 그렇게 건강에 좋다"고 이제는 당신 스스로 "하루에 7~8키로 정도는 좀 힘이 든다"하면서도 일과이고 의무(義務)인양 그래도 요즘은 예전에 비하면 비틀걸음도 걷지 않고 타고 오르 내리는 것을 꿈도 못꾸던 에스컬레이터도 잘 타고 날개를 단 듯(예전에 비하면) 한 당신에게 고마울 뿐이요.

돈이 있어도 못쓰고 돈을 줘도 못쓰고 지금까지 나이 80이 되었어도 "단 한 번도 혼자서 택시를 타 본 적이 없다"는 당신! 좀 이제는 쓰고 살라고 해도 쓰지 못한 당신 때에 따라서는 내 얘기를 들려줄 때도 드문 드문 한 번씩 해줘도 나는 나가서 친구나 지인을 만나 술 한잔 하면 최하 몇만원!! 때와 장소에 따라서는 10만원도 훌쩍 넘고 한달에 몇 번만 있어도 많은 돈을 나는 쓰고 다닌다고 말을 하면 잘한 일이라고 오히려 칭찬이면 칭찬이지 한 번도 부정적으로 말한적이 없고 "당신은 평생 잠도 못자고 그 고생을 다했으니 쓰고 살 자격이 있지만 그렇게 힘들게 번 돈으 어떻게 함부로 쓸 수 있느냐"고 몇 번이고 말하는 당신 그래도 오랜 예전보다는 사물을 보는 눈도 생활하는 것도 눈에 띄게 달라졌다지만 그래도 아직까지도 지나치리만큼 절약하고 몸도 돌보지 않는 편이 내 눈에는 훤히 보인답니다.

당신은 가끔 아이들 클 때(키울 때) 아이들에게 너무나도 지나치게 인색했던 자신이 아이들에게 죄(罪)스럽다며 말하곤 했지요. 막내는 그때는 바나나를 가게에서 한 개씩 떼어서(돈이 없던 가난뱅이 나라였기 때문에) 송이로 사는 사람이 별로 없어서 한 개씩 떼어서 갯수, 낱개로 팔 때인데 그것을 그렇게 먹고 싶어 했는데 그것 하나를 못 사준 것이 왜 이렇게 가슴이 아픈지 모른다며, 수연이는 양갱을 그렇게 좋아했고, 아이들이 그렇게 먹고 싶어했던 과일 하나, 과자 하나를 사주지 못했던 것이 나이 먹은 지금에 와서 가슴을 짓누른다며 눈시울을 붉히는 당신. 우리집 식구 모두의 생일날이 없었던 우리집 당신과 나는 그런 것에 신경쓸 여가(餘暇)도 없었고, 나도 나 자신부터 생일을 모르고 살았으니 이것은 모두를 챙길 겨를도 없었거니와 완전히 무관심 속에 무시하고 쳐다보지도 않고 살았다고 해야 맞을 것 같다.

일년중 쉬는 날은 일요일도 없고, 공휴일도 없고, 정해진 쉬는 날도 없고, 추석날 하루, 설날 하루가 있을뿐 장치(裝置)로 된 순환기계(循環機械)와 같이 일요일이 무엇이며, 토요일, 공휴일(公休日)이 무엇인지 오직 세끼 밥먹고 눈감으면 저녁이요, 눈 뜨면 아침 하나도 틀림 없는 똑같은 날일뿐 별 다름이 없는 것. 그렇게 몸뚱아리를 함부로 부려 먹어도 아플 사이도 없어서 한가한 사람들에게 흔해 빠진 감기(感氣) 한번도 앓아 본 적이 없었으니 그것도 극락정토(極樂淨土)에 계신 어머님의 크나큰 보살핌이라 아니할 수 없소.

당신의 가족에 대한 헌신(獻身)과 절약정신(節約精神)이 없었다면 지금 현위치(現位置)는 없었을 것이요. 고맙소 여보! 그리고 임선희 여사님. 당신 이야기와 나 서인표의 지나온 역사(歷史)만 나왔다 하면 끝이 없고, 당신 이야기 하다 내 이야기 하고, 내 이야기 하다가 당신 이야기 하고, 애들 이야기 하다가도 또 당신과 내 이야기가 곁들여지고 끝이 없어요. 지금부터는 둘째 종갑이 이야기를 좀 써 볼까 합니다. 수연이도 막내 용비도 있지만.

17

사랑하는 둘째 왕자와 있었던 일들

물론(勿論), 첫째 수연이도 있고, 막내 용비도 있지만 그래도 그 중에서 그 때 당시에는 세 아이중 가장 문제가 심각하다고 여겼던 우리 둘째. 그 때가 아마도 1985년 여름이었던가 1986년 여름이었던가 정확한 기억(記憶)은 없으나 그 때는 동네 여기저기 어린아이들을 유혹(誘惑)하는 게임방이 성(盛)하던 때이므로 둘째 종갑이가 바로 이웃 게임방에 마음을 뺏기어 공부는 뒷전이고 그 게임방에 온 정신을 뺏기어 지낼 때였는데 아빠의 세 번 이상의 경고(警告)를 무시하고 오락실에 또 정신을 팔므로 세 번 경고일 때는 매를 들지 않고 이번이 두 번째다.

"또 이번이 세 번째이니 세 번 이상이면 매를 맞는다는 것은 알고 있겠지"하고 세 아이 모두에게 똑같이 적용(適用), 세 번 이상이면 여지없이 매를 들었었다. 그렇게 둘째가 네 번째 어기어 모진 매를 들은 적이 있었는데 매를 맞을 때는 "다시는 오락실을 가지 않겠습니다"하고 용서(容恕)를 구하지만 그렇게 모진 매를 맞아 종아리에 피멍이 들도록 맞고도 바로 그 이튿날 또 직감적으로 오락실 게임방에 간 것 같아 이웃 오락실에 갔더니 역시 오락실 기계 앞에서 앉아 열심히 게임을 하고 있는데 아빠가 뒤에 바로 등 뒤에 와 있는 것도 모르고 게임에 열중하고 있었다.

그리하여 그 때가 여름이고 비가 자주 올 때인데 오락실에서 데리고 집으로 와서 아빠는 너같이 말을 듣지 않는 자식은 둔 적이 없으니 너를 오늘 이후로는 집에서 쫓아내기로 마음을 굳혔으니 "이 시간부로 집을 나가고 들어올 생각도 말라"하고 쫓아낸 적이 있었는데 그 때는 또 비가 계속 와서 3일 동안이었는데 매일 같이 제 누나와 여동생이 아빠의 집무실 집무실 안에는들어오지도 못하고 집무실 문 앞 홀 바닥에 둘이서 무릎을 꿇고 동생 용서해 주세요. 오빠 용서해 주세요! 하고 빌어대서 3일째 되는 저녁 늦은 시간에 너희들이 첫째 수연이 누나로써 동생 종갑이를 바른 길로 인도(引導) 할 수 있겠느냐 "만약 종갑이가 또 오락실을 가면 수연이 네가 대신 혼쭐이 날터인데 괜찮게느냐"하고 은근(慇懃)히 못 이기는척 용서를 할터이니 데려오라고 하였고, 나중에 알게 된 사실이지만 초등학교 4학년 때로 알고 있는데 내 기억이 맞는지는 모르겠으나 학교 결석은 하지 않고 책보따리는 막내 용비가 갖다 주고 빵이나 한 두개 주면 먹고 학교를 가고 누나 수연이가 또 먹을 것을 좀 구해다 주면 먹고 밤에 잠은 비는 오고 어디 갈 데는 없고 우리집 옥상 위에 판촉물을 많이 쌓아두고 비를 맞지 않게 잘 덮어 두었는데 그 판촉물 포장 속에서 앉지도 못하고 눕지도 못하고 비를 피하려니 포장 속에 날이 밝을 때까지 서서 지냈다는 말을 들었고, 그렇게 하여 오락실에 발을 붙이지 못하게 하였다.

나는 오직 대리점일에만 몰두(沒頭)할뿐 집안 일과 아이들을 모두 다 안식구한테 맡긴 상태인데 서울식품 대리점 할 때는 그래도 집안 일에만 힘쓰던 때이므로 아이들한테 신경쓸 시간이 있었다고 볼 수 있고 좀 시간적인 여유가 있었으리라 생각되지만 1983년 3월 1일 서대문구 북아현동에서 구로구 시흥동으로 우유대리점을 따라 거주지가 바뀌면서 안식구도 처음 1~2년 정도는 그래도 집안 일만 했었지만 판매원 정리(整理) 과정에서 아이들을 보살펴야될 가장 중요한 시점에서 바빠졌으니 아이들을 제대로 살필 시간적인 여유가 부족했던 탓도 있었으리라 본다.

그래도 우리 큰딸 수연이는 제 동생들과 3~4년 차이가 나니 그 애한테 만큼은 셋 중에 온 정성을 다 했다고 볼수 있지만 둘째 종갑이와 막내 용비는 몸은 피곤하지 가려움증은 점점 더 돋치어(심해져) 미쳐 나갈 것 같지 아이들한테 정성을 쏟을 시간적인 여유가 있었겠는가?.

아이들한테는 이 부족한 아빠의 아들, 딸로 태어난 것이 가엾고 안타깝고 정말 미안하지만 그래도 둘째와 막내한테는 더더욱 아빠로써 엄마로써 한없이 미안할뿐이다. 이같은 글을 기억을 더듬어 가면서 써 내려 가지만 그 때의 그 시절로 돌아가 뜨거운 눈물을 감추지 못하고 눈물 방울을 섞어 안개 자욱한 원고지에 무엇을 쓰는지조차 모르겠구나.

이럴 땐 남자로 태어난 것이 죄(罪)인지 가장(家長)이 된 것이 죄인지 한없이 미안한 것은 아내 임선희 여사인데 세 아이한테까지 좀 더 따뜻하게 지켜주지 못한 것이 미안하고 부끄럽구나.

둘째 종갑이가 중학교 일학년 겨울방학이 시작된 첫 날

나는 둘째가 초등학교 4학년 여름(게임방) 오락실건으로 해서 3일 동안 집에서 쫓아내었던 그 뒤로는 오락실을 간 것을 보지를 못했으니 그런대로 맘을 잡고 학업에 열중하고 있구나! 하는 생각을 갖게 되었고, 또 시간적인 여유(餘裕)도 없었지만 그래서 방학 첫날 시험(試驗)해 보기로 하고 책을 가지고 대리점 집무실(執務室)로 오라 하였다. 사실은 책을 가지고 오긴 했지만 저희 아빠도 까막 눈이니 무엇을 시험하겠는가. 내가 아는 것이라고는 평생을 끼고 다닌 천자문(千字文)과 명심보감(明心寶鑑) 뿐 만만한 것이 한문책자이니 한문책을 추켜들고 겨울방학이니 이 책을 다 배웠겠구나! 하고 물으니 "예" 하고 대답하였다.

그럼 이 책을 펴기 전에 우선 "네가 강서중학교 몇 학년 몇 반과 네 이름을 써 보아라" 학교를 다니면 다니는 학교 교명과 몇 학년 몇 반은 제일 먼저 배웠을 것으로 안다. 선생님께서 그렇게 가르치지 않았느냐? 하고 물었더니 아빠 저 그 책 한자도 물라요. 다 배웠다고 하지 않았느냐. 예~ 배우긴 했는데 한자도 몰라요. 호랑이 보다 더 무서운 아빠 앞에서 아빠 손을 붙들고 한자도 모른다는 말을 서슴없이 하는 아이를 앞에 두고 잠시 생각에 잠기다 마음속으로 이 아이는 매를 대서도 안되겠다 싶고 어떻게 하면 공부의 맛을 붙여줄 수 있을까 생각하다 한문지도는 내가 하고 고등학교 2학년인 제 누나 수연이에게 부탁하여 영어는 2학년 고등학교 내에서 항상 최고의 점수를 받고 있다하니 매일 한시간 정도 시간을 내달라고 부탁을 해야 되겠다 싶어서 화도 내지 않고 좋은 말로 부드럽게 종갑아 원없이 7년 동안을 잘도 놀았구나.

그럼 이제부터 공부를 좀 해야겠지. 자, 아빠와 약속을 하자. 아빠는 너와 공부를 하는 동안 어떤 일이 있어도 매는 들지 않을 것이다. 허나 잘못을 하면 벌은 받아야지 않겠느냐. 겨울방학 동안에 이 한문 책을 하루에 넉자를 기준으로 하면 거듭된 자가 많기 때문에 방학 끝날 때는 완전히 익히고 뜻까지도 다 터득하도록 해주는데 매일 아빠와 한 시간, 또 너의 누이에게 부탁을 할터이니 누나와 영어공부를 한 시간 하루에 두 시간 동안을 열심히 할 수 있겠느냐?. 그리고 벌칙을 정하지 않았는데 아빠와는 배웠던 한자를 잊어 버렸을 경우 쪼그려 뛰기를 열 개, 두 자 틀리면 20개, 한자당 열 개씩 올라간다. 누나와 영어공부도 예외는 없다. 누나의 명을 여기면 아빠의 명을 어긴 것이라 생각해라 할 수 있겠느냐? 하고 물었더니 매를 들지 않는다 하니 좋아라 하고 그렇게 하겠습니다 하고 대답하였다.

그렇게 하여 큰딸 수연이에게 동생 공부를 방학 끝날 때까지 한 시간씩 부탁을 하여 공부에 들어갔는데 약속대로 한문 책 한 권은 완전히 익혀졌다 생각했는데 방학 끝나고 기말고사(期末考査)에서 어떻게 시험점수(試驗點數)가 나올까 궁금했었는데 천만다행으로 한문은 올 100점, 영어는 75점으로 나왔던 것으로 기억된다.

특히 가장 놀란 것은 학교 담임선생님이라고 했고, 영어도 한문도 항상(恒常) 꼴지에서 가까운 점수였는데 방학동안에 한문 100점에 영어 75점이 나오니 담임선생님께서 놀라고 그렇게 좋아라 하셨다는 것이다. 사실 더없이 기쁘고 좋은 것은 우리집 식구들을 빼놓을 수 없지만 그때 나도 야~아 서인표 중학교 한문 선생해도 되겠다. 방학 동안에 따라주고 진짜로 열심히 했구나 하는 마음에 울컥하여 괜히 하늘 천정을 쳐다보고 기쁨의 눈물으 흘렸던 일이 있었는데 둘째에게 더 고마운건 겨울방학 동안의 공부가 바탕이 되어 이제는 밖에 놀러도 잘 나가지 않고 방문도 잠그고 뒤쪽 창문도 잡음(雜音)이 들어온다고 꼭꼭 닫고 비지땀을 흘리며 공부에 집중하고 있는 모습이 너무 고맙고 이젠 안심해도 되겠구나 하는 생각이 들었다.

이윽고 중학교 3학년 1학기 때는 성적(聲積)이 상위권(上位圈)에 들어섰고 무엇보다 공부의 참맛을 알고 있다는 것이고 또 저희 엄마에게 “엄마 나 2학기 때는 반에서 1등도 할 수 있어요”하고 말을 했다는 것이다.

당연히 중학교 3년 졸업식 때는 일등의 영예(榮譽)를 움켜쥐었고, 금천구 시흥동 문일고등학교에 진학하게 되었으며 우수한 성적을 계속 유지하여 고3 때는 특별우수반으로

뽑혀 그 우수반 속에서 전교(全校)에서 1~2~3~4~5 등급이 모두 나오는 반에 합류되어 공부를 했으며 그 우수반 속에서 1,2,3등을 오르락 내리락 하며 열심히 공부한 끝에 전교 2등으로 졸업을 앞두고 대학교 입학원서 문제로 담임선생님과 학생(서종갑)간의 의견차이가 있었던고로 학부모인 내가 방문해 달라는 요청을 하여 교무실로 종갑(아들) 담임 선생임을 찾아 갔는데 종갑이는 아직 오지를 않았고 나와 아내 그리고 선생님과 잠깐 대화를 나눴는데 종갑이가 서울대가 아닌 연세대학교에 원서를 넣겠다 하여 답답한 마음에 부모님을 뵙자고 한거라며 서울대에 지원할 수 있도록 설득해 달라 하시면서 전교에서 2~3등 안에 들어가는 아이가 서울대를 지원하지 않으면 누가 서울대를 지원하겠느냐며 제발 서울대에 원서를 넣을 수 있도록 해달라는 말씀을 거듭하시며 만약 이번에 합격하지 못하면 담임으로써 책임지고 우리나라에서 둘도 없는 종로학원에 더도 덜도 말고 일년만 재수(再修)를 시키는데 가정 형편상 재수 시킬 형편이 못 된다면 담임 선생인 제가 그 뒷감당을 하겠사오니 서울대에 입학원서만 제출케 하달라고 말씀하시는 것이었다. 그러시면서 다른 아이들은 능력도 안되는데 높여 써 달라고 손발이 닳도록 빌고 사정하는데 종갑이 이 녀석은 이 선생이 아무리 거꾸로 사정을 하여도 연세대만 고집을 하니 그 고집을 꺾을 수가 없다 말씀하셨다.

그렇게 이야기 하고 있는 도중 정작 본인 종갑이가 와서 자리에 앉지도 않고 아빠에게 인사하고 아빠 말 들을 것도 없이 밑도 끝도 없이 다짜고짜 아빠 저 서울대학교에 원서 넣겠습니다. 딱 그 한마디만 던지듯 하고 가버리는 것이었다.

아빠, 엄마도 담임교사(擔任教師)도 말한마디 하지 않고 그렇게 스쳐가듯 던지는듯한 시험볼 당사자의 한마디 말에 활짝 웃으며 한 마디 하시는 말씀. 아버님이 무서운 것 같아요. 모시기를 잘했습니다. 종갑이 입학원서는 누구의 손도 거치지 않고 담임인 제가 직접 서울대에 제출하겠습니다. 감사합니다. 아버님, 어머님 하시는 것이었다. 정작 고맙고 감사해야 할 사람은 우리인데(부모) 도리어 선생님께서 더 좋아라 하시는 것을 보고 선생님 역시 부모의 마음과 조금도 비(比)할바가 없구나. 훌륭한 선생님을 만났구나 하고 생각하였다.

그리고 말씀하신대로 서종갑(아들)이 서울대 입학원서를 담임선생님이 직접 제출, 접수하고 전화까지 해주셨습니다. 그리하여 시험을 치르게 되었고, 시험결과(試驗結果)는 합격은 하였으나 제2지망과에 합격하여 문일고등학교 정문에는 서울대학교 무슨 과 합격 서종갑 이름이 현수막으로 붙어 있었으나 제2지망은 그냥 써 넣었을뿐 다닐 의사가 없다고 하여 일년동안 종로학원에 들어가서 공부를 하게 되었는데 친구들을 너무 잘 만나서 같이 공부하고 공부한 자료를 서로 바꿔서 정답 체크도 하고 너무나도 좋은 4명의 친구 본인까지 다섯을 얻어 재수하기를 너무 잘했다는 말까지 한 일이 있었으며 일년 이상 더 이상 재수를 하지 않겠다며 본인 스스로 서울대 갈 능력이 안된다 싶으면 연세대학교를 지망하겠다는 뜻을 표(表)하기도 하였다.

그러나 같이 공부한 다섯명이 모두 서울대학교 같은 학과 서울대학교 기계공학과를 지원하여 단 한 사람도 낙오(落伍)자 없이 모두가 합격 통지서를 거머쥘 수 있는 쾌거(快擧)를 낳았다. 이 얼마나 통쾌한 일인가. 그런데 종로학원에(일년 재수) 가기 전날 아빠 서인표와 아들 서종갑은 둘이서 굳은 약속을 한 바 있다.

나는 서주우유 대리점을 영등포구와 구로구 전체 내에서 가장 꼴찌 가는 대리점을 인수(引受) 받아 지금 현재는 성장하여 3번째까지 올라 있다. 너와 나와 하나의 약속을 하자. 너는 서울대학교를 합격하는 것을 목표로 하고, 이 아빠는 너의 서울대학 합격통지서와 나는 현재 3등에 머물러 있는 시흥대리점을 구로 영등포 지역 전체 내에서 일등 자리에 올려 놓겠다. 아빠도 온 힘을 다 쏟아부어 반드시 성취(成就) 할 수 있도록 노력할 것이니 너도 최선을 다해라 할 수 있겠느냐 하고 아빠와 자식지간이 아닌 남자 대 남자로써 약속한바 있었는데 공교롭게도 그해 나는 나대로 구로 영등포지역 전체 내에서 일등을 거머쥐었고, 아들 종갑도 서울대에 합격하는 아빠와 아들의 약속이 성립되는 해(歲)이기도 했다.

그리하여 서울대 기계공학과를 졸업하고 거제도 대우조선에 다니게 되었는데 대우조선은 어떻게 다니게 되었는지 그 과정은 알지 못하고 이제는 아들녀석이 자기 일은 제 스스로 해결해 나가고 있고 대우조선을 다니면서도 쉬지 않고 공부를 하여 회계사 등 여러 가지 자격증(資格證)도 취득하고 회사에서도 인정을 받아 기계공학과와 거리가 먼 서울역 앞 대우조선 본사로 발령이 나 해외(海外)의 대기업 총수들을 영접하고 회사의 중요 사항(重要事項)을 논의(論議)하는 중책(重責)을 맡게 되었으며, 그런 가운데에서도 꾸준한 노력으로 영국 옥스퍼드대에 우수한 성적으로 합격하여 공부하러 간 과정에서 대우그룹에서는 진급도 시켜주고, 공부도 회사에서 모든 비용을 부담한다 하였지만 (아들)종갑이는 회사를 그만두고 공부를 하러 가겠다고 하여 은근(慇懃)히 걱정이 되어 진급도 되고 월급도 받아가면서 공부시켜줘 또 졸업하고 직장 구할 염려도 없고 좋지 않으냐 하였더니 졸업하고 4년 동안만 근무를 해주면 다른 회사로 갈 수는 있으나 그렇다고 어떻게 4년만 근무를 마치고 그만둘수가 있겠습니까. 사람으로써 할 일이 못되지요. 평생 그 회사에 메인 몸이 되기 싫습니다.

직장 같은 것은 걱정하시지 마시고 이 아들을 믿어 주십시오. 아빠 능력 있으시잖아요. 등록금만 내주세요. "먹고 사는 것은 제 힘으로 모두 해결하겠습니다"하고 말하는데 더 이상 할 말이 없고, 네 뜻대로 해라! 하여 대우그룹을 사퇴하고 영국으로 떠나 공부를 하였고, 졸업하기 전 외국업체 씨티그룹에 차출(差出)되어 졸업하고 집에 와서 딱 4일 동안 쉬고 5일 되는 날 출근을 하였고, 영국으로 발령이 나서 영국에서 약 3년 동안 근무했던 것으로 기억된다. 그리고 다시 서울로 발령이 나서 서울에서 근무 중 지금 다니고 있는 그룹 비엔피 빠리바스에서 스카웃트 되어 근무하고 있으며, 지금까지 해외 출장만해도 60여개국을 비행하면서 업무를 보기도 하는데 받는 녹봉(祿俸) 연봉(年俸)은 수억(數億)원에 이른다, 하지만 무슨 회사가 토요일도 의무적(義務的)으로 골프를 치러 가야 되고, 평일 퇴근시간도 정(定)해진 바 없고 자기에게 주어진 일을 다하여야 퇴근이 가능하고 그래도 경우에 따라서는 퇴근하여 집에 와서도 업무를 보는 일이 종종 있다 한다. 보통 집에 오면 10시 정도 되는 일이 다반사(茶飯事)란 말을 듣기도 한 것 같다.

졸업하고 돌아와서 첫 출근 할 때, 아빠에게 했던 말...

옥스퍼드대를 졸업하고 집에 와서 출근하기 전에 아빠 엄마에게 했던 말. 첫 번째 아빠에게 아빠 빚부터 갚아야지요. 그 말이 첫마디라 그말인즉 2021년 늦은 여름에서 초가을에 벽산아파트를 구입하는 과정에서 일억 오천만원 대출을 받았고, 금천구 시흥 본동 현대시장 안에 50평(坪) 851-34호 2층 건물과 58평 881-45호, 지하 1층 지상 4층(5층) 건물을 모두 팔아 시흥시 포동에 상가자리 265평의 대지를 사서 지으려는 과정에서 삼억원의 은행 대출을 받은 것을 알고 있기 때문에 제 딴에는 아빠의 은행 빚이 걱정되어

했던 말인 것 같았다.

그말인즉 빚을 갚아 주겠다는 뜻이 담겨져 있었기 때문에 너무나도 고맙긴하나 한마디로 받아들이지 않았다. 너의 뜻은 참으로 고마우나 아빠가 갚을 능력도 없이 대출을 받은 것은 아니니 걱정 안해도 된다. 아직 회사에 첫 출근도 안한 상태에서 첫 월급부터 아빠 빚을 갚겠다는 의도(意圖)를 내 비쳤으니 그 맘으로 충분했다. 그리고 그 다음 말 그러면 제가 아빠와 엄마에게 용돈으로 매달 50만원씩을 각각(50×2) 보내드릴터이니(자동이체)로 통장번호를 달라하여 나는 또 이번에도 단호히 거절 그럴 필요 없다. 이제부터는 오직 너의 앞으로 살길만을 위해 계획을 세우도록 해라 했더니 옆에서 듣고 있던 제 엄마(임선희여사)는 아니야~ 아니야~ 나한테는 50만원씩 보내 하는 것이었다. 그리하여 그 대목에서는 나는 아무말도 하지 않고 관계치 않았다. 그리하여 얼마동안 매달 50만원씩이 통장으로 들어오는 것으로 알고 있고, 〈오불관언(吾不關焉) : 나는 관계치 않는다〉 하고 있는데 그런뒤로 약 일년쯤 되었던가~ 일년도 안되었던가~ 정확한 기억은 없는데 저희 엄마한테 마포역과 연결되어 있는 평수는 32평인지 확실히 평수는 알 수 없으나 제법 큰 오피스텔을 구입하면서 대출을(빚을) 받았으니 그 빚 갚을 때까지만 월 50만원이 아닌 15만원씩을 보내드리겠다고 했다는 것이다.

그리하여 네 형편이 그렇다면 네 형편대로 해야지 어쩌겠느냐? 하니 빚만 다 갚으면 다시 예전대로 "50만원씩 보내드리겠습니다"하고 지금 현재까지 매달 15만원씩은 들어오고 있다는 것이다. 15만원씩을 무슨 이유에서 어떤 말을 했다는 것까지 알고 있고, 15만원씩 들어오는 것을 뻔히 알면서도 지금부터 약 1년 정도 집에 저희 엄마와 아들이 있는 자리에서 엄마에게는 지금도 50만원씩 보내주고 있느냐? 하고 모르는척 하고 물어봤더니 15만원씩이요! 하는 것이다. 그래서 어찌 50만원이 15만원으로 줄었느냐고 지나는 말로 되물었더니 "그랬었나요 저는 기억이 없는데요"하는 것이다.

더 이상 뒷말은 아무말도 안했으나 차라리 그때 다시 "원래대로 보내드린다 해놓고 업무에 바쁘다보니 깜빡 잊고 있었는데 엄마가 한번쯤 말씀해주시지 그랬어요"했더라면 좋았을터인데 한 생각이 들었다 하긴 냉장고며 컴퓨터, 티브이 등 제법 큰 돈 들어가는 것은 다 알아서 사 주는 아들의 깊은 속마음은 알고 그것만으로도 고마운 일이나 말을 돌려서 이쁘게 할 줄 모르는 것은 어찌 그리도 나를 닮았는지 나는 그래도 대리점을 20

여년 판매원 등 장사를 한 기간 모두를 합치면 30년이 넘으니 학교선생 등 대형 거래처 사장들과 자주 만나고 하다 보니 많은 변화가 와서 많이 낳아졌다고는 하지만 지금도 다 잘하다가 직선적인 말 몇마디 때문에 그동안 공들여 쌓아 놓은 정을 무너뜨린 경우가 한 두번이 아닌 것을 내 성격 그대로를 닮은 아들을 나무랄 일도 아니지만 그렇지만 너무나도 닮은 아들의 말뽐새 등을 볼 때 나는 (장사를) 대리점 경영을 안했고 판매원을 안했더라면 나는 저 아이보다 더했을거야! 하면서 빙긋이 혼자서 웃음을 띄울 때도 있곤 한다.

늦게라도 공부에 눈을 띄워 평생의 탄탄대로를 만들어 놓은 내 아들 서종갑 고맙고 믿음직스럽구나.

18

지하 1층 지상 4층 하여 5층 건물 완공!! 제3의 인생서막~

1996년 8월 주식회사 서주우유 시흥대리점 경영을 끝으로 1982년 11월 소개했던 임선희 여사(내 아내)의 친구 박윤예의 남편 이석중 사장님이 경영하고 있는 독산대리점에 권리금 한푼도 받지 않고 그대로 거래처에 깔려 있는 냉장고 숫자만큼 서주산업(서주우유)주식회사에서 보상해 주는 냉장고 개수별로 연도별 단가 상기를 하여 그 금액 외에는 단돈 10원도 더 받지 않고 인계하였고, 대리점 인계와 동시에 현대자동차 겔로퍼터보를 내가 좋아하는 빛깔 자색 섞인 군청색으로 번쩍 번쩍 빛이 나는 신형차를 일시불로 구입하였으며, 처음 이 차를 구입할 당시는 그동안 잠 한번 제대로 자 보지도 못하고 대한민국에서 내가 아는 동네와 길은 영업을 하면서 차를 끌고 다녔던 길 뿐 어느 곳도 아는 것이 없다. 곧 정저지와(井底之蛙, 우물 안의 개구리)일 뿐이었다.

그래서 신차를 구입하여 못다닌 곳도 다녀보고 모르면 끌고 가다 잠도 자고 맛있는 것도 사먹으며 며칠이 걸리든 관계치 않고 유유자적(悠悠自適) 아무 속박(束縛)없이 살고 싶은 생각이었으나 그것은 마음 속에 품고 있는 희망(希望)일뿐 곧 바로 그 해 금천구 시흥본동 881-45호 58평(坪) 단층집 낡은 집을 사서 지하 1층 지상 4층 하여 5층 건물을 지금의 현대시장 시흥4 동 꼭대기에서 지금은 금천구청역(한인수구청장의 공로로 이루어진)이지만 그 때는 시흥역까지 뻥 뚫린 길 그 라인에서는 5층 건물을 처음으로 지었고, 5층 건물이 새로 들어서니 다 짓기도 전에 세(貰)를 서로 달라고 하였는데, 짓기도 전에 모두가 평소에 알고 지내던 동네 분들로 구두(口頭)로 모두 계약이 된 상태였으

나 34평의 지하는 내가 편의방을 운영할 계획으로 세를 놓지 않았다. -잠깐-

881-45호를 살 당시 (내 아내)임선희 여사님은 광명시 하안동에 포도밭을 사자고 했었다. 포도밭 5,070평을 사자고 하였는데 881-45호를 사서 짓는데까지 단돈 10원도 남의 돈을 빌리지 않고 지었으니 그 돈이면 그때 당시는 포도밭 등은 일만평도 살 수 있었다. 5,070평 중 4,800평은 그냥 포도밭, 270평은 허술하긴해도 사람이 살고 있는 집이 있었다. 그런데 그 포도밭을 사가지고 어느 천년에 빛을 보느냐 현금이 나와야 된다고 현대시장에 집을 지었던 것이다. 그런데 불과해야 5년 사이에 하안동은 의젓한 신도시로 탈바꿈 되었고, 10배도 아니고 100배가 오를줄 어찌 꿈엔들 생각할 수 있었겠는가. 허나 조금은 아쉽기는 하지만 내가 선택한 일애 조금도 후회는 있을 수 없다.

그리하여 5층 건물이 완성되었고, 1층은 기옥서가 한식집을 했고, 2층은 피씨방, 3층은 만화가게, 4층은 가정집으로 내가 살고, 지하는 인테리어를 멋있게 하여 편의방을 운영했는데 이것이 계산착오였다.

나의 성격상 술장사는 맞지를 않았다. 약 2달 열었는데 손님이 없었고, 석달 중간 넘어지면서 알려져 손님이 기다렸다 들어올 정도로 영업은 잘되었으나 툭하면 말 다툼, 술투정 등도 참기 어려운데 거기다가 가끔 미성년자 주류 판매에 걸리어 파출소, 경찰서 등을 오고 갈 때가 있었는데 그럴 때마다 힘들었다. 일곱 여덟명 등이 들어 오면 주민증을 확인한다 하지만 그중 다섯, 여섯명 정도 확인하면 모두가 다 같은 연도 친구라고 하면 한 둘은 보지 않을 때도 있었는데 보지 않은 한 두명이 꼭 말썽을 일으키곤 했다.

그러나 파출소는 그래도 불시점검이 나온다고 해도 꼭 약 30분 전에 전화 연락이 되어 잘 처리가 되고, 또 동네 파출소는 조서를 꾸밀 때도 아주 가볍게 넘어갈 때가 많았는데 경찰서는 상당히 더 까다로웠다. 그래서 딱 술장사 10개월을 하고 일주일을 두고도 몇 번씩 이용해 주는 한 동네 연경노래방 주인이 젊은 사람이 벌어먹고 살게 달라고 하도 사정하여 못 이기는 척 하고 인계하였다.

그러고나니 시간적인 여유가 잠깐 동안 있어서 새벽 5시쯤 일어나 안식구를 대동하고 호압사 밑 운동기구가 설치되어 있는 곳 넓은 마당에서 20여명 이상이 모여 에어로빅

등 운동을 하였었는데 그곳에 합세하여 한동안 지속적으로 운동을 하였고, 새벽 맑은 공기를 마시고 좋았다.

그러던 중 내가 시흥본동 851-34호를 구입해서 1985년 5월 28일날 이사를 했는데 그 때부터 851-34호에서 살면서 내 집무실(執務室)에서 잠깐 잠깐 바둑을 두며 한 집에서 살았던 나보다 10살 아래인 이병헌씨가 3층을 만화가게 한다고 달라고 하여 만화가게를 하고 있었는데 그만둘 뜻을 미춰 내 집에 와서 돈을 벌어가지고 나가야 내 마음도 편하고 좋을터인데 그 사람은 대학교 졸업까지 하고 내가 알기로도 이병헌씨 처(妻)가 고등학교 교사이고, 교육부(敎育部)에 오빠가 근무를 하고 있고, 이병헌씨도 신문사 등 몇 번의 취직(就職)을 하여 출근한 것으로 알고 있으나 나이 어린 친구들 밑에서 내 느낌으로 굽신거리기가 어려웠던 것 아닌가 싶고 오래 견디지 못하고 나온 것 같다.

하지만 만화가게를 한다해서 제발 돈을 좀 많이 벌었으면 하고 간절(懇切)히 바랬었는데 그것도 내마음대로 되지 않아 그만둔다 하니 돈을 벌지 못한 것은 뻔한 일 내가 5층 건물을 짓고 난 뒤 바로 윗집 송씨네(존함을 지금은 잊어버려 성씨만 생각이 나서 송씨네라 쓸 수밖에 없음) 집을 지어 그 집에서도 우리 집과 한 집 건너서 만화가게가 들어서고 친절하게 하니 우리 건물 만화가게가 점점 먹혀 들어가는 것 같았다.

그런데 공교롭게도 옆집에서 만화책 값만 지불하고 인수를 하기로 했다는 것이다. 그말을 들은 순간 도저히 내마음이 용납(容納)할 뜻이 전혀 없었다. 내 집에서 먼저 차리고 다른 집도 아닌 나중에 챙기고 한집 한울타리나 마찬가지인 담벽 하나 사이에 같은 업종을 주었다는 그 집 주인도(건물주도) 그렇고 잡아먹겠다고 바로 옆에다 차린 세입자도 그렇고 어느 면으로보나 도저히 용서(容恕)가 되지 않았다. 그리고 또 현재 운영하고 있는 이병헌씨도 그 마음을 이해할 수 없었다. 어떻게 자기를 죽이겠다고 칼을 품고 들어온 사람한테 스스로 그 칼 앞에 무릎 꿇고 목을 내민다.

진규아빠 이병헌이는 그 때만해도 약 14~5년 바둑도 두고 같이 술도 마시고 같이 지내온 사람인데 이리보나 저리보나 그냥 그집에 넘기는 것은 내마음이 허락하지 않았다. 어떤 방법으로든 물러설 수 없었다. 그래서 그집에서 보상해준다는 것은 내가 다 해줄터이니 나한테 넘기라고 했다. 그리하여 며칠만 늦었으면 옆집으로 넘어갈뻔한 것을 내가 인수받게 되었다.

당연히 옆집에서는 난리법석이었고 마치 싸울 기세로 등등했으나 나 서인표가 그런 기세나 협박에 조금도 굴북할 사람이던가 아니다. 나는 잡초(雜草)와 같이 살아 온 사람이니까 밟고 밟아도 힘차게 일어나는 잡초. 물론 마음속으로는 쉬고 싶어서 대리점을 접을 당시의 마음이었으나 아직은 50대 펄펄 나는 힘이 있고, 또 술장사도 10개월을 했지 않았는가. 월세만 받아도 수 백만원이니 먹고 사는데는 지장이 없었으나 아직도 젊은 혈기가 살아있으니 그것도 마음대로 되지 않았다.

만화가게를 하게 되니 또 잠을 잘 수가 없었다. 만화를 권당 얼마도 하지만 보통은 종일 하루에 얼마가 많았고, 저녁에 잠잘데 없는 사람 몇사람도 저녁날을 세우는데 얼마, 결과적으로 낮시간 종일 얼마 밤까지(날 셀 때까지) 얼마로 거의 규정이 되었다보니 24시간 동안 문을 열고 있는 셈이 되었고, 자장면 등 음식을 시켜달라면 시켜주고, 라면을 끓여 달라면 라면도 끓여 주고, 손님은 왕이니 꼬봉노릇은 제대로 한 셈이었다.

때에 따라서는 자주 오고, 또 자주 날을 세우고 한 사람 가운데는 종일 굶고 있는 사람도 더러는 있었으니 그런 사람들은 그냥 두고 볼 수 없어 가끔 말 없이 라면을 끓여다 주면 고맙다며 허겁지겁 먹는 것을 보면 내가 20살 미만 또는 전후 많이도 굶어봤지만 최고 아홉끼니까지 굶고 만만한 물로 배 채우던 내 생각이 머리를 스칠 땐 까닭없는 혼자서 가만히 눈시울을 적실 때가 한두번이 아니다.

만화는 매일 발간되는 책을 공급해 주는 공급책이 하루도 빼지 않고 와서 공급해주곤 했다. 또는 좀 다양한 만화책을 폭넓게 준비하려면 청계천 만화시장에 가서 구입하여 갖춰 놓은 것도 있었고, 만화가 아닌 무협소설책 같은 경우는 시내로 나가야만 구입이 가능했기 때문에 좀더 인기 있고 좋은 책을 구입하여 갖춰 놓는 것이 가장 손님들을 끌을 수 있는 방법이기도 했으니 시대의 흐름을 따를 수밖에 없는 일이었다.

그렇게 어언 만화게를 한지 3년만에 만화가게를 접게 되었고, 그때부터 약 1년 여 안식구와 새벽에 등산도 하고 아침 운동도 하곤 했었는데 현대 시장통에 있는 50평 851-34호와 5층 건물 58평 두채를 모두 팔아 경기도 시흥시 포동에 아파트 앞 상가자리 전면

이 35m대지 265평을 사서 2층으로 상가를 지었고, 2002년 6월에 완공하여 2002년 당시 610만원 월세가 보증되었다. 그리고 금천구를 떠나려고 월곶 바닷가 근처에 집을 마련하려 하였으나 금천구에서(현대시장) 20년을 살았고, 방위협의회에서부터 단체 모임이 10여개가 넘었으며, 좋은 인연으로 살아왔기 때문에 금천구를 떠나지 못하고 벽산아파트 507동 501호에서 지금 현 2023년 9월이니 벽산입주가 2002년 11월 4일이니 현 아파트에서 21년을 산 셈이니 금천구에 와서 무려 42년째 살고 있으니 나의 제2의 고향이라 할 수 있고, 금천구에서 서울금천문화예술인협회 총무를 거쳐 예술인협회장까지 역임하였으니 지인들도 많고 현재까지도 이 금천구를 떠날 생각을 아예 해보질 못했으며 그 많던 단체 모임도 이제는 다 빠져 나오고 불과해야 현 다섯 개 정도이고, 그러나 그 중에는 아무 때라도 허심없이 전화하고 불시에 또는 약속을 하여 소주잔이나 막걸리잔을 기우리며 너털웃음을 터트리기도 자주 하는 편이니 이것이야말로 극락정토(極樂淨土)에 사는 보람이 아니겠는가.

고려시대(高麗時代)의 대문호인 이규보(李奎報)씨도 사후천추만세지명(死後千秋萬歲之名) 불여생전탁주일배(不如生前濁酒一杯)란 말씀을 하셨다. 이 말의 해설(解說, 뜻)인즉 죽은 뒤에 천추만세까지 명예(名譽)가 전(傳)해 지는 것 보다는 살아생전 탁주일배가(술한잔) 낫다는 말이다. 조용히 생각해보니 사후의 일보다 살아있을 때의 삶이 더욱 소중함을 깨닳고 자손들에게 한 잔 술로 목이나 축이게 술상이나 자주 차려주는 것이 효도라고 했고, 고기안주에 잘 차린 음식보다도 마음을 편하게 해주는 것이 백번 낫다는 것을 알 수 있고, 꺼져 가는 늙은이의 소망인 것 같다.

옛날 속담(俗談)에 전문세락(轉糞世樂)이란 말이 있다. 그 뜻은 글자 그대로 구를 전(轉) 똥 분(糞) 인간 세(世) 즐거울 락(樂)이니 “똥밭에 구르며 살아도 이 세상이 낫다”는 말이다. 다음 세상은 가보지를 않아서 어쩐지 잘 모르지만 천당(天堂)이니 극락(極樂)이니 극락정토(極樂淨土)이니들 하지만 전혀 알지 못한 일이니 현 시대에 초대(招待)를 받아왔으니 자고 새면 똑같은 날이나 어찌보면 긴 것 같지만 지나 놓고 보면 한 없이 흘러가는 한 조각의 구름이 스쳐지나간 것 같이 짧기만 한 세상, 기왕(旣往) 온 것 한 때는 딸린 식구들 굶주리지 않고 좀더 잘 살아보겠다고 잠도 자지 못하고 몸 망가지는지 모르고 이리 뛰고 저리 뛰고 동분서주(東奔西走) 휘젓고 다니면서 동에 번쩍 서에 번쩍 가는 시간이 아까워 쩔쩔메고 홍길동이라도 되었으면…. 이 몸을 10개로 나뉘었을 터인데 그러지도 못하고 이 한몸으로 해 내려니 그 얼마나 가쁜 숨을 몰아 쉬었던가.

“젊음” 그래도 그 젊음이라는 그것 참 좋은 것이었어…. 국민학교 막 입학하면서 아빠는 학교는 보내지 않으려 하고 어머님은 보내야 된다고 하고 억지로 갔던 학교….

그 때부터는 꼴망태와 지게를 짊어지고 해와 동갑네기를 하고, 학교 졸업 후에는 전주 시내 고사동에서 양복점을 거쳐 식당에서 일을 했으며, 소위 하나뿐인 매형(妹兄)이란 인간 사기꾼에 실망하여 또 아버지(꼴도 보기 싫은) 때문이기도 했지만 자살(自殺)까지도 마음먹었던 때도 있었지만 어쨌던 군입대(軍入隊) 전까지는 손에 쥔 돈은 10원도 없었고, 남의 집 머슴살이 했던 것은 모두가 아버지가 다 가져다 술값으로 탕진(蕩盡)해버리고 그래도 군대를 제대(除隊)하고 20사단 올빼미부대의 군인정신(軍人精神)의 힘을 얻었는지 “이렇게 살면 안되겠다”는 정신이 번쩍들어 그 애비의 그 자식이라는 소리는 듣지 말자는 굳은 결심으로 무작정 서울로 발걸음을 옮겨 벽돌공장과 쌀 배달, 연탄지게를 하루 종일 짊어지고 원남동에서 서울식품공업주식회사 판매원으로 시작하여 장가도 가고, 집도 사고, 아들 딸 낳고 가정을 이루고, 그 내용은 앞서 다 말씀드렸던 바 있기 때문에 생략(省略)

19

오직 나 자신 못난 하나의 가장의 잘못이지 그 누구의 잘못이겠는가?

1998년 새벽 5시 20분

그제 저녁 사랑하는 나의 막내에게 또 매질을 하였구료. 그 일로 인하여 그제 저녁 잠을 이루지 못하고 가슴이 미어지는 것 같아 이리 뒤척 저리 뒤척 죄 없는 가슴만 주먹으로 쿵쿵 괜한 머리통도 쥐어 박으면서 밤이 왜 이리도 긴지, 그제 저녁은 하루 24시간이 온통 밤으로 되어 있는 것 같았소. 그렇게 날을 새웠더니 어제 저녁엔 조금 피곤하여 일찍 10시 40분경 잠자리에 들었더니 새벽 2시 이후 잠이 깨어 이 생각 저 생각 하다가 그래도 서인표가 이 생각 저 생각 할 이런 시간도 있는 걸 보니 요즘은 많이 한가로워졌구나! 지금 바로 이전까지 할 일이 산 더미라야 그 어떤 생각도 할 겨를(틈)이 없었는데 하면서 혼자서 피식 웃기도 했답니다.

여보~ 임선희 여사!! 난 한마디로 이제는 당신과 우리 식구들 평생 먹고 살 만큼 벌어놨고, 잠잘 곳도 없어 노숙(露宿)을 하던 나. 내가 죽어도 울어줄 사람 하나 없다며 주먹질. 한 때는 나쁜 길로 빠질뻔 했던 나~ 군 제대 이후 정신이 번쩍 들어 동분서주(東奔西走)하다 보니 당신을 만나 가정을 이루고 남에게 단 한 번도 맞았으면 맞았지 주먹은 피치 못할 경우 척 만 하다 한 대 맞아도 때려 본 적도 없고 나 눈코 뜰 사이 없이 오직 서인표의 왕국을(家庭) 위해 무한(無限) 피나는 노력을 하였지만, 그러나 약 30여년 정신 없이 바쁜 속에 언제나 내 입 에는 몸은 피곤(疲困)할지언정 피곤은 묻혀 버리고 언제나 입가에는 희열(喜悅)의 기쁨이었다오.

30여년 사람 무리속에 사람다운 삶 어디를 가도 대우 받는 나의 축복(祝福)을 빌어 주는 사람들 뿐이었고 집에 들어오면 보잘 것 없는 이 남편을 하늘 이상으로 떠받들어 주는 당신과 사랑하는 내 자식들을 볼 때는 내가 걱정할 것이 뭐가 있으며, 피곤할 틈(隙)이 어디 있으며, 딴 생각할 겨를이 있겠는고….

하지만 오늘은 왠지 내가 죽으면 좋겠다는 생각이 드는군요. 이제는 내가 죽어도 앞에서 말한 바와 같이 자식들과 평생 돈 걱정할 일은 없을터이고 나도 그동안 우리 왕국에서 30여년 왕으로써 모든 대접(待接)을 다 받았고, 내 나름대로 서인표의 낙원(樂園) 속에서 모든 걸 잊고 마음을 한 곳으로 집중(集中) 할 수 있었음이 너무 좋았소.

그러나 요즘은 말없이 따라만 와주었던 당신도 이유를 묻지 말고 이혼(離婚)만 해줄 것을 요구(要求)하지~ 막내 이녀석 자꾸 평지를 두고 자꾸 가시밭길로 가려하지~ 그래서 내가 할 일은 여기까지가 한계(限界)인 것 같아 자꾸, 자꾸 사람이란 누구나 태어나면 죽음의 길을 향해 한 걸음, 한 걸음 재촉하며 가다 보면 자기도 모르게 다다르는 곳은 죽음뿐인 것을~ 조금 먼저 가고 뒤따라 가는 것 일뿐, 걸음이 빠른 사람은 먼저 골인하고 걸음이 느려터진 사람은 조금 늦게갈 뿐인 것을~ 한 때 재미나게 살았으면 죽을 때도 멋들어지게 웃음을 머금고 갈 수 있으면 그 보다 더 좋은 것이 또 그 무엇이 있겠는가.

우리 큰 공주는 한때 어긋나려 할 때도 있었지만 이제는 출가하여 대한민국 육군사관학교 생도를 만나 어엿한 장교이자 서울대학교 경제학과 박사 과정중인 손원일과 결혼하여 생각이 뚜렷하고 목표가 분명한 아이이기 때문에~ 그리고 수연이도 성균관대학교 졸업 성균관 석사 과정을 수석으로 졸업할 정도로 머리가 있는 아이고 곧 박사과정에 들어갈터이니 또한 생각이 깊은 아이이기 때문에 걱정을 안해도 되고, 종갑이도 이제는 생각이 뚜렷한 아이이기 때문에 교과서대로 살아 갈 것 같은 생각이 들어 제 스스로 헤쳐 나갈 수 있겠다 싶어 마음이 놓입니다.

그러나 막내는 나중에 어떻게 변할지는 모를일이나 지금은 조금 걱정이 됩니다. 아무리 말을 해도 되지 않고, 이제는 괜찮을까 저제는 괜찮을까 기대해 봤지만 아무런 소용이 없군요. 마이동풍(馬耳東風)이요 우이독경(牛耳讀經)이라.

나는 지금까지 당신도 잘 알다싶이 뒷걸음질도 감히 생각지도 못하고 뒷걸음질 커녕은 옆에도 한 번 돌아볼 틈이 없이 오직 앞으로 앞으로 마치 사람이 아닌 장치해 놓은 기계 같이 달리고 또 달리고 앞길 밖에는 모르고 살아 온 나 서인표 한 점 부끄럼 없는 바른 길 끊임없는 피땀으로 얼룩진 노력만이 우리 다섯 식구의 따뜻한 보금자리와 따뜻한 음식으로 배를 채울 수 있고, 아이들이 보고 느끼고 배울 수 있는 기틀이 될 줄 알았고, 오직 참(眞)과 정(正), 실(實) 앞에 열거(列擧)한 것들은 인(忍)이요. 여기에 한 글자를 더 한다면 성(誠)이라 할 수 있으니 이 다섯 글자 속에 인내(忍耐)니, 인고(忍苦)니, 고진감래(苦盡甘來)니, 형설지공(螢雪之功)이니 열거할거 없이 모두가 다 들어 있는 글자요. 나 서인표 만큼은 대한민국이 다 변절(變節)된다 해도 위 다섯 글자대로 살아왔고, 남은 여생 얼마남지 않았지만 한 치의 어김없이 물이 흘러 내려가는 이치를 일깨워준 글씨 법 법(法)자 대로 살아갈 것이요. 허나 요즘에는 자꾸 힘들다는 생각이드오. 세상에 힘들다는 사람은 내나이 이하는 다 나와서 나와 대화를 해보자고 자신있게 말했던 "나".

오토바이를 굴릴 때는 새벽 2시 30분부터 밤 12시까지 자전거로 할때도 마찬가지로 새벽 3시 30분부터 통금시간까지 뛰어다니다 보면 잠자는 시간은 겨우 2시간에서 잘해봐야 2시간 반이나 3시간 아플 시간도 없어서 병원 한번 가본 일이 없던 나, 배움 없고 부족한 나로서는 이것이 아이들의 본보기요 가르침이요, 훈육(訓育)이 될 줄 알았소. 그런데 아니지 않소. 하루 종일 비가 오나 눈이 오나 아랑곳 없이 오직 나에게는 하루는 24시간 해가 긴 건지 짧은 건지 나에게는 매 24시간인 것을 그래도 힘들다는 소리는 입밖으로 내보낸 적이 없었던 나.

그런데 요즘은 잠도 4~5시간은 자고 판매원에서 대리점까지 27~8년 동안 보다는 나은 편인데 그 때는 몸이 부서지는 느낌이 매일이었으나 아침에 일어나 기지개(氣智開) 한번 팔을 들어 힘차게 쫘~악 펴면 또 하루가 아무 이상없이 서인표란 기계(機械)는 고장(故障)도 없이 잘도 돌아갔는데, 요즘은 내 마음에 새파란 멍자국이 하나씩 생겨나는 것 같아 가슴이 미여지는 병이 돋아 나오는 것 같은 느낌이요. 그래서 속앓이를 하다보면 음식을 먹다가도 꺽~꺼억 물을 마시다가도 목구멍에 걸려 숨쉬기가 어려워 한참 동안 숨을 멈추고 큰 호흡(呼吸)을 하면 숨이 트일 때가 한 두번이 아니고 그런 기운이 돋으면 최소한 한 달 이상은 상당한 조심을 해야 돼요.

지금도 남보다는 바쁘게 살지만 진짜 바쁠 때는 아이들의 교육도 당신한테 맡긴 채 오직 나 스스로 만들어 놓은 산더미 같은 일에 파 묻히여 그 어떤 생각도 없이 일에만 집중(集中)할 수가 있었는데 내 딴에는 그렇게 하는 것이 가장으로서 마치 할 일을 다하고 빈틈이 없을거라 생각했는데~ 지나놓고 보니 나의 사고방식(思考方式)이 잘못 되었던가 다시 한번 돌이켜 생각해 본다오.

그러나 나는 나의 올바른 길이 우리 다섯 식구의 따뜻한 음식과 따뜻한 보금자리와 따뜻한 마음의 양식(良識)으로 알았고, 나의 올곧고 바른 행동이 내 자식을 바른 길로 이끄는 지도(指導)이고 남에게 한 점의 부끄럼없이 사는 것이 무엇보다 값진 훈육(訓育)이라 여겨왔고, 아이들에게 항상 이 세상에서 가장 멋쟁이 멋있는 사람을 묻는다면 옷 잘 입고 명품으로 치장(治粧)하고 잘 생기지도 않은 상판떼기에다 덕지덕지 페인트 칠이나 하고 다니는 사람이 아니라 남이야 뭐라하든 자신의 할 바를 꿋꿋이 헤쳐 나가는 사람이야말로 정말 이세상에서 가장 멋진 멋쟁이다라고 가르쳐 왔고, 그렇게 지도해 왔던 나 자신도 한점의 부끄럼없이 떳떳하게 살아왔소.

당신은 생각이 나는지 모르겠습니다만 당신과 나와의 혼전(婚前) 처녀 총각 시절 내가 종로구 이화동 복개천(覆蓋川)가에 바람이 숭숭 들어오는 가게(서울식품대리점) 콘크리 바닥 위에서 숙식(宿食)할 때가 없어 맨바닥 위에 빈 상자를 엎어 깔고 이불을 깔고 덮고 잘 때 전매청 앞(종로4가) 구멍가게 아주머님의 소개(紹介)를 받고 만나 당신에게 편지(片紙)를 썼던 일이 있었는데 사람 인(人)자가 문득 머리를 스쳐 나는 그때 부모 형제 없는 외톨박이 고아 아닌 고아(孤兒) 20사단 올빼미부대 군대까지 의무를 마치고 나온 떳떳한 청년이 되었지만 언제나 가슴이 텅 빈 여리고 어린 아이 같은 마음이 다단했던 때였는지라 사람 인자의 의미(意味)가 내 마음대로 생각하고 해석(解釋)한 느낌 그대로를 편지로 썼던 것이요. 이제부터 지금으로부터 53년전 일이지만 그 내용도 뚜렷하고 정확히 생각이 나지만 중간 중간에 한 토막씩 기록해 두었던 것이지 지금에 와서 크나큰 토대(土臺)가 될줄이야. 사람 인(人)자는 글자 그대로 아무것도 없고 두 기둥뿐이요.

윗 기둥은 남자요, 밑 기둥은 여자인지라 하나만 있으면 비바람이 불면 쓰러지기 십상이지만 하나인 기둥에 힘이 되어 주는 기둥이 있다면 견디는 힘이 백배는 될터이니 나의 기둥이 되어 서로 끌어 안고 받쳐 주는 기둥이 되어 달라고 썼던 편지의 내용이었소.

그리하여 약 8개월의 공백(데이트 기간) 끝에 1970년 9월에 첫 만남을 바탕으로 1971년 6월 19일 음력 5월 27일 서울 종로구 이화동 이화예식장에서 결혼식을 올리고 그날 이후 나는 천군만마의 힘을 얻은 것 같아 하늘을 찌를듯한 기백(氣魄)과 용기(勇氣)를 얻었고, 당신은 혹시라도 그 기백이 떨어질까 염려(念慮)되어 힘과 용기를 북돋아주니 어찌 나의 그 무서운 기백이 떨이질 수 있겠소. 그래서 나는 아무런 생각할 겨를도 없이 오직 내가 가야 될 길을 향하여 분골쇄신(粉骨碎身) 뼈가 가루 되고, 몸이 부서질줄 모르고 내가 이루고저 하는 왕국(王國)을 위하여 달리고 또 달렸을 뿐이요. 내가 이루어 놓은 왕국에는 헐벗고 굶주림이 없는니라.

내 자식들 만큼은 그런 아픔을 안겨 주지 않기 위해서 서인표의 기계는 쉼표가 없이 닦고, 조이고 기름치지 않아도 일년 365일중 이틀을 뺀 363일은 낮과 밤을 가리지 않고 하루 잠자는 시간 두 세 시간을 제외하고 계속적으로 잘도 돌아갔습니다.

젊었을 때는 우리 집은 밥 먹고 잠자는 집일 뿐 당신과 말 한마디 주고 받을 시간도 없었고, 사람 인자(人字) 즉 부창부수(夫唱婦隨) 앞에서 끌고 뒤에서 밀고 우리는 그렇게 지칠줄도 몰랐고 당신 임선희라는 사람은 이 부족한 사람을 받침대와 지팡이까지 되어 주었소. 고맙소. 오고 갈데도 없는 나같은 사람을 만나 고생한 당신 결혼한 즉시 한 동안 정해진 금액 안에서 생활을 하고 그 돈 가지고 "세 끼니를 먹을 수 없거들랑 두끼만 먹고도 일을 할 수 있다"는 이 부족한 남편의 말에 순종하고자 단돈 10원도 더 달라는 소리를 못하고 하루 세기 밥만 해 주고 집에만 있으라고 했던 나의 분부에 말 한마디 못하고 말 그대로 그 금액으로 아무리 김치 한 가지에 밥을 먹는다 할지라도 세 끼니를 해결할 수 없었던고로 혼자서 궁리 끝에 생각했던 것이 새벽 3시 30분부터 저녁 통금시간까지 놀란 말이 뛰듯 돌아다닌 남편을 두 끼니만 줄 수 없다는 판단에 나 들어온 시간을 저울대질 해가면서 그 공간 시간을 이용하여 빵을 몇 개 받아다가 길거리 이사람 저사람한테 사정하며 팔고 다녔고, 그 빵 하나가 먹고 싶어 침을 꿀꺽 꿀꺽 삼키면서도 그 빵 하나를 먹지 못하고 다녔다는 혼자 감춰왔던 비밀을 74년 종로에 집을 사고 형편이 풀린 뒤에 그 말씀을 하였을 때는 쇠 몽둥이로 내가슴을 두들겨 맞는 것 같았소.

당신의 그 헌신(獻身)의 노력으로 74년 종로구 충신동 1-32호의 멋드러진 집을 살 수 있었고, 20여년 대리점을 경영할 수 있었던 그 모두가 당신의 덕이 아닌 것이 없소. 나는 막내를 더불어 수(受), 종(鍾), 용(勇). 수연(受延), 종갑(鍾鉀), 용비(勇飛)의 줄임말. 즉 세 아이를 동시에 부를 때 수종용 하고 불렀었는데 수종용 하고 부르면 "예.예.예." 하고 쪼르륵 나온곤 했었는데 때에 따라서 술 한잔 하고 들어오면 장난기가 발동하여 그 중 한 아이를 빼고 受. 勇 한다든가 또는 鍾, 勇 하고 부를 때가 있었는데 그러면 세 놈 다 나와서 아빠 왜 나는 안불러 하고 나오면 "어~ 내가 막내를 안불렀나" 또는 "우리 큰 공주를 안불렀나 이상하다 부른 것 같은데 네가 잘못 들었겠지" 하고 장난을 청(請) 하기도 했었지요.

지금도 시어빠진 김치를 생김치 보다 더 좋아하지만 하얀 고래기가 낀 김치도 내 입에는 너무나도 맛이 있어 젊었을 때도 그 김치 배추김치로 싸서 먹다가 아이들의 입에 넣어주면 세 아이가 나도 나도 하면서 제비새끼 입 벌리는 것 모양 서로 달라고 했던 재미나는 생활~ 나는 힘이 불끈불끈 솟아났고 어떤 집은 같은 자식이지만 정이 덜가는 자식이 있다 했는데 나는 그런 것이 없고 세 아이 모두다 조금의 차이(差異)도 없고, 또는 있을 수도 없었소.

나에게는 이세상에 더없는 소중(所重)한 사랑하는 내 자식들일 뿐이었고, 또 그렇게 키웠을 뿐이요. 만약 부모의 마음을 달리 생각한 아이가 있다면 그 녀석이 잘못 생각하고 있는 것일뿐 나의 마음은 한결같은 마음뿐이었소. 이제는 수연 큰 공주는 벌써 지천명(知天命) 쉬흔 살이 넘었고, 막내 공주님, 왕자님께서도 모두가 다 내일 모레 50이니 저희 살기 바쁘고 이제는 그 어디에 내 자식을 비교(比較)한다 해도 뒤지지 않는 뚜렷한 자랑스러운 내 사랑하는 자식들 이제는 또는 어렸을 적과 달리 커 가면서 또 사회인이 되어가면서 부터는 세 아이의 성격 차이가 다르고 나름대로의 살아가는 방법이 다르듯 확연히 달라진 것을 느낄 수 있지만 내가 바라는 것에서 한치의 오차도 없이 제 살길을 찾아 스스로 이 험난한 세상을 헤쳐나가는 것, 그 자체만으로 대견스럽기 그지 없고 나는 복(福) 받은 놈이야. 내가 밖에 나갈 때면 하늘 이상으로 떠 받들고 신발 챙겨 주고 엘리베이터 버튼까지도 눌러 놓고 내 그림자가 보이지 않을 때까지 잘 다녀 오라고 손을 흔들어 주는 당신 제 각각 자신의 할 일을 찾아 분주하게 움직이는 자식들.

1999년 1월 14일 아침

요 며칠전 또 다시 막내녀석이 집을 뛰쳐 나갔구려. 모든 것이 부족한 나의 탓이지만 무엇이 불만인지 딸 자식 두는 것이 이렇게도 힘든줄 알았다면 아에 무자식(無子息)으로 살아야 했던 것을 그 누가 알았으리요. 나의 머릿속엔 오직 어렸을적 춥고 배고프고 남에게 멸시(蔑視) 받고 허기진 배를 채우지 못하고 내가 하고 싶은 일을 해보는 것이 아니라 아예 생각조차 할 수 없고, 어른의 명령에만 복종 움직여야 하는 창살 없는 감옥(監獄), 구속(拘束)된 생활. 아무리 추운 겨울이라 할지라도 양말은 신을 생각도 해보지 못하고 밑 바닥 없는 고무신, 검정고무신 연중 두 번 추석과 설날이 돌아 오면 무명베를 검정물을 들여 만든 검정옷 한 벌(양복 비슷하게 어머님이 솜씨 좋게 만든)에 새로 사온 검정고무신 한 두 달 전부터 설날이 오늘 지났으니 몇 밤만 자면 또 하루 지나면 몇밤 손꼽아 기다리던 명절이 돌아오면 어찌나 그리도 좋은지~ 천지가 다 내 것인양 깔깔대고 뛰어 놀았었는데 어린시절 철을 몰라 일년에 두 번 이상 없는 맛있는 음식 우리 집을 빼놓고 어른들께서도 두 명절날 만큼은 아이들 꾸중하는 것도 많이 삼가 하셨지요.

그렇게 어려운 시절인데도 명절과 제사때는 흰 쌀밥을 먹을 수가 있고, 또 고기반찬까지 배를 두드리며 먹을 수 있었으니 아무것도 모르는 어린 것이 어찌 그날이 기다려지지 않겠는가. 요즘 아이들이 만약 그 환경에 처한다면 과연 그것을 참고 견디며 인내할 사람이 몇이나 될까. 참 세상 엄청 좋아졌지요.

다른 사람들은 자식교육을 어떻게 시키는지 모르지만 한 치의 빈틈도 없다 생각했는데 모든 것을 행동으로 보여 줬는데 빗나가는 녀석이 있을거라는 것은 생각도 못했는데 나의 죄는 나의 헐벗고 굶주리고 천대(賤待) 받던 나의 전철(前轍)을 밟고 가지 않게 하기 위하여 저녁 잠도 반납해 가면서 뛰어다녔던 죄(罪), 그 죄가 자식이 어긋장 나고 빗나가는 크나큰 죄가 될줄이야~ 이 썩은 머리로 어찌 감히 생각이나 했겠는가.

내 딴에는 정말 임선희라는 여성분을 만나 삼남매를 두기까지 너무나도 좋았고, 온 세상이 내 것인양 몸은 피곤(疲困)해도 마음만은 좋아서 웃음꽃이 활짝 피어 있어서 몸을 가누지 못할 피곤도 견뎌냈는데 그것이 죄가 됐다면 할말이 꽉 막힙니다.

첫째딸 서수연(徐受延)은 대학시절 부모를 배신(背信)하고 집을 뛰쳐 나가면서 단란(團欒)하고 화목(和睦)했던 우리의 가정은 서서히 금이 가기 시작했고, 앞에서 말한 단란한 화목은 유독(唯獨) 나 혼자만의 생각이었던가. 나의 생각과는 전혀 다른 누가 누구를 뚜렷하게 지적(指摘) 할 수도 없는 상황(狀況)에서 그냥 명목 없는 신경질이 우리 식구 각자 모두에게 조심스럽게 나타나기 시작됐던 것 같다. 적어도 그 전 까지만 해도 우리 가정은 어느 누구한테 물어봐도 가정교육에서부터 생활지침까지 남에게 뒤치지 않았으며, 남의 모범(模範)이 되었다고 자부심(自負心)이 만만(滿滿)했었다.

그렇기에 나는 불철주야를 마다않고 오직 내 나라 내 가정 다섯 식구를 위하여 또는 앞으로의 남에게 뒤지지 않는 생(生)을 위하여 뼈가 부서지는지 오토바이나 자전거를 타다 넘어져 돌부리에 부딪혀 살이 찢기고 피투성이가 되어도 아랑곳 없이 땅을 헤집고 끙끙거릴 틈도 뒤로한 체 비치적대며 일어나 식구들 걱정할세라 아픈 것도 감추어 가면서 그렇게 찢기고 부서져도 병원에 갈 생각조차 해 본 일 없이 한 껏 한다는 것이 부서지고 깨진 자리에 물로 씻고 눈 질끈 감고, 이 악물고 굵은 소금 한주먹 빡빡 문질러 버리면 끝~ 일년 365일 장취(長醉). 단 하루도 편할 날이 없이 괴롭히고 못 두들겨패서 몸살이 났던 아버지. 그런데 그런 속에서도 어떻게 버비적대고 나를 만들었는지 상처난 부위에 이상이 생기지 않고 고름 같은 것도 생기지 않고 잘 낳는 편이니 그 점은 신기할 만 하다.

그 녀석이(큰딸) 성균관대학에 다니게 되어 너무나도 기뻐서 입이 째졌던 함박웃음~ 소리는 너무나도 짧은 시간이었던가 보다. 한번도 아빠 말을 거역해 본 일이 없던 그 녀석이 대학을 다니면서부터 그러니까 대학 3학년 때인지 2학년 때인지 기억은 뚜렷하지 않으나 밤 늦게 들어올 때도 있고, 혹 자고 들어올 때도 있으며, 날이 가면 갈수록 더욱 잦아지는 것 같았다. 아하, 여기 날짜까지 나오는 걸 보니 대학 2학년 이었던 3월 10일경이라 기록되어 있는걸 보니 2학년 때가 확실한 것 같다.

나는 언제나처럼 세 녀석 모두 평등하게 3번의 경고(警告) 끝에는 예외(例外) 없이 회초리를 들곤 했다. 이렇게 3번의 경고를 져버리고 네 번째 되는 날이 대학 2년 3월 10일경

회초리 부러지는 소리가 몇 번이나 났을까. 그녀석 몸이 성할리가 없다. 그런데 우리 큰 공주는 얼마나 고집이쎈지 그 모진 매를 아빠가 스스로 지쳐 매(棒)를 놓을 때까지 이를 악 다물고 끝까지 버티는 것이다. 둘째나 막내처럼 죽는 시늉이라도 하면 그래도 한 대라도 덜 맞으련만 끝까지 죽일테면 죽여보라는 듯 버티고 있는 것을 보면 밉기도 하고 소름이 끼칠 정도이다.

그렇게 모질게 때려 놓고 아내한테 그녀석 안티프라민이라도 발라주라고 해던 나 자신도 왜 그렇게 모질게 매를 댔는지 나 자신도 나를 이해 못하겠다. 그 작은 체구에서 어디서 그런 지독한 인내력인지 악독한건지 이해하기 어려울 정도이다. 그렇게 맞으면서도 아파서 자지러지는 소리 한번 내지 않고 더 이상 말로써 형용(形容) 할 수가 없다.

첫째 아이가 집을 뛰쳐 나간 것 하며, 그 녀석이 써놓은 일기(日記)를 접한 순간(瞬間)부터 내 마음은 아주 미세(微細)하리만큼 또 감당(堪當)하기 어려울만큼 나는 어느샌가 나도 모르게 나는 떨고 있었다. 그것도 부들부들~ 그것은 집을 뛰쳐나간 것보다 더 무서운 것은 다름아닌 일기 속의 내용이었다. 그 내용은 이 쓰고 있는 이 안에 공개하지 않겠다. 오직 독자(讀者)께서 슬쩍 가볍게 넘어가 주셨으면 합니다. 주식회사 서주산업 시흥대리점을 경영하고 있을 때이다. 한번 마음 먹으면 어떤 일이 있어도 지키고 이 같은 일도 냉정을 찾자 어떤 일이 있어도 생각지 말자. 다시는 첫째를 생각지도 말자. 마음에서 지워버리자. 제 스스로 부모와의 연을 끊고 집을 마다하고 뛰쳐 나갔으니 더 이상 생각할 것 없다.

혹여 다시 들어와서 빌더라도 용서(容恕)하지 말자~ 독한 마음을 다지고 또 다지건만 부모와 자식지간의 끈끈한 인연(因緣)의 정을 백번 천번 끊는다고 끊어지겠는가. 차를 끌고(현대자동차 포니2) 거래처 우유공급(牛乳供給) 중 후미진 옆 길에 차를 대놓고 고개숙여 한 없이 울어볼 때가 어찌 한 두번이었겠는가! 그러고도 거래처에 가면 껄껄 대고 웃고 집에 들어오면 눈물을 보이기는커녕 오직 강하고 엄하기만 했던 서인표!! 대학, 대학, 왜 무엇 때문에 사람들은 너도 나도 대학교를 선호하고 부르짖을까요. 예, 맞습니다. 부지런히 쉬지 않고 열심히 공부하여 앞으로 제 살길의 터전의 지름길을 닦아 나가라는 바람이었겠지요.

잠깐의 잘못된 생각이 평생을 살아 갈 자신의 길을 씻을 수 없이 망쳐 버려 평생 고생의 길로 크나 큰 댓가를 수백곱으로 치르면서 죽을 때가지 후회하며 살테니까요. 그런데 그것마저도 나중에는 스스로 노력하지 않고 어긋장부렸던 제 잘못은 생각지도 않고 오히려 끝내 돌아오는 것은 부모 탓. 고스란히 저희들을 잘 이끌지 못한 부모 탓으로 돌아오지요. 그 말도 틀린 말은 아니지요. 맞습니다. 어떤 환경에 처해 있더라도 부모는 잘못되고 옆길로 가는 자식을 바른 길로 가도록 인도(引導)해야 되는 책임(責任)도 맡아 해야 될 임무이자 의무(義務) 아니할 수 없는 일이니까요.

그것도 그 누구도 아닌 가장(家長)의 잘못이지요. 그래서 서인표는 괴롭답니다. 배운 것이 없고, 견문(見聞)이 좁고, 뼈에 사무치도록 보고 들었던 것은 헐벗고 굶주리고 여자인 아내와 그의 자식은 어떤 이유도 반항도 할 수 없고, 남편이라는 인간이 두들겨 패면 맞고 그의 애비가 아버지란 거대한 이름을 걸고 발길질, 주먹질 할 것 없이 무한(無限)의 권력으로 휘두르면 휘둘린대로 속절없이 휘둘릴 수밖에 없언던 그저 보고 듣고 배웠던 것은 그것뿐인 것을~ 그래서 나는 헐벗고 굶주리고 남에게 멸시(蔑視) 받는 그런 꼬라지를 내 가정 내 자식들에게 안겨주지 않으려고 죽을지 살지 모르고 내 몸 부서진 줄도 모르고 몸부림 쳤던 것이 크나큰 죄(罪)로 돌아온 것일뿐 유독(唯獨) 오직 나 자신 못난 하나의 가장의 잘못이지 그 누구의 잘못이겠는가.

내가 회초리가 몇 개가 부러져 나가도록 때려 놓고 몇날 며칠을 밤에 울컥하면 뛰쳐나가 칠흙같이 어두운 골목 벽에 몸을 담을 붙들고 기대 서서 눈물이 앞을 가려 어둠을 비벼대던 나 서인표!!. 동네 사람들이 볼까~ 우리집 식구들이 행여라도 볼까~ 아무 곳에서나 우는 것도 마음 놓고 울 수 없었던 나!! 호랑이 아빠 서인표에게도 뜨거운 눈물 아무도 볼 수 없는 그 뜨거운 눈물은 한번 터지면 쉴새가 없었더라.

아무리 못났어도 아무리 견문이 좁아도 그래도 한 집안의 가장이요. 한 여자의 남편이고 아이들의 아빠이기에 속으로는 더없는 사랑이 가득하나 그것을 보일 수 없고, 겉으로는 한 없이 엄하기만 했던 나 자신이 못배웠기 때문에 나의 자식들이라도 저희들이 배우겠다면 배움의 끝이 어디이든 배우는데 드는 모든 학비는 아끼지 않고 힘껏 밀어주고 싶은데 이제는 다 컸다고 부모말 무시하고 제 멋대로인지 내 눈에는 부모의 간절(懇切)했던 그 소망이 무엇이었던가를 생각하고 되씹어 볼 날이 머지 않아 있을터인데.

20

학이시습불역열호(學而時習不亦說呼)
때때로 배움을 익혀두면 또한 즐겁지 아니한가

비를 생산해야 뿌릴 수가 있는데 느릿느릿 쉬엄쉬엄 떠다니는 구름은 보기에는 여유롭지만 중심을 잃고 흩어지고 만다. 그래서 게으르고 신용이 없으면 살아갈 수 없는 것이고, 콩으로 메주를 끓인다 해도(만든다 해도) 믿지 못한 신용(信用) 없는 사람이 되지 말고 팥으로 메주를 끓인다 해도 믿어줄만 한 사람이 되어야 한다.

인생(人生), 진(眞) 참된 인생, 정직한 인생~ 건실(健實)하고 충직(忠直)한 마음을 뜨거운 가슴으로 안을 수 있는 그런 사람이 되어야 한다.

공사가 끝난지 몇 시간도 채 지나지 않아서 지반이 내려 앉은 어처구니 없는 일이 벌어지듯(뉴스를 보고) 사람이 걸 포장만 사람의 형색(形色)만 갖추고 속은 썩어 뭉글어진 그런 인간이 되어서는 아니된다. 구멍 뚫린 도로는 돌, 자갈, 흙으로 채워 넣을 수 있지만 사람 속 더러운 것은 그 무엇으로도 채워 넣을 수 없기 때문이다.

간혹 요즘 사람들은 속은 어떠하든 겉만 보고 사람의 평가(評價)를 많이들 한 것을 심심치 않게 볼 수 있다. 자기가 서 있는 위치가 어디인지도 모르고 빚이라도 내서 좋은 옷에 페이트칠까지 울긋불긋 덕지덕지 쳐 바르고 창자도 골(骨)도 없는 것들이 얼마나 많은가.

우리나라의 잘못되어간 원인중 첫째를 꼽으라면 정신없는 정치인 돈에 눈먼 정치인 정신도 넋(魄)도 혼(魂)도 뿌리도 없는 국개(國犬)들 정신은 썩어 뭉그러진 개똥 같은 것들

개똥(犬糞)은 거름이 되어 초목에 도움이라도 되 이것들은 아무 쓸모가 없어요. 좋은 것으로만 훔쳐 먹고 똥도 잘 안싸고 배탈도 잘 안나요.
둘째는 정신은 다 빼놓고 공주병에 걸린 인간들(여인들), 셋째는 일은 하기 싫고 돈은 많이 벌고 싶어하는 대다수의 정신 빠진 젊은 층 간혹 나이는 처먹었어도 그런 사람이 있긴 하지만 이것은 모두가 윗대가리들이 미친 광견병(狂犬病)에 걸려 있으니 근묵자흑(近墨者黑) 근주자적(近朱者赤)이라 했던가? 같이 생활을 하다보면 자신도 모르게 닮아간다는 사실을 모르는 사람은 없을 것이다.

그러니 썩은 정치인 밑에 오래 있다보면 아무리 보기 좋게 새 옷으로 갈아 입는다해도 그 코를 찌르는 썩은 냄세가 옷에 베지 않을 수 없고, 일부 국민들까지도 먹고 놀면 국가에서 돈 주고 열심히 뼈 빠지게 노력하고 부지런하면 다 뺏아가는 그런 세상에서 살고 있으니 국가의 존폐(尊廢)의 위기(危機)를 염려(念慮)하지 않을 수 없다.

얼마전 TV를 통해 일본의 증권사 사장인지 어느 증권사인지는 몰라도 그 증권사가 망한 책임(責任)을 총책인 자신 혼자의 잘못이지 부하 모든 직원들은 아무런 잘못이 없다고 머리숙여 사과하면서 터져나오는 울음을 감추지 못하고 간혹 흐느끼는 목소리로 간절히 호소(呼訴)하는 그 모습은 정말 보기 좋았고, 높이 평가(評價) 할 수밖에 없었다.
그런데 우리나라 정치인들은 어떠한가. 잘한 것은 제 것, 잘못된 것은 남탓이 얼마나 비굴(卑屈)한 태도(態度)인가.

심지어는 똥통에 빠진 것을 바로 앞에서 본 사람이 있는데도 빠지지 않았다고 박박 우기는 인간들. 그러면 바지에 묻어 있는 똥은 무엇이냐고 묻는다면 “다른 사람이 빠진 것을 건져주려다 그렇게 된 것이다”라고 하며 오히려 공로자로 변신하고 그것을 본 사람이 똥통 빠진 사람으로 뒤바꿈질이 될 수 있는 우리 사회이고 많이 배운 곰팡이 냄새가 풀풀 나는 윗대가리들. 원래 대가리나 부리 주둥이는 네 발 짐승이나 날 짐승을 말하는 것이니 이것들은 가죽만 사람 형색(形色)을 갖추었을뿐 사람이 아닐테니 어떻게 이름 붙여도 허물이 될 것 같지 않다.

법(法)은 과연 누가 만들고 누가 지키나? 우리나라에 물(水)이 흘러내려 가는(去) 이치를 본떠 만든 법(法)이라는 것이 있는 것인가 의문(疑問)스럽다. 우리나라에 정신이 똑

바로 밝힌 법관(法官)이 과연 몇 명이나 될까? 법을 만든 것(者)들이 법을 어긴다. 오히려 법을 모르는 사람은 법을 지키며 순조롭게 사는데 법을 만든 놈(者)들이 법을 어기고 빠져나가지 못할 냄새구덩이에 쳐박혀도 그들은 냄새도 맞지 못하고 잘도 빠져나간다. 옆에서 아무리 냄새가 코를 찌른다해도 이것이 고약한 냄새가 아니고 향수라고 우긴다. 그래서 법은 힘 없는 사람한테만 해당되는 것이 곧 우리나라의 법이고 사실이 그렇다.

그래도 이런 개차반인 법이라도 있으므로 하여 그나마라도 거리를 활보(闊步) 할 수 있지 않는가 하는 생각이 어딘지 모르게 씁쓸할 뿐이다. 나는 오늘 진규아빠(이병헌)와 같이 밤 11시까지 대명시장 세명당약국 근처 한국기원에서 바둑을 두었다.

진규아빠가 오후 2시 20분쯤 "바둑 한 수 생각이 나서 전화드렸습니다"하고 전화가 걸려 왔었다. 마침 다른 선약도 없고 하여 온 종일 돌멩이 싸움질을 하다보니 밤 11시 소주 한잔 하다보니 새벽 1시가 넘었다. 집에 들어 왔을 때는 모두가 잠들고 잠깰세라 조심 걸음으로 들어갔기에 아무도 나와 본 사람도 없었다.

사실은 수연(큰딸)이 첫 딸을 낳아 해산한지 며칠이 되지 않아 사위 녀석과 같이 와 있었기 때문에 딸과 사위 인대도 더욱 조심스러웠다. 술이 취한 상태였음에도 방문을 열지 못했다. 행여 곤하게 자고 있는 중전이 잠이 깰가 싶어서이다. 판매원 7년 대리점 약 20여년 술장사 10개월이나까 약 1년 만화가게 약 3년째, 그 수 많은 날을 말없이 보필(輔弼)만 했던 내 사랑하는 아내가 아닌가. 이제는 내 차례가 아닌가.

하루 두 세 시간도 다 채우지 못한 수면(睡眠)~ 그러고도 끄덕없이 모든 일에 차질이 없었던 나. 일에 신들린 사람처럼 밤인지 낮인지 구분 없었던 시절 옆에 한번 돌아볼 틈도 없었던 인간기계 서인표. 오토바이에 짐을 싣고 시흥2동 꼭대기며 박뫼길, 수도 없이 시흥2동 꼭대길 눈길에 오르다 넘어져 오토바이에 실린 짐과 함께 뒤집어져 미끄럼을 탄 것이 어디 한 두번이었던가! 무릎에 돌이 박혀 손가락이 들어갈 정도 상처가 났어도 일어나지 못하고 몇 십분 그 추운 눈길 빙판 속에 끙끙대다 일어나면 그래도 오토바이에 올라타기만 하면 아픈 것도 잊어버리고 일에만 매진(邁進)했던 서인표의 머릿속엔 내 생명이 붙어 있는 한~ 이라는 단어가…. 그래 숨이 멎는 그 시간까지 임선희씨의 남편으로 아이들의 아빠로써 혼신(魂身)의 힘을 다할 뿐이다.

서인표라는 인간은 돌멩이로 태어났는지 무쇠덩어리로 태어났는지~ 아파도 아프단 소리도 못한 무감각 식물인건지~ 내가 나 자신을 생각해도 믿어지지 않는 기계인간(機械人間)!! 이렇게 살았다면 그 누가 믿겠는가.

허나 우리집 다섯 식구는 알 것이고 시흥본동 현대시장 주변사람들과 나와 거래했던 거래처 사장님들은 알 것이고, 현대시장 주변 시흥본동에서는 서인표를 모르면 간첩이란 소리도 들었을 정도로 새벽 두 세시부터 밤 12시까지 오토바이의 우렁찬 노랫소리로 사방을 울리며 골목골목을 누비고 다녔으니 서인표를 모르면 가히 간첩(間諜)이 아니라 할 수 있겠는가!!

판매원 7년 동안은 술이란 단 한 잔도 먹을 사이도 없었고, 술뿐 아니라 하루 3끼 집에서 김치에 밥 외에는 그 어느 것도 입에 넣어본 적이 없었고, 물은 작두식 펌프질로 나오는 물은 그것이 설치되어 있는 곳마다 벌컥벌컥 들이키고 걸음아 날 살려라~ 하고 뛰었을뿐 대리점을 할 때에도 본사 점장회의 때라든가 거래처 또는 판매원들과 한 달에 한 번씩 하는 회식자리에서나 술을 할 수 있었지 그 외엔 시간적인 여유가 없어 먹을 수도 없었고, 또 먹고 싶은 생각도 없었다. 그런데 한 번 술을 입에 대며 부어라 마셔라 여간 마셔도 취하지를 않았다. 소주 25% 두 세병은 그냥 목을 축이는 것이고 좀 많이 마신 날은 여섯 일곱병을 마시고도 평생 단 한 번의 일도 빵꾸낸 적이 없이 짜여진 업무를 다해 냈으니 그것이 바로 서인표의 정신력 아니겠는가!.

첫째 공주가 첫 번째 가출했을 때는 아마도 대학 2년 3월 13일로 알고 있고 지금은 두 번째 가출했을 때인 것 같은데 날짜는 기억이 없고, 나간 뒤 어쩌다 큰 딸의 일기를 우연히 보게 되었는데 그것은 중전께서 엷은 노트를 손에 들고 눈가에 빗물이 맺혀 삐죽삐죽 터지는 울음을 참으며 나에게 그 노트를 건네는 것이었다. 왜 그러느냐고 물어 볼 틈도 없이 저를 내가 어떻게 길렀는데 어떻게를 반복하면서 이럴 수는 없어! 어떻게 이럴수는 없어~ 하고 목놓아 삐죽삐죽 참았던 울음을 터뜨리는 것이었다.

그리고 잠시 후 그 노트는 내 손으로 건너 오게 되었고, 나는 자연히 그 내용을 읽어 볼 수 밖에 없었고 한줄 한줄 읽어 내려갈 때 사지(四脂)가 벌벌 떨리고 이가 뿌드득 뿌드득 갈리고 지금까지 자식들을 위해 헌신(獻身)과 노력(努力)을 아끼지 않았다 생각했는데 그것도 셋중 특히 사랑을 한 몸에 받았던 큰공주가 이런 글을 썼다는 자체가 용납할 수 없는 것이었다. 지금도 어느곳엔가 그 일기의 기막힌 대목이 찢겨져 보관되어 있다.

어느 곳인가가 아니고 캄캄한 밤이라도 손만 넣으면 찾을 수 있는 자리에 정중히 모셔져 있다. 허나 보고 싶지 않다. 말로써 형언할 수 없는 청천벽력(靑天霹靂) 같은 문구이기 때문에 입에 담을 수도 없고 부모이기 때문에 이럴 수도 저럴 수도 없고 내가 기록하고 있는 이곳에도 그 내용을 기록할 수 없는 것은 무엇 때문일까. 자식이기 때문일까. 어쨌든 모든 것은 결과적으로 서인표의 나라에 잘못은 누구의 잘못도 아닌 대통령의 책임이고 잘못인 것을 누구를 탓하겠는가. 후~우 하고 긴 한숨 한번 몰아쉬고 다시 운전대를 잡는다.

잊자! 많은 거래처에서 눈 빠지게 나를 기다리고 있는데~ 내가 딴 생각할 겨를이 어디 있다고 그러면 내가 굴러간건지 차 바퀴가 굴러간건지 모르게 어느사이 공급처(供給處)에 와 있다. 오늘도 아랑곳없이 해는 아무말없이 지체없이 서산으로 넘어가는구나.

저 해를 따라 나도 갔으면 아름다운 구름속 해님이 찬란함을 구경삼아 벗 삼아 즐기면서 웃음지으며 갈 수 있을 것을, 아쉽다 아~아 나도 가고 싶은데 맑은 하늘에 펼쳐지는 저 해님이 속의 웅장(雄壯)하고 찬란(燦爛)한 저 광채(光彩)가 번쩍번쩍 빛나는 저 속으로 소리없이 활짝 웃음을 머금고 따라갈 수 있다면 죽고 싶다. 밥을 먹으면서도 심지어 잠잘 때 까지도 그런 생각이 든다.

아니 그 시기조차도 너무 늦었다는 생각도 든다. 우유대리점 할 때 하루에 2~3시간 정도밖에 잠을 못자고 일했을 때 그때 저 별천지 세상으로 갔다면 내 자식들도 아빠가 정말 중요했다는 것을 알 수 있었을줄도 모르는데 늦었다는 생각도 든다. 사람이 이 세상에 올 때도 소리없이 태어났으면 갈 때도 마음대로 갈 수 있으면 얼마나 좋을까.

과일도 빛이 고울 때 먹어야 그 맛이 싱그럽고 제 맛이 나듯이, 나라는 사람도 더 이상 볼 것 못볼 것 봐 가면서 추해지기 전에 가고 싶은 것 뿐인데 조금 더 일찍 갔으면 재밌게 살고 밤낮 없이 멋지게 일하고 우리 집 식구들이나 나를 아는 주위의 모든 분들께 정말 오직 일밖에 모르던 아까운 사람이 일만 하다가 죽었다고 사랑 받는 죽음이 되었을 터인데 이 세상을 살아가는 데서부터 죽음에 이르기까지 그 무엇하나 마음대로 되는 것이 있을까.

죽음의 말이 나왔으니 몇마디 적고 넘어가려 한다. 예수를 믿는 사람중 빗나간 사람들의 이야기이다. 나는 공교롭게도 대리점을 20여년 경영할 당시 그 누구에게도 많은 돈을 못 받은 것이 없었지만 이상하리만치 꼭 장로교니 예수교니 믿는 사람한테만 상당히 많은 미수금을 못받은 예(例)가 있다.

그런 사람은 무슨 생각으로 종교(宗敎)를 믿을까. 그에 생각해 본다. 물론(勿論) 더 말할 것도 없이 다 그렇지는 않겠지만 믿는 자(者)는 죽으면 천당(天堂)이니 천국이니 넘어져서 다쳐 손가락 하나가 부러지면 아이구 하나님 감사합니다. 다 부러지지 않고 팔이 콱 부러지지 않고 한 개만 부러지게 해서 감사합니다. 한쪽 다리가 부러져도 하느님 아니면 둘 다 부러졌을 터인데 감사하옵니다.

한쪽 눈이 불구가 되어도 심지어 목숨을 다하여도 영롱하신 당신 품으로 가게 해 주시여 감사하옵니다. 이래도 감사~ 저래도 감사~ 참말로 진정으로 하늘을 믿는 사람들의 그 폭 넓은 마음 하늘을 믿으니 정말 하늘 같이 넓은 마음과 하늘같이 폭(幅) 넓은 가슴을 가졌도다. 그렇다면 그분들은 세상을 살아가는 모든 일에 감사하며 살아간 사람들이라면 거짓말이나 감언이설(甘言利說), 탐욕(貪慾)이 없고 그야말로 공심(空心)의 무아의 경지에서 살아가고 범사(凡事)에 감사하고 있는가?

그렇다면 이 세상 많이 배운 고위층(高位層) 사람들은 종교를 섬기는 사람이 없을까. 윗대가리에서부터 발바닥 발톱 끝까지 모두 하나같이 돌아서면 뻔히 알일도 거짓 우김질로 발뺌하지 않는가. 그런 가운데에도 어쩌다 청렴지기가 하나, 둘은 있긴 하겠지만 찾아보기 너무 힘든세상. 오~오 하늘이시여!! 오늘 나에게 거대한 뇌물(賂物)이 들어오게 하여 주시옵고 행여라도 그 행위가 드러나지 않게 하여 주십시오. 아아, 나만의 아멘 정말로 하늘을 믿는 사람 같다.

그렇지 않은가? 돈 없고 배움 없고 빽 없는 중류층이나 서민(庶民)들은 바늘 끝 만큼의 잘못이 있어도 없어도 코에 걸고 귀에 걸고 아무 곳이나 걸어 황소만큼 부풀려 형벌(刑罰)이 가해지는 대로 따를 수밖에 없고, 또 돈, 빽, 지위(地位)가 있는 사람들은 거꾸로 황소크기 만큼 잘못이 있어도 바늘 끝으로 줄여 마지못해 산태비로 ㅇㅇ 가리듯 식으로 형을 받더라도 조금있다 보면 기발한 발상으로 멀쩡한 사람을 병(病) 보석이다 무엇이다 해서 그냥 풀어버리면서 고생하셨도다.

앞으로는 더욱 열심히 먼저 하던 방식에 연구를 거듭하여 수단(手段)과 방법을 총 동원하여 뇌물을 막 긁어 담으십시오. 다음에도 이런 방법에 조금만 더 머리 쓰면 그만이고 하니 옛날 이완용 5인 패거리의 역적만 있는줄 알았는데 참 하루저녁에도 벼락을 열두번을 맞아도 시원치 않을 인간 쓰레기들이 얼마나 많은가 정말로 하늘의 살핌이 있다면 법은 누가 만들고 누가 어기는가 법을 만든 그놈들이 어길뿐이다.

1999년 IMF~ 나는 IMF가 무엇인지 잘 모른다. 꼬불꼬불 꼬부랑 글씨 뱀이 용트림하고 두꺼비가 하품하고 개(犬)가 눈망울 똘망똘망 어리벙벙하는 그런 글씨 그래서 얼마 전 우리 아들 서울대학교를 졸업 영국 옥스퍼드까지 나온 아들이지만 어렸을 때는 공부는 대강 대강 노는 것을 철저히 아주 제 공부방에 써 붙혔던 내 사랑하는 아들한테 물어 보았다.

예야~ IMF란 뜻이 무엇이냐? 아빠가 알기로는 나라의 경제(經濟)가 위축(萎縮)되고 사회가 어려움에 처해 있는 것이라 알고 있는데 맞느냐?. 아빠 맞아요. 아빠가 말씀하신 뱀이 꿈틀꿈틀 용트림 하는 글씨는 국제 통화기금 어쩌고 저쩌고 몇마디 듣다 그쯤이면 됐다. 아빠가 생각한 것이 맞다면 됐다. 속으로 생각하면서 사람들은 왜 굳이 어려운 말을 쓸까. 많이 배운 지식(智識) 자랑하려고 쉽게 말하면 얼마나 좋을까. 그저 쉽고 편안하고 배부르고 넉넉하고 주머니 빵빵하고 뒷짐지고 허리 뒤로 젓치고 고개 빳빳이 세우고 주위 사람들의 좋은 관심을 받고 그냥 그저 소주나 탁배기 한잔 생활에 부담없이 즐길 수 있으면 되는 것을 더 이상 무엇이 필요하랴.

"으응" 서인표 정신차려~ 쥐약 먹었니! 평소에 그렇지 않았던 녀석이 이상해졌어 짜식 야임마 머리 꼿꼿이 세우고 뒷짐지고 허리 뒤로 젖히고 거들먹대는 인간은 책으로 글자 숫자로만 머릿속을 채웠을뿐 인성교육(人性敎育)은 받지 못한 진짜로 덜떨어진 인간답지 않은 것들이야! 그것들은 입으로만 나불나불 행동은 엉망인것들 너도 그것쯤은 알 것 같은데 그 자(者)들 하는 것 보면 밥맛까지 싹 없어져~ 그리고 위에 그 자 쓰고 者(자) 썼지 그 자는 보통 놈자 자로 사용하는 글자인데 경우에 잘 어울리게 놈者, 것者, 사람者로 쓰여~ 그러니까 그때 그때 맞추어서 읽으면 돼. 그런데 그런 놈들에게 딱 어울리는 재미나는 글자가 또 있는데 배꼽 도망가지 않게 꽉 붙들어 메고 들어봐.

그것은 우리가 보통 욕(辱)으로 많이 쓰고 특히 시골 어른들이 많이 사용했지 성질나고 못된 사람 일컬을 때 야~이 개놈아! 이 개같은 놈아 이같은 소리를 안들어 본 사람은 없을 것이야.

그러면 개아들이 지 그런데 한자풀이를 하면 개새끼 개가 아니고 개 견(犬)자에 놈 자(者)자를 합하면 성질 더러운 멧돼지 저(猪)자야! 인성교육은 엉망인 덜떨어진 인간이 성질머리만 더럽게 사납다 하여 돼지 또는 멧돼지를 말하는 것 잊지말라.

좀처럼 고칠 수 없는 못된 성질은 예절(禮節) 교육을 몇 십년을 받는들 못된 성질을 고치려 들지 않으면 언행(言行)이 일치가 되지 않으니 헛일인거야. 남을 포옹(抱擁) 할줄 모르는 인성교육이나 예절교육은 자아(自我)가 없는 사람이야. 툭하면 볼썽사납게 성질이나 내고 자기가 무슨 대단한 사람처럼 행동하는 사람은 성균관대학 교육을 아무리 오래 받아도 그 사람은 소인배일 뿐이야.

여기에서 명심보감 한 구절이 생각나네 자기 자신을 바르게 다스려라! 하는 정기편(正己篇)에 있는 구절이던가 하여튼 그건 중요하지 않고, 정심응물(定心應物)하면 수불독서(雖不獨書)라도 가이위유덕군자(可以爲有德君子)니라 하였으니 "뜻은 언제나 마음을 침착하게 하여 모든 사물을 대한다면 비록 책을 읽지 않은 무식쟁이라도 가히 덕이 있는 군자라 할 수 있다. 또는 군자가 될 수 있다"라는 말이 있는데 이 얼마나 딱 맞는 말인가.

글로만 익히면 뭘해~ 행동이 발라야지. 나 같은 석두(石頭)도 그 정도는 아는데 아참 석두 그것 참 좋다 돌머리(돌대가리) 그거 참 너무 좋은데 잘못된 것 등 응징(膺懲)할 때 확 받아버려도 아프지 않고 상대방만 피 터지잖아~ 이 좋은 생각이 왜 이제야 생각이

나지 진작 생각이 났으면 썩어 냄새 풀풀 나는 정치인들 디져(죽어)버리게 확 받아버리는건데 생각 안났음 어쩔번했어~ 지금이라도 생각이 나서 다행이다.

좋아서 춤이라도 벌렁 벌렁 추고 싶다. 앞으로도 썩은 정치인 많이 나올테니까 이제부터라도 하나 하나 디게 받아버리지 뭐. 그런데 내 머리통 돌이 맞나 조금 후 조반(朝飯) 먹고 시험 한번 해보자. 아니지 우리집에서 시험하면 살림만 부숴지지 맛맛한 국민들이나 울려대는 인간 하나 골라 사정없이 확 받아버리지! 뭐 어떤 놈 하나 오늘 작살났다. 야~ 서인표! 너 뭘 자꾸 지껄이고 있어~ 이 멍청아 네가 말한 돌대가리는 바로 너 같이 엉뚱한 생각을 하고 있는 너같은 놈을 보고 하는 소리야 임마.

저거 진짜 돌이네. 아니 무얼하다~ 이 대목을 쓰게 된 것인가? 그것을 알면 돌이 아니지 하나 생각하면 두 세개 잊어먹고 어떻게 해 그래도 배워가면서 잊어먹는 것이~ 그래도 낫겠지 학여불급(學如不及)이요 유공실지(唯恐失知)란 "배운 것은 항상 부족한 것 같이 하고 오직 배운 것을 잊어버릴까(걱정해야) 두려워 해야 한다"고 했으니 숨이 멎은 그 시간까지 무엇이든 도전정신(挑戰精神)으로 배우면서 무엇이라도 웅얼거리다가 가야 되지 않겠는가.

학이시습불역열호(學而時習不亦說呼)란 때때로 배움을 익혀두면 또한 즐겁지 아니한가(기쁘지 아니한가) 이 문구는 성균관대학교의 교훈으로 알고 있는데 맞는지 모르겠네.

21

어버이날의 꽃을 바라보면서~

어버이날의 꽃을 바라보면서...

며칠전 1999년 어버이날이었다. 5월 7일 밤 시집간 큰 딸녀석이 집에서 잠을 자고 새벽 일찍 부산 시부모님을 뵈러 간다고 김포공항으로 갔다고 아내의 입을 통해 들었다.

그리고 잠시 후 아내는 새벽에 막내도 왔다 갔습니다. 어찌 왔다고 합디까? 저도 얼굴은 보지 못했어요. 그럼 어떻게 왔다 간줄 알았어요. 오늘이 어버이날이라고 꽃 두송이를 대문 틈으로 넣어 놓고 갔는데 막내뿐이 더 있습니까? 하고도 말을 더듬더듬 어쩐지 목이 맺힌 듯 볼멘 소리를 하고 있었다.

꽃은 수연 큰공주가 정성껏 손수 만든 두 송이와 어머님 사랑합니다. "아버님 사랑합니다라"고 이쁘게 쓴 리본과 함께 또 노트지(紙) 3면의 편지(片紙)와 나란히 놓여 있었다. 어버이날의 꽃을 바라보며 세 녀석이 어렸을적 색종이를 접어 정성껏 만들어 "엄마, 아빠 사랑합니다."

삐뚤삐뚤 글씨지만 너무나도 좋아서 꽃을 하나만 달았더니 아빠~아 "왜 내 것은 안달아~ 안돼 내 것 달아야 돼~" 시샘을 부렸던 사랑스런 아이들.

그래서 세 아이 것을 다 달고 하루 종일 단단히 붙여 떼지 않고 거래처를 돌아다니면 거래처에서 왠 꽃을 세 개씩이나 하고 묻기도 했지만 하루 종일 그날 더욱 피곤한 줄도 모르고 가슴 가득 웃음을 머금고 내 달렸던 기억이 되살아나 당연히 웃어야 되는데 무엇 때문이었을까? 눈가에 이슬이 맺힌 까닭은 나도 모르게 금방 이슬이 비가 되어 주르르 맑은 날씨에 옷에 뚝뚝 흐흐~흑 천둥소리도 요란도 하더라.
천둥 뒤에 한바탕 휘몰아치는 소나기가 지나간 뒤에 정신을 가다듬어 나는 오늘이 어버이날인지도 모르고 있다가 우리 두 공주님께서 놓고 간 꽃송이를 보고 아하~ "오늘이 어버이날이구나"하고 알게된 나지만, 가슴에 다는 것은 우리 중전마마의 손을 거쳐 달 수 있었지만 밤새 정성을 쏟아 부어 꽃을 만들고 또 편지를 3면이나 쓰고 리본을 만들었던 정성어린 꽃을 달기를 거부하고 굳이 이름도 없고 누구에게 주는 꽃인지도 모르고 그저 문방구에서 판 두송이의 꽃뿐인 것을~ 왠지 그 꽃을 달고 싶어 손 때 묻은 정성어린 꽃을 마다하고 무명화(無名花)를 가슴에 달고 한 나절을 보내고 점심 뒤에는 떼어내고 왕자와 큰공주 꽃을 두송이를 같이 달고 하루를 보냈다.

평소 같았으면 정성이 담겨 있지 않은 무명의 꽃을 달지 않았을 것이다. 허나 이날은 왠지 문방구점에서 돈 주면 누구나 살 수 있는 그 꽃을 고집하고 달았던 내마음은 과연 무엇 때문이었을까. 그러나 그 꽃, 그 꽃을 보는 순간 꽃의 아름다움이 아닌 가슴 뭉클한 생각은 무엇이었단 말인가. 이미 천둥도 소나기도 지나갔는데 이 두서없이 그어내려가는 펜대 앞에 이미 또 이슬이 맺혀 있는 것을 그 누가 제압할 수 있단 말인가.

그러나 나는 내마음 내자신을 잘 안다. 겉으로는 강한 듯~ 아니야 강한 듯이 아니라 이 세상 누구보다도 강한 사람인척 한 나~!! 그러나 그렇지만은 않은 나!. 반대로 이 세상 그 누구보다도 가장 마음 여리고 약한 인간이 나 자신이 아니었던가.

서인표는 모질레야 모질수 없는 사람이야. TV를 보다가도 울고, 카톡 보다가도 울고, 책보다, 신문 보다가도 울음을 참지 못한 울보가 서인표야!!. 나이가 먹으면 안그럴까 했는데 나이를 먹을수록 더해가니 어머님 생각도 더 나고 계집도 아닌 사내 녀석이 그렇게도 눈물이 헤픈지 그러나 무언의 그 꽃이 말하는 소리가 무엇이라 하는지 이 세상 모든 사람들이 다 듣지 못해도 내 귀에는 산울림이 되어 쟁쟁이 들려오는 것을 그 꽃은 지금도 시들어 말라 비틀어져 가고 있지만 지금도 나에게 말하고 있다.

저는 당신이 가장 사랑하는 막내 딸 서용비입니다. 부모님의 마음만 상하게 하는 저이기에 찾아 뵙지 못하고 무언속에 제 마음의 편지와 함께 이 꽃을 놓고 갑니다. 저의 마음 속 편지를 당신은 충분히 읽을 수 있을 것입니다. 저 역시 당신께서 생각하고 계신 것처럼 새 사람이 되려고 무지 노력하고 있다는 것을 꼭 보여 드리겠습니다. 그리고 오늘 제 가슴으로 쓴 편지를 읽어드리겠습니다. 아빠 그리고 엄마 제가 이 세상에 태어나 스물 네번째의 어버이날을 맞이하여 아빠 엄마를 저희 삼남매중 언니 오빠 보다도 더욱 더 사랑하는 마음은 간절(懇切)합니다.

하오나 아빠 그리고 엄마!! 이 불초 소녀는 그토록 마음 속으로 사랑하는 엄마 아빠 앞에 떳떳이 나타나 엄마 아빠의 붉은 카네이션을 제 손수 만들어 달아 드리지 못하고 행여라도 엄마 아빠의 눈에 띄일까봐 캄캄한 새벽 몰래 이 카네이션을 대문 틈 사이로 넣어 드리고 갑니다. 아빠 엄마!! 이 못난 딸 자식은 이 세상 누구보다도 당신들을 사랑하고 있습니다만 지은 죄가 너무 커서 저의 마음을 툭 터놓고 감히 말씀 드릴 수 없음이 안타깝습니다. 어느땐가 당신들 앞에 이같은 지금 현재의 제가 가지고 있는 이 부족한 마음들을 정말 한 점의 부끄럼없이 말씀드릴 날이 있을 것으로 사료됩니다.

친구들이나 남 앞에서는 용기 있고 활달한 저의 성격과 달리 무엇 때문인지 당신들 앞에만 서면 위축(萎縮)되고 말도 아니 대답도 크게 할 수 없는 이 못난 제 자신이 한없이 원망스럽기 그지 없습니다. 제가 학교에 다닐 때 어렸을적부터 거슬러 올라가 보면 노력파인 언니나 오빠와는 정반대로 친구를 많이 사귀고 노는 것에 치중(置中)했던 저. 그것을 지극(至極)히도 싫어했던 당신들이~ 못난 딸자식의 바른길을 인도(引導)하고저 무척이나 애를 쓰셧던 것 저도 압니다.

그러는 당신들 앞에 저는 반항이라도하듯 더욱 더 공부를 하지 않았던 저 겉으로는 펜대를 잡고 공부를 하는척 할뿐 저의 머리 속에는 잡념(雜念)만 가득찰 뿐이었습니다. 자식의 바른길을 인도하고저 그 바쁜 와중(渦中)에서도 갖은 노력을 아끼지 않으셨던 당신들에게 너무나도 죄송(罪悚)합니다.

그때는 그럴 수밖에 없었습니다. 지금의 하나뿐인 언니는 성균관대학교 대학원을 수석으로 졸업하고 박사학위 코스를 밟고 있는 공부벌레 언니~ 그것도 그렇게도 어렵다는 예술철학(藝術哲學) 이 세상 모두를 자기 것으로 만들양 포부(抱負)는 가히 여장부다운 기질을 가지고 체구는 작지만 시흥고등학교 시절 여자학생 중에는 당해 낼 수 없는 팔씨름 왕, 또 중학교 1학년 겨울방학때 까지만 해도 공부는 대강대강 노는 것은 철저히 하던 오빠가 어느땐가부터 공부벌레가 되어 신(神)의 학교라 칭한 서울대학교 기계공학과를 당당히 졸업한 오빠와 반면에 지극(至極)히도 공부와는 담을 쌓았던 저와는 대조(對照)를 이룰 수밖에 없었습니다.

그 편지를 아빠는 호랑이처럼 무섭기만 하고 저의 비뚤어진 마음은 더욱 깊어만 갔습니다. 아직도 철이 덜들어 이렇게 더딥니다만 저의 속 마음 한 쪽 구석에는 조금씩 조금씩 변하여 노력하고 또 변해 가고 있습니다. 비뚤어진 저의 마음은 저 자신이 잘 알고 있습니다. 그래서 마음을 바로 잡아야 된다는 것을 뻔히 알고 있으면서도 쉽게 고쳐지지 않는 이 못난 마음을 저 자신도 알 수 없사옵니다.

그러나 노력하겠습니다. 어떠한 일이 있더라도 떳떳하고 지금까지의 잘못된 생각과 부모님께 죄를 지었던 지금의 현실을 거울삼아 이야기 할 수 있고 지금까지의 불효 못다한 효도를 다 할 수 있는 딸일 것을 굳게 약속합니다. 어렵지만 조금만 더 기다려주세요. 감히 어버이날 붉은 카네이션을 가슴에 달아 드리지도 못하고 또 그 꽃에 마음속으로는 지극히 당신들을 "사랑하면서도 사랑한다"는 리본도 없이 대문 안에 밀어 넣긴 했습니다만 머지않아 빨간 카네이션에 하얀 리본 위에 "당신들을 제곱으로 사랑합니다"라고 쓴 예쁜 리본이 달린 꽃을 달아 드리겠습니다.

이번 카네이션에 "사랑합니다"란 말을 쓰지 못했습니다만 저의 마음속으로는 열 번도 스무번도 더 썼사옵니다. 그런 저의 마음이 보이지 않으십니까? 믿어주십시오. 그리고 무엇보다 잠잘 시간도 없이 움직이시는 특히 아빠, 그리고 엄마 건강하십시오. 99년 어버인날을 맞이하여 이 부족한 막내 딸의 마음 속의 편지를 드립니다.

아빠의 답(사랑하는 막내 보아라)

너의 마음의 편지를 읽고 아빠의 마음을 전하고자 한다. 이 아빠와 엄마는 네가 말을 하지 않아도 너의 속 마음을 알고 있단다. 어찌 부모라하여 자식의 속 마음을 다 알 수야 있겠느냐마는 그래도 나의 분신인 너의 깊은 마음이야 모르겠느냐? 그 누구보다도 착한 심성을 지닌 너!! 인정(人情)이 너무 많은 너!! 그저 호랑이 같은 아빠 체계(體系)인 가망(家網) 속에서 막내인 너!!. 모두가 윗사람이니 너의 다소 위축된 마음이 없었으리라고는 생각지 않는다.

생각 나름이겠지만 모두가 윗사람이면 무엇을 하나 물어봐도 도움이 될 수도 있었을터 너의 아량과 재치로 묻고 또 묻고 해서 네 것을 만들 수 있다는 것은 생각해 보지 못했느냐. 그러나 너의 입장에서 생각을 이제와서 해보게 되는구나 미안하다.

그러나 언제나 봐도 너희 세 남매는 형제지간의 서로 위하는 정(情)만큼은 어느 집안에 비교할 수 없이 많은 것으로 알고 있다. 네놈들 셋이 모이면 밤새도록 지껄여도 시간가는 줄 모르고 떠들썩한 웃음소리는 언제나 이 부족한 아빠의 마음을 흡족하게 하는데 충분했다. 아침 새벽 일찍 일어나면 두시반 늦어도 3시반에 일어나 밤 늦도록 불철주야 뛰어 다녔던 아빠는 이것저것 생각할 겨를이 없었단다.

너희들 목은 너희 스스로 하길 바랬고 집안 일은 엄마에게 맡기고 아빠는 오직 거래처에 온 신경을 다 쏟아 부을 수 있었고 했던 것이 참으로 너희들에게 미안하게 됐구나. 그런 점에서 너희들에게 좀더 따듯한 아빠가 되어 주지 못했던 것이 요즘와서는 몹시 후회스러울뿐이다.

막내야~ 정말 미안하구나! 아빠가 이 부족한 아빠가 정말로 정말로 너희들을 이해 해줄줄 아는 그런 아빠가 되어주지 못한 것이 이제와서야 한 없이 후회스럽고 가슴에 뭉클뭉클 와서 닿으니 아빠가 이제와서 어찌했으면 좋겠느냐(너에게 뿐 아니라 너희 삼남매에게 아빠의 마음을 전하고 싶구나).

수종용~ 수연(受延), 종갑(鍾鉀), 용비(勇飛) 너희들의 약자(略字)가 아니더냐. 아빠는 너희들의 약자를 부르곤 했지. 소주 한잔 걸치고 집에 들어올 때면 으레히 너희들 셋을 부르고 수용~하고 부르지 않았더냐! 조금도 취기가 없었던 아빠지만 일부러 취한척 간혹 너희들과 장난치고 싶을 때면 가끔은 너희중 한 사람을 빼고 부르면 세놈 다 제비새

끼모양 (例)수종용 해야 되는데 한 사람을 빼고 수용이나 용종 하는 식으로 아빠는 장난을 걸었었지~ 그런데 아빠는 분명히 둘만을 불렀는데 나올 때는 셋다 예,예,예~ 하고 나왔거든 그러면 아빠는 어~어 너는 부르지도 않았는데 하고 장난을 청(請)했던 때가 참 좋았단다.

아빠가 술을 마시지 않고는 찾아 볼 수 없었던 너희들의 너무나도 귀엽고 예뻐서 아빠가 가장 이 세상을 살아가는 보람을 느낄 때가 이 순간인데 더 재밌고 좋았던 것은 가마솥 뚜껑 같은 큰 손과 품안에 한놈 한놈 번갈아 가며 안고 두 손으로 얼굴을 감싸쥐고 너희들의 코도 이빨로 지근지근 깨물고 볼 따귀도 물어 뜯곤 했을 때~ 너희들은 아, 아 아 하고 어린양 피울 때 이 세상을 다 얻은 것 같았단다.

이제는 모두가 성인이 되고 너희들의 몸뚱이 너희 마음대로 하여도 어찌할 수 없는 것이 현실이지만 그래도 때에 따라선 우리 식구들을 위해서라면 이까짓 목숨 하나쯤은 하고 죽을지 살지를 모르고 오직 일에만 몰두했던 이 아빠로썬 섭섭함이 없진 않구나.

아빠는 너희들을 사랑하는 방법은 다른 사람과 달리 좀 특이했던 것 같다. 그랬었다. 맞아! 정말 아빠는 너희들이 이쁘고 귀여워서 매일같이 꼭꼭 물어주고 싶었단다. 호랑이 같이 무섭기만 했던 너희 아빠도 보이지 않는 마음속에 숨어 있는 사랑이 남달리 있었던 것이다.

아빠는 고아(孤兒) 아닌 고아로써 내 나이 여기까지 일생을 살아오면서 뼈를 깎는 아픔, 보이지 않는 뜨거운 고춧가루 눈물도 수 없이 흘리면서 모든 것을 나의 부덕과오(不德過誤)로 알고 현실로 받아들이면서 쓰라린 이 아픔을 더없는 행복의 지름길로 삼고 구슬 땀방울을 희망(希望)의 옹달샘으로 삼고 지치고 뼈마디가 으스러지는 듯한 몸뚱이를 일으켜 세울 때마다 오직 우리들의 다섯 식구가 행복할 수만 있다면 무슨짓인들 못하리!! 양상군자(梁上君子) 도둑만 빼놓고 이 한몸의 노력으로 할 수 있는 일이라면 어떤 일인들 못하리!! 너희 아빠는 그랬었단다. 국민학교 졸업을 하고 전주시에서 일을 할 때도 시골 첩첩산중 배곯고 두들겨 맞다가 전주에 오니 삼시세끼 밥 따뜻하게 먹고 주인어른한테 칭찬 들은 것이 얼마나 좋았던지 다른 생각 할 겨를이 없었고, 이렇게 저렇게 성년이 되어 군(軍) 입대에서 제대까지 하고 맨 주먹으로 서울에 올라와 잠 잘때도 만만치 않았던 때 우연한 기회로 서울식품 판매원을 할 때까지도~ 나는 아빠처럼 세상을 살지 않을 것이다. 자식들을 굶주리고 내 처를 구박덩어리로 매질을 일삼던 아버지(너희 할아버지)를 떠올리면서 그 때까지도 멍청해서 오직 처자식 굶주리지 않고 배움의 길을 활짝 열어 부족함이 없이 학교 보내는 것만이 최고인줄 알았던 멍청한 너희 아빠 서인표!!. 정말로 그 이상은 아무곳도 몰랐었어. 오직 못배웠으니 잘 배우고 멋부리고 펜대만 굴리는 그런 사람 쫒아가려면 온 몸을 불살라 내 몸이 부서져도 돈을 벌어 내식구들 배부르게 먹이고 배우겠다는 자식의 앞길을 터주지는 못할지언정 나의 게으름과 부족함으로 자식의 앞길을 막을 수는 없다는 일념(一念) 뿐이었단다.

아빠는 그저 틈틈이 고작 천자문이나 명심보감을 마주한 것이 다일뿐 더 이상의 공부를 한다는 것은 생각지도 못했었어. 어떻게든 돈만 벌겠다는 생각뿐이었고 그래도 이제는 다 잊어먹고 너무나도 그마저도 더 이상 잊어먹지 않으려고 틈틈이 노력할뿐!! 아빠도 평생을 못 배운 것이 한이 되어 서주산업주식회사 시흥대리점을 약 14년, 서울식품 판매원 약 7년을 마감으로 공부를 하려고 했다가 현대시장에 5층 건물을 손수 짓고 술장사도 10개월, 만화가게도 3년을 마치고 또 만학(晩學)도의 길을 가려고 너희 엄마와 의논을 하였더니 너희 엄마도 쾌(快)히 “하고 싶은 것 다 하라”고 하고 하였지만 그 때는 너무 피곤했던 것인지 눈도 예전같지 않은데다 너희 아빠는 30대 초반부터 오른쪽 귀의 장애로(障碍)로 아빠의 귀 장애는 우리나라 최고인 서울대학병원과 이화대병원에서도 전혀 원인을 찾지 못한 고질병(痼疾病)을 지닌채 귀에 대해선 체념(體念, 깊히 생각하고) 어찌할 도리가 없다고 생각하고 60이 다 된 1~2년이면 60이 넘어지는데 첫째 오른쪽 귀 문제로 접고 내가 평소에 그렇게 좋아했던 글씨쓰기!! 어디를 가서도 펜이건 붓이건 할 것 없이 글씨 만큼은 남보다 빠지지 않는 사람이 되려고 하루에 8시간 이상을 끊임없이 앉아 보지 않고 선 채로 고군분투(孤軍奮鬪) 했었다.

아빠는 한번 마음 먹으면 포기(抛棄)라는 단어는 없었다. 그러나 귀(耳) 만큼은 어쩔 수 없었고 보청기도 약 5년 동안 해보았지만 잘 들리지도 않고 처음에는 울어대고 미칠 지경이었으나 일에 파묻히여 잠시 있을 때도 있었지만 이제는 만성이 되어 그러려니 하고 살 뿐이다.

22

이 아빠의 과거사(過去事)

이 아빠의 과거사(過去事)

어린시절 이야기를 앞에서 많이 했지만 한번만 더 꼭 한번만 더 하고 싶구나!

부(富)하지도 못한 가정, 너무나도 불행한 가정, 열심히만 살면 풍족한 삶은 없을지라도 아쉬움 없이 살 수 있는 가정, 단란한 가정, 오순도순 서로 아껴 주며 도란도란 재미있게 살 수 있는 그런 가정이었건만 술이 없으면 삶이 없었던 나의 아버님(너희 친할아버지)

저녁에 들어오시면 어떻게든 손찌검을 해야 습성이 풀리고 잠을 잘 수 있었던 아버지!!. 아버지 이름 자도 올리기 싫은 그런 아버지 서만년(徐 萬자年자) 아침 밥 드시고 온 종일 술집에 꼼짝도 않고 혼자서 술이며 고기며 주지육림(酒池肉林)에 빠져 있다.

만취 상태로 밤중 새벽닭이 울던 말던 관계치 않고 들어오실 때까지 불을 켜두고 기다려야 되고 잠을 자기는 커녕 졸아서도 안되는 불공평한 우리 집안의 법도(法度). 어쩌다 졸기라도 하면 그날은 청천벽력(靑天霹靂) 멀쩡한 날에 날벼락 발로 사람을 밟고 차고 한바탕의 소란이 나야만 직성이 풀리셨고 그와 반대로 집 밖에 나가시면 수상수하를 분별할줄 알고 이세상 누구보다도 호인이셨다.

집에서도 술만 깨면 언제 그랬냐는 듯 웃음도 헤픈 분이셨다. 그러니까 우리집은 일년 열두달 365일 아침에만 햇빛이 스쳐 지나가는 반짝빛이요, 저녁에는 천둥 번개를 동반한 그것이 폭풍까지 휘몰아치는 그런 집~ 폭풍 비바람에 이것이 날아갈까 저것이 날아갈까~ 하며 전전긍긍(戰戰兢兢) 조심 또 조심 하건만 아무 소용이 없었다. 매일같이 폭풍의 회오리 속에서 허우적거리며 헤엄쳐야 했던 차라리 죽는 것이 나으련만~ 사는 것이 무엇인지 그래도 살려고 허우적거리며 가쁜 숨을 몰아쉬며 헤쳐 나왔는지~ 참 바보 같지 않느냐. 그러던 과정에서 내 나이 11살, 누나 나이 16살 때 누나는 도망을 갔고 어머님(너희 할머니)께서는 아빠 나이 13살 때, 복어알을 혼자서 부엌에서 끓어드시고 운명(殞命)하셨다.

귀찮은 세상 이판 사판으로 끓여 드시고 결과적으로 죽음의 길을 택했던 것이다. 지금도 수 십년이 지났지만 너희 할머니 운명을 달리했던 그 때의 모습이 이 못난 자식의 마음속에 마치 눈 앞에 펼쳐진 활동사진처럼 가슴 깊숙이 새겨져 그 무엇으로도 지울 수 없는 판박이가 되어버리고 말았구나.

너희 할아버지는 무슨 일이든 하셨다하면 그 누가 따라 갈 수 없을 만큼 날렵하고 잘하신 으뜸가는 분이셨으나 그 잘한 일을 평생을 두고 하시지 않고 어쩌다 마음 내키면 일년에 두 세번은 나뭇지게를 지신 일이 있었으나 상상하지 못할 정도로 솜씨를 발휘하여 누구 보다도 많이 짊어지고 오신 일이 있었다.

그 외에는 모심을 때나 논 멜 때 며칠일뿐 한번 뒤짐을 지고 술집에 들면 그 손을 풀지를 않으셨으니 또 수확을 해봤자 전부 다 거의 술집 좋은 일 시키는 것이고 그리고 모집이 뚜껑으로 수시로 퍼가지고 나가시여 술과 바꿔 드시고~ 너희 아빠한테도 여러번 들키셨고 아빠는 하루 겨우 한끼 두끼 이상은 먹어 본 기억이 없이 그렇게 굶주린 그 자체도 모르고 살았던 너희 아빠 서인표는 그렇게 살았었단다.

너희 할아버지는 식구들이야 굶든 말든 상관이 없고 내일 아침 끼니거리를 걱정하는 너희 할머니 마음과는 달리 한 바가지만 있어도 퍼다가 술집 갖다 주는 것이 우선이었던 그 분(그분 존함은) 서만년~ 그 탄탄한 살림의 겉 모양을 보고 초근목피(草根木皮)와 강비(糠粃)도 마다 않고 그것으로도 삼시 세끼 배를 채울 수 없었다면 또는 그랬다고 말한다면 요즘 사람들은 스쳐 지나가는 멍청이 개(犬)도 웃을 일이라고 할 것이다. 그래도 사실인 것을 그 누가 생각해도 이해가 되지 않을 것이라 믿는다. 그 말은 원숭이가 웃다가 나무에서 떨어지고 지나가는 개가 어이없어 어리둥절 하품하고 외양간 소 새끼도 비웃을 것이다.

그랬었다 농사 그야말로 농사짓는 것은 외상 술값이 얼마가 되느냐가 문제였다. 쌀, 보리, 무명베, 삼베, 콩 어떤 것이든 술값으로 직불되지 않는 것이 없었다. 방아들 콩밭 600평(坪)을 그 넓은 콩밭을 갈아주지 않아 몇날 며칠인지 몰라도 호미로 파서 어머님 혼자서 콩을 다 심으시고 생 손가락이 병이 나 아려 지금도 있는지 모르지만 시온인지(시운인지) 어렴풋이 기억이 나지만 마치 총알 속에 들어있는 화약 같은 것이었는데 그것을 그릇속에 넣고 구멍 뚫린 대통 속으로 나오게 하여 그 연기(煙氣)를 아픈 부위에 쏘이면 낳는다는 일종의 치료 방법이었다. 그리고 우리 집은 춘하추동 할 것 없이 화로불이 이글거려야 했다.

어쩌다 한번이라도 꺼지면 그날은 반 초상 치루는 날이었다. 한 번은 그날 화로불이 꺼진 날이었다. 그날따라 밤중 새벽에나 들어오시는 아버님께서 일찍 거나하게 취하시여 들어오셨다. 어차피 또 나가시겠지만 아마도 술값으로 무엇이라도 가져갈 것이 없나 하고 들어오셨을 가능성이 99% 높다. 그 때 화로불에 담뱃대를 갖다 허부적거리는 순간 불이 꺼진 것을 아시고 느닷없이 옆에 있던 두꺼운 사기요강을 엄마에게 던져 어머님의 면상에 정통으로 맞아 코며, 이마며 말할 것도 없이 피투성이가 되고 기절하여 쓰러지셨다.

내가 울고불고 소란소리에 이웃 어른들께서 오시여 어느 집으로 어머님을 업고 가셨는데 그 다음은 기억이 없다. 이유인즉 화로불을 꺼트렸다는 것이었다. 우리 집은 말이 사람 사는 집이지 사실은 사람 사는 집이 아니었다.

낮에는 새벽 컴컴할 때 일어나 하루종일 일하시고 밤에는 베를 짤 때도 있으셨는데 한번은 아빠가 들어오시지 않아 베를(베틀에서) 짜고 계셨는데 아빠는 언제라도 대문 안에 들어서면서 어흠 하고 왔다는 신호같은 헛기침을 하고 들어오시는데, 그날도 새벽에 들어오시면서 어른 오는 소리를 내고 들어오셨지만 나만 나가서 인사하고 베틀에서 나오시려고 배띠를 풀고 나오시려는데 그 사이 들어오시여 빨리 나오지 않았다고 가위로 짜고 늘여 놓은 베를 가위로 싹둑싹뚝 잘라 버린 것이었다.

그리고 사람을 마구 패는 것이었다. 그럴때면 정말로 사람인지 짐승인지 도저히 구분이 안될 정도이니 참으로 공포속의 연속이었으니 날더러 공부가 밥 먹여주니 하시던 그 아버지는 왜 일은 안하시고, 두 식구(엄마와 나) 두들겨 패는 일과의 연속 되는 재미로 살아가실뿐 자고로 가정을 다스리는데는 근검치가(勤儉治家)라 하지 않았던가 부지런하고 검소하게 가정을 다스린다라고 하지 않었던가 그러면 다스리는 사람은 누구인가? 마땅히 가장이 아니었던가 그런데 우리집은 이 무슨 꼬라지란 말인가? 어머님께서는 좋은 세상 편한 세상 간섭도 없고 배고픔도 없고 술 먹고 와서 쥐잡듯 패는 사람도 없는 평화스럽고 아름다운 극각정토(極樂淨土) 무릉도원(武陵桃源)~ 이 세상이 아닌 별천지의 나라로 가셨으니 얼마나 좋으실까.

그때 어머님께서는 겨우 50세 되던 해, 복어알을 끓여 드시고 방깥 아주머님 댁에 삼 품아시(서로 돌아가면서 하는 품 값음) 삼을 삼으러 가셨다가 어지럽다고 집으로 오시던 중 3번을 넘어지시고 집으로 오셨다고 하셨다. 그날 따라 싸락 눈이 새찬 바람 눈앞을 분간할 수 없을 정도로 휘몰아치는 날이었다.

나는 그날 서경원 주막집 큰아들 나와는 동창생이고 항렬로는 먼 조가뻘 되는 아이였는데 나무를 하러 가기로 약속이 돼 있어서 경원이와 둘이서 뒤뜰에 들어서는 순간 너무나도 춥고 휘몰아치는 눈발속에 경원이는 추워서 도저히 못가겠다고 되돌아 가고 나는 아무리 추워도 조금이라도 해 가지고 가겠다며 핑정골 할아버지 할머니 산소 앞에 가서 낫으로 솔가지를 꺾으려 할 때, 그 추운 매서운 눈바람 속에 웬 구정파리(아주 큰 왕파리) 소리가 그것도 아주 크게 귓전을 세 번 울렸다.

머리 끝이 하늘로 치솟고 주위(周圍)를 둘러 봤으나 아무것도 보이지 않았다. 그래서 다시 솔가지를 꺾으려 할 때였다. 그때 또다시 조금전보다 더 크게 왕파리 소리가 윙, 윙, 윙, 또 세 번이 울리는데 얼마나 놀랐는지 모른다. 두리번 거렸으나 아무것도 없고 그때서야 조부모님의 산소 앞이라는 것을 알고 말로만 듣던 귀신들이 나를 에워 쌓은 것 같았으니 이 얼마나 놀랐겠느냐. 길도 없는 산골짜기 걸음아 날 살려라 방죽두던(저수지, 貯水池) 쪽으로 어떻게 집에까지 왔는지 평소같으면 약 20분 거리였으나 얼마나 빨리 달렸는지 10분도 걸리지 않았을 것이다.

부엌문을 열고 지게를 내려 놓는 소리가 쿵 하고 안도의 한 숨을 짓는 순간 방안에서 어머님 소리가 들리는 것이었다. 아가 아가 하고 부르시는 소리를 나는 아가 소리를 까까, 까까 그전에 어른들은 어린 아이한테 사탕을 주실 때 우리 귀여운 아이 까까 먹어라 하고 주시곤 했었지. 그래서 놀래서 정신없이 왔는데 엄마가 방 안에서 나를 부르니 얼마나 반가웠겠느냐 하여 어~ 엄마 하고 후다닥 방문을 열고 뛰어들어 갔으나 어머님의 얼굴은 노란빛으로 변해 있고 혀가 굳어들어가 아가 소리도 제대로 나오질 않아 힘들게 손을 내미시는데 엄마 왜이래~ 하고 통곡도 약 1분 아니 30초 정도일 뿐 귀신이 방안에 가득 에워 싸고 있는 것 같은 느낌이 드니 나는 그야말로 정신이 없었다.

방문을 손으로 열지 못하고 발로 박차고 나와서 신발도 신지 못하고 정신없이 통안양반(주막집)으로 달려갔다. 역시 아버님은 주막집 맷돌 두부를 만들기 위해 콩 가는 맷돌을 돌리고 계셨다. "어머님이 죽어 가십니다. 어머님이 돌아 가십니다"하니 아버지와 같이 쏜살같이 집으로 왔다.

아버지는 즉시 화로불 위에 변또(도시락) 뚜껑에 물을 부어 올려 놓고 칡덩쿨을 벼락같이 다져 끓는 물 속에 넣으니 붉으레한 물이 울어났다. 그리고 참기름 병을 가져다 놓고 칡물을 어머님 입 속에 떠 넣고, 조금 후 참기름을 몇술 입에 넣으면서 옹백이(큰그릇)을 가져오라 하셨다. 참기름과 칡물을 드신 어머님께서는 즉시 몇초도 지나지 않아 토해내기 시작했다. 한참을 토해내신 음식물을 쳐다보고 아버지는 천장(대들보)을 보고 눈물과 한숨을 지으며 내 이름을 부르셨다.

인표야~ 예~애~ "너희 어머님은 이세상 사람이 아니시다"하시며 춘추 50이 되도록 엄마가 시집올 때 해가지고 오신 이불 두 벌중 한 벌은 그때까지 한번도 덮지 않으셨다 한다. 아버지는 들보 위 이불보를 풀고 덮어드리면서 어머님의 머리를 곱게 들어 무릎 위에 올려 놓고, 북받쳐 오르는 눈물과 볼멘 소리로 집안이 떠나갈 듯 복니야~ 하고 부르시고 대성통곡 하셨다. 어머님이 살아 계시면 그날 저녁에도 어김없이 만취에 어머님을 두들겨 패고 못살게 굴었을텐데 어제도 그제도 아버지한테 맞은 피멍 자국을 지닌체 평생을 멍든 몸으로 가시는 그날까지 그 멍든 자국의 흔적을 안고 지닌체 별나라로 가셨다.

도저히 우시는 까닭을 알 수 없었다. 그날 저녁 들어와서 매 타작 할 사람이 없어서 너무나도 아쉬워 우시는건지 마치 원수지간이 만난 것처럼 매일같이 식구들 한테는 가혹(苛酷)했던 아버지. 그런데 당신한테도 눈물이란 것이 있습니까? 묻고 싶습니다. 정말 우리 식구들한테는 금수(禽獸) 보다도 못했던 아버지~. 어머님의 죽엄 앞에 왠 눈물이십니까?

너무 하셨습니다. 너무 하셨습니다. 참으로 너무 하셨습니다~. 하는 생각이 어린 내 머리의 뇌리를 사정없이 강타 하고 있었다. 나는 귀신한테 에워 쌓인양 너무나도 무서움으로 온 몸에 소름이 끼치고 머리 끝이 쭈벗쭈벗 하늘로 올라가고 더 이상 있을 수도 없고, 방을 뛰쳐 나오면서 참았던 분노와 억눌렸던 것이 드디어 터지고 말았다.

아버지. 왜 우는거야? 아버지는 울 자격이 없어, 왜 우는거야? 왜, 왜, 왜, 이제는 매일같이 달달 볶을 사람이 없어져서 두들겨 팰 사람이 없어서 울 것 없어 식구들 못살게 두들겨 패는 것을 즐기는 아빠. 식구들의 온몸둥이에 파란 멍이 평생 가실 날이 없었던 우리의 가족~ 이제는 나를 패면 될 것 아냐~ 엄마것까지 곱으로 모두 다….

울며 불며 그 추운 날씨, 맨 발로 뛰기 시작했다. 미친 듯이 아니 그 순간 만큼은 미쳐 있었을 것이다. 달려간 곳은 당산 공표형 한테 가서 형, 형, 엄마가 엄마가 돌아가셨어. 흐 흐흥 허엉~ 울면서 눈물 콧물 주체하지 못한 나를 향하여 소두방 뚜껑 같은 형의 손바닥은 내 뺨을 향했다. 절푸덕 그러나 나는 아픈줄도 몰랐다.

이녀석아~ 왜 그따위 말을 하는거야. 아침에 당숙모가 차려준 아침밥을 먹고 돌아선지 몇 시간도 안 지났는데 그게 무슨 소리야 하시는 것이었다. 그랬었다. 그 형님께서는 어제 저녁 우리 집에 늦게 오시여 같이 잠을 자고 아침 밥을 같이 먹고 형은 혼자 살기 때문에 형 집으로 가셨던 것이다. 그 형은 당숙, 당숙모가 일찍 돌아가시고 형 밑으로 여동생(보성누나)이 있었는데 어린 나이로 시집을 갔던 것으로 기억된다.

그러기에 그 형은 부모형제도 없이 사시므로 나를 퍽이나 이뻐해 주시고 우리 집을 자주 오시곤 했었으며, 술과 노래도 잘 부르셨으며, 하모니카를 감탄할 정도로 잘 부르셨다. 내가 철이 들면서 생각해 봤던 것은 그 형의 노래가락 속에는 이세상 그 누구도 알지 못한 슬픔과 한이 한 잔 술 속에 숨겨진 것은 뼈와 살을 깎는 아픔이 있었다는 것을 새삼 느낄 수가 있었다. 뼈 마디 마디가 아릴 정도로 아픔을 지닌체 살아 왔던 나는 그 형의 아픔을 짐작(斟酌) 할 수 있다.

나는 내가 죽어도 울어줄 사람 하나 없는 이 작은 몸 하나 들여 놓을 곳 조차 없었던 초근목피 강비(糠粃)를 맛 보지 않고, 헐 벗고 굶주림 속에 온 세상 사람들의 멸시와 좌절을 맛보지 않은 사람은 어찌 그 마음속 깊이를 알 수 있겠는가. 다른 사람은 몰라도 인간 서인표 만큼은 알 수 있다고 자부할 수 있다.

나도 그 형을 친형 이상으로 따랐다. 그 형도 나를 이뻐해 주고 잘 데리고 다녔다. 어머님은 이 지긋 지긋한 세상 어쩔 수 없이 붙어 있는 목숨이기에 그저 유지할 수밖에 없었던 기구한 목숨을 이제는 그 어떤 누구도 간섭 없는 평화로운 세상으로 가셨다. 이 세상에서 못다한 정말 황홀한 꿈의 나라로 만인으로부터 사랑 받는 한마리의 제비가 되어 드넓은 평야~ 툭 트인 광야(廣野)를 마음껏 훨훨 힘차게 날 수 있는 세계로 가셨다.

이세상에서 못다한 어머님의 그 넓고 거대한 날개를 움추림 없이 마음껏 활짝 펴고 드높은 곳을 향하여 웃음의 세계로 가셨다.

나는 확신한다. 나의 존경스러운 어머님! 나도 그 위대하고 존경스러운 어머님의 품 안으로 갈 수만 있다면 지금 당장 이 순간이라도 쫓아 가리라. 그리고 다시는 그 품안을 벗어나지 않으리라. 그 어떤 일이 있더라도 어머님의 따뜻하고 포근한 넓은 가슴 폭을 영원히 떠나지 않으리라. 나이를 먹으면 먹을수록 더욱 더 그리워지는 어머님. 어머님을 생각하면 언제라도 억제(抑制) 할 수 없는 이 못난 자식의 마음을 어머님께서는 알고 계십니까? 그 모진 매를 마다 않고 몸소 다 받아 내시고, 그 어떤 아픔도 마음속의 쓰라림도 스스로 헤쳐 나가셨던 나의 자랑스런 어머님. 너무 너무 보고 싶습니다.

죄송(罪悚)하오나 저도 어느 사이 머리가에 서리가 내리고 시온이 손녀를 본 할아버지가 되었답니다(어머님의 증손녀). 그런데도 어머님 생각만 머리에 떠 올리면 너무 너무 가슴이 미어집니다.

언제라도 어머님께옵서는 이 못난 자식의 곁을 떠나지 못하시고 보이지 않은 혼영(魂影)으로 지켜주고 계신 것을 잘 알고 있사옵니다.

저의 불안하고 답답함을 금치 못하고 전전긍긍 할 때마다 저는 어머님을 수 없이 부르고 할 때면 어머님께서는 여지없이 모든 것을 순조롭게 해결하여 주시곤 하시지 않습니까. 이 세상을 떠나셨어도 이 불효 자식을 떠나시지 못한 어머님께 어떻게 말씀 드려야 될지 모르겠습니다. 하오나 어머님 감히 살아서는 이 세에서 타계(他界)에 가셔서까지 저의 주변을 맴돌아 떠나시지 못한 어머님!!.

그러면서도 꿈에 단 한번도 모습을 보여주시지 않은 어머님. 돌아가신 분이 자식에게 자주 나타나는 것은 자식의 신상에 좋지 않기 때문에 저의 꿈에 보여주시지 않으신다는 어머님의 그 말씀 한마디로써도 그 얼마나 자식에게 대한 사랑이 깊으신지 갸륵하고 정성어린 모정(母情)이라는 것을 그 어찌 말로써 이 작은 펜과 붓으로써 표현할 수 있겠사옵니까. 그러하오나 염치없게도 어머님께 또 하나의 부탁(付託)를 서슴없이 드리고 싶은 것은 부모의 입장은 생각지 않고 오직 눈 앞에 직시(直視)하는 사사로운 일까지도 부모님에게 의지(依支)하려는 염치 없는 자식인가 봅니다.

어머님의 끊임없는 보살핌이 있었기에 이제는 위대하신 어머님의 자식으로써 부끄럽지 않은 삶을 살아가고 있사옵니다. 어머님께서는 이세상 그 누구보다도 여장부(女丈夫)요, 성군(聖君)이십니다.

명심보감 한구절에 정심응물(定心應物)하면 수불독서(雖不讀書)라도 가이이유덕군자(可以爲有德君子)라는 말이 있습니다. 명심보감 마음을 바르게 다스리는 글 정심편(正心篇)에 있는데 "마음을 바로 잡고 사물을 대한다면 비록 책을 읽지 않았을지라도 가히 덕이 있는 군자라 할 수 있다. 또는 덕 있는 군자가 될 수 있다"했습니다. 어머님께서는 늘 그러 하셨습니다. 입이 있어도 말을 함부로 안하시고, 몸으로 다 받아 내면서도 묵묵부답 동네에서 미인이셨던 그 얼굴 한번 다듬어 본 일도 없고, 또한 그럴 틈도 없이 돌아가신 그날 그 시간까지 일에만 몰두 하셨던 우리 어머님!!.

수 많은 걱정, 수 많은 한(恨)을 품고 가슴에 이글거리는 화롯불 같은 응어리를 풀지 못하고 가신 어머님!!. 연속되는 부담을 드린 것 같아 송구스럽기 그지 없습니다만 어쩔 수 없이 들어주셔야 겠습니다. 이렇게 막무가내인 못난 자식을 용서하여 주시옵소서.

앞에서 말씀 드렸던 바와같이 저의 신상에 금전적으로는 아무런 걱정거리가 없습니다. 또, 부족하면 부지런만 하면 돈은 벌 수 있으니까요. 그러나 걱정거리가 있습니다. 어머님의 며느리인 저의 아내가 찌드리, 쪼그리, 흐리멍텅한 병(病) 아픈 것도 아니고, 안 아픈 것도 아닌 그런 어정쩡한 병 빼놓고는 말입니다.

저의 팔이 아프고 쑤신 것은 고질병(痼疾病)으로 일 손을 놓고 쉬면서 가벼운 운동 외에는 병원에서도 고칠 수 없는 병이라 하니 어쩔 수 없으나 어머님의 하나뿐인 며느리의 병을 씻은 듯이 다 치료해 주실 것으로 믿고 있습니다. 그리고 쬐께 좋은 소식 알려 드리겠습니다.

어머님의 장손녀는 시집을 가서 첫 딸을 낳았고, 지금 성균관대학교 대학원을 수석으로 졸업하고 당당히 예술철학 박사 과정을 밟고 있사오며, 어머님의 손자 녀석은 우리나라에서 제일 가는 서울대학교 기계공학과를 졸업하고 지금 대우중공업 방위산업체인 경상도인지, 부산인지, 하여튼 몰라도 섬 중에 두 번째 큰 섬이라든가 그냥 그 정도로만 알아요. 그럼 됐지요. 그정도만 알아도 머리 되게 좋지요. 해~해 그리고 막내, 어머님의 차손녀는 전문대학을 그런데 그 녀석은 다 컸다고 집을 나가 어디서 어떻게 생활하는지도 몰라요.

자식이 어디 어떻게 사는지도 모르는 바보 녀석이라고 야단치지 마세요. 머리가 굵으니 저도 어쩔수가 없어요. 저희 남매끼리는 전화통화는 나누고 있으며, 집 주변에서 맴돌고는 있으나 혼자 마음대로 살고 싶어 집에 들어온다 해도 며칠뿐 또 나가곤 합니다. 그러나 어머님 당신의 아들!! 이 못난 녀석은 왜이리 눈물이 헤픈지 모르겠습니다. 펜이 어디로 굴러가고 있는지 눈이 흐릿해져 보이지를 않습니다. 어머님 생각! 막내, 그 녀석의 생각! 콧잔등이 시큰둥 매콤한 눈물이 찌르르 흘러 내립니다.(시들어버린 꽃에 물을 주면서).

어버이날에 갔다 놓은 무명화, 이름도 없이 달랑 대문틈 사이 밀어 넣어 놓고 간 그 꽃을 병에 꽂아 놓고 꽃병 두 개에 예쁘게 꽂아 놓고 매일 같이 물을 주는 정성. 나는 그냥 수돗물을 받아 가게 입구 책상 위에 나란히 세워 놓아 그냥 모양으로 꽂아 놓거니 생각했었고, 자식을 사랑하는 마음으로 가장 잘 보이는 곳에 꽂아 놓는구나! 하고 생각했을 뿐이었고, 나도 지나는 말처럼 "맹물 보다는 소금을 약간 타서 꽂아두면 꽃이 오래 간다는 말을 들었소." 그 말을 했던 나 역시도 그 꽃이 싱싱하게 오래 가기를 기대했던 것 같다. 그러나 우리 중전마마의 마음을 어찌 감히 내가 따라 가겠는가. 그 물은 그냥 물이 아니고 냉장고 속의 물이라 했다. 어디서 들었는지 모르지만 차가운 물을 주면 꽃의 생명이 오래 간다는 것이었다.

어느 사이 장미꽃을 에워싸고 있는 안개 꽃은 벌써 손만 스치면 말라 비틀어져 우수수 떨어지건만 그런 꽃에 물을 주면서 내뱉다 싶이 하는 말. 지질이도 못난년~ 왜 떳떳하지 못하고 그 모양인지 몰라~ 쓸데없이 마음만 여려가지고 병신 같은 년!, 지가 할 바를 다하지 못한 죄책감(罪責感) 때문에 저 지랄을 하고 다니면서 애꿎은 부모의 가슴 속만 뒤집어 놔~ 썩을년, 못난 년 궁시렁 궁시렁 대면서 물을 갈아 붓고 있으면서 어느덧 눈가에는 빠알간 핏기가 서리더니 그런 눈가로 소리없이 흘러 내리는 뜨거운 저 물방울은 그 무엇을 뜻한단 말인가.

그것을 옆에서 보고 있는 나 역시도 콧잔등이 시큰둥 해지며, 뒷 베란다 문을 열고 먼 산을 물끄러미 바라보고 있노라면 눈 앞에 보이는 것은 아무 것도 없고 눈앞에 와 있는 것은 아득히 자욱한 안개뿐인 것을.

그리고 또 빠르게 나의 머리를 스쳐 지나가는 것이 있다. 나에게 아무런 고통없이 마음의 고통이 이렇게 심한데 육체적 고통까지는 너무 가혹한 것 같아서 그래도 육체적 고통이라도 없이 될 수 있는 한 빨리 죽을 수 있는 병(病)이 좀더 강하게 침투(浸透)하여 더 이상의 정신적 고통없이 자식들을 바르게 인도하지 못한 죄 지은 몸이 극락정토는 아니더라도 자연(自然)으로 돌아갔으면 하는 바램이 앞선다.

후~우~ 긴 한숨소리 속에 모든 것을 묻어 버리자.

이제는 왠지 나의 살아있음에 어떠한 애착심도 부귀영화도 내 마음속에 없다. 그저 그냥 오직 목숨이 다하는 그날까지 나의 할바를 다할 뿐이고, 이제는 내 굴레에서 식구 모두를 해방시키고 싶다. 아무런 간섭도 없이 그저 제 각각 자신의 살길을 찾아 고삐 풀린 망아지 마냥 모두가 넓은 광야의 대지를 마음껏 휘젓고 다니게 놔두고 싶다. 그리고 막내도 24살인데 모두가 다 제 스스로 닦아 나갈 수 있는 성인들이 아닌가?. 간섭한다고 들을 나이도 아니고, 그러면 과연 내가 할 수 있는 일이 무엇인가? 아이들의 어렸을적은 내 나름대로 내가 해야 할 일이, 또는 내가 가야할 길이 뚜렷 했었고, 어떠한 푯말을 세워두고 힘차게 정말 힘 있게 숨 돌이킬 수 없이 주력(走力)을 다했건만 왜 이렇게 딸래미를 가르치기가 이렇게도 힘이 드는지 육체적 고통은 고통이라 생각해 본 적이 없었는데, 사실은 성장했으니 모든 것을 가볍게 툭툭 털어버리면 그만인 것 같은데, 왜 무엇때문에 마음의 짐을 내려 놓지 못할까?

왜 이리 사는 것 자체가 무의미할까? 한 때는 오랜기간 부서지는 느낌을 받은 육체적 고통은 오히려 정말 재미 있었는데 앉아서 밥먹을 시간도 아까워 달리고 뛰면서 김밥을 한 입씩 베어 먹었든 그 시절 정말 재미 있었어! 아니 참말로 재미있었어!. 내 앞에 아무도 없던 내 앞에 사랑하는 아내, 무럭무럭 자라는 자식들을 보면서 찌긋째긋하던 몸뚱이 고통도 순식간에 사라지는 듯한 정말 재미만 있었던 좋은 시절이었지.

그렇게 근(近) 30여년 남이 맛보지 못한 삶을 살았으면 적은 삶은 아니잖아. 나이도 많아 눈을 뜨고 있는 시간이 살아 있는 삶이요. 눈을 감고 있는 시간은 죽어 있는 시간이라, 그러면 근 30여년을 하루 3시간 이상을 잠을 자지 않고 일만 했었던 서인표!!. 하루에 줄여 잡아 남보다 하루 5시간씩을 더 자지 않았으니 그 계산을 한다면 내 나이 플러스 하면 꽤 많은 나이가 될 것이다.

그것도 더 없는 즐거움으로 미소를 지으며 그 무엇하나 부족하다 생각한 것은 하나도 없었어. 내 마음속은 그저 컴퓨터에 입력된 동력기계(動力機械) 동력장치를 부착하고 작업을 하는 도구가 돼 있었어. 옛말에 머리가 나쁘면 몸이 고달프다 했던 어른들의 말처럼(우리집 서만년(徐萬年)의 나라(國)는 빼놓고) 나는 못배웠으나 내가 할 수 있는 일은 힘과 용기와 노력뿐이니까. 그 세 가지가 닳아서 없어질 때까지 내 가족을 위해 쉴틈 없이 움직일 뿐이었다. 그것만이 내가 해야할 일이요, 내가 짊어지고 가야할 길이었다.

그 길이 옳은 길이라 택하였으니 끝이 어딘지 몰라도 또는 그 끝이 보이지 않는 죽엄, 그 시간까지라 할지라도 나는 가야만 한다.

세 가지 구절 ① 하면 된다 ② 할 수 있다가 아니라 "해야 한다"이다. 적어도 서인표의 마음속에는 어떠한 한설폭풍(寒雪暴風, 매서운 추위와 눈바람)이 휘몰아쳐도 나는 쓰러질 수도 쉴틈도 잠시라도 잠들 수도 없다.

내 인생의 가닥은 서인표의 나라, 서인표의 왕국을 위하여서라 하면 내 몸뚱이 하나쯤은 하나의 장식품, 소모품으로 꼭 내 가정에 필요한 소모품(消耗品, 써서 닳아서 없어지는 물품)이 되기에 만족하리라.

두 번씩이나 삶을 포기(抛棄) 했던 나!. 어떻게 얻은 나의 인생인데 어떻게 얻은 지금 이 자리인데 행복을 그 무엇으로도 바꿀 없는 마치 꿈만 같은 저돌적으로 이뤄낸 행복이었기에 지금 이순간의 느낌은 더 클 수밖에 없구나.

잠 잘 곳이 없어서 차디찬 콘크리 바닥에 누워 잠을 청하고 추석과 설날의 명절때면 사먹을 음식점도 없어서 꼬박 굶을 때도 있었던 그 시절!! 이제는 그 악몽(惡夢)에서 깨어나 세상에서 가장 아름다운 중전 나의 아내를 맞이하여 꿈같은 그 무엇과도 바꿀 수 없는 찬란(燦爛)한 나의 인생이 시작되어 세 자식들이 태어나 무럭무럭 자라나는 모습을 보고 있노라면 말로써 표현(表現) 할 수 없는 가슴 뭉클한 기쁨과 그럴때면 돌아가신 어머님 생각에 또 운다.

그 무엇을 생각하고 있는 사이 뜨거운 용광로가 주위에 있나 뜨거운 물방울이 한참동안 흘러 내린다. 인생은 새옹지마(塞翁之馬)라 하였던가. 사람이 살아 나가는 과정에서 인생의 길흉화복(吉凶禍福)의 변환함이 두루무성하여 예측하기 어렵다. 살아가다보면 그 길을 가는 길은 산길, 논길, 밭길, 가시밭길. 나같은 박덕한 인간에게는 영원히 밝은 태양은 업으리라 생각했었지….

어렸을 적에는 날이 새면 굶주림에 허덕이고 흘러 내리는 강물로 벌컥벌컥 들이켜 배를 채우고 밤이 되면 매 맞는 것이 그렇게 사는 것이 전부인줄 알았고, 국민학교 졸업을 하고 남의 집 꼬마노릇 할 때는 굶주렸던 배를 채우고 뱃 속 따뜻함이 다 인줄만 알았던 나….

군(軍) 20사단 올빼미부대를 육군하사 군번 8005 3657로 제대해서까지도 식구들은 굶던말던 혼자서만 주지육림(酒池肉林)에 빠져 그것도 모자라 매일 같이 이틀이 멀다하고 주정을 부렸던 그 분도 아버지라고 아버지를 모셔야 되지 않겠느냐?는 생각에 재대한 그 해 남의 집 살이 했던 새경까지 모두 다 드리고 그때서야 그런 용기를 얻었는지 이렇게 살면 안되겠다?는 생각이 들어 맨 주먹으로 서울로 올라와 그 과정은 앞에서 여러번 열거했으니 생략하고~ 그래도 나에게도 영원히 나에게는 없을 줄 알았던 캄캄한 칠흙 같이 어두운 밤만 있을줄 알았던 나에게도 새벽을 알리는 닭이 울고, 먼동이 트고, 밝은 새 아침의 태양을 맛 볼 수 있는 그런 날이 활짝 열릴줄이야….

내 앞에 휘황창 빛나는 저 태양의 빛은 영원(永遠)하리라. 놓칠 수도 없고, 이제는 지금 보다더 더 노력하고, 박차를 가해 우리 다섯 식구의 앞날에 탁트인 지름길이 등불이 되리라.

나는 이 세상에 믿을 사람 하나 없고, 오직 내마음이 법(法)이고, 집행관(執行官)이 될 뿐 피가 피를 먹고, 살이 살을 도려 먹는 험난한 세상을 살아봤기에 오직 나 자신만을 믿고 그 누구도 믿어서는 안 된다는 것을 일찍부터 알았기에 그 누구에게도 속지 않으리라.

내 집안의 법도를 내가 만들어 놓고, 그것을 지키지 못한다면 곧 죽음이라 살 값어치도 없는 사람이다.

여의도 개들처럼 되어서는 안된다. 사람의 법도는 사람이 만들어야 되는 것을 개중에서도 어찌 그리 미친(狂犬) 것들만 용케도 골라 사람이 사는 법을 만들라 했으니 개가 개법을 만들지, 개가 어찌 사람 사는 법을 만들겠는가. 견가환대구성시(犬訶還對狗聲?)라

했던가.(犬 개 견, 訶 꾸짖을 가, 還 돌아올 환, 對 대답할 대, 狗 개 구, 聲 소리 성, 啻 뿐 시) 그 답은 개는 아무리 꾸짖고 나무라봐야 그 속에서 무엇이 나오겠는가 개소리 뿐!!

그러니까 그것들을 뽑은 국민들의 잘못인데 개가 개법을 만들어 놓고, 무슨 법을 만든지도 모르고 개구멍으로 빠져나갈 길만 다 알고 있으니 법을 마음대로 어기고 도망갈 개구멍으로 들어가면 어긴 줄을 알면서도 잡아내지를 못하는 것이야. 성한 개라야 보신탕감이라도 되지, 미친 개를 보신탕하면 사람까지도 미친 사람 되지 말란 법이 있겠는가. 그놈들은 자신들이 만든 법을 제일 먼저 스스로 어기는 인간이 아닌 쓰레기들이니 그 쓰레기를 일반쓰레기와 같이 버리면 안돼요.

오염되면 어쩌려고 잘 봉해서 특별관리 매장(埋藏)해야 돼요. 모두 한꺼번에 여러번 나뉘면 쓰레기 봉지값에 인건비에 손해가 막심할테니 모두들 알았지요. 자고로 사람으로 태어났으면 아무리 작은 약속일지라도 반드시 지킬줄 아는 그런 사람이 되어야지! 어떠한 일이 있어도 크나 큰 일이 아니라면 작은 약속부터 비록 지나는 말처럼 한 며칠 뒤 술 한자 하자는 말도 그냥해서는 아니되고, 말이 나가는 순간 빚쟁이가 된 것을 잊어서는 아니 되는 것을 적어도 인간이 아니기를 포기(抛棄)하지 않은 사람이라면 반드시 지켜야 된다는 것을. 곧 그래서 약속은 신용이요, 신용(信用)은 제2의 생명(生命)인 것을.

여기에서 세무서에 갔었던 일을 기록으로 남길까 한다.

세무서에 들어서니 소득세 신고 장소가 몇 군데 있었고, 알림 표지판이 붙어 있었다. 자영업신고센터, 부동산소득신고센터, 나는 틈이 없던 대리점을 접고 현대시장에 58평(坪) 근린상가 맨 윗층만 내가 살 수 있는 주택이고, 지하 일층에서 지상 삼층까지는 상가 총 5층 건물을 손수 지어 그 건물 부동산소득신고를 해야 했기에 그 건물로 약 월 400여 만원의 소득이 있었기에 신고를 하기 위해 갔었는데, 소득 금액에 약간의 의심스러운 대목이 있는 것 같아 부가가치세과에 가서 대장을 살펴보니 역시 잘못되었다.

부가가치세과 담당 선생께서 친절히 살펴보시고 정정하여 주신 것을 가지고 소득세 신고를 순조롭게 할 수 있었는데, 그런데 신고 과정에서 한 두가지 의심스러운 것이 있어서 담당 선생께 물어보았다.

나는 아이들이 성장해서 부양공제 받을 사람이 아내와 나 뿐이었다. 그런데 이게 왠말인가. 둘이서 일년동안 생활비가 한 사람당 일백만원씩 아내와 나 둘이니까 이백만원을 공제하고 나머지는 순 소득으로 간주하여 책정하는 것이 아닌가.

그래서 담당선생께 물어보았다. 어떻게 둘이서 200만원을 가지고 열 두달을 삽니까 했더니 그 세무 담당 선생도 할 말이 없는지 세금을 부과하는 세무직원으로써도 이해하기 어려우나 나라의 법을 만든 사람들이 그렇게 만들어 저희들도 그것을 따르는 입장이니 더 드릴 말씀이 없습니다.

법을 만든 그 자(者:놈 자, 것 자, 사람 자)들은 제(者)들 사는데는 한 놈당 한 달에 생활비가 팔만삼천이면 사는 모양이지요. 미음도 제대로 못먹을터인데 금천구에 그렇게 어려운 법을 만든 공직자가 있다면 쌀이라도 한말 사다줘야 되지 않을까 싶네요 했더니 그 세무직원은 예, 옳은 말씀입니다 하고 맞장구를 쳐주는 사람도 있었다. 참 쌀쌀하고 냉정했던 옛 세무직원 같지 않고 친절해 졌다는 것을 알 수 있었다. 그리고 또 한가지 더 물었는데, 집 수리비는 공제에 해당이 되느냐고 물었더니, 그 역시 조항에 없고 그것은 그 집을 팔 때 공제에 해당이 된다고 말씀하셨다.

더 이상 개놈(犬者)(猪)들이 만든 법을 따를 수 없다는 하수인이라는데 그 사람에게는 더 할말이 없고, 세무서를 나오는데 어쩐지 씁쓸하기만 했다. 썩어 뭉클어진 정신나간 것들이 법을 만드니 개똥냄새나 풍기는 더러운 법을 만들어 놓지 개가 법을 만들어봐야 개법이지 그래도 그 개(犬)들이 만들어 놓은 법을 따르지 않을 수 없는 전 국민 하나같이 다 국민들은 바보일까? 바보가 아니라 바보로써 살 수밖에 없는 것이 현실인가, 아니면 미친개가 물어 뜯으면 변변한 약도 없으니 조심 조심 해야 되건든.

23

사람으로써의 본분(本分)

사람으로써의 본분(本分)

사람으로써의 본분. 곧 사람이라면 반드시 지켜야 할(본분) 직분(職分)이야 사람은 제각각 할 일이 다 다르긴 하지만 그 주어진 일에 최선을 다해야 되는 직분. 부모로써의 할 일, 자식으로써 할 일 모두가 잘 헤쳐 나가는 것이 주어진 직분을 다하는 것이야. 직장인은 직장인데로 채소장사는 채소를 싱싱하게 소비자한테, 우유장사는 우유장사대로 자동차 운전대를 잡으면 운전에만 신경을 써야 되는거야.

운전대를 잡고 딴 생각을 하면 아차하는 순간 큰 사고로 이루어질 수도 있으니 옛 어른들의 하셨던 말씀이 기억이 난다. 열가지 기술 가진 사람은 빌어 먹는 거지가 있어도 한 가지 재주를 가지고 열심히 사는 사람은 절대 밥을 굶는 사람은 없다. 옛 어른들의 말씀은 하나도 틀린 것이 없는 것 같다. 다수의 재주를 가진 자는 자칫 교만에 빠지기 쉽고, 자신이 어떤 대단한 영웅(英雄)이라도 된 것처럼 그사람의 마음속에는 허영과 괜시리 남을 멸시(蔑視)하는 마음으로 꽉 차 거들먹 거리고 아무 때라도 직업을 얻을 수 있다는 헛된 생각으로 자신을 오히려 망칠 수도 있다.

그런 사람일수록 생활에 검소(儉素)함이란 없어 너희들 삼남매에게 아빠는 항상 입버릇처럼 한 말이 있지. 사람은 하고자 하는 일을 하는 것이 아니라 지금 내가 하고 있는 일에 최선을 다하는데 있다고 성공(成功)이란 단어(單語)의 답(答)은 그 속에 있다고 나는 모처럼 우리 막내 공주에게 전화를 걸었다. 마음 같아서는 매일같이 걸고 싶은 생각이 간절하지만 오늘 전화를 걸기까지 몇 번이나 수화기를 들었다 놨다 했던가.

그런 내마음을 나도 모르겠지만, 마음만 먹으면 하늘이 두쪽이 나도 그대로 밀고 나갔던 나라는 사람은 어디로 가고, 전화 한번 자식에게 하는 것 까지도 망설이는 허수아비, 바람에 흔들리는 허수아비 같은 짓을 하고 있단 말인가!. 그런 내 마음이 이제는 밉기까지 하다. 내앞에 어떤 일이 있어도 누구도 비켜갈 수 없는 인생 회오리와 간난신고(艱難辛苦)도 옆으로 비켜갈줄 모르고 후려쳐서 깨드려(정면돌파(正面突破)) 부셔버리고 나갔던 나 머리카락 흔들림 하나 없이 밀고 돌파했던 나는 어디로 가고 자식 앞에서는 내 자신과 마음까지도 무릎을 꿇어야 한단 말인가.

그런 나를 이해하지 못하면서도 그럴 수밖에 없는 나 자신 요즘들어서는 덧붙여 근 30여년 말없이 나를 믿고 당겨주고 순종했던 내 아내까지도 내 아내가 아닌 것처럼 쌀쌀하게 느껴지니, 느껴지는 것이 아니라 사실인 것을 확실히 변해 있는 것을 볼 수 있다. 아내의 입장에 서서 생각해 보았다. 몸은 만신창이(滿身瘡痍) 온 몸이 성한데가 없고 흠집투성이인 상태 자신의 몸도 가누지 못할 정도가 되어도 남편이라는 녀석은 뒤도 안돌아 보고 제 할 일만 하고 자식들의 뒷바라지는 또 온 집안 살림을 도맡아 지칠대로 지쳤는데 그사람인들 오죽 하겠는가.

그래서 한계(限界)를 느낀 것 같다. 그렇다고 해도 요즘 와서 아내까지도 덩달아서 내마음을 마치 의도적으로 불편케 한 것 같은 느낌이 드니 어떻게 잘못 생각하면 가족 모두가 짜여져 있는 계획 속에 움직이는 것처럼 느껴지는 이것은 무엇이란 말인가. 아내에서 자식에 이르기까지 나의 입지를 조여 오는 것 같은 느낌은 무엇이란 말인가. 그래도 보고 싶고 30여 긴 세월을 일에만 치중(置重, 중요한 사업에 중점을 두고) 햇던 돈에 목말라 그저 돈만 벌려 했던 나의 죄책감(罪責感) 때문에 마음 속으로 한 없이 용서(容恕)를 빌고 있건만 너무 늦나 나한테는 알맹이는 다 없어지고 육신의 앙상한 뼈와 살갓만 남은 것 같다.

우리들의 가정, 내 가정을 아름답고 웃음이 있는 행복한 우리 가정을 이루기 위해 인간으로써는 더 이상 할 수 없는 노력을 다 한다고 했건만 그 결과(結果, 씨를 뿌려 열매를 맺기까지)가 이제와서 보니 물결에 쓰러지고 비바람에 무너지는 모래탑(塔)이었단 말인가?. 이 세상에 한점 부끄럼 없는 삶. 그 누가 뭐라해도 한 점의 부끄럽지 않은 삶을 살아왔다고 스스로 자부(自負)했건만 그 어떤 귀신 씨나락 까먹는 잡놈이 뭐라해도 한 점의 부끄럼없이 살아왔다고 믿었건만 그렇게 살았던 나의 삶이 잘못된 삶이었단 말인가. 그러면 남 잘잘 때 같이 자고, 남이 주지육림에 빠져 희희덕 거릴 때 나도 그들과 같았어야 했던가.

왜?, 왜?, 왜?, 무엇 때문에 요즘 날이가면 갈수록 온 식구들이 나를 이렇게 힘들게 하고 아내는 무슨 말을 하려면 언제나처럼 남을 비교하여 말을 하는 것이 마치 습관처럼 되어 버렸다. 누구의 남편은 어떻게 하고, 누구의 남편은 어떻고, 어떻고, 어떻고, 이런 것은 귀가 따갑도록 들었기 때문에 아예 귀에 도배(塗褙)를 해버렸다.

그래도 무시하며 살 수밖에 없는 것이 돌아가신 부모님이 환생(還生)하신다 해도 일을 해야 되는 그런 장사. 남들이 듣기 좋은 말로 사장도 해야 되고, 거기다가 총무, 경리까지 해야 되니 오줌싸고 내 것 볼 시간도 없던 나!!. 그것을 모르는 사람이 그런 말을 하면 나를 모르니까 그렇겠지! 하련만 뻔히 보고 뒷바라를 지극 정성으로 했던 다른 사람도 아닌 내 아내 입에서 나온 말이니 요즘 여러 가지로 속도 상하고, 속이 속이 아니니 하는 말이겠지! 하며 넘기려도 잘 되지 않는다.

힘들다! 힘이 들어!. 그렇게 몸이 부서져 내려 앉는 고달픈 생활 속에서도 식구들이 걱정할까 싶어 힘들다는 말 한마디 까지도 속내에 감추고 입밖으로 내보낸 일이 없던 이 못난 서인표가 힘들다.

우리 막내가 몇 살이던가 24살. 나는 가끔 그 아이의 나이를 계산해 보면 어른임에 분명한데 그야말로 숙녀(熟女). 하는 행동을 보면 아직 어린 유아(乳兒) 같다는 생각이 들곤 한다.

모든 책임은 그집 가장이 어떤 덜떨어진 놈인지 몰라도 그 가장 놈의 지도(指導) 잘못임이 분명한데 그 녀석 만나기만 해봐라 자식 교육을 어떻게 시켰냐고 디지게 혼내켜야지. 나 만나면 너는 반 죽었다. 부모의 입장에 서서 보니 마냥 철부지로 보이겠지만 그래도 이해하기 힘든 대목이 한 두번이 아니니 이제는 어떤 행동을 하던 제몫이니까 간섭하지 않고, 지가 하고 싶은대로 놔두고 볼 양으로 모든 것을 용서(容恕)하고 받아들였으니 보았어도 못본척 들어도 못 들은척 해야 되는데 이 또한 역시 척은 척인가 보다. 봐도 못 본 것이 아니고 봐도 못 본척일 뿐이지 잘못된 것을 보고 말하지 않고 지나치려들면 오직 나의 마음 속에서 보글보글 끓다 끓다 육신이 말라 비틀어지겠지.

이제는 꾸짖어도 소용이 없고 매를 든다 한들 이미 클만큼 다 큰 녀석을 어찌하겠는가. 이 녀석이 어떤 짓을 해도 내 자식은 틀림이 없는데 모든 책임은 나한테 있다고 생각되니 더 이상을 쓸 수 없는 머리를 가졌다는 것이 내 자신이 안타까울 분이지 내가 잘못해서 받는 댓가를 누구를 원망하겠는가.

인과응보(因果應報)라 지은 만큼 또는 심는대로 거둔다. 뿌린대로 되돌려 받는다. 나는 그저 사업에만 온 신경을 다 쏟아 부었을 뿐 자식들에게는 그저 나의 행하는 것을 보고 그대로 배우기를 바랬고, 배우는 학생의 본분을 다 해 저희들의 앞날의 큰 대로(大路)를 닦아 나가기를 바랐을뿐 실질적인 대화나 하나+둘을 더하면 셋이라는 숫자가 된다는 진리를 심어준 일은 없지 않은가.

그 사실은 인정을 하지 않을 수 없는 사실인 것을 그러나 나의 사랑하는 자식들아. 이것은 알아두어야겠구나 아빠는 바쁘고, 너희들과의 실질적인 대화는 적었을지라도 이 부족한 아빠는 그 무언(無言)속에 얼음을 쟁여 놓은 창고(倉庫)가 아니고, 천년동안 꽁꽁 굳게 얼어 붙은 얼음장도 삽시간에 녹일 수 있는 그런 가슴속 깊은 곳에 대화를(무언) 많이 했단다.

너희들은 이 못난 아빠의 희망(希望)이고, 거울이며, 보배이기 때문에 아빠는 언제나처럼 웃을 수 있는 힘. 웃음이 가득한 그날 그날의 일과를 거침없이 해나갈 수 있는 그 크나 큰 힘을 북돋우어 준 것은 누구도 아닌 바로 너희들이 있어 아빠는 할말이 무궁무진한 것 같으나 배움이 짧아 표현력(表現力)이 부족하고 너희들이 나중에 아빠가 쓴 이 글을 읽을 때는 말도 되지 않은 부족한 구절구절이 많을 것이다. 그렇지만 이해하거라. 배움이 짧아 돌려 말할 수 없고, 그래도 너무도 할말이 많아 어떻게든 보태기는 커녕 줄여서 쓸려고 무지 노력하고 있단다. 아빠는 실질적인 귀(耳) 장애인이지만 아빠는 장애(障碍)가 없는 곳이 한 군데도 없단다.

차라리 귀가 막히어 듣지 못한 것쯤이야~ 그것은 작은 소리를 듣지 못한 것일뿐 장애라 볼 수 없지. 아빠는 귀로 들었어도 다 깨닫지 못하니 귀머거리 이맹(耳盲)이요, 눈으로 뻔히 보고서도 다 알지 못하니 안맹(眼盲), 귀로 듣지 못하고 눈이 있어도 눈으로 다 보지 못하니 자연히 언어장애인(言語障碍人)이 될 수밖에 없지 않느냐. 조금이라도 모든 맹(盲)에서 벗어나고저 늦었지만 30여년 이상 그 바쁜 세월을 접은 뒤로 평소에 부족한 부분 어떻게든 그냥 조금이라도 채워보려 수 없이 노력은 하였으나 한 단어를 외우는데 이틀 삼일 걸려 한 개 건져낸다 싶으면 세 개를 잊어 먹으니 그래도 안 배우는 것 보다 배우면서 까먹는 것이 낫겠다 싶어~ 다 끊어질 듯 끊어질 듯 한 그 줄을 놓지 못하고 죽을 힘을 다해 끊어져 낭떨어지에 떨어질때 까지 놓지 않을 생각이다.

이 아빠는 무엇이든 한번 선택하면 포기란 단어는 아예 없었고, 전쟁에는 2등이란 없다는 마음으로 같은 업종, 심지어 늦게 시작했지만 서예(書藝)며, 공부까지도 남을 앞세우고 싶지 않았어. 너희들에게 항상 말했지 200m 달리기를 할 때 체력이 뛰어나 운동화를 신고 일등을 한 선수보다 신발을 벗어 던지고 일등을 앞지르려고 온힘을 다하였건만 2등을 하였다 할지라도 아빠가 보는 눈은 그 혼신(魂神)을 다한 2등이 비록 2등을 하였지만 정신상태(精神狀態) 만큼은 1등을 능가했다고, 아빠가 30여년 이상을 그렇게 노력할 수 있었던 것은 그 하나 하나 모두가 아빠를 그렇게 무언속에 힘을 북돋우어 주었어. 교통사고 외에는 어디가 아파서 단 하루도 누워 있어 본 일이 없었어. 지금은 미친 놈들이 정한 대체 휴일까지도 있는 세상을 살아가고 있지만 아빠가 일한 30여년은 일요일도 토요일도 자영업자한테는 없었어.

앞에서도 말했지만 추석날 하루, 설날 하루뿐 365일중 이틀 빼면 계산해봐~ 아빠는 그것도 계산 못하겠네. 그러면서 언제나 즐거운 마음으로 아빠는 노래 없이는 못 사는 사람인데 그 바쁜 와중(渦中)에 노래 한 곡 할 시간이 없어 짐을 내려 놓고 달려오면서 자전거 위에서 오토바이를 탈 때는 거래처에 갔다 돌아오면서 달리면서 신나게 노래도 부르고 대한민국에서 나보다 더 행복한 사람 있으면 한번 나와봐. 나는 행복한 사람, 나는 복 받은 사람, 아마도 수 천번도 더 되 내이면서 그렇게 하면서 호랑이도 맨 주먹으로 때려 잡을 만한 힘이 불끈불끈 솟아나곤 했었지.

아빠는 한번도 내가 하고 있는 일에 불만을 가져본 적이 없었어. 금호동 꼭대기에서 쌀 배달, 연탄 지게를 지고 배달을 할 때도, 서울식품 판매원을 할 때도, 언제나 즐거운 마음으로 내 주어진 일에 최선을 다했을 뿐이야.

명심보감 한 구절을 또 옮겨본다. 대부유천(大富有天)하고 소부유근(小富有勤)이라. 큰 부자는 하늘이 내고, 작은 부자는 부지런함에 있다. 작은 부자는 곧 부지런만 하면 누구나 될 수 있다는 것이다. 요즘은 여의도 쓸데없는 개무리들이 개법(犬法)을 만들어 놓아 놀고 빈정거린 놈들 막 퍼주는 그런 개법을 만들어 놓아서 놀면서 처먹고 사는 것들이 더 잘 먹고 산다더라.

하지만 오직 못났으면 사람이 개법으로 만들어 놓은 그것을 타 먹으며 살겠느냐. 차라리 그래도 개밥을 주는 것이 낫지. 아빠는 요즘들어 모든 것을 다 너희 엄마한테 맡기고 원래 빈 손이었으니 그저 산속 움막 하나 정도만 만들어 놓으면 아무것도 없어도 살 것 같은 생각이 든다. 그래 움막 잠잘 때 솥 하나 걸어 놓고 불만 땔 수 있게 만들어 놓고, 잠 잘데만 마련되면 10원짜리 한 장 없어도 조용히 살 것 같은 생각이 든다. 아빠는 20대 이전에 불교책을 열심히 본적이 있었는데,

예를들면 두 세 가지만 기록해 보겠다. 음식을 혼자 먹고 남을 주기 싫어하는 자는 전생에 호랑이로부터 탄생함이요. 몸에서 비린내가 나는 사람은 전생에 자라의 몸으로부터 옴이요. 그밖에 많으나 사람이 고통을 견디지 못해 스스로 목숨을 끊는 자살행위도 큰 죄가 된다고 한 것을 아빠는 배워 왔고, 게을러서 가족을 살피지 못한 것 또한 말할 수 없는 죄라 배웠었다. 천자문(千字文) 구절에 개차신발 기감훼상(蓋此身髮 豈敢毀傷)이란 구절이 있는데 "내 몸과 털까지도 부모님께서 주신 것인데 어찌 감히 내몸이라 하여 함부로 헐거나 상하게 할 수 있으리오"라는 대목과 조금은 같은 이치가 아닌가 싶다.

너희 엄마도 요즘들어서는 남자는 이혼하면 고생이요. 여자는 이혼하면 행복이란 말도 서슴없이 하곤 하니 혼자서 또 아빠 만나 갖은 고생만 하고 살았으니 엄마 말씀대로 다 해주고 싶은 생각이 자주 들곤 한다. 앞에서 말했던대로 빈손으로. 그런 이 아빠는 너희 엄마뿐 아니라 우리 식구 모두에게 생활하는 방법이 달랐을뿐 털끝만큼도 잘못한 것이 없다고 느껴지니 그렇게 생각하는 자체도 잘못된 것이냐. 죽을지 살지 모르고 일밖에 몰랐던 것이 이렇게도 큰 죄란 말이더냐.

다른 집 다 하는 외식 한번 못해주고 같이 놀러 한 번도 못한 것 모두가 다 인정하지만 그 외에 무엇을 그래서 이제는 허물어져 가는 이 아빠의 마음을 혼자서 그대로 허물어지게 방치해야 되는건지 아니면 내 자신을 붙잡아메야 되는지 갈피를 못잡겠으니 마음속에 굳게 믿고 앞만 보고 달려왔던 길이기에 더더욱 힘들구나. 아빠로써 집안의 가장으로써 그렇게 가는 것만이 우리 가정을 지키고 나 한사람으로써 지극한 노력으로 충분할줄 알았던 내가 틀렸더란 말인가.

이것이 나의 생각과 못배운 한계였던가보다~ 그래도 몸은 고달퍼도 부서질 듯, 부서질 듯 해도 그때가 재밌었어, 정말 재미 있었어. 그렇게 25년 1969년 4월 19일부터 지금 현 이 시간 1999년까지 정말 사람이 사는 세상, 웃음이 멈출줄 모르는 그런 시간을 보냈지. 1971년 너희 엄마를 만났지만 6월 19일이니까 약 8~9개월 공백기간이 있으니 1970년이 맞을거야.

어려운 사람끼리 만나 정말 부러운 것 없이 한번 살아보겠다는 일념 속에 뛰어다녔는지 날아다녔는지 내 발걸음과 두 날개는 지칠줄도 몰랐었어. 지친다는 단어 자체도 몰랐었어. 단어(單語:문법상의 뜻? 기능을 갖춘 언어의 최소 단위) 그런거 있는지도 몰랐어. 공부는 꼭 해야 된다는 생각은 놀아 본 적이 없으면서도 단 한자의 글씨도 읽을 틈이 없었고, 어떻게 하면 10원짜리 한 장이라도 더 벌까. 오직 그런 생각뿐이었어~ 무지하게 재미있었어~ 그렇게 재미난 생활을 이 밝은 세상에서 훨훨 날으며 살았는데 이제는 너희들이 원하는대로 너희 엄마가 원하는대로 나 혼자만 30년을 날았으니 모두가 제 멋대로 마음껏 날 수 있도록 아빠의 굴레에서 벗어나게 해주고 싶은데 그것이 마음대로 되지 않네.(이혼도 해주고 모두를 다 해방(解放) 시켜주고, 나는 나대로 훨훨 꼭 그러고도 싶은데).

대한민국 모든 사람들이 모두 다 비뚤어진 길을 간다해도 오직 나 한 사람만은 올 곧은 길을 가야 된다는 마음으로 길을 가도, 잠을 자도, 지금의 나를 생각하고 우리 가족을 생각하면 자다가도 빙그레 빙그레 "희희 하하~"였어.

그러니까 모두가 원한다면 망설임없이 나는 나대로 뿔뿔이 마음껏 살 수 있게 풀어줘야 되는데 왜 이런 시점에서 가장으로써 움켜쥐고 있는 고삐를 놓지 못할까. 그냥 손아귀만 펴 버리면 되는 것을, 서인표!! 야 임마. 너는 무엇이던 망설임이 없었잖아. 그런데 왜 그래? 너 답지 않게 거 누구인지는 몰라도 꾸짖는 사람도 있네. 너 답지 않다고. 그래도 나를 꾸짖어 주는 사람이 있다는 자체가 나는 괜찮은 사람이야.

사람같지도 않은 것들은 꾸짖어 봐야 소용없지. 앞에서 여의도 개를 말할 때 한번 써먹은 것 같은데 그거 여기에서도 살짝 곁들여도 돼. 개를 꾸짖어봐야 무슨 소리가 나와 개니까 칭찬인지 나무라는 것인지도 모르고 그저 개 주둥이서 나온 소리는 개소리 뿐이지. 뭐 컹컹 멍멍~ 그저 그런 식이지 뭐. 나도 이제부터라도 남들같이 속상하면 술에 취해 좌충우돌(左衝右突) 하면서 산이든 들이든 집이든 아무 곳이나 쓰러지고 엎어지면서 내 몸을 한 없이 학대하면서 지금까지의 가정을 지킨다는 명분아래 혼자서만 그것이 옳은 길이라고 믿고 뛰고 달리며 날았던 잘못을 채찍질이라도 모질게 하면서 무아경지(無我境地)에서 내몸 자체를 구박덩어리로 삼고 매질하고 싶다.

잠시라도 광견(狂犬)이라도 되어 미친 듯이 저 넓은 황야(荒野)를 거침없이 내달릴 수 없을까. 그리고 달리고 또 달려 지치고 또 지쳐서 제 풀에 쓰러져 아무 곳이라도 영원히 잠들 때까지. 그러면 속이 나만의 무릉도원(武陵桃源)! 이 세상이 아닌 별천지. 나만의 안식처(安息處)가 있겠지. 가고 싶다 별천지! 그리고 안기고 싶다. 그리운 어머님의 따뜻한 품 속으로 그리고 깨어나지 않으리라. 어머님의 정성어린 눈빛으로 내려다보는 어머님의 품 안에서 벗어나지 않으리라.

이 세상에서 못다한 효도를 맘껏 하면서 단 한 발짝도 어머님의 따뜻한 품안을 벗어나지 않으라리. 어머님 만큼은 나의 모든 것을 어머님의 넓고 깊은 마음으로 나를 포근히 감싸줄테니까. 지나간 것을 써 놓은 것을 베끼면서 왜 지랄한다고 눈물은 왜 흘리누~ 그만 그만 종이 다 젖겠다. 그렇게 재미나던 내 가정 온 동네 사람들이 부러워 했던 내 가정~ 근 30여년 말소리 한번 크게 다툼 한번 없었던 오직 일에만 집중할 수 있었던 내 가정이 삼시간에 아내는 이혼하자, 큰딸 가출, 막내 딸까지 갑자기 변화가 일어나니 정신이 없어 온 집안 식구가 철저하게 버림을 주는 그런 느낌, 더 이상 비참해지기 전에 탈피(脫避)해야 되는데 나는 요즘 나를 되돌아 보는 시간이 조금 많아졌다. 꼭 식구들이 아니다. 식구들이라 하면 아무 말도 없이 제 몫을 다하고 있는 우리 아드님까지 들어가니 마치 세 사람이서 수 년전부터 왁구를 짜 놓은 틀 속에서 짜 놓은 그물을 조금씩 조

금씩 조여 나의 숨통을 겨냥한 것 같은 느낌이 든다.

요즘은 물어보는 말에도 속성을 드러내는 아내, 나는 두 딸 녀석은 배신을 한다 치더라도 나의 아내 임선희 만큼은 어떤 일이 있어도 배신을 하지 않을 것으로 백년지기로 생각했던 내가 잘못 생각한 것인가? 말을 할 때면 찾아보기 힘든 치켜 뜨는 매 불초리 눈속으로 빨려 들어가는 느낌. 금방이라도 사나운 부리로 한 입에 집어 삼킬듯한 눈초리. 나는 그 말투나 눈을 보면 더 이상 으르렁 거리는 소리가 날까봐 말을 할 수가 없다.

그럴때면 아내는 옳고 그름도 없고 어떤 말도 단 한마디도 들으려 하지 않는다. 그 전에는 전혀 몰랐었지 한번도 그런 일이 없었으니까. 오늘은 잠이 일찍 깨어 좀처럼 잠을 청해도 눈을 찌르는 듯 하면서 잠이 오질 않았다. 그래서 조용히 일어나 상위 작은 책상 등을 켜고 책을 폈으나 책은 무심의 눈으로 척일뿐 마음은 다른 곳에 가서 있으니 잠을 청하려 다시 이불 속에 들었으나 오히려 정신은 초롱초롱 이것저것 떠 올랐다. 지나간 과거와 현실이 뒤바뀌면서 좀처럼 잠을 이룰 수가 없었다. 오늘도 막내 녀석은 나가서 들어오지 않았다. 문은 잠그지 못하고 어느 때나 들어오려나 막연할 뿐이다.

나는 요즘 생각한다. TV를 보다가도 사자(死者, 죽은 사람)이 나오면 예전에는 불쌍하다, 너무 안됐다 했었는데 요즘은 왠지 그사람이 오히려 부럽고 행복하게만 느껴지는 것이 아닌가. 내 마음이 바뀐건지 생활이 뒤 바뀐건지 내 마음을 압박(壓迫)해 온 그 무엇이 있긴한데 이전의 내마음과 가슴까지도 꽉 채웠던 희망이나 행복이 아니라 불행(不幸)과 초조(焦燥)와 걷잡을 수 없는 이상 야릇한 생각으로 온통 머리를 뒤 흔들어 놓을 때가 많다.

내가 만약 성년기 접어들 무렵 불경(佛經)을 읽지 않았다면 나는 벌써 이세상 사람이 아님을 확신(確信)한다. 그것을 알면서도 내가 행해야 될 길은 내가 없어져 주는 것이 가장 좋은 길이고 적합(適合)하리라는 생각이 자꾸 머리를 혼란케 한다. 내가 없으면 평생 밥 먹고 사는데는 지장이 없을 것이고, 나만 없으면 그래 나만 없으면 된다는 이 울컥 스쳐 지나가는 이것은 무엇인가.

이런 것을 표현할줄 알아야지~ 그런데 왜 결정하지 못하는가. 나 하나 없어지면 평생

식모살이로 느껴진다는 아내에겐 어엿한 5층 건물의 안주인이라는 명예를 안겨주고, 자식들에게는 어려움없이 목청을 가다듬고 저희 엄마와 오순도순 잘 수 있을 것이고, 나는 안식처를 찾으면 한줌의 재가 되어 초목을 무성케 할 수 있어 좋을건데. 왜 그 길이 이렇게도 힘이들까. 차라리 남 놀 때 같이 놀고, 일할 때 일하고, 흐리멍텅하게 살았더라면 지금의 생활은 곤란할지라도 온 집안 식구들의 마음 속에서 우러 나오는 따뜻한 정(情)은 더 나았을터인데. 명심보감 한 귀절에 포난사음욕 기한발도심(飽煖思淫慾 飢寒發道心)이라 했던가. “배부르고 몸 따뜻하면 음탕한 음욕이 생각나고 굶주려 춥고 배고프면 인간이 행해야 할 참된 도리가 마음 속에 싹튼다”라고 했지. 고생이 없이는 인간은 참된 도리가 머릿속에 떠오르지 않는다는 얘기다.

그래서 부유한 가정에서 자란 아이는 십중팔구 불효한 자식이 많고, 가난에 허덕이면서 사는 집 아이들이 어렵게 산 부모를 떠올리며 노력도 하고 효도하는 자식이 많다는 것이다. 나는 왜 손발에 시뻘건 불꽃이 가실 시간이 없이 살았는지. 나중에 돌아오는 것은 이런 결과. 아빠가 그렇게 살고 싶어서 했지 누가 그렇게 하라고 강요한 사람이라도 있었습니까? 라고 말하겠지. 아무도 강요한 사람은 없었지~. 허면 서인표가 서자 만자 년자 그분에게 했던 말처럼 아빠가 자식을 위해서 가족을 위해서 해 준 것이 무엇이 있었냐고. 그런 말을 듣는 그런 가장이 되기 싫어서 그래도 누가 비웃을지라도 떳떳한 아빠가 되고 싶어서 부모로써 가장으로써 할 바를 다하고 싶어서 일뿐…. 늙어서 천덕꾸러리가 되기도 싫고, 이것마저도 행복한 비명이 아닐까.

참 웃기는 세상 내 마음속의 내 집안의 짙은 안개는 언제나 걷힐 것인가. 살 얼음판 위를 걷는 이 막막대해(漠漠大海)를 언제나 다 건널지~ 에라 모르겠다. 그저 앞으로는 모든 것을 잊기 위해서라도 필정필혼(筆精筆魂), 펜 끝에 정신(精神)을 가득히 싣고 붓 끝에 나의 혼백(魂魄)을 담아 불태우리라.

입에는 자물쇠를 채우고, 눈에는 나쁜 것을 볼 수 없는 안건(眼鍵)을 채우며, 마음속엔 한 없는 좋은일만 간직하고, 흔주누견(欣奏累遣) : 기쁨을 아뢰고, 어려움은 보내버리며, 척사환초(慼謝歡招) 슬프고 괴로움은 물리치고 즐거움만 불러 들일 것이다. 내 목숨이 다하도록 내 목숨을 누가 가져가든 또는 내가 버린다 해도 상관없다. 배움의 샘터를 좇아 만학(晩學)의 꿈을 이루리라. 종신(終身)의 그날까지.

24

현모양처의 아내와 끈끈한 정의 3남매~ 나는 복받은 사람!!.

2000년 2월 24일

오늘은 손원일 큰 사위가 두 살박이 손녀를 데리고 다니러 왔다. 오후 6시경 왔다가 11시경에 갔다. 오후에는 항상 낮잠을 잔다는 아내는 오늘은 손녀 때문에 낮잠을 자지 못해서 엄청 피곤하다고 했다. 나는 저녁으로는 꼭 씻고 자는 것이 습관처럼 되어 있어서 씻으려고 준비중인데 마루 한 가운데 벌렁 누워 있었다.

나는 이불도 덮지 않고 마루에 누워 있는 아내가 측은한 생각이 들어 잘 시간이니 방에 들어가서 자구려 하였더니 들은체도 하지 않았다. 그래서 여기서 잘 것이요? 하였더니 그말 떨어지기가 무섭게 박차고 일어나면서 피곤해서 조금만 누워있으면 풀릴 것 같아 누워있는데 왜 그렇게 씨부렁 거렸사요. 나 원 참 하는 것이다. 그 말을 듣고 아무말도 하지 않았으면 좋았으려만 내가 하는 말이 잘못 되기라도 했소. 당신 말대로 씨부렁 거리는 것으로 보여~ 하였더니 눈꼬리를 치켜 뜨며 발을 통통 그냥 그대로 밖으로 나가 버렸다. 그리고 새벽 4시경 들어왔다. 사실 이전에는 새벽 4시 이전에 나가 밤 12시까지 혼쫄이 나도록 분주히 움직이니 근 30여년 동안 한 번의 다툼도 없었고, 또 그럴 시간적인 여유가 없었고, 남이 달고 산다는 흔한 감기 한번 앓아본 적도 없고 아플 시간도 없었다.

대리점을 접고 요즘은 그전 보다는 조금 시간이 여유가 생겼나 보다. 티격태격 할 시간도 있으니, 이런 경우 무엇때문인지 이해하기 너무도 어려운 대목이 아닌가. 대낮이면 그럴수도 있으려니 할 수 있으나 저녁 12시가 다 되어 방에 들어가 편히 자라는데 그 무슨 망발인지 알 수가 없다. 이럴때 는 아무 말도 좋고 나쁜 말을 떠나서 한 마디의 말도 하지 않는 것이 상책. 어떤 말도 해서는 안된다. 아무리 좋은 말도 듣는 사람에 따라서 다른 법. 내 아내는 이럴 땐 어떤 말도 소용이 없고 그냥 아무 말도 하지 않는 것이 좋다. 어떤 말도 들으려 하지 않기 때문이다.

어떤 말을 했다하면 괴성을 지르며 발을 통통 구르며 성질을 어찌할줄을 모른다. 근 30여년 더운 밥을 해주고 묵묵히 참고 뒷바라지 했던 그 댓가를 이제는 되돌려준 것처럼 맛이라도 보라는 듯~ 그래 적은 세월이 아니지. 근 30여년을 묵묵히 따라 주었으니 지루할만하지 그래서 나는 권한다. 아내에게 "이제는 마음 놓고 친구들과 어울려 여행도 하고 관광도 다니고 나 신경쓰지 말고 홀가분한 마음으로 마음껏 누려 보라고…. 며칠 밤을 자고 다녀도 말을 하지 않을테니 때때로 마음껏 즐기라고" 그랬더니 또 성깔을 부린다.

그래서 말없이 지내다 한 두달 지난 뒤에 또 한번 같은 말이지만 권했더니 이상하게도 그때는 고맙다고 했다. 참, 알 수 없는 사람~. 며칠 밤을 지세우고 다녀도 좋다는 내 말은 나의 진심에서 나온 말. 그리고 멋이 있는 남자라도 사귀어 내가 못다한 부분을 만끽하며 회포를 풀고 마음속에 응어리를 풀어줬으면 좋겠다. 이제는 손자를 보는 이 시점에 그 무엇을 경계하겠는가. 이것이 나의 진심인 것을…. 마음 같아서는 바라는 이혼을 해줬으면 좋겠지만 내 아내가 나를 떠나 행복할 수만 있다면 정말 그렇게 해주고 싶은데 마음이 놓이지 않는다. 이제껏 실컷 고생시켰으니 내가 이제부터라도 따뜻이 감싸 안아주는 것이 좋지 않을까 생각이 든다.

어느 한 사람이라도 나의 이런 마음을 확 뒤집어 보일 사람이 있다면 두 사람도 아닌 딱 한 사람만이라도 있다면 얼마나 좋을까. 어느 사이 또 눈가에 이슬이 맺히네. 생각에서 지워버리겠다던(아이들 생각) 내 마음은 어디로 가고, 또 막내의 장래가 걱정스러워 남 보기엔 한 없이 차갑고 매정한 서인표는 어디로 가고, 또 그렇게 시무룩하니 내 앞에 무운(霧雲)이 서리는가. 언제나 방담대소(放談大笑)하고 마음 놓고 어깨를 쫙 기지개(氣智開)를 활짝 펴고 웃을 날이 있을는지. 그리고 여보 나는 당신을 만남은 이 세상 그 무엇과도 바꿀 수 없는 크나큰 보배(寶貝)였고. 무엇 때문에 당신의 성격이 자꾸 변해 이제는 포악하기까지 점점 이르고 있으니 나는 그 전의를 모르겠소.

그러나 나는 인내하리다. 그리고 당신의 마음을 되돌려 놓겠소. 최선을 다해 노력하겠소. 그간 틈도 없이 나에게 힘과 용기를 북돋우어 주고 온갖 정성을 다 불어 넣어 주었던 당신! 그랬기에 오늘날까지 아무 생각없이 앞만 보고 달릴 수 있었고, 지나온 길 뒤돌아 볼 여유도 없었소. 아무리 등 뒤에 벼락이 떨어진다 해도 뒤도 단 한번도 돌아볼 여유가 없었소. 앞으로 어떤 일이 있더라도 원래 그랬던 것처럼 흔들림이 없을 것이요. 나는 서인표란 위대(偉大)한 나라의 대통령(大統領)이니까. 그 자리는 어떠한 태풍우(颱風雨) 속에서도 거대한 바위처럼 우뚝 솟아 끄덕없이 버텨내는 힘이 필요한 자리이니까.

요즘 철없는 딸녀석이 몰고 온 작은 바람 때문이란 것도 잘 알고 있지만 끝없이 고요만 했던 광야에 느닷없이 바람이 이니, 마치 견디기 힘들 뿐이지. 그것도 잠시(暫時)뿐, 금방 제자리를 찾을 것이요. 조금만 견디어 봅시다. 누구의 딸인데 이 서인표와 임선희의 딸인데~ 마음 여린 그녀석 그 녀석은 제 마음을 제 스스로 쥐여짜고 뜯을 것이요. 원래 태풍은 오래 안가 그냥 가라 앉아 바람의 속도가 빠를수록 빨리 비켜가는 법. 천성이 착한데 잠깐만 잠깐만 그러면 소리없이 제자리로 돌아와 있을 것이요.

당신과 나는 이 사회에 떳떳한 공헌자요, 충신이요. 누구보다도 성실한 우리들이었소. 남이 우리를 따라 오기를 항상 추구(追求)하면서 살아 온 당신과 나!. 남의 뒤를 따라간 적은 없었소. 우리 막내는 이번 고비만 넘기고 제자리로 돌아온 그 날 이후로는 다시는 두 번 다시는 없을 것이요. 그 녀석 따뜻한 방 안에서 한숨 자고 나면 깨끗이 나을 두통을 고집 부리고 잠을 자지 않고 두통을 키워 이겨 보려고 하지만 얼마 못가요. 두통에 그리 강한 녀석은 못되니까 바로 돌아옵니다.

당신도 나에 대한 응어리가 있다면 그만 풀구려~ 내가 풀어주려 해도 그 까닭을 정확히 알지 못하니 당신 사교춤도 배워서 잘 되고 있는 것으로 알고 있는데, 그래요! 춤도 추러 다니고 이제는 못다 해 본 것 다 해 보세요. 내가 언제 그런 것에 말한마디 한 적이 있던가요. 앞으로 즐길 수 있으면 그렇게 즐기면서 살아요. 당신이 하고 싶은 것은 모두 다 들어 주겠소. 이제는 30여년 눈코 뜰 사이 없이 벌었으면 이제는 앞으로는 쓰고 삽시다.

2016년 4월 16일 나는 오늘 오후 6시 20분 우리 왕자님으로부터 전화를 받았다. 아버지 오늘 입금이 안되었네요. 응~ 돈은 어제 들어왔는데 밤 10시쯤 집에 오는 바람에 시간이 안돼서 못 부쳤고, 오늘은 토요일 내일은 일요일이라 월요일날 보내야 되는데 월요일도 포동상가 수리 때문에 새벽 7시에 갔다 저녁 7~8시 이후에나 오니 어렵고 어쩔 수 없이 화요일날 보내야 되겠구나. 시흥시 포동에는 주변에 농협 뿐이고 우리은행이 없으므로, 예 아빠 그렇게 하세요. 당장 필요한 것은 아니고 아빠와 약속된 날이라서 전화드렸습니다.

잘되었구나~ 그렇지 않아도 공사 때문에 돈이 좀 혹 수천여만원 정도 빼고 보낼지도 모르겠구나. 그래도 되겠니. 예 그렇게 하세요. 사실은 어제 보낼 수도 있었는데 돈 3,000원 때문이다. 어제 준비했는데 은행이 달라서 수수료가 나오기 때문에 보내지 않고 돈 3,000원 아끼려고 신한은행에서 보내려면 수수료가 3,000원, 우리은행에서 보내면 수수료가 없는데, 사실은 2015년 12월 8일 우리 큰 공주 한테도 3,000만원을 빌렸었는데 아빠 언제까지 쓰실거예요. 응 빠르면 2~3개월 늦으면 4~5개월 괜찮겠니?. 예, 알았어요. 아빠 왕자님한테도 빌릴 때 언제까지 쓸거예요? 으응 2~3개월. 그러나 아들한테도 딸 한테도 4월 16일 보낼테니 통장번호를 달라 한 것이 토요일, 일요일이 낀지도 모르고 날짜를 잡은 것이 실수가 될줄이야.

친구와 술 한잔 해도 몇만원은 그냥 지불되는데 은행수수료 3,000+2 해봐야 6,000원인데 그것이 아까운 생각이 들어~ 그러나 고맙다! 그 누가 말 한마디에 선 듯 수천만원씩을 내주겠느냐. 내 사랑하는 아들 딸들아.

사실은 경기도 시흥시 포동에 상가자리 265평(坪)을 전면이 35m 사서 2002년(6월 완공) 상가 2층을 지어 점포 70평짜리 4개를 월세 610만원 정도를 확정. 그 건물 손볼 곳이 있어서 또 임차인의 보증금을 빼주기로 약속하고 보증금 빼주고 페인트칠하며 그런 것 때문에 돈을 빌렸던 것이다. 그리고 그 집을 짓고 아내와 약 3년 동안 오전 두시간 서울금천문화체육센터에서 겔로퍼를 타고 춤을 추러 다녔었는데, 스포츠댄스 자이브, 차차차, 품바, 쌈바 등 여러 가지 춤을 배우러 다녔고, 그때부터는 원만한 옛 본 모습을 되찾을 수 있었고, 30여년 바쁘게 살 때는 부부라고 해야 잠자고 밥먹을 때 뿐 말 한마디 쉬을 시간도 없었으나 요즘은 장난기가 발동하여 신혼 때도 없었던 맛갈 나는 삶을 살아가고 있고….

이제는 내가 없으면 하루도 못산다. 간혹 밤늦게 들어와도 잠을 자지 않고 기다리고 있는 사랑하는 내 아내. 그렇게도 말 없이 묵묵히 내 뒷바라지만 했던 아내. 그랬던 사람이 나의 의사(議事) 의논 없이 사교춤을 배우고 즐겁게 살기 위해 배운 것이야 아주 잘한 일이지만 그러던중 큰 딸 가출, 막내 딸로 이어지면서 평화롭던 식구 모두를 힘들게 하고 일에만 집중 할 수 있었던 긴 세월 30여년. 그런 나에게도 잠깐의 약 1~2년의 나의 의지를 시험 보는 시련(試鍊)이 있었었지. 갑자기 몰아닥친(예고도 없이) 그 시험대는 참기 어려웠으나 잘 참아냈어.

요즘은 무슨 할 말이 그리도 많은지~ 하루종일 나가서 누구를 만나서 무엇을 했고부터 하루의 일과를 보고라도 하는양 한 시간도 좋고 같이 앉아 있으면 이야기의 꼬리가 꼬리를 물고 끝이 없어요. 사람 하나 마음을 열어 버리니 이렇게 평화롭고 좋은 것을 오늘은 나가서 어떤 남자와 춤을 추는데 어떻고, 또 어떤 남자는 사탕을 사주고, 또 어떤 남자는 푼수도 없이 신발도 사주고, 돈을 너무 잘 쓴다는 등, 또 어떤 사람은 딸이 매달 200만원, 아들이 300만원씩을 매달 주니 돈 걱정 없이 산다고 자랑질까지 한다는 등~ 귀신 씨나락 까먹는 소리부터 도깨비는 왼쪽 씨름을 하니 도깨비를 이기려면 반드시 오른쪽 다리를 걸어야 이긴다는 등 여하튼 끝이 없어요.

지금으로부터 약 23~4년전 우연히 장침(長針)을 배워 왠만한 병(病)은 거의 치료(治療)할 수 있고, 우리 집안의 가벼운 주치의(主治醫)가 되었고, 특히 내 아내의 고질병(痼疾病)도 끊임없는 노력으로 몇 가지를 고쳤고, 나 서인표는 내가 침을 배우지 않았다면 벌써 10여년 이전에 이세상 사람이 아니었을터. 그래도 돌팔이지만 침(鍼) 덕분으로 내 커져가는 가슴 큰 응어리로 병원을 빨리 가야 된다는 두 군데의 의사의 말을 무시한체 2년여의 치료 끝에 완치 했었고, 왼쪽 고환(睾丸)이 계속 커져 누구한테 말할 수도 없고 걸으면 툭툭 걸려 아픔을 참기 힘들고 약 한 달여 동안 병원을 다녔지만 조금의 차도(差度, 병이 조금씩 나아가는 정도)도 없어서 침으로 수 없는 날을 저녁에 몇 십개를 꼽고 새벽에 빼기를 연(年)을 두고 한 끝에 정상을 만들어 아직까지는 재발하지 않고 있으니 얼마나 다행한 일인가. 내 아내는 왠만한 것은 집안에 의사(醫師)가 있는데 왜 병원을 가느냐고 농담 반 진담 반 하면서 몸을 아주 맡겨요. 그건 그렇고.

우리집 두 공주부터 왕자에 이르기까지 흉도 좀 보고, 자랑도 하고, 우리 왕자님께서는 중학교 1학년 겨울방학까지는 “공부는 대강 대강 노는 것은 철저히”라는 문구를 책상 앞에 붙여 놓고 공부하고는 담을 쌓았던 그 녀석이 중2 때부터 정신을 차려 우리나라 최고 교육기관인 서울대학교 기계공학과를 졸업하고 영국 옥스퍼드대학까지 졸업을 하고 지금은 외국 기업의 중책을 맡아 이끌어가는 사람이 되었으며, 첫째 공주는 성균관대학교 석사학위 취득 성균관 박사학위 수료, 무슨 바람이 불어 법관의 원대한 꿈을 가지고 3번이나 도전 끝에 꼭 1~2점 차이로 떨어져 꿈을 이루지 못한고 대통령도 제 하기 싫으면 안한다고 모든 것을 접고 영어학원을 하였을 때는 우리나라 3대 학교 서울대, 연대, 고대 합격시키는 성적도 올렸고, 꽤나 잘나갔는데 그놈의 코로나로 인한 인원이 감축되어 어려움을 겪었으나 제 할 일 척척 해내는 장한 공주님이시고, 우리 막내는 공부하고는 철벽을 쌓았던 그 녀석~ 한 때는 이 아빠 엄마의 속을 무던히도 썩였던 녀석도 오산전문대를 나왔고, 이제는 오래 전부터 사회생활에 맛을 붙여 뒤볼틈 없이 열심히 살아가고 있는 자랑스런 우리 막내 공주님.

사람이란 젊었을 때 아니 사춘기(思春期)라 해야 옳은 말일 것 같다. 인생의 봄 인생의 겨울잠에서 뽀드득 잠에서 깰 듯 말 듯 할 때부터 싹을 틔워 봉우리를 맺는 그 시기. 몇 년 동안이 자신의 삶의 인생을 결정 지을 수 있는 유일한 선택(選擇)의 시기(時期).

그때 아차 잘못되면 단 몇 년 동안의 잘못된 선택이 평생을 자신의 잘못된 생각에 후회(後悔)의 연속인 것을. 그러나 뒤늦게라도 깨우치고 회오(悔悟). 잘못을 뉘우치고 깨달음을 얻었다면 그것마저도 다행인 것을. 간혹 영원히 깨우치지 못한 사람도 있으니 몸이 고달퍼서 그렇지 사는데는 큰 지장은 없고, 대부유천 소부유근(大富由天 小富由勤)이라 “큰 부자는 하늘의 말미암에 있고, 작은 부자는 자신의 부지런함에 있다”라 했으니 그래도 부지런하면 먹고 사는데는 그리 걱정 없이 살 수 있다.

우리 두 공주도 뒤늦게라도 부지런을 떠는 것을 보면 대견스럽기도 하고, 측은(惻隱)하기는 하지만 한편으로는 고맙기까지 하다. 이제는 인생의 맛을 느끼기까지 하는 것 같은 느낌이 든다.

큰 공주도 동분서주(東奔西走) 이리 번쩍 저리 번쩍 뛰어다니고, 우리 막내 공주도 일전의 제 잘못을 한없이 뉘우치기라도 한 듯 혼쭐아 나살려라 하며 뛰어다닌 울림이 이 아빠의 귀먹어리한테까지 들린다. 그것도 큰 소리로 귓전을 스친다.
나는 때에 따라서 세 아이한테 돈을 빌려 쓰고 약속을 어기지 않으려고 노력하고 갚기도 해봤는데 우리 왕자님은 모든 것이 다 사무적이고, 큰 딸은 그 녀석의 마음은 그렇지 않겠지만 내 마음속에 느낀 것을 적을 뿐이다. 돈을 빌려주면 행여라도 아빠가 갚지 않으면 어쩌지 하는 생각이 다분히 담겨 있는 같은 느낌이 들 때가 있다.

나는 부모와 자식지간이지만 그 대가를 반드시 지불하지 그냥 빌린적은 단 한번도 없다. 그러나 막내공주는 지극히 다른 면이 있다. 큰 공주와 아들은 언제까지 쓰실거예요 하고 반드시 구두 약속을 해야 되는데, 막내는 그것이 전혀 없다. 묻지도 않고 어쩐가보려고 때에 따라선 돈이 없어서 주지 않는 것이 아니고 그냥 두고 보면 그냥 말 한마디가 없다. 그리고 이것을 기록을 해야 되나 말아야 되나 하고 망설이다 이것은 나 혼자서 생각하고 느끼고 겪은 것을 기록하는 자서전(自敍傳)이니까. 그리고 아들은 처음에는 몇 개월인지 1년 정도인지는 몰라도 저희 엄마에게 용돈 매달 50만원씩 자동이체 한 것을 마포집을 사느라 "요즘 좀" 형편 풀리는대로 다시 50만원씩을 보내드리겠습니다 하여 놓고 15만원을 줄여 보내오는데 지금까지도 월 15만원 연 180만원을 보내온 것으로 알고 있다.

물론, TV며 냉장고 등 저희 엄마가 말만하면 자주 있는 일은 아니니까 10여년만에 한번 일지라도 컴퓨터까지도 사주긴 하지만 내가 아는 사람의 아들은 월 800만원을 받는대도 매달 저희 엄마에게 200만원씩을 보내오고 나 역시도 남을 비교하는 것은 싫으니까 별로지만 바로 옆 독산대리점 이석중 사장님은 두 딸이 큰 딸은 카드를 만들어 주어 마음대로 쓰게 하고 막내딸 봉례는 한 달이면 다섯 번씩은 와서 냉장고를 꽉꽉 채워 놓고 저희 엄마 병원비며 하긴 간호학과를 수료하여 병원에서 근무를 하니까 그러는지는 몰라도 귀담아 듣지 않으려고(흘려 보내려 해도) 해도 그래도 듣지 않은 것만 못하고 자기네들 자식자랑 하느라고 속속들이 묻지도 않는 말을 해댈 때는 나도 그냥 듣기만 하면 될 것을 이따금씩 가끔은 질새라 우리 큰 딸은 성균관대학교 박사과정 수료, 둘째 녀석은 서울대학교 기계공학과 졸업에 옥스퍼드, 우리 막내는 비록 전문대학을 거쳐 나왔지만 그래도 결혼하여 잘 살고 있고 등등…. 입을 가만히 두지 못하고 우리집 일을 그대로 자랑거리처럼 그냥 내 뱉을 때도 있다.
물론 내 자신이 저희들 먹고 사는데 보탬이 되라고 아빠 생각말고 저희들 살길만을 찾으라고 말한 내 잘못이지만 또 금전적으로 자식들을 도와주지는 못할지언정 부모를 부양(扶養)해야 되는 정신적인 부담(負擔)까지는 주기 싫고 아직까지는 내 힘으로 살 수 있고 생활하는데 어려움은 없으니 그것으로써 만족을 느낀다. 허나 두 귀가 있고 눈이 있으니 듣지 않고 보지 않을 수 없으니 본래는 귀가 두 개 입이 하나인 까닭은 듣기를 많이 하고 입으로 말하는 것은 적게 하라는 의미가 담겨 있으나 때로는 쓸데없는 말은 한쪽 귀로 듣고 또 한쪽 귀로 흘려 내보내 버리고 필요한 것만 머릿속에 저장하라는 뜻도 담겨져 있는 것을 그것을 뻔히 알면서도 그대로 실천한다는 것은 어려운 것 같다.

그래도 우리 두 따님과 아드님 모두 다 근검 절약 정신이 몸에 베어 어디다가 내놔도 비교가 되지 않을 만큼 부족함이 없는 내자식들이기에 한없이 자랑스럽다.
우리 막내는 집에 한번 와도 무엇이라도 저희 엄마 도와주려고 애쓰는 모습이 역력히 드러나 보이고 매월 한 달에도 경우에 따라선 두 세번 옷즙이며 장어탕이며 왕새우, 살아 있는 문어 낙지 등 내 생각이지만 매달 수 십만원씩은 쓰는 것 같다.
제발 보내지 말라고 해도 소용이 없다. 이제는 보내지 말라는 것도 지쳐서 내가 지고 있는 것 같으니 돈은 제일 못 버는 녀석이 말도 되게 안 듣는다. 철이 없어 부모의 속을 썩였던 그 죄값으로 이렇게라도 하지 않으면 제 마음이 안좋다나 편치 못하다나 하면서 끝이 없다.

그랬었지~ 한 때는 잠잠했던 호수에 감당할 수 없을 만큼 폭풍에 파도(波濤)가 한바탕 지나갔지. 원래 잠잠한 호수는 물이 흐리지만 물결 파도가 있어야 맑은 물이 흐를 수 있듯이 인생의 삶도 휘몰아치는 비바람이 그친 뒤에 비춰주는 태양은 더욱 찬란한 것처럼 그 무엇이 다르랴.

그러나 날이가면 갈수록 필요한 것 있으면 언제든지 말만 하라지 않나. 형편도 어려우면서 그런 기색 하나 없이 꿋꿋이 살아가는 모습을 볼 때 너무나도 대견스럽고 고맙기만 하다.

요즘들어서는 나 없이는 단 하루도 살지 못한다는 나의 사랑하는 아내. 제 각각 스스로 고집스럽게 살아가는 3남매 저희들끼리 만나면 서로를 위하는 3남매의 끈끈한 정, 부모에게도 더할 나위 없이 잘하려고 노력하는 것이 그냥 봐도 느낄 수 있을 정도(程度)이니 나는 복받은 사람.

한 때의 괴로움을 이기지 못해 아니 정말로 이기기 힘들었던 나. 이제는 다시 예전으로 돌아와 너, 나 할 것 없이 서로 잘하려는 우리 다섯 식구. 왜 무엇 때문에 이 대목을 써 내려 가면서도 왜 눈에 이슬방울이 맺히는가. 아~하 이슬방울이 점점 굵고 뜨거운걸 보니 이런걸 행복에 겨운 눈물, 콧물 그런 것 같다.

徐仁杓 八旬紀念 雜草같은 삶

내 인생 暴風을 헤치며

2024년 11월 20일 초판 1쇄 발행

지은이 | 서인표 010-3721-1819

펴낸곳 | (주)이화문화출판사
주소 | 서울시 종로구 인사동길 12, 311호
이메일 | 7389880@naver.com
인터넷 홈페이지 | www.makebook.net
출판등록 | 제300-2012-230
전화 | 02-732-7091~3(도서주문처)
팩스 | 02-725-5153

ISBN 979-11-5547-595-9

값 30,000원